SOKO SANDBANK

W0411146

Markus Rahaus wurde 1970 im nordrhein-westfälischen Herten-Westerholt geboren. Der habilitierte Virologe lebt mit seiner Familie in Cuxhaven. In seiner Freizeit beschäftigt er sich ausgiebig mit der Fotografie, veröffentlicht regelmäßig Artikel in Fachzeitschriften und zeigt seine Bilder im Rahmen von Ausstellungen und Vorträgen.

Dieses Buch ist ein Roman. Handlungen und Personen sind frei erfunden. Ähnlichkeiten mit lebenden oder toten Personen sind nicht gewollt und rein zufällig.

MARKUS RAHAUS

SOKO SANDBANK

Küsten Krimi

emons:

Lust auf mehr? Laden Sie sich die »LChoice«-App runter, scannen Sie den QR-Code und bestellen Sie weitere Bücher direkt in Ihrer Buchhandlung.

Bibliografische Information der Deutschen Nationalbibliothek
Die Deutsche Nationalbibliothek verzeichnet diese Publikation in der Deutschen Nationalbibliografie; detaillierte bibliografische Daten sind im Internet über http://dnb.d-nb.de abrufbar.

MIX
Papier aus verantwortungsvollen Quellen
FSC® C083411

© Emons Verlag GmbH
Alle Rechte vorbehalten
Umschlagmotiv: lichtsicht/photocase.de
Umschlaggestaltung: Nina Schäfer, nach einem Konzept von Leonardo Magrelli und Nina Schäfer
Umsetzung: Tobias Doetsch
Gestaltung Innenteil: César Satz & Grafik GmbH, Köln
Lektorat: Lothar Strüh
Druck und Bindung: CPI – Clausen & Bosse, Leck
Printed in Germany 2019
ISBN 978-3-7408-0673-6
Küsten Krimi
Originalausgabe

Unser Newsletter informiert Sie regelmäßig über Neues von emons:
Kostenlos bestellen unter
www.emons-verlag.de

Für Annegret und Werner

Prolog

Er schlug die Hecktür des kleinen dunkelblauen Transporters zu und atmete hörbar aus. Alles hatte so funktioniert wie erhofft.

Es war eine dunkle Nacht. Als er vor einer knappen Stunde angekommen war, hatten sich dichte Wolken am Himmel gedrängt und den Halbmond verdeckt, der sonst ein wenig Licht gespendet hätte. Auch das gelbliche Licht der einzigen Laterne auf dem rückwärtigen Teil des Geländes, auf dem er sich befand, konnte nicht ernsthaft für Helligkeit sorgen. Trotzdem hatte er sie gekonnt mit wenigen Handgriffen ausgeschaltet.

In der Ferne war das schwache Motorengeräusch eines Lastwagens zu hören. Aber hinter dem Gebäude würde ihn niemand sehen können. Er fragte sich, wie man hier so nachlässig hatte sein können – die Abgelegenheit und Dunkelheit kam quasi einer Einladung gleich, hier einzusteigen. Er legte die Stirn in Falten. Glänzende Fassade, gestapelte Dummheit dahinter.

Seine anfänglich größte Sorge, dass die Fenster des Gebäudes zwischenzeitlich mit einer Alarmsicherung ausgestattet worden sein könnten, hatte sich als unbegründet erwiesen. Mit dem Profiglasschneider, den es im Internet speziell für Leute mit unlauteren Absichten gab, konnte er mühelos eine Öffnung in eines der großen Fenster im Erdgeschoss schneiden. Mit angehaltenem Atem entnahm er das kreisförmige ausgeschnittene Glasstück, griff mit der Hand durch das Loch, legte den Fenstergriff um und stieß das Fenster nach innen auf. Nichts passierte, kein Alarm ertönte, gar nichts. Schnell überprüfte er den Fensterrahmen auf Drähte oder andere Sensoren, fand aber nichts. Einen stummen Alarm gab es demnach auch nicht. Er atmete erleichtert auf und stieg in das Gebäude.

Danach war alles ein Kinderspiel. Nur die inneren Zugangstüren für den Bereich, in dem er sich befand, waren alarmgesichert – aber mit denen hatte er nichts zu schaffen. Da, wo er jetzt war, gab es eine ganze Reihe hochmoderner Gerätschaften, und derentwegen war er hier.

Systematisch ging er von Raum zu Raum und stellte alle Gegenstände, die er mitnehmen wollte, auf einen Rollwagen, den er zuvor aus der Spülküche geholt hatte. Nicht alles, was er auswählte, benötigte er für sich selbst, aber er hatte ein paar Kontakte, über die er einiges davon unter der Hand würde verkaufen können.

Die vier Cycler für Polymerase-Kettenreaktionen hätte er schon gerne mitgenommen. Die Geräte waren erstklassig, da kannte er sich aus. Alle vier waren ziemlich neu und mochten einige tausend Euro wert sein. Aber nachdem er gesehen hatte, dass sie in Betrieb waren, ließ er die Finger davon. Er wusste, dass sie an einem Störmeldesystem angeschlossen waren und, sobald jemand sie vom Stromnetz trennte, bei der Bereitschaft der Haustechnik einen Alarm auslösen würden.

Nachdem er alle Geräte zusammengetragen hatte, die er selbst brauchte oder verkaufen konnte, suchte er sich einen zweiten Rollwagen. Dieses Mal führte ihn sein Weg zielstrebig in die Lagerbereiche. In deckenhohen Regalen stapelten sich Kartons und Kisten, daneben standen gleich mehrere Kühl- und Gefrierschränke. Er trat nacheinander vor jeden der Schränke und studierte konzentriert die an den Türen befestigten Listen mit dem jeweiligen Inhalt. So etwas wie Freude blitzte in seinem Gesicht auf. Dann schaute er sich suchend um und fand, wonach er Ausschau gehalten hatte. Dankenswerterweise hatte einer der Angestellten eine große Styroporbox auf einer Arbeitsbank stehen lassen – genau die brauchte er jetzt.

Er stellte die Kiste auf den Rollwagen, fuhr vor den ersten Gefrierschrank und öffnete diesen. Im obersten Fach lagen Eispacks, mit denen er die Styroporbox auslegte. Anschließend entnahm er dem Gefrierschrank ganz gezielt Kästchen und Fläschchen und legte sie ebenfalls in die Box. Am übernächsten Gefrierschrank wiederholte sich der Vorgang. Hier fand er, wonach er in erster Linie gesucht hatte: einen ungefähr dreißig mal zwanzig Zentimeter großen Kunststoffkasten. Nachdem er ihn vorsichtig geöffnet hatte, sah er, dass er fast vierzig verschlossene Glasröhrchen enthielt. Er entnahm eines der Röhrchen und betrachtete das kleine Etikett. Erneut umspielte ein Lächeln seinen Mund.

Er verschloss den Kasten wieder und packte ihn in die Styroporkiste. Die zwei weiteren Kästen, die hinter dem ersten in dem Gefrierschrankfach standen, nahm er ebenfalls mit. Danach widmete er sich den Kühlschränken. Auch hier wurde er fündig, und schon bald war die Box randvoll gefüllt.

Er fuhr mit dem Rollwagen zurück zu dem Fenster, vor dem bereits der erste Wagen mit den Geräten stand. Rasch kletterte er hinaus und verschwand in der Dunkelheit. Zwei Minuten später saß er in seinem Van und fuhr mit ausgeschalteten Scheinwerfern bis dicht an das Fenster heran. Dort begann er, seine Beute durch das Fenster nach draußen zu heben und in den Lieferwagen zu packen. Er arbeitete schnell und konzentriert, und so dauerte es nicht lange, bis alles eingeladen war.

Ein weiteres Mal ging er zurück ins Gebäude und stellte die beiden Rollwagen zurück an ihre Plätze. Nun war es Zeit, zu verschwinden. Er zog das offene Fenster von außen zu und legte durch das Loch im Glas den Griff wieder um. Mit einem Spezialkleber bestrich er die Kanten des Glaskreises, den er anfangs aus der Scheibe herausgeschnitten hatte, und setzte diesen vorsichtig ein. Selbstverständlich würde man am folgenden Morgen erst den Einbruch, dann die aufgeschnittene Scheibe entdecken, Letzteres aber nicht auf den ersten Blick, sondern erst bei genauerem Hinsehen.

Er stieg in den Wagen und startete den Motor. Es war kurz nach drei Uhr morgens. Bald würde die Dämmerung einsetzen und ein neuer Tag beginnen.

EINS

Montag, 3. September, früher Morgen

Es dämmerte. Die ersten zaghaften, goldgelben Lichtstrahlen bemühten sich, die nächtliche Dunkelheit zu verdrängen. Die See war ruhig, ein leichter Wind strich sanft über das Wasser.

Georg Magog lehnte sich in seinem Sitz zurück und rieb sich den Schlaf aus den Augen. Vor einer halben Stunde hatte ihn sein Sohn Thomas geweckt und ihm das Steuer ihrer fünfundvierzig Fuß langen Motoryacht übergeben. Thomas war trotz Autopilot und Müdigkeit die ganze Nacht am Steuer geblieben, während sie das letzte Stück der Nordsee in Richtung Osten überquert hatten. Die Wettervorhersage war so gut gewesen, dass sie beschlossen hatten, die nächtliche Fahrt zu wagen und nicht noch länger auf Norderney zu verweilen.

Ihr dreiwöchiger Urlaubstörn entlang der englischen Südküste war phantastisch gewesen – malerische Buchten und Felsen, gemütliche, bisweilen quirlige Häfen und grandioses Wetter –, aber es kam, wie es kommen musste: Die schöne Zeit hatte sich unbarmherzig dem Ende zugeneigt, und sie mussten zurück nach Hause. Nach der Passage von England zur Festlandküste boten sich die Friesischen Inseln als Zwischenstopp an, zumal das Barometer gefallen und die See unruhiger geworden war. Einmal an Land war es ein Urlaub im Urlaub geworden, mit Strandspaziergängen und hervorragendem Essen. Dann war es jedoch an der Zeit gewesen, weiterzureisen. Zum Glück hatte sich das Wetter deutlich verbessert, und sie konnten die Leinen loswerfen. Bereits übermorgen musste Thomas im Büro in Cuxhaven an seinem Schreibtisch sitzen.

Bei den vorherrschenden Wetterbedingungen würden sie in gut zwei Stunden ihr Ziel, die Marina der Gemeinschaft Cuxhavener Segler, erreichen. Georg hatte bei seinen Berechnungen selbstverständlich die Tiden und Strömungen berücksichtigt. Gerade herrschte ablaufendes Wasser, und sie fuhren gegen den Strom, der auf der Außenelbe beachtlich stark war. Vor einer knappen halben Stunde hatten sie die rot-weiß gestreifte Tonne Elbe/Racon passiert und waren nun auf Höhe der grünen Tonne 1 im Fahrwasser unterwegs. Ihr Zuhause war zum Greifen nahe.

Nach einem weiteren Blick auf die Instrumententafel lehnte sich Georg gemütlich nach hinten. Es war alles in Ordnung. Ihre »Seepferdchen« schob sich mit gleichmäßig brummenden Motoren durch das Wasser. Georg schaute voraus, in Richtung der aufgehenden Sonne. Der Himmel erstrahlte in orangen und glutroten Farbtönen. Die wenigen Wolken schienen wie mit Goldlack besprüht, und die Wasseroberfläche funkelte wie flüssige Lava. Er liebte diese Momente am frühen Morgen. Auch wenn die Elbe zu den meistbefahrenen Wasserstraßen der Welt gehörte, herrschte jetzt so gut wie kein Schiffsverkehr. In Gedanken versunken griff er nach dem Fernglas, um die nächste Fahrwassertonne zu suchen, an der er den Kurs ihres Schiffes orientieren wollte. Nach wenigen Sekunden hatte er sie entdeckt.

Plötzlich erwachte das Funkgerät zum Leben und schreckte Georg aus seinen Gedanken. »Motorboot ›Seepferdchen‹, Motorboot ›Seepferdchen‹, hier spricht Cuxhaven-Elbe-Traffic. Bitte kommen!«

Georg schaute verdutzt. Hatte er etwas falsch gemacht, sodass er sich jetzt – zum vergnüglichen Mithören für alle, die gerade am Funkgerät saßen – einen Rüffel einfangen konnte?

Wieder ertönte die knarrende Stimme aus dem Lautsprecher des Funkgerätes. Georg griff zum Funkhörer, drückte die Sprechtaste und meldete sich. »Cuxhaven-Elbe-Traffic, hier ist die ›Seepferdchen‹. Was gibt es?«

»›Seepferdchen‹, prima, dass ihr euch meldet«, erhielt er Antwort und atmete auf – doch kein Rüffel. »Gut acht Seemeilen elbaufwärts von eurer Position, zwischen den Tonnen 11 und 13, sehen wir auf dem Radar ein Boot ohne Fahrt, vermutlich liegt es auf den Scharhörnsandbänken. Wir konnten keinen Funkkontakt herstellen, und ihr seid im Augenblick das einzige Boot in der Nähe. Die Wasserschutzpolizei fährt gerade auf der Höhe von Brunsbüttel und bräuchte zu lange bis zur genannten Position. Schaut bitte bei der Vorbeifahrt nach, was da los ist.«

Georg schaute nachdenklich drein. Er wusste aus eigener Erfahrung, dass dieser Abschnitt des Fahrwassers bis zur Kugelbake tückisch war. In seinen frühen Tagen als Freizeitskipper hatte er selbst hier einmal fast sein kleines Boot versenkt. Damals hatte er, unerfahren, aber mit großer Klappe, bei auflaufendem Wasser ins Watt bei Döse einfahren wollen, weil es seiner Meinung nach der kürzeste Weg nach Neuwerk war. Allerdings hatte er den Leitdamm übersehen – im wahrsten Sinne des Wortes. Der Damm aus aufgeschütteten Steinbrocken, der die Wattflächen von Döse vom Elbfahrwasser abtrennte, war bereits knapp überspült gewesen. Es hatte schrecklich geknallt, der Propeller seines Außenborders war abgerissen, auf der Backbordseite hatten die Steine des Damms den Rumpf auf ganzer Länge aufgeschlitzt, und er selbst hatte im Moment des Aufpralls einen Satz über das Steuer in den Bug des Bootes gemacht und sich dabei den rechten Arm gebrochen.

Bis zu der Position, auf der er sich jetzt mit der »Seepferdchen« befand, reichte der Leitdamm zwar nicht, aber an der dem Land zugewandten Seite des Fahrwassers gab es keinen seichten Anstieg des Meeresbodens, stattdessen ging es steil die Wattflächen des Scharhörnriffs hinauf. Wer hier eng am grünen Tonnenstrich fuhr und nicht aufpasste, konnte ganz schnell auflaufen und festsitzen.

»Cuxhaven Elbe-Traffic«, meldete er sich wieder. »›Seepferdchen‹ hat verstanden. Wir schauen nach.«

Die »Seepferdchen« fuhr weiter, bis die besagte Tonne 11 in Sichtweite kam. Noch immer waren sie allein auf dem Wasser, kein anderes Schiff weit und breit. Georg konnte sich nicht erinnern, die Elbmündung kurz vor Cuxhaven schon einmal so einsam erlebt zu haben.

Er hielt sich eine Hand über die Augen und suchte sorgsam das Wasser auf seiner Steuerbordseite ab. Bislang hatte er noch nichts Auffälliges entdecken können. Vielleicht hätte er mit dem Fernglas mehr Erfolg. Georg setzte sich das Glas an die Augen und versuchte, das gesuchte Boot aufzuspüren. Und tatsächlich entdeckte er es – ein Segler. Er stutzte. Der Segler lag quer zum Fahrwasser auf dem Sand. Einzelheiten konnte er nicht erkennen, die Entfernung war noch zu groß. Er schob den Fahrthebel auf der Steuerkonsole ein Stückchen nach vorne, um das Schiff zu beschleunigen.

Nach zwanzig Minuten, die sich wie eine Ewigkeit anfühlten, waren sie dicht genug herangekommen, dass er Einzelheiten erkennen konnte. Was er sah, ließ ihn blass werden.

»Thomas, komm schnell rauf«, rief er mit zittriger Stimme.

»Was ist denn los?«

»Komm einfach.«

Einen Moment später stand Thomas neben seinem Vater und blickte durch ein Fernglas auf das Boot vor ihnen. Auch er erstarrte augenblicklich.

»Ach du Schande«, stammelte er, drehte sich auf dem Absatz um und lief auf das Achterdeck.

»Was hast du vor?«, wollte sein Vater wissen.

»Bring uns möglichst nah heran. Und setze sofort einen Notruf ab. Ich mache das Schlauchboot klar.«

»Das Schlauchboot? Du willst da rüber?«

»Papa! Den Notruf! Sofort!«

Unsicher griff Georg neuerlich nach dem Funkhörer. Er zögerte. Normaler Funkverkehr war kein Problem für ihn. Es machte ihm sogar Spaß. Aber ein Notruf? Selbstverständlich hatte er gelernt, wie man ihn absetzte, damals während seines Wochenendkurses für das Short Range Certificate bei einer Sportbootschule in Bremen. Das war aber nun schon einige Jahre her. Seitdem hatte diese ominöse große rote Taste auf dem Funkgerät zwar immer eine beruhigende Wirkung auf ihn gehabt, doch benutzt hatte er sie noch nie.

Er hörte seinen Sohn auf dem Achterdeck werkeln und gab sich einen Ruck. Mit einer schnellen Fingerbewegung klappte er die Plastikabdeckung hoch und drückte auf die Taste. Fünf Sekunden, genau wie man es ihm damals beigebracht hatte. Gleichzeitig mit dem Erscheinen der ersten Schweißperlen auf seiner Stirn ließ er wieder los. Das Gerät bestätigte mit einem schrillen Signalton, dass der digitale Notruf gesendet war. Seine Finger begannen zu zittern.

Nur Augenblicke später wurde der Alarm von der Seenotleitung in Bremen quittiert. Georg räusperte sich, um sicher zu sein, dass seine Stimme ihn nicht im Stich lassen würde, drückte die Sprechtaste und begann zu sprechen: »Mayday, Mayday, Mayday. This is ›Seepferdchen‹. ›Seepferdchen‹. ›Seepferdchen‹. Call sign delta hotel – ja, Mist noch mal, was ist denn unser Rufzeichen? Verfluchtes Englisch.«

Er ließ die Sprechtaste los und sah sich hilfesuchend um. Von Thomas war nichts zu sehen. Mit dem Handrücken wischte er sich den Schweiß von der Stirn. Das Funkgerät gab nur statisches Rauschen von sich.

Plötzlich ertönte eine leicht verzerrte Stimme aus dem kleinen Lautsprecher: »Mayday, ›Seepferdchen‹. This is Bremen Rescue Radio. Received Mayday. Please confirm your position and distress situation. Bitte bestätigen Sie Ihre Position und die Art des Notfalls.«

Hokki Werlops, der Vormann der »Anneliese Kramer«, lag in seiner Koje und wollte an diesem Morgen einfach noch ein wenig dösen. Der DSC-Alarmgeber in seiner Kammer war abgeschaltet, im Falle eines digitalen Notrufes würde die Seenotleitung ihn alarmieren.

Für heute waren Wartungsarbeiten an der Maschine geplant und anschließend eine Kontrollfahrt auf der Außenelbe. Bevor die Techniker eintrafen, wollte er noch die Ruhe an Bord genießen. Aus den beiden kleinen Lautsprechern in der Decke seiner Kammer, über die ununterbrochen der Funkverkehr von Kanal 16, dem Not- und Anrufkanal, und Kanal 71, dem Revierfunk für Cuxhaven und die Außenelbe, übertragen wurde, tönten wechselweise schwer verständliche Sprachfetzen und Rauschen. Das störte ihn schon lange nicht mehr. Er hatte sich so sehr daran gewöhnt, dass er trotz der ständigen Geräuschkulisse schlafen konnte wie ein Baby.

Doch kaum hatte die Silbe »May-« den Lautsprecher verlassen und durch sein Ohr das Unterbewusstsein erreicht, war er hellwach. Bei »-day« saß er bereits aufrecht. Mit einem gebrummten »Muss das jetzt sein?« sprang er aus seiner Koje, riss die Tür seiner Kammer auf und stürmte mit fliegenden Schritten, nur im Pyjama bekleidet, den Niedergang hinauf auf die Brücke. Ein Blick auf das Funkgerät am linken Fahrstand zeigte ihm, dass tatsächlich kurz vorher ein digitaler Notruf samt der Position des Havaristen eingegangen war. Mit nur einem Blick auf die Koordinaten erkannte er sofort, dass der Notruf auf Höhe des Scharhörnriffs abgesetzt worden war. Sein Revier.

Sofort stürmte er wieder den Niedergang hinunter.

»Einsatz«, brüllte er in einer Lautstärke, die man sicherlich in den umliegenden Hotels der Grimmershörner Bucht noch hörte.

Die im Cuxhavener Fährhafen stationierte, achtundzwanzig Meter lange »Anneliese Kramer« gehörte zur neuesten Generation von Seenotrettungskreuzern der Deutschen Gesellschaft zur Rettung Schiffbrüchiger. Das Schiff mit seinem für die Rettungskreuzer so unverwechselbaren weißen und leuchtend roten Anstrich und den drei großen, dunkelroten Buchstaben SAR am weißen Bug – sie standen für »search and rescue«, den Auftrag der Seenotretter – war aus dem Gesamtbild des Hafens nicht wegzudenken. Tag für Tag zog es die Blicke von Touristenscharen auf sich, die hier einen Zwischenstopp einlegten, um ein Foto von »ihrem« Schiff zu machen.

Auf dem hochmodernen und mit allen erdenklichen Rettungsmitteln und technischen Finessen ausgestatteten Schiff brach sofort professionelle Betriebsamkeit aus. Mit einem tiefen Wummern sprangen die mächtigen, immer vorgewärmten Dieselaggregate an.

Zurück auf der Brücke, nahm sich Vormann Werlops den Funkhörer und rief die »Seepferdchen« an: »Mayday, ›Seepferdchen‹. Hier ist der Seenotrettungskreuzer ›Anneliese Kramer‹. Wir laufen aus und kommen Ihnen zu Hilfe. Bitte beschreiben Sie die aktuelle Situation. Over.«

Nach kurzem statischen Rauschen kam die Antwort: »Ja, Gott sei Dank, dass ihr kommt. So etwas habe ich noch nie erlebt. Muss das denn sein, so kurz vor dem Ziel?«

Eine Mischung aus Angst und Panik schwang in der Stimme am anderen Funkgerät mit. Werlops kannte das. Wenn die Freizeitskipper in den Wochenendkursen ihren Funkschein machten, konnten sie die Abläufe des Funknotverkehrs vorwärts und rückwärts runterbeten, und das sogar auf Englisch. Mit der Zeit vergaßen sie aber wieder alles, und wenn es dann plötzlich darauf ankam, war das Gehirn leer geblasen und mit Brettern vernagelt. Trotz allem konnte er es nachvollziehen. Für ihn und seine Crew war ein Seenotfall das tägliche Brot, für die meisten Hobbykapitäne war es der Super-GAU.

Der Redeschwall seines Gegenübers hatte aufgehört, und so zog Werlops das Gespräch an sich, ruhig und professionell. »Mayday, ›Seepferdchen‹. Bitte beruhigen Sie sich. Beschreiben Sie uns die aktuelle Situation.«

Der Skipper der »Seepferdchen« meldete sich wieder. »Wir laufen ostwärts auf Tonne 11 zu. Kurz dahinter liegt ein Segler auf dem Sand. Ihr wisst schon, so zehn oder zwölf Meter lang. Ob er den Anker geworfen hat, kann ich noch nicht erkennen. Es steigt Rauch auf.«

»›Seepferdchen‹, können Sie Personen an Bord des Seglers erkennen?«, fragte Werlops. Mit einem Seitenblick suchte er auf dem großen Kartenplotter neben ihm die genaue Position der »Seepferdchen«. Diese befand sich etwa zwölf Seemeilen vom Liegeplatz des Rettungskreuzers entfernt. Bei ablaufendem Wasser und mit Höchstgeschwindigkeit sollten sie diese in fünfundzwanzig Minuten erreichen können.

»Nur eine Person«, kam die Antwort und holte Werlops in den aktuellen Funkverkehr zurück. »Sie liegt vorne am Bug, ziemlich weit außenbords. Wenn das Schiff wieder aufschwimmt, kippt sie über Bord. Und wie gesagt, vom Vorschiff steigt Rauch auf.«

Werlops griff zum Telefon – die Landleitungen waren noch nicht gekappt – und rief die Einsatzzentrale der Cuxhavener Feuerwehr an. Nur Augenblicke später machten sich ein Notarzt und ein Rettungsassistent mit Blaulicht und Martinshorn auf den Weg zum Fährhafen. Weil es noch früh am Morgen war, erreichten sie das Schiff in nur sechs Minuten. Kaum waren sie an Bord, wurden die Leinen gelöst, und das Schiff schob sich langsam vom Steg.

Sobald der Rettungskreuzer den Fährhafen verlassen hatte, legte der Vormann am Fahrstand die Fahrthebel auf den Tisch. Das Schiff schoss westwärts über die Elbe. Glücklicherweise kam ihnen die starke Strömung des ablaufenden Wassers zugute, sodass sie eine Geschwindigkeit von fast achtundzwanzig Knoten erreichten. Ein tiefes Brummen legte sich über das ruhige Wasser, nur gelegentlich spritzte Gischt auf und wurde durch die aufgehende Sonne in einen Vorhang aus goldglänzenden Wassertröpfchen verwandelt.

Werlops griff sich wieder den Hörer des Funkgerätes. »Wir laufen mit Höchstgeschwindigkeit auf die angegebene Position zu. Geschätzte Ankunftszeit in zwanzig Minuten«, sagte er.

Thomas legte mit dem kleinen Schlauchboot vom Heck der »Seepferdchen« ab. In zwei oder drei Minuten würde er auf der Sandbank ankommen und an Bord des Seglers gehen. Auch er hatte den Rauch und die reglose Person am Bug des Schiffes entdeckt. Der Oberkörper ragte weit über das Deck hinaus, ein Arm baumelte schlaff herunter. Etwas Rotes lief in kleinen Fäden an der Bordwand abwärts.

Thomas wurde unsicher. War das Blut? In seiner Magengegend machte sich ein mulmiges Gefühl breit. Vielleicht war es keine so gute Idee, noch näher heranzufahren. Er schob diesen Gedanken schnell zur Seite. Selbstverständlich war es richtig. Hier schien etwas Schlimmes passiert zu sein, und möglicherweise benötigte jemand dringend Hilfe. Er gab Gas.

»Hallo! Kann mich jemand hören?«, rief er, als er auf Rufweite herangekommen war. »Brauchen Sie Hilfe?«

Eigentlich eine blöde Frage. Wer so über die Bordwand hing und blutete, brauchte mit Sicherheit Hilfe. Trotzdem rief er noch einmal.

Keine Reaktion.

Thomas erreichte die Sandbank, sprang aus dem Boot und schob es ein wenig weiter auf den Sand. Vertäuen konnte er es nicht, und einen Anker gab es auch nicht. Also musste er gut auf die Tide achten, damit es mit dem bald startenden auflaufenden Wasser nicht wegschwamm. Am Heck des Seglers stieg er an Bord. Ihm fiel auf, dass der Heckspiegel, an dem normalerweise Name und Kennung eines Sportbootes angebracht waren, komplett mit einer schwarzen Brand- oder Rußschicht überzogen war. Erneut ertönte seine innere Alarmanlage, erneut schaltete er sie ab. Er blickte umher. Bis auf den Rauch und die leblose Person vorne sah sonst alles normal aus. Zumindest soweit er das Leinengewirr an Bord eines Seglers beurteilen konnte.

Mit schnellen Schritten lief er nach vorne, griff beherzt zu, zog die Person wieder an Bord und drehte sie um. Es war eine Frau. Sie hatte lange dunkle Haare, die ihr jetzt wie ein nasser Wischmopp über dem Gesicht lagen, und trug eine für die Jahreszeit typische leichte Seglermontur, aber keine Rettungsweste. Komisch, dachte Thomas, bei einem Notfall hätte er die Weste als Erstes angelegt.

Mit Entsetzen stellte er fest, dass das Rote tatsächlich Blut war. Es war aus einer klaffenden Wunde in der Brust der nun auf dem Rücken liegenden Frau gelaufen, hatte ihre Kleidung durchtränkt und war in kleinen Rinnsalen zuerst über das Deck und dann an der Bordwand entlang ins Wasser geflossen. Mittlerweile war der Blutfluss versiegt und begann rotbraun einzutrocknen. Thomas musste heftig schlucken. So etwas hatte er noch nie gesehen. Übelkeit stieg in ihm auf.

Er wandte sich ab und atmete einmal tief die frische Seeluft ein. Hier wurde keine Hilfe mehr benötigt, fasste er pragmatisch zusammen und lief zurück in den achternen Teil des Bootes, wo er den Niedergang in die Kabine vermutete. Fast hätte er sich dabei in losem Tauwerk verheddert und wäre gestürzt. Plötzlich fühlte er sein Handy in der Hosentasche vibrieren.

Kaum hatte er das Gespräch angenommen, hörte er die aufgeregte Stimme seines Vaters. »Thomas, der Rettungskreuzer ist unterwegs. Ich habe denen deine Handynummer gegeben. Was ist da bei dir los?«

»Die Frau am Bug ist tot. Ich glaube, sie wurde umgebracht.« Thomas' Stimme begann zu zittern. »Ich schaue jetzt in die Kabine.«

»Umgebracht?« In Georgs Stimme schwang Sorge. »Komm zurück. Was, wenn der Mörder noch auf dem Schiff ist?«

Thomas lief es kalt den Rücken herunter. Dieser Gedanke war ihm bis jetzt gar nicht gekommen. Aber nun, nachdem ihn sein Vater ausgesprochen hatte, stieg Panik in ihm auf. Schließlich befand er sich mitten auf dem Wasser, auf einem Schiff, von dem man nicht mir nichts, dir nichts verschwinden konnte. Okay, genau genommen lag das Schiff auf einer Sandbank, aber das erhöhte die Fluchtoptionen nicht ernsthaft. Trotzdem, ein schneller Blick in die Kabine und dann nichts wie weg. Sollten die Seenotretter sich um den Rest kümmern.

Er blickte in Richtung der aufgehenden Sonne und hielt eine Hand über die Augen, um in dem gleißenden Licht und dem funkelnden Wasser etwas erkennen zu können. Da! Da näherte sich ein Schiff in schneller Fahrt. Das musste der Rettungskreuzer sein.

Er nahm all seinen Mut zusammen und öffnete die Tür zum Niedergang. Ein widerlicher, gleichzeitig süßer und rauchiger Gestank schlug ihm entgegen. Dennoch stieg er mutig die wenigen Stufen in die Kabine hinunter.

Hokki Werlops stand unbeweglich auf der Brücke der »Anneliese Kramer« und blickte durch sein Fernglas. Nicht mehr lange, bis sie vor Ort sein würden. Zwei Crewmitglieder waren bereits damit beschäftigt, das Tochterboot klarzumachen, sodass sie es in kürzester Zeit zu Wasser lassen konnten. Gerade eben hatte er das Funkgespräch beendet, in dem er von dem Skipper der »Seepferdchen« die Information bekommen hatte, dass die Person an Deck des Segelbootes tot war. Ohne dass weitere Worte notwendig waren, hatte sein Kollege auf der Brücke die Wasserschutzpolizei von Revier 4 in Cuxhaven alarmiert.

Jetzt hatte Werlops die Boote entdeckt. Eines von ihnen, das Segelboot, lag tatsächlich im Sand. Ein Stückchen weiter sah er ein Schlauchboot. Er vermutete, dass es dem Sohn des Skippers gehörte.

Querab zum Segler schwamm ein Motorboot. Das musste also die »Seepferdchen« sein. Sein Blick schwenkte zurück zum Segler. Dort konnte er nun einen Mann auf dem Achterschiff erkennen, der sich in die Kabine hineinbeugte und dann darin verschwand. Werlops wollte ihn umgehend anrufen und sich berichten lassen, wie es im Inneren des Segelbootes aussah. Also griff er nach dem Handy. Doch kaum hatte er die ersten Nummerntasten gedrückt, sah er aus den Augenwinkeln, wie der Mann, der gerade in die Kabine des Segelbootes gestiegen war, wie von der Tarantel gestochen wieder an Deck sprang, an die Reling stürzte und sich die Seele aus dem Leib spuckte.

ZWEI

Montag, 3. September, früher Vormittag

Hauptkommissar Arne Olofsen saß an seinem Schreibtisch im Fachkommissariat 1 der Polizeiinspektion Cuxhaven und starrte wie gebannt auf das knapp einen Meter lange Seilstück vor ihm. Es war früher Morgen, kurz nach sieben Uhr, und er hatte das Fenster seines Büros weit geöffnet, um die frische, kühle Morgenluft hereinzulassen. Für ihn war dies die beste Zeit im Büro. Die meisten Kollegen waren noch nicht da, und er konnte sich ungestört auf wichtige oder vermeintlich wichtige Dinge konzentrieren.

Auf Armeslänge vor dem linken Ende des Seiles legte er eine kleine Schlaufe. Nein, ein Auge, korrigierte er sich. Hoch konzentriert schob er das Seilende durch dieses Auge, führte es von hinten um das Seil herum und wollte es gerade wieder von vorne durch das Auge führen, als plötzlich das Telefon auf dem Schreibtisch laut summte. Vor Schreck riss er den halb fertigen Knoten auseinander und fegte dabei mit dem Arm seinen Kaffeebecher vom Schreibtisch. Dieser schoss wie eine Rakete durch den Raum, verteilte unterwegs seinen flüssigen und fast schwarzen Inhalt in einem abstrakten, aber interessanten Muster auf dem Fußboden, schlug gegen die Wand und zerbarst in tausend Stücke. Das Telefon summte noch einmal, dann kehrte die morgendliche Ruhe zurück.

Tatsächlich war es eine von Olofsens Qualitäten, Kaffeebecher von Schreibtischen zu schießen. Das konnte er wirklich gut und tat es auch regelmäßig. Zum Glück gab es aber noch andere Dinge, die er ebenso gut konnte. Polizist sein, zum Beispiel.

»Verdammter Mist«, schimpfte er. »Der Tag fängt ja gut an.«

Dabei schlug er mit der flachen Hand auf den Schreibtisch,

die Computertastatur hüpfte auf und ab, und das Seilstück fiel zu Boden.

Einen Augenblick später flog die Tür auf, und sein Kollege Martin Greiner stürmte ins Büro. Auch er hatte von seinem Kollegen die Angewohnheit übernommen, sehr früh ins Büro zu kommen. Ebenso wie Olofsen hatte er diese Tageszeit zu schätzen gelernt.

»Was war das für ein Knall? Was ist passiert?«, fragte er und suchte mit schnellem kriminalistischen Blick den Raum ab. Dann sah er die Sauerei auf dem Fußboden und an der Wand. Augenblicklich brach er in schallendes Gelächter aus. »Du solltest deine Kaffeetasse besser irgendwo auf den Boden stellen und den Rest des Tages nicht mehr in ihre Nähe kommen«, prustete er. »Dein Verbrauch an Tassen wird langsam besorgniserregend.«

»Ach, halt doch die Klappe«, schnaubte Olofsen und versuchte, das Seil unauffällig vom Boden zu angeln und unter dem Schreibtisch verschwinden zu lassen.

»Was machst du da?«, fragte Greiner.

»Nix.«

»Schon klar.«

»Wirklich.«

»Einen Tampen.« Greiner lachte noch lauter und ließ sich in Olofsens Besucherstuhl fallen. »Lass mich mal nachdenken«, begann er. »Du machst in ein paar Tagen die Prüfung für deinen Bootsführerschein.« Greiner legte die Stirn in Falten und imitierte angestrengtes Nachdenken. »Knoten. Ich hab's: Du sitzt hier und übst die Knoten.«

Olofsen fühlte sich ertappt. Jeden anderen als Martin Greiner hätte er jetzt verbal zusammengefaltet und in einem Hauspostumschlag aus dem Raum befördert.

»Du hast recht«, bestätigte er ungewohnt kleinlaut. »Morgen. Und ich kriege diese verfluchten Knoten nicht hin. Wer sich diesen Mist ausgedacht hat, sollte an den Eiern an die Kugelbake genagelt werden.«

Jemanden mit den Eiern an die Kugelbake zu nageln war Olofsens bevorzugte Zwangsmaßnahme, die so ziemlich jedem angedroht wurde, der ihm in irgendeiner Form querkam.

Greiner grinste schelmisch und schnappte sich das Seil. »Pass auf, das machst du so und dann so und dann hierum und fertig.« Er hielt ihm einen perfekt geknoteten Palstek vor die Nase.

»Wieso kannst du das?« Olofsen war sichtlich erstaunt.

Greiner feixte noch immer. »Ich musste als Jugendlicher mal einen Segelschein machen. Mein Vater hat darauf bestanden, obwohl wir weit weg von der Küste oder einem großen See wohnten. Es war ihm wichtig. Familientradition. Ein richtiger Greiner musste segeln können, selbst wenn Geld und Wasser für ein Boot fehlten.«

Er blickte für einige Sekunden versonnen aus dem Fenster. »Meine Lehrer haben mir damals die Knoten so tief ins Hirn eingebrannt, dass ich sie wohl niemals vergessen werde.«

»Okay, das musst du mir zeigen. Und die anderen Knoten gleich auch. Doppelter Schotsteg, Stopperknoten –« Olofsen war sofort Feuer und Flamme. Weiter kam er jedoch nicht, denn trotz der frühen Morgenstunde erschien das nächste Gesicht in der Tür.

Es war Nils-Niklas Nunk, der Leiter des Zentralen Kriminaldienstes. »Bist ja doch schon da. Wieso gehst du nicht ans Telefon? Ich hab dich vor ein paar Augenblicken angerufen.« Doch als Nunk zuerst Greiner im Besucherstuhl mit einem Stück Seil in der Hand erspähte und dann ebenfalls die Scherben und Kaffeeflecken auf dem Fußboden entdeckte, konnte auch er sich ein breites Grinsen nicht verkneifen. Er kam näher und stellte Olofsen eine neue Tasse auf den Schreibtisch. »Wollte ich dir sowieso vorbeibringen. Plastik«, sagte er und klopfte mit dem Daumen dagegen. »Garantiert bruchsicher. Superstabil, unkaputtbar. Die Kollegen haben zusammengelegt.« Mit weit ausholender Geste legte er noch einen Deckel mit Trinkhalm dazu.

»Manchmal fühle ich mich wie eine Banane«, brummte Olofsen. »Immer nur von Affen umgeben.« Aber auch er musste schmunzeln.

Nunk wurde ernst. »Ich bin gerade von den Kollegen der Wasserschutzpolizei informiert worden, dass es draußen auf der Elbe auf einem Segelboot zu einem Todesfall gekommen ist, möglicherweise liegt ein Tötungsdelikt vor. Ich will, dass ihr euch das anschaut und die WSP unterstützt.«

»Sollen wir da rausschwimmen?«, erkundigte sich Olofsen flapsig. Er war aufgestanden und wischte erfolglos mit einem Papiertaschentuch an einem Kaffeefleck an der Wand herum.

»Natürlich nicht, du Döskopp«, retournierte Nunk unbeeindruckt. Er kannte Olofsen und seine Sprüche. »Die ›Bürgermeister Brauer‹ legt in wenigen Minuten am Lenzkai zum Schichtwechsel an und macht sich danach sofort auf den Weg. Die nehmen euch mit. Ich habe schon alles mit den Kollegen der WSP geklärt. Macht euch auf die Socken.«

»Und schon ist der gemütliche Start in den Tag gelaufen«, stellte Greiner mit gespieltem Bedauern fest.

Olofsen dagegen war sofort startklar. »Auf die ›Bürgermeister Brauer‹?«, fragte er begeistert.

Vor einigen Monaten, er wusste selbst nicht, warum, war seine Kindheitsliebe zu Schiffen und allem Maritimen wiedererwacht. Vielleicht war er endlich auch mental im Norden angekommen und begann, Strand, Watt, Wind und Wasser zu genießen, ohne pausenlos über die Touristen zu schimpfen, die fast das ganze Jahr durch die Stadt fluteten. Zunächst hatte er angefangen, in seiner Hobbyholzwerkstatt kleine Modelle von Segelbooten zu bauen, bis er sich vor einigen Wochen entschloss, einen Sportbootführerschein zu machen.

Olofsen und Greiner rasten mit Blaulicht und Sirenengeheul durch die Präsident-Herwig-Straße. Sie fuhren an den alten Fischhallen vorbei, in denen sich die Dienststelle der Wasserschutzpolizei befand, überquerten die erste Brücke an der Seeschleuse zum neuen Fischereihafen und erreichten nach einer weiteren Minute den Lenzkai im Amerikahafen. Die »Bürgermeister Brauer« lag schon am Anleger, die Besatzung der vergangenen Nachtschicht hatte das Schiff verlassen, und die Kollegen der Tagschicht gingen an Bord. Kaum waren die beiden Kommissare ebenfalls über die schmale Gangway an Bord gelaufen, wurden die Festmacher losgeworfen, das Schiff schob sich von der Kaimauer weg und nahm langsam Fahrt auf.

Ein Beamter der Wasserschutzpolizei trat zu den beiden. »Moin! Da haben sie euch ja früh aus dem Bett geholt.«

Greiner nickte nur.

»Ach, Unsinn«, erklärte Olofsen, jetzt erstaunlich gut gelaunt. »Wir sind doch immer im Einsatz. Zu Land und zu Wasser.«

Der andere Beamte lachte. »Dann kommt mal mit auf die Brücke. Der Schiffsführer erklärt euch den Stand der Dinge.«

Damit wandte er sich ab und stieg die wenigen Treppenstufen hinauf, die ins Schiff und zur Brücke führten.

Innerlich freute sich Olofsen wie ein kleiner Junge, der seinem Papa ein Stückchen von dessen Lieblingsschokolade stibitzt hatte, versuchte aber, nach außen den coolen Bullen zu geben. Oben wurden sie von Bengt Petersen, dem Schiffsführer, mit einem Nicken begrüßt. Er saß entspannt im mittleren der drei Sitze am zentralen Fahrstand.

»Moin, Kollegen«, sagte er gedehnt. »Mächtig was los am frühen Morgen.«

Olofsen konnte seine Augen kaum von den vielen Anzeigen, Schaltern und Hebeln des Fahrstands lösen, wurde sich dann aber des Anlasses seines Kommens bewusst. »Okay, was genau ist los? Was müssen wir wissen?«

Der Schiffsführer winkte ab. »Wenn wir auf der Elbe sind, gibt es alle Infos. Jetzt wollen wir erst mal aus dem Hafen raus.«

In den folgenden Minuten herrschte auf der Brücke der »Bürgermeister Brauer« konzentrierte Stille. Schließlich hatten sie den Amerikahafen verlassen und mit einem westlichen Kurs in das Elbfahrwasser eingedreht. Um keine weitere Zeit zu verlieren, hatte Petersen angeordnet, auch die mittlere der drei Dieselmaschinen anzuwerfen und mit Höchstgeschwindigkeit, knapp zwanzig Knoten, zu den Seenotrettern aufzuschließen. Sie passierten das Steubenhöft, ein paar Minuten später die Alte Liebe, die zu dieser frühen Stunde einsam und verlassen dalag.

»›Anneliese Kramer‹«, rief er die Seenotretter über Funk an. »Hier ist die ›Bürgermeister Brauer‹. Wir werden an der Havarieposition in circa dreißig Minuten eintreffen. Bitte um Rückruf über Handy. Over.« Was jetzt zu besprechen war, sollte lieber nicht über die Funkkanäle laufen, die von aller Welt mitgehört werden konnten.

»›Bürgermeister Brauer‹, hier ist ›Anneliese Kramer‹. Bestätige Rückruf via Handy. Ende.«

Nur Augenblicke später klingelte das Smartphone, das Petersen vor sich auf der Steuerkonsole liegen hatte.

»Moin, Hokki«, meldete er sich ohne Umschweife. Man kannte sich. »Wir sind unterwegs zu euch. Ich stelle das Gespräch jetzt auf Lautsprecher. Wir haben die Hauptkommissare Olofsen und Greiner von der Kripo Cuxhaven an Bord. Die beiden möchten sich die Situation vor Ort anschauen.«

Olofsen und Greiner nickten bedeutsam.

»Moin, Jungs«, ertönte wieder die volle, sympathisch klingende Stimme, diesmal über den Lautsprecher, wie Petersen bereits angekündigt hatte. »Hokki Werlops, Vormann der ›Anneliese Kramer‹.« Von Anspannung oder Stress war in der Stimme des Vormanns nichts zu hören. Die Seenotretter sind schon coole Typen, Profis wie wir, ging es Olofsen durch den Kopf.

»Wie ist die Situation?«, fragte Olofsen.

»Unser Problemfall ist eine Segelyacht, zwölf Meter lang«, begann Werlops. »Die Yacht liegt jetzt, da wir Niedrigwasser haben, kurz hinter Tonne 11 im Sand neben dem Fahrwasser. Da uns eine leblose Person an Deck gemeldet wurde, haben wir den Notarzt mitgebracht. Der ist gerade mit unserem Tochterboot auf den Segler umgestiegen. Moment mal.«

Im Hintergrund war ein Stimmengewirr zu hören, das an

Bord der »Bürgermeister Brauer« niemand verstehen konnte. »Okay, bin wieder da«, kehrte die Stimme des Vormanns zurück. »Der Notarzt meldet gerade, dass die Person an Deck zweifelsfrei tot ist.«

»Was genau heißt das?«, wollte Greiner wissen.

»Keine Ahnung«, erhielt er Auskunft. »Wir retten Menschen in Not. Mit den Toten kennen wir uns nicht aus.«

Olofsen zog geräuschvoll die Nase hoch.

Werlops sprach weiter: »Aber eure Probleme fangen da erst an. Es soll noch eine zweite Leiche geben. Im Schiffsinneren. Eine Riesensauerei.«

Aha. Nicht gerade eine sehr aussagekräftige Information, aber ein Anfang, dachte Olofsen. »Habt ihr auch etwas Brauchbares für uns?«, murrte er.

»Nur jede Menge Arbeit«, antwortete Werlops. »Ach ja, der Segler wurde zuerst von einer Motoryacht entdeckt, die uns dann alarmiert hat. Ein Mitglied der Motoryachtcrew ist auf den Segler übergestiegen und steht jetzt unter Schock. Wir werden ihn nach Cuxhaven bringen. Der Landrettungsdienst wird sich um ihn kümmern.«

»Okay«, schaltete sich auch Petersen in das Gespräch ein. »Was ist mit den Toten an Bord? Habt ihr die schon geborgen?«

»Nein«, antwortete Werlops.

Bevor er weitersprechen konnte, meldete sich Olofsen zu Wort: »Lasst die Leichen liegen und fasst nichts an. Ich will mir das selbst ansehen. Liegt der Segler noch so, wie ihr ihn gefunden habt?«

»Die Leichen überlassen wir euch gerne. Das ist sowieso nicht unsere Aufgabe. Das Schiff liegt so, wie wir es gefunden haben. Aber es wird vom Sand rutschen, wenn die Tide dreht.«

»Was genau bedeutet das?«, fragte Olofsen.

»Es bedeutet, dass wir den Segler rausziehen und abschleppen werden. Wenn der sich mit dem auflaufenden Wasser losreißt, wird er zu einer Gefahr für die Schifffahrt. Das Risiko gehe ich nicht ein. Wie lange braucht ihr noch?«

Olofsen sah Petersen an, der angestrengt seinen Kartenplotter fixierte.

»Fünfzehn bis zwanzig Minuten«, sagte er dann.

»Das passt«, antwortete Werlops. »Sobald wir den unter Schock stehenden Patienten an Bord haben, verschwinden wir. Unser Tochterboot bleibt vor Ort und wird den Segler mit dem steigenden Wasser vom Sand ziehen.«

Damit beendete Werlops das Gespräch. Petersen gab umgehend Anweisungen an seine Kollegen, das Tochterboot der »Bürgermeister Brauer« ebenfalls klarzumachen. Es würde Olofsen und Greiner zur Sandbank und zum Segler bringen.

Olofsen betrachtete fasziniert den Fahrstand des Schiffes. Mit einem Blick auf ein kleines, nahezu unauffälliges Handrädchen ganz an der Seite fragte er: »Ist das das Steuer?«

Petersen nickte. »Ja, von den großen Steuerrädern, wie man sie von Traditionsschiffen oder aus Filmen kennt, ist nichts mehr übrig geblieben. Nur noch Minirädchen oder Joysticks.«

Olofsens Augen leuchteten.

»Kaffee?«, wechselte Petersen das Thema, bevor sein Gast noch auf die Idee kam, das Schiff selbst fahren zu wollen.

»Auf gar keinen Fall«, mischte sich Greiner augenblicklich ein.

Petersen schaute ihn überrascht an.

»Die Sauerei, die mein Kollege regelmäßig mit Kaffee veranstaltet, wollt ihr nicht an Bord haben. Eine Tasse hat er heute schon zerdeppert.«

Petersen lachte laut auf.

»Blödmann«, brummte Olofsen und starrte halb andächtig, halb beleidigt aus dem Fenster.

Eine gute Viertelstunde später erreichten sie den Segler. Unterwegs war ihnen die »Seepferdchen« entgegengekommen. Sie hatten den Skipper aufgefordert, im Alten Fischereihafen bei der Dienststelle der Wasserschutzpolizei anzulegen und für eine Befragung erreichbar zu bleiben.

Olofsen und Greiner stiegen in das Tochterboot der »Bürgermeister Brauer«. Das Boot hatte keinen Namen, sondern trug nur die Bezeichnung WS-63. Beide hatten automatische Rettungswesten angezogen und kamen sich darin einigermaßen ungelenk vor. Etwas nervös klammerten sie sich an den Haltegriffen fest und warteten darauf, dass die drei Beamten der Wasserschutzpolizei, die ebenfalls mitkommen würden, die letzten Vorbereitungen abschlossen.

Dann öffnete sich die Klappe der Heckwanne, und das Boot rutschte über die Führungsschienen ins Wasser.

»Hölle«, jaulte Greiner. »Muss das wirklich sein? Ich lass mich in die Alpen versetzen, wenn wir so etwas öfter machen sollen.«

»Schnack nicht rum«, beschied ihm Olofsen. »Alles ist gut.«

Das kleine Boot nahm Kurs auf die Sandbank. Olofsen konnte das Schlauchboot erkennen, das ein Stück weit davor auf dem Sand lag. In geringer Entfernung dümpelte die »Mathias«, das vor Ort gebliebene Tochterboot der »Anneliese Kramer«. Zwei der Seenotretter winkten ihnen zu. Olofsen sah, dass die Schleppleine bereits am Segler angebracht war.

Der Fahrer des Bootes ließ plötzlich den Motor aufheulen, das Boot machte einen Satz nach vorne und sprang förmlich auf den Sand. Zum Segler waren es noch etwas mehr als zehn Meter.

»Dichter kommen wir nicht ran«, sagte einer der beiden Beamten zu Olofsen. »Wir gehen vor, sichern unser Boot und steigen auf den Segler. Anschließend kommt ihr beide rüber.«

»Auf gar keinen Fall«, stellte Olofsen sofort klar. »Das hier ist ein Tatort und damit unsere Spielwiese. Ihr passt auf euer Boot auf und schützt uns vor Haiattacken.«

Kaum hatte er dies ausgesprochen, sprang er in bester Turnermanier über die Bordwand auf den Sand. Dann machte er einen großen, vor Autorität strotzenden Schritt vorwärts, rutschte auf dem schlickigen Untergrund aus und klatschte der Länge nach in eine vor ihm liegende Sandfurche. Zu seinem Leidwesen war diese mit Wasser gefüllt. Nur Sekundenbruchteile später kam der Kontaktgeber seiner Rettungsweste mit dem Wasser in Berührung, woraufhin sich die Weste laut zischend aufblies. Olofsen lag auf dem Bauch in der Wasserlache und zappelte wild herum. In der prall aufgeblasenen Rettungsweste sah er aus wie ein gelb leuchtendes Michelin-Männchen. Hinter sich hörte er lautes Gelächter.

»Das hier ist zwar ein Tatort, aber keine Spielwiese«, schnaubte einer der Wasserschutzbeamten. »Eher ein matschiger Sandkasten.«

Etwas vorsichtiger kletterte Greiner aus dem Boot. Mit kleinen, nach sicherem Halt tastenden Schritten gelangte er zu seinem Kollegen, der sich zwischenzeitlich immerhin auf den Rücken gedreht hatte – was die Situation aber nicht verbesserte, denn nun gab er das Bild eines gestrandeten Wals ab.

»Scheiße, verfluchte«, polterte Olofsen. Bei einem weiteren ungelenken Versuch, aufzustehen, war er erneut im Schlick ausgerutscht. Greiner reichte ihm die Hand.

Mittlerweile waren die beiden Wasserschutzbeamten aus dem Boot gestiegen und kamen auf sie zu. Olofsen, der es nun auf die Beine geschafft hatte, fluchte unflätig vor sich hin. Einer der Beamten mühte sich an der Rettungsweste, um Druck daraus abzulassen, sodass Olofsen sie ausziehen konnte.

»So, nun haben wir alle unseren Spaß gehabt«, sagte Greiner mit der Absicht, zu vermitteln. »An die Arbeit, es gibt einen ernsthaften Grund, aus dem wir hier sind. Ich gehe als Erster an Bord.«

Augenblicke später stand Greiner auf dem Deck des Seglers und ging langsam nach vorne. Er setzte seine Schritte mit Bedacht. Aufgrund der leichten Schräglage des Bootes musste er sich an der Reling abstützen, um nicht abzurutschen.

Er entdeckte die tote Frau im Bug des Schiffes, die der Notarzt bereits mit einem weißen Tuch abgedeckt hatte. Hier verwertbare Hinweise auf den Tathergang zu finden dürfte verdammt schwierig werden, so viel wurde ihm sofort klar. Der

Notarzt und die Seenotretter sowie der junge Mann von der Motoryacht waren schon hier gewesen, hatten Dinge angefasst oder ungewollt verändert. Und nun würde Greiners schlammbeschmierter Kollege die Sache auch nicht besser machen.

Wie aufs Stichwort kam ein sichtbar missmutiger Olofsen auf Greiner zugestapft und zog eine nicht zu übersehende Matschspur hinter sich her.

»Und?«, wollte er wissen.

»Weiblich. Tot«, antwortete Greiner. »Zwei Einschusswunden im Brustbereich. So wie die Wunden aussehen, wurden die Schüsse aus nächster Nähe abgegeben.«

»Da muss die Gerichtsmedizin ran«, schloss Olofsen die erste Untersuchung ab.

»Lass uns einen Blick in die Kabine werfen«, sagte Greiner.

Nickend drehte Olofsen sich um und machte sich auf den Weg. Zu seiner Spur aus Matsch äußerte er sich nicht. Am Niedergang zur Kabine zog er jedoch die Schuhe aus, um keinen weiteren Schmutz zu verteilen. Überzieher aus Plastik hatte er leider nicht dabei. Wenn Frank Pall und seine Kollegen von der Tatortgruppe mit der kriminaltechnischen Untersuchung anfingen, würde es wieder ein Heidentheater um die Flusen von Olofsens Socken geben. Aber das war ihm jetzt erst einmal egal.

Er blickte in die Kabine hinein und erbleichte. »Heilige Scheiße«, entfuhr es ihm. Auch Greiner musste schlucken.

Vor ihnen eröffnete sich ein Bild des Grauens. In der wahrscheinlich vormals sehr gemütlichen Kabine waren fast alle Oberflächen schwarz oder dunkelgrau. Die Türen von sämtlichen Schränken und Verschlägen, Teile des Fußbodens, sogar die Kabinendecke sahen aus, als wären sie mit einem Schweißbrenner angebrannt und verkohlt worden. Es roch entsprechend angesengt.

In der Mitte der Kabine, direkt dort, wo die Maststütze positioniert war und sich zu ihrer Befestigung auf dem Kiel des Schiffes fortsetzte, konnten die beiden Polizisten einen Menschen erkennen. Beim Anblick des Mannes fuhr den beiden erneut ein Schauer durch die Glieder. Der Mann saß zusammengesunken und mit unbekleidetem Oberkörper am Fuß der Maststütze. Eine schwere Kette war ihm um den Bauch geschlungen worden und fixierte ihn in dieser Position. Soweit es die Polizisten sehen konnten, wies der Oberkörper zahlreiche Brandwunden auf. Wie schwer die Verbrennungen waren, ließ sich auf die Schnelle nicht erkennen. Es wirkte, als wollte der ganze Körper sich auch jetzt noch mit aller Kraft gegen die Ketten und Flammen wehren.

Mit dem grausigen Anblick der Leiche stieg Olofsen und Greiner auch der widerliche, süßliche Geruch von verbranntem Fleisch in die Nase. Olofsen musste sich abwenden und nach Luft schnappen.

»Zur Hölle«, entfuhr es ihm erneut.

Er war viel gewohnt und hatte insbesondere in seiner Berliner Zeit viele schreckliche Dinge gesehen, aber auch nach all den Dienstjahren machte ihm der erste, manchmal völlig unerwartete Anblick einer derartigen Grausamkeit zu schaffen. Er verstand nicht, wie Menschen dazu fähig sein konnten. Es war ihm schleierhaft, was diese Bestien dazu veranlasste, jede Menschlichkeit über Bord zu werfen und den dunkelsten und niedersten Instinkten freien Lauf zu lassen. Deswegen hatte er sich vor Jahren hinter einer hohen Mauer aus mit Zynismus überzogener Ironie verschanzt. Bis ihm klar geworden war, dass Zynismus ihn zwar vor den Schrecken seiner Arbeit schützte, ihn aber auch zu einem unausstehlichen Arschloch gemacht hatte, mit dem niemand mehr etwas zu tun haben wollte. Also war er von Berlin nach Cuxhaven gewechselt, in der Hoffnung, an der Nordseeküste könnte dieser Panzer Stück für Stück zerbröckeln, von Wind und Sand abgeschliffen werden. Im beschaulichen Cuxland, so seine Idee, würde es derartige Gewaltexzesse nicht geben.

»Was ist hier passiert?«, fragte Greiner und holte seinen Partner wieder in die Gegenwart zurück. In seiner Stimme schwang Entsetzen.

»Der Teufel persönlich hat hier eine Party gefeiert«, entfuhr es Olofsen leise. Er hatte seinen Zynismusgenerator angeworfen.

»Aha.«

Vorsichtig machte Olofsen einen Schritt in die Kabine hinein.

»Dir ist klar, dass Pall mit dir auch eine Party feiert, wenn du hier Spuren kontaminierst«, kommentierte Greiner mit leiser Stimme den Vormarsch seines Kollegen.

Frank Pall war der Leiter der Tatortgruppe der Cuxhavener Polizeiinspektion und damit Herr über Spuren und Beweismittel in einem Kriminalfall. Olofsen und Pall kamen gut miteinander aus – aber beide waren Alphatiere und extreme Dickköpfe. Die Wortgefechte, die sich die beiden regelmäßig lieferten, waren in Polizeikreisen bereits legendär.

»Ich denke, du hast recht«, lenkte er ein. »Frank muss das hier genauestens untersuchen.« Damit drehte er sich um und verließ die Kabine.

Greiner folgte ihm und sog die frische, kühle Nordseeluft in seine Lungen. Das Bild der an die Maststütze gebundenen und geschundenen Leiche konnte er jedoch auch damit nicht von seinem inneren Auge löschen.

An Deck trafen sie wieder auf die beiden Beamten der Wasserschutzpolizei. Sie hatten die erste äußerliche Inspektion des Schiffes beendet.

»Was gefunden?«, fragte Olofsen.

»Kommt alles in den Bericht.«

»Erstklassig«, pflaumte Olofsen ihn sofort an. »Bekomme ich eine handkolorierte Abschrift davon? Oder darf ich jetzt schon die Kurzversion hören?«

Der Beamte sah ihn verdattert an.

»Die Kurzversion. Heute noch«, blaffte Olofsen. »Und das Schiff – wie heißt es, woher kommt es, wem gehört es?«

Der andere Beamte räusperte sich. »Also, das mit dem Schiffsnamen ist zumindest hier draußen ein Problem.« Er deutete auf den Heckspiegel. »Name und Kennung sind komplett unkenntlich gemacht worden, ebenso am Bug. Hier und jetzt können wir den Eigner nicht identifizieren. Ansonsten scheint das gesamte Schiff äußerlich in Ordnung zu sein. Wir haben keine Schäden erkennen können, die das Auftreiben auf den Sand erklären würden.«

»Das Schiff ist also nicht zufällig hier aufgelaufen?«, fragte Greiner.

»Das ist unwahrscheinlich. Dazu liegt es zu hoch auf dem Sand. Außerdem wurde der Anker ausgebracht. Wahrscheinlich wurde das Schiff mit dem ablaufenden Hochwasser in voller Absicht hierhergesteuert, und anschließend ist es trockengefallen. Erstaunlich ist, dass sich der Kiel langsam in den weichen Sand gebohrt und das Schiff weitgehend aufrecht gehalten hat.«

»Und wie geht's jetzt weiter?«, fragte Olofsen.

»Die Seenotretter müssen auf das auflaufende Wasser warten, um das Boot freischleppen zu können. In der Zwischenzeit sehen wir uns die nautischen Details an.«

»Wann wird das Wasser auflaufen?«, fragte Greiner.

Einer der beiden Beamten warf einen Blick auf seine Uhr. »Tatsächlich ist der Strom bereits gekentert«, sagte er.

»Hä?«, entfuhr es Olofsen.

»Die Ebbe hört auf, die Flut kommt«, erläuterte Greiner mit spöttischem Ton. An die beiden anderen Beamten gewandt flüsterte er: »Überfordert meinen Kollegen nicht mit Seemannslatein.«

»Klugschnacker«, kommentierte Olofsen, der die Worte seines Kollegen trotz Flüsterns gehört hatte.

Die beiden Wasserschutzpolizisten entfernten sich langsam in Richtung des Kabineneingangs.

»Wo wollt ihr denn wohl hin?«, rief Olofsen ihnen nach.

»Nach unten. Funkanlage, Karteneinträge und nautische Instrumente prüfen. Wenn wir das Logbuch oder Funkrufzeichen da unten finden, können wir damit Schiffsname und Eigner ermitteln.«

»Nix da«, beschied ihnen Olofsen. »Da unten ist Sperrgebiet, bis die Spurensicherung drin war. Und ganz ehrlich – ihr wollt da nicht runter.«

Kurze Zeit später waren alle Polizisten zurück auf der »Bürgermeister Brauer«. Das Tochterboot lag längsseits vertäut. Auf der kurzen Rückfahrt fiel Olofsen auf, dass das Wasser merklich angestiegen war und die Strömung nun in die andere Richtung, elbaufwärts, zog.

Auf der Brücke des Polizeischiffes bat Olofsen darum, eine Verbindung zur Polizeiinspektion herzustellen, um die Kollegen dort ins Bild zu setzen und die nächsten Schritte abzusprechen. Petersen legte das Gespräch auf den Lautsprecher, sodass alle mithören konnten. Er schlug vor, auch das Maritime Sicherheitszentrum in Cuxhaven sowie die Kollegen der Wasserschutzpolizei an Land in das Gespräch einzubinden.

Olofsen fasste die Situation für alle in wenigen Sätzen zusammen.

»Was passiert als Nächstes?«, fragte Nunk aus der Polizeiinspektion.

»Die ›Anneliese Kramer‹ ist auf dem Weg zurück, um den unter Schock stehenden Motorbootfahrer an den Landrettungsdienst zu übergeben«, sagte Petersen. »Wir bleiben vor Ort und begleiten den Schleppverband.«

»Wohin schleppen wir den Segler?« Greiner sah fragend in die Runde.

»Die Anleger am Wasser- und Schifffahrtsamt und am MSZ sind momentan alle frei.« Die Stimme gehörte dem Kollegen vom Maritimen Sicherheitszentrum. »Da können wir das Schiff weitgehend abgeschirmt festmachen und untersuchen. Unbefugte kommen da nicht hin.«

»Einverstanden«, sagte Olofsen. »Und Frank soll sofort rauskommen und den Segler unter die Lupe nehmen. Wir müssen schnellstens herausfinden, was hier passiert ist.«

»Er ist schon informiert«, antwortete Nunk.

»Wir gehen von Mord aus«, sagte Greiner. »Die Staatsanwaltschaft muss ebenfalls eingeschaltet werden.«

»Auch das ist bereits geschehen«, antwortete Nunk. »Sowohl in Bremerhaven als auch in Stade wissen sie Bescheid. Da es sich wohl um Mord handelt, übernimmt die Staatsanwaltschaft Stade. Die Bremerhavener haben nichts dagegen, da sie lieber bei ihren maritim gelagerten Fällen ohne Tote bleiben wollen. Arne, Martin, setzt euch nach eurer Rückkehr umgehend mit dem Staatsanwalt in Verbindung.«

»Geht klar«, sagte Olofsen.

Petersen sprang von seinem Sitz auf. »Okay, Leute. Es geht los. Die ›Mathias‹ beginnt jetzt mit dem Schleppmanöver.«

Das Segelboot war vollständig von Wasser umspült. Die Leine zum Boot der Seenotretter straffte sich, dann begann das Wasser hinter der »Mathias« zu brodeln, als der Motor seine geballte Kraft an den Propeller weitergab. Trotzdem bewegte sich der Segler nicht von der Stelle. Den Seenotrettern blieb nichts anderes übrig, als ein wenig zu warten und es erneut zu versuchen. Nach einigen zäh dahinfließenden Minuten heulte der Motor abermals auf. Es ruckte, und dann glitt das Segelboot langsam und schwerfällig vom Sand ins freie Wasser.

»Mächtig Kraft in dem Bötchen.« Olofsen war beeindruckt.

»Das hat ja besser geklappt als gedacht«, sagte Petersen, als Olofsen und Greiner wieder bei ihm waren. »Wir werden jetzt querab den Schleppzug nach Cuxhaven begleiten«, erklärte er und zeigte mit einer Hand nach hinten.

Olofsen drehte sich um und konnte durch das kleine Fenster ein riesiges Containerschiff erkennen.

»Mit dem auflaufenden Wasser kommen auch die dicken Pötte, die nach Hamburg wollen. Die müssen hier in der Elbmündung zwar die Geschwindigkeit reduzieren, aber da sie jetzt mit dem Strom fahren, geht das nur eingeschränkt, wenn sie nicht die Steuerfähigkeit verlieren wollen. Wollen wir hoffen, dass die Heckwellen uns nicht zu sehr durchschaukeln.«

Es dauerte fast anderthalb Stunden, bis die »Bürgermeister Brauer« und der Schleppverband zuerst den Radarturm und dann die Alte Liebe passiert hatten. Die ersten Touristen hatten sich dort bereits eingefunden und winkten dem ungewöhnlichen Gespann begeistert zu. Olofsen war sich sicher, dass in weniger als zwei Minuten die ersten Bilder auf Facebook auftauchen würden. Dann liefen sie in den Vorhafen ein.

Wenig später drückte die »Mathias« den Segler mit ihrem Bug an die Kaimauer des WSA-Anlegers, sodass das Boot von Mitarbeitern des Wasser- und Schifffahrtsamtes festgemacht werden konnte. Die Seenotretter verabschiedeten sich und kehrten zu ihrem Mutterschiff zurück, das längst wieder im Fährhafen vertäut lag.

Die »Bürgermeister Brauer« ging hinter dem Heck des Seglers längsseits an den WSA-Anleger, um Olofsen und Greiner aussteigen zu lassen, anschließend lief auch sie zu ihrem eigentlichen Liegeplatz im Alten Fischereihafen.

DREI

Montag, 3. September, um die Mittagszeit

Kaum hatten Greiner und Olofsen festen Boden unter den Füßen, hörten sie hinter sich auch schon eine heftige Diskussion. Einige deftige Flüche dürften dabei für rote Ohren gesorgt haben.

»Ah, Frank Pall ist in der Nähe«, stellte Olofsen nüchtern fest.

»Ist er jetzt gut gelaunt oder eher schlecht?«, fragte Greiner, ohne sich umzudrehen.

»Er ist gut gelaunt, du Vogel«, polterte es lautstark von hinten. Mit schnellen Schritten kam Frank Pall auf sie zumarschiert. In der einen Hand hielt er seinen riesigen Spurensicherungskoffer, mit der anderen Hand fuchtelte er wild in der Luft herum. »Der Fachmann an der Pforte wollte mich nicht reinlassen. Hatte keine Ahnung, dass ich komme. Glaubt man's denn?«

»Lass mich raten – du hast ihm den Tresen gerade gerückt, und seitdem seid ihr die besten Freunde«, witzelte Olofsen.

»So ungefähr«, sagte Pall und grinste breit. »An den Tresen bin ich aber nicht rangekommen. Die haben sich hinter einer Glaswand verbarrikadiert. Aber er kennt jetzt den Unterschied zwischen einem Pförtner und dem Leiter der Tatortgruppe.«

Pall schlug Olofsen freundschaftlich auf die Schulter. »Wo muss ich hin? Was werde ich da finden?«

Olofsen drehte sich um und zeigte auf das Segelboot. »Auf dem Segler scheint es zu zwei Morden gekommen zu sein. Die Kabine ist … Ach, schau es dir selbst an. Das Boot wurde heute Morgen draußen auf der Elbe gefunden.«

Pall sah ihn entsetzt an. »Das Bötchen da? Ich soll auf dieses kleine, elendig schaukelnde Ding klettern?«

Olofsen schaute verdutzt. »Wie jetzt? Der große Frank Pall hat doch wohl keine Angst vor einem kleinen Segelboot?«

»Selbstverständlich nicht«, schoss Pall zurück. »Ich bin nur als Kind mal vom Motorboot meines Onkels ins Hafenbecken gefallen. Seitdem hasse ich diese Dinger.«

»Ins Hafenbecken?« Olofsen musste sofort an Obelix denken, der in den Kessel mit Zaubertrank gefallen war. Vor Lachen verschluckte er sich und fing an zu husten.

»Ist ja gut«, beschied ihm Pall und ging entschiedenen Schrittes auf das Boot zu. Er öffnete ein Seitenfach an seinem Koffer, entnahm ihm einen fuselfreien Einmaloverall und stieg gekonnt hinein, ohne das Gleichgewicht zu verlieren oder mit dem Overall über den Boden zu schleifen.

Greiner war beeindruckt. »Ich wäre wahrscheinlich der Länge nach hingeknallt.«

»Du bist ja auch ein armer kleiner Wicht, Herr Hauptkommissar. Und ahnungslos obendrein. Solche Figuren knallen immer der Länge nach hin«, erklärte ihm Pall oberlehrerhaft. »Ich dagegen«, fuhr er fort, »finde noch den Hauch einer Spur, wenn ihr euch schon wieder ein Fischbrötchen zwischen die Kiemen schiebt und jammert, wie schwer ihr es doch habt.« Damit zog er sich ein paar Gummihandschuhe über, wandte sich dem Segelboot zu und machte einen großen Schritt auf das Deck. Mit ausgebreiteten Armen und besorgtem Blick versuchte er, die Schaukelbewegungen des Bootes auszugleichen. Er verzog verächtlich das Gesicht. »Warum sind hier Fußspuren aus Matsch?«

Olofsen verzog keine Miene. Greiner auch nicht. Das allerdings war für Pall schon Antwort genug. »Wie oft muss ich euch Dorschköppen noch eintrichtern, dass ihr nicht quer durch einen Tatort latschen sollt? Und dazu noch mit Matsch an den Füßen. Wieso eigentlich Matsch?«

»Arne hat sich vorher im Schlick gewälzt«, informierte ihn Greiner. »Soll gut für die Haut sein.«

»Halt jetzt bloß die Klappe«, zischte Olofsen ihn an.

Pall schüttelte nur den Kopf und murmelte etwas wie »Idioten« und »unglaublich«. »Ihr beiden bleibt jetzt schön an Land und erklärt mit von da aus, was ich wissen muss.«

»Aber –«, setzte Olofsen an, wurde jedoch energisch unterbrochen.

»Kein Aber! Unser Chefermittler hat hier schon eine falsche Spur gelegt. Aus echtem Nordseematsch. Und nun möchte der Herr auch noch schlaue Sprüche an den Mann bringen. Nein.« Das letzte Wort spuckte er fast aus. Dann ging er, leicht schwankend und noch immer vor sich hin grummelnd, auf den vorderen Teil des Schiffes. »Was ist hier passiert?«, fragte er mit einem Nicken in Richtung der mit der Plane abgedeckten Leiche.

»Eine Frau«, sagte Greiner. »Anfang bis Mitte vierzig. Erschossen.«

Pall zog langsam die Plane weg. Seine Miene blieb ausdruckslos. Er öffnete seinen Spurensicherungskoffer, entnahm ihm eine kleine Kamera und begann, systematisch Fotos vom Vorschiff und von der Leiche zu machen.

»Bist du heute allein?«, fragte Olofsen.

»Nein, ich habe ein zehnköpfiges Team mitgebracht«, sagte Pall. »Wonach sieht's denn aus?«

»Ist ja gut«, knurrte Olofsen zurück. »Jetzt mach dir mal wegen der Matschabdrücke nicht ins Hemd. Nach dem Ersthelfer, den Seenotrettern und dem Notarzt war ich bestenfalls der Vierte an Bord. Du wirst also noch andere Spuren finden, die erst nach der Tat entstanden sind. Ich gehe außerdem davon aus, dass es an Deck gar nicht so aufschlussreich sein wird. Die richtige Action gab es in der Kabine unter Deck.«

»Komm mal runter«, sagte Pall.

Aber Olofsen war noch nicht fertig. »Nein, noch nicht. Wenn du hier allein herumkriechst, wird es Ewigkeiten dauern, bis du alles untersucht hast. Sieh zu, dass du Unterstützung bekommst. Soll heißen: Mach deinen Job, damit ich meinen machen kann.«

Stille.

Pall und Olofsen hoben gleichzeitig den Kopf und starrten sich an wie zwei Preisboxer auf PR-Tour. Und plötzlich fingen beide gleichzeitig an, breit zu grinsen.

»Das musste jetzt mal gesagt werden«, stellte Olofsen fest.

Pall nickte. »Meine beiden Buddies kommen gleich. Dann geht's schneller. Die beiden können hier oben weitermachen. Was ist in der Kabine unten los?«

»Sieh es dir erst selbst an«, sagte Olofsen, statt zu antworten.

Pall stand auf, zog wieder das Tuch über den Leichnam, nahm seinen Koffer und ging langsam nach achtern in Richtung des Kabineneingangs. Vorsichtig stellte er seinen Koffer neben dem Steuerrad ab und machte einen Schritt in das etwas tiefer liegende Cockpit. Auch hier schoss er zunächst eine Serie von Fotos und wandte sich anschließend dem Einstieg in die Kabine zu.

»Ach du Scheiße«, dröhnte seine Stimme nach draußen. »Was in drei Teufels Namen ist denn hier passiert?« Pall tauchte im Durchgang auf, er war bleich wie ein Beluga.

»Das sollst du uns sagen«, beschied ihm Olofsen. »Wir müssen außerdem dringend wissen, wem das Boot gehört.«

Pall nickte. Dann zeigte er mit dem ausgestreckten Zeigefinger auf eine Stelle vor ihm auf dem Deck. »Wer hat hierhin gekotzt? War das einer von euch?«

»Nein, nein«, versicherte ihm Greiner eilig. »Das war der Ersthelfer.«

Pall zuckte mit den Achseln und verschwand erneut in der Kabine. Kurz darauf öffneten sich die vorderen Oberlichter. Da es ansonsten still blieb, konnte dies nur bedeuten, dass Pall sich an die Arbeit gemacht hatte.

Seit dem frühen Nachmittag waren Olofsen und Greiner wieder in ihren Büros in der Polizeiinspektion in der Werner-Kammann-Straße. Kurz nachdem sie das Gelände des Maritimen Sicherheitszentrums verlassen hatten, war ein schwarzer Leichenwagen vorgefahren, um die tote Frau abzuholen. Der

Leichnam des zweiten Opfers befand sich noch immer in der Kabine des Schiffes, da Pall dort noch inmitten seiner Untersuchungen steckte. Währenddessen durfte niemand weder der Leiche noch dem Tatort auch nur nahe kommen.

Olofsen saß an seinem Schreibtisch, die neue, unkaputtbare Plastiktasse mit dampfendem Kaffee vor sich, und hatte gerade ein Telefongespräch mit der Staatsanwaltschaft in Stade beendet, als Greiner sein Büro betrat.

»Neue Erkenntnisse?«, fragte er.

»Nein«, sagte Olofsen. »Der Staatsanwalt hat wie erwartet die Obduktion beider Leichen angeordnet. Ich werde mich jetzt gleich mit der Rechtsmedizin in Hamburg kurzschließen, damit das auch schnell passiert.«

»Werden die beiden Leichen dorthin gebracht?«, fragte Greiner. Da es in Cuxhaven keine rechtsmedizinische Einrichtung gab, wurden Obduktionen am Rechtsmedizinischen Institut in Hamburg durchgeführt. Nur in Ausnahmefällen kam der Rechtsmediziner aus Hamburg nach Cuxhaven. Dann stellte die Helios Klinik Räumlichkeiten für die Obduktion zur Verfügung.

»Mir wäre es lieber, die würden das hier machen«, beantwortete Olofsen die Frage seines Kollegen. »Dieses Hin- und Herfahren von und nach Hamburg nervt mich. Für uns wäre es auf jeden Fall effizienter, wenn der Rechtsmediziner vor Ort arbeiten würde.«

»Dein Wort in Gottes Ohr.«

Greiner ging. Olofsen griff nach dem Telefonhörer. Er wählte die Nummer des Rechtsmedizinischen Instituts in Hamburg und ließ sich in die gewünschte Abteilung weiterverbinden.

»Walberg«, meldete sich eine Stimme am anderen Ende der Leitung.

»Klaus?«, sagte Olofsen erstaunt. »Ich wusste gar nicht, dass du wieder im Dienst bist.«

»Hätte ich daran gedacht, dass die Nummer auf dem Display zu Cuxhaven gehört, hätte ich meine Sekretärin gebeten, den Anruf anzunehmen und mich zu verleugnen.«

»Freut mich auch, dich zu hören«, sagte Olofsen in bemüht neutralem Tonfall. »Wir haben Arbeit für dich.«

»Ja, habe ich schon gehört. Eine erschossene Frau und einen Rösti auf einem Segelboot.« Der Sarkasmus in Walbergs Stimme war kaum zu überhören. So kannte ihn Olofsen nicht. Walberg war zwar bekannt für sein böses, teils verletzendes Mundwerk, aber er war ein erstklassiger Rechtsmediziner. Mit dem Ersteren konnte Olofsen umgehen – ein Kind von Traurigkeit war er schließlich selbst nicht –, und das Zweite benötigte er jetzt.

»Von mir aus auch einen Rösti, wenn du es unbedingt so ausdrücken willst. Jedenfalls wüssten wir doch gerne, wie es dazu gekommen ist.«

»Fragt ihn doch.«

»Er ist tot.«

»Dumm gelaufen.«

»Was du nicht sagst«, schnappte Olofsen zurück. »Kommt bei diesem Gespräch auch noch etwas Gescheites heraus, oder lassen wir es bei blödem Geschwätz?«

Einen Augenblick herrschte Stille am Telefon. »Wir kommen zu euch nach Cuxhaven«, antwortete Walberg. »Du brauchst dich um nichts zu kümmern. Das erledigen wir.«

Er legte einfach auf.

Olofsen zog erstaunt die Augenbrauen hoch. »Vielen Dank auch«, grummelte er vor sich hin und griff nach seiner Tasse. Er nahm einen großen Schluck Kaffee und blickte aus dem Fenster. Zu sehen gab es eigentlich nichts, aber es entspannte ihn, die vorbeitreibenden Wolken zu beobachten. Es war ein Tag wie aus dem Bilderbuch – ein tiefblauer Himmel, ein paar Wolken und angenehm warme Sonne. Er nahm einen weiteren Schluck Kaffee und ging in Greiners Büro. Sie sollten sich ein Büro teilen, ging es ihm durch den Kopf. Das ständige Hin- und Herlaufen ist einfach nur zeitraubend.

»Gibt es bei dir etwas Neues? Hast du etwas von Frank gehört? Haben wir endlich den Namen des Bootes? Bei mir meldet er sich ja nicht.«

»Nein, noch nichts gehört. Soweit ich weiß, ist Frank mit seinen Leuten noch immer auf dem Segler beschäftigt«, sagte Greiner.

»Wissen wir, wer die beiden Opfer sind? Oder zumindest die Frau?«, fragte Olofsen.

»Nein, auch nicht.«

»Dann sollten wir das jetzt ändern. So kann das nicht weitergehen. Ein Doppelmord am Morgen, und wir tappen nachmittags noch immer im Dunkeln. Lass uns zurück zum Hafen fahren und den Seenotrettern einen Besuch abstatten. Pall muss ja erst mit allen seinen Tests fertig sein, bevor er den Mund aufmacht. Aber die Jungs vom Rettungskreuzer können uns vielleicht weiterhelfen.«

»Ich habe zwar keine Ahnung, wie die das anstellen sollten«, meinte Greiner, »aber bevor wir hier rumsitzen und Däumchen drehen, lass es uns versuchen. Spontaner Aktionismus ist bestimmt besser als geplante Untätigkeit.«

Olofsen stellte den Wagen auf dem Parkplatz am Fährhafen ab, quer über zwei Stellflächen, was ihm erboste Blicke der umherwuselnden Touristen einbrachte. Er schnauzte einmal laut und für alle vernehmlich »Polizei«, und schon waren alle Blicke wieder auf das ruhige Wasser der Elbe und die darauf hinziehenden Schiffe gerichtet.

Plötzlich summte Olofsens Handy. Es war Pall. »Du wolltest doch den Namen des Bootes wissen«, sagte er, ohne Zeit mit Begrüßungsfloskeln zu verschwenden.

Olofsen bestätigte dies.

»Den kenne ich leider immer noch nicht. Sämtliche Unterlagen in der Kabine, die diese Information wohl enthalten hätten, scheinen gezielt verbrannt worden zu sein. Aber auf einem der Blätter war die Kennung des Bootes noch lesbar.«

Olofsen nickte. »Besser als nichts.« Er zog einen zerknitterten Zettel und einen Stift aus der Jackentasche und notierte sich die Nummer, die Pall ihm durchgab.

Sie betraten den Schwimmsteg, an dem neben dem Seenotrettungskreuzer auch die Motorboote des Cuxhavener Yachtclubs vertäut lagen. Auf dem Steg war der Liegeplatz des Rettungskreuzers noch einmal gesondert abgetrennt. Kaum hatte Olofsen das Metalltor geöffnet, wurden sie auch schon angesprochen.

»Moin«, sagte einer der Seenotretter vom Achterschiff aus. »Was kann ich für euch tun?«

»Kripo Cuxhaven«, antwortete Olofsen. »Wir würden gerne den Käpt'n sprechen.«

»Klar, kommt an Bord«, sagte der Mann und machte eine einladende Bewegung mit den Armen in Richtung der Gangway. »Der Vormann ist auf der Brücke.«

Olofsen lief vorneweg, und nur wenige Augenblicke später standen die beiden auf der Brücke des Rettungskreuzers.

Vormann Hokki Werlops saß im hinteren Bereich und schrieb an seinem Bericht über den morgendlichen Einsatz auf der Elbe. »Ah, hoher Besuch«, begrüßte er die beiden Polizisten gut gelaunt. »Ich bräuchte hier mal die eine oder andere Formulierungshilfe. Mich nerven diese Berichte.«

»Kann ich gut verstehen«, entgegnete Greiner. »Mir hängt der Papierkram auch jedes Mal zum Hals raus.«

Werlops lachte. »Was kann ich für euch tun, Jungs?«

Olofsen stand noch vorne am Fahrstand des Rettungskreuzers und blickte mit einem seligen Lächeln auf die Schalter, Hebel und Monitore. »Geiles Teil«, stellte er für sich und alle anderen fest.

»Ziemlich geil«, bestätigte Werlops.

Greiner räusperte sich lautstark, und Olofsen zuckte zusammen. Er war aus seiner Träumerei erwacht.

»Nun ja«, begann Olofsen, »der Einsatz heute Morgen auf der Außenelbe. Wir waren dabei und hätten da ein paar Fragen.«

Werlops grinste breit. »Richtig. Ich habe davon gehört. Der Stunt im Matsch. Diese automatischen Rettungswesten sind echt hinterhältig. Kaum legt man sich im Schlick auf die Nase, schon sind die Dinger aufgeblasen.«

Olofsen zog die linke Augenbraue hoch.

Werlops wurde wieder ernst. »Nichts für ungut. Wir erleben hier schon so einige seltsame Sachen. Und auch ziemlich harten Stoff. Da müssen wir ab und zu einfach mal kräftig lachen.«

Olofsens Augenbraue entspannte sich. »Der Segler auf dem Sand. Habt ihr so etwas schon mal erlebt?«, fragte er.

»Boote, die auf Sandbänke rauschen, haben wir hier gelegentlich«, erklärte ihm der Vormann. »Meistens sind es auswärtige Freizeitskipper, die weder die Seekarten noch den Tidenkalender gelesen haben und dann mit ihren Motorbooten auf eine der Sandbänke krachen. Das kann ordentlich rappeln, wenn du unerwartet in den Sand knallst.«

»Aber so einen Fall wie heute?«, fasste Greiner nach.

Werlops blickte nachdenklich durch das Fenster. »Nein, das hatten wir noch nicht. Der Segler lag zu hoch im Sand, als dass er dort versehentlich aufgetrieben sein könnte, weil der Rudergänger nicht aufgepasst hat.«

»Außerdem war der Anker geworfen«, fügte Olofsen hinzu und kratzte sich hinter dem Ohr.

»Ja, das ist schon komisch«, bestätigte Werlops. »Zumal diese Ecke absolut kein Ankerplatz ist. Im Gegenteil. Wegen des Schwells der vorbeifahrenden dicken Pötte ist das sogar ziemlich gefährlich.«

»Warum also hat der Segler dort gelegen?«, fragte Olofsen.

Werlops zuckte mit den Achseln. »Das rauszufinden dürfte euer Job sein.«

»Danke für den Hinweis«, brummte Olofsen. »Die Spuren sind zwar noch nicht komplett ausgewertet, aber auf den ersten Blick deutet vieles auf einen Mord hin. Entweder haben die beiden sich an Bord gegenseitig umgebracht, was ich bezweifle, oder jemand anders hat es getan.«

»Derjenige war aber nicht mehr an Bord, als das Boot gefunden wurde«, ergänzte Greiner.

»Nehmen wir mal an, es gab tatsächlich noch eine dritte Person. Wo kann die hin sein? Und wie könnte sie das angestellt haben?«, fragte Olofsen.

»Das wäre gar nicht so schwierig«, antwortete Werlops. Er schob einen Stapel Papiere zur Seite und legte eine darunterliegende Seekarte der Elbmündung frei. »Schaut euch das hier an«, sagte er zu den beiden.

Olofsen und Greiner traten dicht an den Kartentisch heran. Werlops zeigte mit einem Bleistift auf einen Punkt auf der Karte. »Hier, zwischen den Tonnen 11 und 13, hat unser Segler auf dem Sand gesessen. Die meisten dieser Boote haben ein Dingi dabei, das –«

»Ein was?«, unterbrach ihn Olofsen.

»Ein kleines Beiboot«, erklärte ihm Greiner. »Meist ein Schlauchboot mit Außenbordmotor, das achtern am Schiff festgemacht ist.«

»Da war aber keins«, sagte Olofsen sofort.

»Eben«, stellte Werlops fest. »Euer dritter Mann könnte damit das Weite gesucht haben, nachdem er die beiden anderen umgebracht hat.«

»Kann man das irgendwie überprüfen?«, wollte Olofsen wissen.

»Zuerst müsste man natürlich rausfinden, ob dieses Segelboot wirklich ein Beiboot hatte«, gab Werlops zu bedenken. »Aber nachzuvollziehen, ob es während der Nacht tatsächlich benutzt wurde, dürfte kaum klappen.«

»Warum nicht?«

»Wegen der geringen Größe. Diese Beiboote sind zu klein, um ein Radarecho zu geben, das sich von der Dünung abhebt. Und da sie aus Kunststoff gemacht sind, werden die Radarstrahlen nur extrem schlecht reflektiert. Die Jungs bei Elbe-Traffic-Radar sind zwar klasse, aber so ein Schlauchboot werden die auch nicht auf ihren Radarschirmen sehen.« Werlops blickte angestrengt auf die Karte. »Aber es gibt noch eine andere Möglichkeit«, sagte er.

Olofsen und Greiner warteten gespannt.

»Heute am frühen Morgen hatten wir ablaufendes Wasser. Überdies ging nur ein leichter Wind. Bei der Position des Seglers könnte sich jemand auch zu Fuß davongemacht haben.«

»Zu Fuß?«, fragten Olofsen und Greiner unisono.

»Der Bereich, auf dem der Segler lag, gehört zum Scharhörnriff«, setzte Werlops zu einer Erklärung an. »Bei Niedrigwasser und guten Winden, so wie wir sie heute hatten, könnte man über die trockene Wattfläche problemlos bis nach Scharhörn laufen.«

Werlops fuhr mit dem Stift über einen Bereich auf der Seekarte, der die Inseln Scharhörn, Nigehörn und Neuwerk umrahmte. »Da lebt außer einem Vogelwart niemand, also wird man sehr wahrscheinlich unentdeckt bleiben können«, fuhr er fort. »Tagsüber mischt man sich unter eine Wattwandergruppe, die von Neuwerk kommend eine Tour nach Scharhörn gemacht hat, und geht zusammen mit ihnen zurück. Einmal auf Neuwerk angekommen, kannst du in der Masse der Touris untertauchen. Dann gibt es verschiedene Wege, auf das Festland zu gelangen – zu Fuß, mit dem Wattwagen oder mit der Fähre – und endgültig zu verschwinden.«

Olofsen und Greiner sahen sich an. »Scheiße«, fasste Olofsen erstaunt und besorgt das eben Gehörte zusammen. Einen Moment lang herrschte Stille auf der Brücke des Seenotrettungskreuzers. Nur die schwer verständliche Stimme aus dem Funkgerät ließ sich ab und an vernehmen. So meldete gerade der Kapitän der »Jan Cux II« der Cuxhavener Verkehrszentrale, dass er nun zu einer Hafenrundfahrt mit achtundfünfzig Gästen an Bord auslaufen würde.

»Lässt sich diese Möglichkeit irgendwie überprüfen?«, fragte Greiner.

Werlops machte eine unbestimmte Geste. »Vergiss es. Sobald die Flut die Sände überspült, sind auch alle Spuren wieder weg, die ihr dort vielleicht hättet finden können.«

»Nochmals Scheiße«, sagte Olofsen.

»Tja, das Wattenmeer ist nicht besonders freundlich zu Ermittlern von der Kripo.«

Olofsen überlegte. »Was ist eigentlich mit dem Boot? Über das Kennzeichen lässt sich doch nachvollziehen, wem es gehört, oder irre ich mich? Den Namen des Bootes kennen wir leider nicht, da er völlig unkenntlich gemacht worden ist. Aber unser Spurensucher hat die Kennung gefunden.«

»Klar, das sollte kein Problem sein«, sagte Werlops und griff zum Telefon. Er rief die Zentrale der DGzRS in Bremen an, gab die Nummer des Kleinfahrzeug-Kennzeichens durch, die Olofsen ihm auf seinem Zettel gezeigt hatte, und bat um Infos. »Da das Schiff mit Sicherheit eine Funkanlage hat, wird es in der MARS-Datenbank registriert sein. Dort bekommen wir alle Infos, die wir brauchen. Ich benötige sie auch für meinen Bericht«, sagte er an die beiden Polizisten gewandt, während er auf eine Antwort wartete.

Nur Sekunden später meldete sich sein Gesprächspartner wieder.

Der Vormann machte sich Notizen.

»Das Boot war in der Datenbank erfasst«, sagte er zufrieden.

»Okay. Wer, was und wo?«, fragte Olofsen.

»Das Boot ist unter dem Namen ›Fabulous Dream‹ eingetragen, der Eigner ist ein gewisser Joachim Einbaum.«

»Passender Name für einen Skipper«, witzelte Olofsen. »Noch mehr?«

»Der Heimathafen des Bootes ist Cuxhaven. Der Liegeplatz ist bei der Gemeinschaft Cuxhavener Segler, gleich hier um die Ecke.«

»Das ist ja immerhin etwas«, sagte Greiner.

»Unser nächster Gang führt eindeutig zur GCS-Marina.« Olofsen plante bereits die nächsten Schritte. »Wir werden uns ein wenig mit dem Hafenmeister unterhalten.«

»Gute Idee, Jungs.« Werlops stand auf. Die Besuchszeit war abgelaufen, und er wollte sich nun wieder anderen Dingen widmen.

Olofsen und Greiner verabschiedeten sich. Als sie wieder auf dem Anleger standen, griff Olofsen nach seinem Telefon und drückte eine Taste aus dem Kurzwahlspeicher, um in der Polizeiinspektion anzurufen.

»Olofsen hier«, meldete er sich. »Ich brauche dringend Informationen zu folgender Person.« Er buchstabierte seinem Gesprächspartner den Namen, den er kurz zuvor von Werlops erfahren hatte.

Wenig später stand Olofsen im Büro des Hafenmeisters der GCS-Marina. Greiner hatte einen Zwischenstopp bei den Toiletten einlegen wollen.

Der Hafenmeister, ein dynamischer Mann Mitte vierzig, mit modischer schwarzer Hornbrille, lockerer, heller Kleidung und kurz geschnittenen Haaren, saß hinter einem kleinen Schreibtisch und schaute den Polizisten erstaunt an. Laut dem Namensschildchen auf dem Tisch hieß er Jens Lücker.

»Kripo?«, fragte er verdutzt.

»Richtig, Kripo Cuxhaven«, bestätigte Olofsen.

Einen Moment herrschte Stille im Büro, und Olofsen erhaschte einen Blick durch das kleine Fenster auf ein Meer von Masten, bunten Wimpeln und Menschen, die Ameisen gleich über die Stege wuselten.

»Was kann ich für Sie tun?«, fragte der Hafenmeister.

»Kennen Sie einen gewissen Joachim Einbaum?«, fragte Olofsen.

»Joachim?«, fragte Lücker zurück.

»Ja. Joachim«, wiederholte Olofsen. »Einbaum. Haben Sie mehrere davon?«

Der Hafenmeister schaute irritiert. »Nein, natürlich nicht. Selbstverständlich kenne ich Joachim. Und natürlich seine Frau Iris.«

Olofsen nickte anerkennend. »Sehr schön. Was können Sie mir über die beiden erzählen?«

Die Bürotür öffnete sich, und ein bleicher Greiner trat ein.

Olofsen musterte ihn kurz, und Greiner gab ihm mit einem angedeuteten Kopfnicken zu verstehen, dass alles okay war.

»Ist etwas passiert?«, fragte der Hafenmeister, als er sah, dass Olofsen ihm wieder seine volle Aufmerksamkeit geschenkt hatte. »Muss ich mir Sorgen machen? Ich meine ja nur – die Kripo haben wir nicht oft im Hafen.«

Der Mann war dabei, Olofsens Geduld zu strapazieren. »Sorgen müssen Sie sich nur machen, wenn Sie weiterhin blöde Fragen stellen, anstatt meine zu beantworten«, stellte er klar. »Also noch mal zum Mitschreiben: Was können Sie uns über Joachim Einbaum und seine Frau Iris erzählen?«

»Den beiden gehört die ›Fabulous Dream‹«, antwortete Lücker, sichtlich überrumpelt. »Den Segler haben sie sich erst im letzten Jahr zugelegt. Ein wirklich schönes Schiff. Top gepflegt, State-of-the-Art-Technik, wenn Sie verstehen, was ich meine.«

Keiner der beiden Polizisten zeigte irgendeine Reaktion.

»Die beiden sind schon seit vielen Jahren Vereinsmitglieder. Sehr engagiert, immer hilfsbereit«, fuhr Lücker fort. »Was ist denn los? Ist den beiden etwas passiert?«

»Ist das Schiff hier?«, stellte Greiner eine Gegenfrage, statt eine Antwort zu geben.

Lücker dachte kurz nach. »Nein«, sagte er. »Die beiden sind gestern aufgebrochen. Sie wollten einige Tage auf Helgoland verbringen. Gut für mich hier, denn ich habe so zumindest kurzzeitig eine Box mehr für Gastlieger.«

»Helgoland?«, fragte Olofsen.

»Klar. Das machen viele hier. Bei gutem Wind ist man in ein paar Stunden drüben. Und wenn ab dem späten Nachmittag die Seebäderschiffe mit den Tagesgästen wieder weg sind, ist es dort phantastisch. Ganz besonders auf dem eigenen Boot.«

Olofsen bekam für einen kurzen Moment leuchtende Augen. Aber nur kurz. »Sind nur die beiden aufgebrochen, oder war noch jemand an Bord?«, fragte er. »Und wissen Sie, wer alles von den Reiseplänen wusste?«

»Den Helgolandtörn machen die beiden in jedem Jahr zu

dieser Zeit, das weiß hier so ziemlich jeder. Joachim hat mir nur gesagt, dass sie für vier Tage unterwegs seien. Wie viele Personen an Bord waren, kann ich nicht sagen. Das geht mich nichts an.«

»Sie haben nicht zufällig ein Bild von den beiden?«, fragte Greiner. »In einem Jahrbuch oder von irgendeiner Feier?«

Lücker zögerte kurz. Dann stand er auf, ging zu einem kleinen Bücherregal in der Ecke des Büros. Kurz darauf kehrte er mit einer kleinen Mappe zum Schreibtisch zurück.

»Wollen Sie mir denn nicht endlich verraten, was eigentlich los ist?« Jetzt wirkte Lücker etwas verärgert. Als keiner der beiden Polizisten Anstalten machte, dies zu tun, fuhr er resigniert fort. »Das sind Bilder, die ich anlässlich eines Vereinsjubiläums im Frühjahr gemacht habe. Die beiden müssten auch irgendwo drauf sein.« Er begann, Fotos hin und her zu schieben. Dann fand er, was er gesucht hatte, und reichte Olofsen eines der Bilder.

»Hier sind sie«, sagte er. Er zeigte zunächst auf einen Mann. Joachim Einbaum. Anschließend auf eine Frau. Iris Einbaum. Sowohl Olofsen als auch Greiner erkannten die Frau sofort. Heute Morgen hatte sie erschossen auf dem Vorschiff ihres Segelbootes gelegen.

»Das Foto würde ich gerne mitnehmen«, sagte Olofsen.

Lücker nickte nur. »Was ist denn jetzt mit den beiden?«, versuchte er es ein weiteres Mal.

Greiner räusperte sich und gab den Fernsehkommissar. »Ich muss Ihnen leider mitteilen, dass Ihre Vereinsfreunde tot sind.«

Lücker blickte die beiden Polizisten entsetzt an und sackte auf seinem Stuhl zusammen. »Tot?«, flüsterte er fassungslos. »Wie ist das möglich?«

Olofsen sah ihn streng an. »Sie verstehen sicherlich, dass wir hierzu während der laufenden Ermittlungen keine Details an Außenstehende weitergeben können.«

Lücker nickte geistesabwesend. Olofsen und Greiner wandten sich um und wollten gehen. An der Tür angekommen drehte

Olofsen sich noch einmal um. »Eine Sache noch, bevor ich es vergesse«, begann er im Columbo-Stil, »hat die ›Fabulous Dream‹ ein Beiboot?«

Der Hafenmeister schaute ihn verwirrt an. »Selbstverständlich«, sagte er dann. »Ein kleines Schlauchboot mit Außenbordmotor.

»War das Schlauchboot da, als die Einbaums losgefahren sind?«

»Natürlich.«

Olofsen und Greiner standen wieder auf dem Parkplatz am Fährhafen. Auf dem Weg dorthin hatten beide ihren Gedanken nachgehangen.

»Lass uns einen Kaffee trinken und gemeinsam laut nachdenken«, sagte Olofsen und deutete auf den Eingang zur Sturmflut, einem Lokal direkt am Anleger der »MS Helgoland«.

»Lieber nicht.« Greiner war offenbar nicht begeistert. »Ich fühle mich mies. Mein Bauch, ich muss wohl irgendetwas Falsches gegessen haben.«

»Weichei«, entgegnete Olofsen ungerührt. »Jetzt mal keine Ausreden. Mitten in der laufenden Ermittlung schlappzumachen, gibt's nicht.«

Greiner verzog das Gesicht. Dann rannte er plötzlich los. »Muss ganz schnell wohin«, rief er seinem Kollegen über die Schulter zu. Dabei kollidierte Greiner fast mit einem der vielen Radfahrer, die hier immer unterwegs waren.

Olofsen machte einen Satz auf den Radfahrer zu. »Was fällt dir ein?«, schnaubte er und fuchtelte mit seinem Dienstausweis herum, den er aus seiner Tasche hervorgezaubert hatte wie ein Zirkusmagier ein Kaninchen aus dem Zylinder. »Radfahren im Hafen ist doch bestimmt verboten.«

Der Radfahrer schrumpfte in sich zusammen.

Olofsen beachtete ihn nicht weiter, sondern zog sein Handy aus der Tasche. Auch er spürte ein Grummeln in der Magengegend, beschloss aber, es zu ignorieren. Er drückte auf dem

Display seines Telefons herum, dann steckte er das Gerät wieder ein.

Kurze Zeit später kehrte Greiner zurück. »Mit geht's wirklich nicht gut. Ich fahre nach Hause und lege mich ins Bett.«

Plötzlich dröhnte es aus Olofsens Jackentasche.

»Hölle, was ist denn das?«, entfuhr es Greiner.

»Geil, was? Während du auf dem Pott warst, habe ich mir ein Nebelhorn als Klingelton geholt.«

Greiner zeigte ihm den Vogel.

Olofsen freute sich wieder wie ein kleiner Junge und nahm das Gespräch an. Es dauerte nur wenige Sekunden. »Es war Pall«, ließ er seinen Kollegen wissen. »Er ist noch fleißig, will uns aber noch heute Abend an seinen Erkenntnissen teilhaben lassen.«

VIER

Montag, 3. September, früher Abend

Nachdem Greiner sich im Fährhafen eiligst von ihm verabschiedet hatte und ein weiteres Mal im Sturmschritt zur Toilette geeilt war, hatte Olofsen sich entschieden, an seinen Schreibtisch zurückzukehren. Nun saß er hier, erneut einen Becher Kaffee vor sich, und sortierte gedanklich ein weiteres Mal die Details des Falls. Die Erleuchtung blieb aus, und so hoffte er, dass Frank Pall bald auftauchen und dem Fall anhand der Spuren eine klare Ermittlungsrichtung vorgeben konnte.

Er ließ den Blick durch sein Büro schweifen. Die Scherben und Kaffeespuren seines morgendlichen Unfalls waren, von wem auch immer, leidlich beseitigt worden. Dennoch wirkte das Büro trist. Grauer Schreibtisch auf grauem Linoleum, Regale voller Aktenordner an Wänden, die dringend einen Anstrich benötigten, alte Fahndungsplakate an Stellen, an denen die Farbe abgeblättert war. Wahrlich kein Ort der Inspiration. Olofsen öffnete das Fenster. Frische Luft enterte den Raum, aber auch der Lärm des Straßenverkehrs drang zu ihm herauf.

Sein Telefon klingelte. Olofsen ging zum Schreibtisch zurück, schob vorsichtig die Kaffeetasse zur Seite und nahm den Hörer ab.

»Moin, Sherlock«, erklang Klaus Walbergs Stimme, kaum dass Olofsen den Hörer am Ohr hatte. »Wir kommen laut Navi in einer halben Stunde in Cuxhaven an. Im Krankenhaus wissen sie Bescheid und haben einen Raum für die Obduktion bereitgestellt. Wir wollen allerdings noch eine Kleinigkeit essen. Gegen neunzehn Uhr soll es losgehen. Sieh zu, dass du pünktlich bist.«

Damit war das Gespräch beendet. Walberg hatte aufgelegt, ohne Olofsen auch nur die Chance zu einer Antwort zu geben.

Im selben Moment ging die Tür auf, und Pall marschierte ins Büro. Er steuerte zielstrebig Olofsens Besucherstuhl an.

»Moin«, brummte Olofsen, verstimmt von Walbergs Gebaren am Telefon. Aber auch neugierig. »Was hast du herausgefunden?«

»Auch moin.« Palls Tonfall war frisch und dynamisch, seine Augen sahen jedoch müde aus. Olofsen selbst fühlte sich ebenfalls erschlagen und sehnte sich nach seinem Sofa zu Hause.

»Ich habe zwar jetzt eine Raucherlunge«, begann Pall seinen Bericht, »aber die Stunden unter Deck waren voller Erkenntnisse.«

»Raus damit.«

Pall zog ein paar Mappen aus einer Aktentasche. »Zunächst die Frau.«

»Iris Einbaum«, ergänzte Olofsen.

»Oho. Ihr habt sie also schon identifizieren können. Wäre nett gewesen, wenn mir das jemand gesagt hätte.«

»Haben wir auch gerade erst erfahren.« Olofsen klang fast entschuldigend.

»Auch gut«, sagte Pall. »Iris Einbaum ist erschossen worden. Das war offensichtlich. Patronenhülsen waren nicht auffindbar. Darüber hinaus gab es an Deck keine verwertbaren Spuren. Na ja, außer deinen Matschabdrücken.«

Olofsen verzog das Gesicht.

»Meiner Einschätzung nach hat es an Deck keinen Kampf gegeben«, fuhr Pall fort. »Fingerabdrücke konnten wir nur von Frau Einbaum und von dem zweiten Toten finden. An der Reling gab es einige verschmierte Abdrücke, aber die helfen uns nicht weiter. Wenn also noch jemand an Bord war, hat er wahrscheinlich Handschuhe getragen und ist sehr umsichtig vorgegangen.«

»Kannst du uns etwas zum Beiboot sagen?«

»Es war keines da«, antwortete Pall wie aus der Pistole geschossen.

Olofsen deutete einen Stinkefinger an.

»Was?«, fuhr ihn Pall sofort an. »Es war keines da. Was soll ich denn da noch mehr sagen?«

Olofsen machte ein nachdenkliches Gesicht und malte mit dem Finger ein großes Fragezeichen in die Luft.

Er wandte sich wieder Pall zu. »Der Hafenmeister der GCS-Marina hat mir bereits bestätigt, dass es ein Beiboot gab. Es könnte äußerst hilfreich sein, zu wissen, wonach wir Ausschau halten müssen. Schließlich könnte es das Fluchtfahrzeug sein. Außerdem lösen sich solche Boote nicht in Luft auf.«

Pall überlegte. »Vielleicht können uns die Kollegen von der WSP unterstützen. Die kennen sich in diesen Dingen besser aus.«

»Wir sollten auch die Polizeistreifen auffordern, aufmerksam zu sein. Vielleicht hat jemand irgendwo ein herrenloses Bötchen gefunden«, ergänzte Olofsen. »Außerdem wäre da noch die Kabine des Segelbootes«, setzte er wieder an. »Was hast du da entdeckt?«

Pall kniff die Augen zusammen und starrte Olofsen für einige Sekunden an. Dann holte er tief Luft. »Was habe ich entdeckt?«, sagte er mehr zu sich selbst. »Nun, zunächst mal eine Portion Kotze. Von der Tür voll in den ganzen Raum gespritzt. Absolute Spitzenklasse.«

»Welche Farbe und wie lange verdaut?«, fragte Olofsen mit bierernstem Gesicht.

Pall blickte ihn finster an. »Willst du mich verarschen?«

Olofsen sah mit gespieltem Erstaunen auf. »Keineswegs. Spur ist Spur. Könnte wichtig sein.«

Wie von der Tarantel gestochen sprang Pall von seinem Stuhl. »Idiot. Hast du noch alle Latten am Zaun? Das war schon verdammt krass und gehört wahrlich nicht zum Cuxhavener Standard. Du hast nicht zufällig gesehen, dass die ganze Kabine angekokelt worden ist? Samt der armen Sau, die da mittendrin an der Maststütze angebunden war. Und erst dieser Geruch. Oder Gestank. Keine Ahnung, welcher Ausdruck es besser trifft.«

Er stürzte zum Fenster und sog frische Luft in seine Lungen, als müsse er noch immer gegen den Brandgeruch ankämpfen. Dann drehte er sich wieder zu Olofsen um. »Ich sag dir was: So etwas brauche ich wirklich nicht. Und schon gar nicht garniert mit dämlichen Sprüchen.«

Olofsen sah ihn dennoch herausfordernd an. »Fertig?«, fragte er. »Leichen und Feuer sind immer eine harte Kombination. Das weiß ich selbst. Dennoch: Wir müssen alle unseren Job machen. Und deiner ist es, die Spuren zu sichten und auszuwerten. Also reiß dich zusammen.«

Pall setzte sich wieder auf den Stuhl und rollte trotzig einmal durch das Büro.

Olofsen fuhr fort. »Einen Kotzer kennen wir. Der junge Mann, der von dem Motorboot als Erster auf den Segler umgestiegen ist, noch bevor die Seenotretter eintrafen.«

»Aber der hat doch die Fische gefüttert«, warf Pall sofort ein.

Olofsen zeigte mit dem Zeigefinger auf ihn und nickte wie ein stolzer Vater. »Richtig«, sagte er. »Nur ist das nicht zweifelsfrei bestätigt. Vielleicht hat er die erste Portion in der Kabine zurückgelassen, vielleicht war es auch jemand anders. Wir müssen unbedingt mit dem Jungen sprechen. Mist, dass Martin nicht da ist. Na ja, dann soll er sich morgen darum kümmern.«

»Wo ist der eigentlich?« Es schien Pall erst jetzt aufzufallen, dass Greiner nicht da war.

Olofsen schaute finster an die Zimmerdecke. »Dem Herrn war unwohl. Er hat es vorgezogen, nach Hause zu gehen und sein Bäuchlein zu pflegen.«

Pall machte ein unglückliches Gesicht. »Ich muss gestehen, dass ich mich auch nicht richtig fit fühle. Ich dachte schon ein paarmal, mir kommt auch alles hoch.«

Olofsen winkte ab. »Bitte keine Details. Aber da wir gerade davon sprechen –«

»Du wolltest also andeuten, dass noch andere ihren Mageninhalt in der Kabine des Segelbootes deponiert haben könnten?«, vollendete Pall den Gedankengang.

»Es wäre zumindest möglich«, antwortete Olofsen. »Selbst dich scheint es arg mitgenommen zu haben. Vielleicht ist es unserem Täter ähnlich ergangen, nachdem ihm klar geworden war, was er getan hat.«

Pall war skeptisch.

»Ich will mir später nicht nachsagen lassen, wir hätten den Fall vermasselt, weil wir dieser – zugegeben arg skurrilen – Spur nicht nachgegangen sind«, sagte Olofsen.

»Ich werde beim LKA anrufen. Mal sehen, ob die einen Experten für derartige Proben haben.«

»Du musst nur Proben für eine DNA-Extraktion und die anschließenden Tests nehmen. Wo die Proben herkommen, ist doch erst einmal egal«, warf Olofsen mit einem spöttischen Unterton ein. »Das weiß ja sogar ich. Da brauchst du den LKA-Experten für Vomiertes nicht zu behelligen.«

»Du hast doch einen Dachschaden«, diagnostizierte Pall.

Frank Pall hatte frischen Kaffee geholt. Vor ihnen stand nun je ein Becher mit dampfender schwarzer Flüssigkeit. Während Pall in der Kaffeeküche war, hatte Olofsen mit dem Wachleiter der Wasserschutzpolizei telefoniert. Man hatte ihm zugesagt, sich umgehend um Informationen zu dem Beiboot der »Fabulous Dream« zu kümmern.

»Hast du in der Kabine des Segelbootes Verwertbares finden können?«, nahm Olofsen das Gespräch wieder auf.

Pall schlug erneut einen Ordner auf. »Wir haben natürlich schon einiges gefunden. Was dies aber im Einzelnen bedeutet und ob es hilfreich ist, kann ich noch nicht sagen.«

»Erzähl trotzdem.«

»Wie du ja auch gesehen hast, waren nahezu alle Oberflächen in der Kabine angebrannt und verkohlt«, sagte Pall. »Aber das war nur sehr oberflächlich und außerdem ungleichmäßig.«

Um seine Schilderung zu verdeutlichen, legte Pall ein paar Fotografien auf den Schreibtisch. Olofsen nahm sie eine nach der anderen in die Hand, betrachtete sie eingehend.

»Du meinst also, jemand hat mit einer Art Bunsenbrenner die Oberflächen geschwärzt?«, fragte er.

»Genau«, sagte Pall. Dann zeigte er auf eines der Fotos. »Hier kannst du die unterschiedlichen Abstufungen, die sich wie Linien über die Oberflächen ziehen, sehen. Ich schließe daraus, dass jemand eine sehr heiße Flamme wie einen Pinsel hin und her gezogen hat.«

»Wozu sollte das gut sein?«

»Was weiß ich«, entgegnete Pall.

»Könnte es sein, dass es nie die Absicht unseres Täters war, die Kabine in Brand zu stecken?«, fragte Olofsen. »Wollte er womöglich nur eine gewisse Atmosphäre erzeugen? Irgendeine Inszenierung?«

»Könnte sein«, sagte Pall in nachdenklichem Ton. »Es ist zwar scheißgefährlich, mit so einem Campingbrenner herumzuwirbeln, aber grundsätzlich wäre es denkbar, dass hier nur jemand das Interior Design weiterentwickelt hat.«

»Als eine Art Botschaft?«

Pall legte die Stirn in Falten. »Ich weiß nicht. Was für eine Botschaft könnte das sein? Auf der anderen Seite soll man ja nichts von vornherein ausschließen.«

»Wie soll ich das verstehen?«, fragte Olofsen.

»Die Leiche hatte ein verkohltes Holzscheit zwischen den Beinen liegen. Das kann kein Zufall gewesen sein.«

Olofsen machte ein erstauntes Gesicht. »Und damit kommst du erst jetzt raus?« Nun war er es, der von seinem Stuhl aufsprang. »Du findest ein wichtiges Element der Inszenierung, kriegst die Klappe nicht auf, und wir schwadronieren über Erbrochenes?«

»Mach mich nicht blöd von der Seite an«, blaffte Pall zurück. Das Duell hatte erneut begonnen. Ein Zeigefinger ragte drohend in Richtung Olofsens Gesicht. »Ich habe viele Stunden in dem miefenden Loch verbracht, Aschestückchen für Aschestückchen umgedreht, danach ebenso lange am Schreibtisch gesessen und an der Werkbank gestanden, um so schnell wie möglich das Gefundene auszuwerten. Jetzt bin ich platt, deine blöden Sprüche sorgen bestenfalls für schlechte Laune. Und der Kaffee schmeckt erbärmlich.« Er nahm sich seine Kaffeetasse, marschierte zum weit geöffneten Fenster und kippte sie aus.

»Spinnst du?«, zischte Olofsen ihn erbost an.

»Du kannst mich mal.«

»Was ist nun mit dem Holzstück, das du gefunden hast?« Olofsen wollte das Thema in eine andere Richtung lenken und klopfte dazu mit einem Kugelschreiber auf den Schreibtisch, wie um das Gewicht seiner Worte zu verdoppeln.

Pall fuchtelte zunächst noch mit dem Zeigefinger durch die Luft wie ein Schwertkämpfer beim Aufwärmtraining, steckte aber dann die Hände in die Hosentaschen. »Ein Holzscheit eben. So wie sie in den Kamin kommen. Verkohlt.«

Olofsen verzog enttäuscht das Gesicht. »Das ist alles? Bist du dir sicher, dass es wichtig ist?«

»Warum sollte das Holz wohl dort platziert worden sein, wenn es nicht wichtig wäre?«, sagte Pall aufgebracht, funkelte böse mit den Augen und verließ das Büro.

Olofsen saß im Wagen und schlängelte sich auf dem Weg zum Krankenhaus durch den abendlichen Verkehr. Nach dem Abgang von Pall hatte er sich noch schnell ein paar Notizen für den nächsten Tag gemacht. Greiner sollte sich mit den Eignern der »Seepferdchen« unterhalten, insbesondere mit dem Sohn, der auf die »Fabulous Dream« übergestiegen war und die Leichen als Erster gefunden hatte. Er selbst würde ja in Bremen seine Sportbootführerscheinprüfung ablegen.

Aber nun stand die Obduktion der beiden Mordopfer von der »Fabulous Dream« auf dem Zettel. Olofsen wusste, dass er der Obduktion nicht unbedingt beiwohnen musste, aber er hatte es sich zur Angewohnheit gemacht, es trotzdem zu tun. So belastend es auch war, dem Rechtsmediziner beim Aufschneiden eines toten Menschen über die Schulter zu schauen, so wichtig war es für ihn, alle Details der Ermittlung aus erster

Hand zu sehen, um den tiefstmöglichen Zugang zum Fall zu bekommen.

Außerdem war er gespannt auf Dr. Klaus Walberg. Der sonst so spitzzüngige Rechtsmediziner, der den großen Auftritt liebte und sich gerne über die Dorfpolizisten von der Elbmündung lustig machte, hatte während der Ermittlungen zu den Anschlägen des Bioterroristen Daniel Webermann einen Nervenzusammenbruch erlitten und war für viele Monate ausgefallen. Das war inzwischen ein gutes Jahr her. Olofsen war sich damals nicht einmal sicher gewesen, ob Klaus Walberg jemals in den Dienst zurückkehren würde.

Olofsen erreichte das Krankenhaus und parkte seinen Wagen. Mit schnellen Schritten machte er sich auf den Weg ins Innere der Klinik. Im Foyer, neben der Treppe, die hinab in die Cafeteria führte, stand der Rechtsmediziner plötzlich neben ihm.

»Moin, Sherlock«, begrüßte er Olofsen. »Du bist ja nur leicht unpünktlich. Wer hätte das gedacht.«

»Moin, Dr. Frankenstein«, antwortete Olofsen. Eine Sekunde später nahm er die an Walbergs Seite stehende Frau wahr. Sie war klein, nicht viel größer als einen Meter sechzig, hatte schwarze, schulterlange Haare und vielleicht ein oder zwei Pfund mehr auf der Hüfte als eine durchschnittlich schlanke Frau, was ihr aber durchaus gut stand. Ihr Alter musste irgendwo zwischen Mitte und Ende vierzig liegen. Gekleidet war sie in ein elegantes dunkelgraues Businesskostüm, wie Olofsen es eher im Management eines großen Unternehmens erwartet hätte, nicht aber im Eingangsbereich des Cuxhavener Krankenhauses. Ihre ganze Erscheinung strahlte Selbstsicherheit und Kompetenz aus.

Olofsen hatte nicht die geringste Ahnung, wer sie war und warum sie neben Walberg stand, aber auf den ersten Blick machte sie einen sympathischen Eindruck auf ihn.

Er wandte sich wieder an den Rechtsmediziner. »Heute schon ein neues Monster erschaffen?«

Walberg sah erst ihn an, dann seine weibliche Begleitung.

»Nein, mit ihrer Erschaffung hatte ich nichts zu tun. Darf ich vorstellen: Dr. Dolores Osamente. Sie wird demnächst meine Position am Institut in Hamburg übernehmen. Ich arbeite sie momentan ein, danach werde ich Krimis schreiben.«

Olofsen schoss die Röte ins Gesicht, und er fuhrwerkte mit seinen Händen an den Hosentaschen herum. »Entschuldigung«, stammelte er verlegen, »ich hatte das mit dem Monster nicht auf Sie bezogen, Frau Osa…«

»…mente«, vervollständigte sie ihren Namen und blickte ihm schelmisch in die Augen. »Alles gut, auch wenn Sie streng genommen meinen Doktortitel zusätzlich noch vergessen haben. Aber das macht nichts, ich sehe das nicht so eng.« Sie zwinkerte ihm verschmitzt zu. »Nett, Sie kennenzulernen. Klaus hat mir schon viel von Ihnen erzählt.«

Olofsens Gesichtsfarbe normalisierte sich.

Walberg wackelte vor Belustigung mit dem Kopf. »Was die Monster angeht, so laufen draußen genug herum. Einem davon haben wir es ja wohl zu verdanken, in der pathologischen Diaspora aushelfen zu dürfen.«

»Seit wann bist du wieder im Einsatz?«, fragte Olofsen den Rechtsmediziner, musterte dabei aber gleichzeitig dessen Kollegin nochmals von Kopf bis Fuß.

Walberg überlegte. »Noch nicht lange. Frau Dr. Osamente hat auch erst vor einigen Tagen bei uns angefangen. Dein verbrannter Seemann ist unser erster gemeinsamer Kunde.«

Olofsen war überrascht. Er hatte nicht gedacht, dass Walberg, nachdem er hier in Cuxhaven zusammengebrochen war, für seine erste rechtsmedizinische Untersuchung hierher zurückkehren würde. Aber diese Entscheidung verdiente Respekt, und außerdem hatte sich Walberg Verstärkung mitgebracht. Er hoffte jedoch, dass Frau Osamente weniger angriffslustig und zynisch war, denn damit war Walberg ihm bisweilen mächtig auf die Nerven gegangen.

Olofsen wandte sich zum Gehen. »Wollen wir?«

»Kannst es wohl kaum erwarten, die Skalpelle bei der Arbeit

zu sehen«, entgegnete Walberg. Die beiden Rechtsmediziner folgten dem Polizisten. »Hast du heute noch was Besseres vor?«

»Nein, habe ich nicht«, stellte Olofsen klar. »Aber aus Respekt vor den Opfern möchte ich nicht herumtrödeln, sondern so schnell wie möglich Zahlen, Daten und Fakten von dir geliefert bekommen, damit ich den Täter aufstöbern kann. Es liegt in der Natur der Dinge, dass Mordopfer nicht freiwillig auf dem Seziertisch landen. Sie hatten wahrscheinlich ganz andere Pläne und hätten bestimmt gerne das Leben noch länger genossen.«

Sie hatten mittlerweile den provisorischen Sektionssaal erreicht. Im Vorraum zogen sich Walberg und Osamente die bereitliegende Arbeitskleidung an und wuschen sich die Hände. Olofsen streifte einen Einmalkittel über.

»Respekt?« Walberg verzog angewidert den Mund. »Nachdem eines dieser Mordopfer mir posthum mein halbes Team umgebracht hat? Nein, Sherlock, das kannst du vergessen. Ich mache meinen Job, und wir werden über diesen Toten herausfinden, was es herauszufinden gibt. Danach sollen sie ihn verbuddeln oder verbrennen und seine Asche in die Elbe kippen.«

Osamente griff Walberg an die Schulter und zischte ihm ein paar Worte ins Ohr, die Olofsen nicht hören konnte. Walberg sackte ein wenig in sich zusammen.

»Versucht bloß nicht, an mir herumzupsychologisieren«, murmelte er. »Ich komme mit dem klar, was damals passiert ist. Und es wird nicht noch mal vorkommen, dafür sorge ich.«

Olofsen nickte stumm und ließ den beiden Rechtsmedizinern den Vortritt. Es war schon alles vorbereitet. In der Mitte des kleinen, weiß gefliesten OP-Saals standen bereits zwei fahrbare Seziertische aus glänzendem Edelstahl, auf denen unter grünen Tüchern die beiden Leichen lagen. Der Raum war hell erleuchtet, auf mehreren Rollwagen lagen sämtliche Werkzeuge bereit, die in den nächsten Stunden zum Einsatz kommen würden.

Walberg erklärte seiner Kollegin die Gegebenheiten und

steckte ihr ein kleines Mikrofon an den Kragen ihres Kittels, das mit einem Aufnahmegerät verbunden war. Die auf diese Weise aufgezeichneten Kommentare würden später bei der Erstellung des Berichtes helfen.

Er wandte sich an Olofsen und deutete ein Nicken in Richtung der Tür an, durch die sie gerade den Raum betreten hatten. Dort stand ein kleiner, etwas wackelig aussehender Rollhocker. »Der Platz ist für dich reserviert«, informierte er Olofsen. »Setz dich und sei ruhig. Wenn es etwas Wichtiges gibt, sag ich Bescheid.«

Osamente blickte irritiert von einem zum anderen. Olofsen schlenderte zum Hocker und ließ sich mit einem vernehmlichen Seufzen darauf plumpsen. Ihm war es recht so. Dann musste er nicht am Seziertisch stehen und sich das blutige Handwerk der Rechtsmediziner anschauen, war aber trotzdem da, um sämtliche wichtigen Informationen direkt vor Ort und aus erster Hand zu erhalten.

Osamente ging zu einer Gruppe von Schaltern an der Wand, die Walberg ihr zuvor gezeigt hatte, und drückte einige davon. Sofort flammten helle LED-Lampen auf und hüllten den Seziertisch samt der darauf liegenden Leiche in gleißendes Licht.

Walberg zog in einer fließenden Bewegung das Tuch von dem darunter liegenden nackten Körper herunter und trat einen Schritt zurück. Es war Iris Einbaum.

Osamente ging langsam und konzentriert einmal um die Leiche herum und begann, leise in ihr Mikrofon zu sprechen: »Leiche Nummer eins, weiblich, fünfundvierzig bis fünfzig Jahre alt. Der Oberkörper weist zwei eindeutige Schusswunden auf, eine im linken Brustbereich auf der Höhe des Herzens, die zweite etwas tiefer und mittig, kurz unterhalb des Brustbeins. Anhand der Wundränder sind diese Verletzungen eindeutig als Eintrittswunden zu identifizieren.«

Sie zog ein Lineal hervor, begann, die genauen Positionen der Eintrittswunden zu vermessen, und flüsterte weiter vor sich hin. Walberg stand neben ihr und nickte anerkennend.

Olofsen lehnte sich zurück. Der Hocker war unbequem, und er versuchte, mit dem Rücken an die Wand gelehnt eine etwas bequemere Sitzhaltung zu finden. Leider hatte er nicht bedacht, dass ein Rollhocker die Angewohnheit hatte, zu rollen. Genau das tat sein Hocker nun auch – und zwar von der Wand weg. Zu allem Übel wechselte er in Abhängigkeit von Olofsens schwankenden Bewegungen auch noch die Rollrichtung. Sich mit den Händen abstützend und gleichzeitig mit seinen Füßen das Weiterrollen des Hockers verhindernd, hoffte Olofsen, einen Sturz zu vermeiden.

»Verfluchter Dreck«, entfuhr es ihm, untermalt von einem lauten Scheppern, als der Hocker gegen einen Rollwagen mit Gerätschaften krachte. Aber er selbst stand noch, ein Bein weit ausgestreckt, das andere angewinkelt, mit einem Arm konnte er sich eben noch an der Wand abstützen, der andere zeigte zur Decke. Schweißtropfen bildeten sich auf seiner Stirn, und er hoffte inständig, dass er jetzt nicht auch noch das Gleichgewicht verlor.

Walberg drehte sich um und schaute genervt drein. »Jetzt ist wirklich nicht die Zeit für Yogaübungen«, herrschte er ihn an. »Wir arbeiten hier, deine Zirkusnummer kannst du später vorführen.«

»Sorry«, flüsterte Olofsen verlegen. »Der Hocker ist weggerollt.«

Osamente dagegen grinste breit und hielt ihm das Lineal wie einen rettenden Anker entgegen. »Halten Sie sich fest. Ich rette Sie, bevor der Hocker noch ganz wild wird. Der hat ja schon Schaum unter den Rollen.«

Walberg hob flehentlich die Arme, dann wandte er sich wieder dem Leichnam zu.

Olofsen setzte sich auf den Boden. Das erschien ihm sicherer, als es nochmals mit dem Rollhocker aufzunehmen oder sich auf die Rechtsmedizinerin einzulassen. Er war sich nicht sicher, ob Osamente ihn gerade veralbert hatte oder eine ganz spezielle Art von Humor besaß, die er bislang bei seinen Besuchen in der Rechtsmedizin noch nicht erlebt hatte. Er hoffte auf das Zweite.

Walberg und Osamente sprachen nun so leise, dass Olofsen sie beim besten Willen nicht mehr verstehen konnte. Um sich selbst zu beschäftigen, machte er sich daran, die Fliesen an der gegenüberliegenden Wand zu zählen.

Das monotone Surren der Lüftung lullte ihn ein, der lange Arbeitstag begann, Tribut zu fordern, und immer wieder fielen ihm die Augen zu. Er merkte nicht mehr, wie die Zeit verging. Die Anzahl der Fliesen hatte er vergessen, kaum dass er das Zählen beendet hatte.

Zwischendurch stieß Walberg ihn einmal mit dem Fuß an, da sie mit der weiblichen Leiche fertig waren. Sie war schlicht und ergreifend erschossen worden. Zwei Schüsse aus kurzer Entfernung. Einer davon ins Herz und sofort tödlich. Osamente hatte die Projektile aus der Leiche entfernt, damit diese weiter untersucht werden konnten, um Kaliber und Waffentyp zu bestimmen.

Dann nahmen sich die beiden das Brandopfer vor, während Olofsen weiterhin auf dem Boden hockte, den Rücken an die Wand gelehnt. Osamente murmelte nach wie vor ihre Befunde ins Mikrofon und gab Walberg ab und an kurze Handzeichen, um sich Instrumente reichen zu lassen. Nach einer Weile lief Olofsen zur Toilette, da es in seinem Bauch immer unangenehmer rumorte. Nachdem er zurückgekommen war und wieder an seinem Platz auf dem Boden saß, fragte er sich, ob man seine Abwesenheit überhaupt bemerkt hatte.

Irgendwann drehte Osamente sich um und zog die Handschuhe aus. »Fertig«, verkündete sie.

Olofsen schielte auf die Uhr an einer der Wände. Fast zweiundzwanzig Uhr. Er richtete sich auf und streckte sich. »Und?«, fragte er. »Kann die versammelte Fachkompetenz in Weiß dem Dorfpolizisten etwas Verwertbares berichten?«

»Selbstverständlich«, antwortete Walberg pikiert. »Beide sind tot.«

»Tatsächlich.« Olofsen rümpfte die Nase.

»Ja wirklich. Bei der Frau nicht verwunderlich. Ein Schuss ins Herz ist oft tödlich«, sagte Osamente nüchtern.

Olofsen schaute die beiden verständnislos an. »Ich frage mich, ob ihr beide nicht eine Schraube locker habt.«

Die beiden Rechtsmediziner zuckten synchron mit den Schultern.

»Ich werde morgen bei Empting im Hafen vorbeifahren und sie festziehen lassen. Dr. Osamente wird mich sicherlich begleiten«, antwortete Walberg unbekümmert.

»Zu Ihrer Beruhigung«, sagte Osamente mit ernster Miene, »die Verbrennungen wurden der zweiten Leiche erst post mortem zugefügt. Das lässt sich aus der kaum sichtbaren Sehnenverkürzung und der fehlenden Muskelschrumpfung ableiten. Auch gibt es einige oberflächliche Schnittwunden, die dem Opfer aber ebenfalls erst nach dessen Ableben zugefügt wurden. Diese stammen von der Verwendung einer sehr scharfen und kurzen Klinge, wahrscheinlich einer Rasierklinge.«

Olofsen dachte nach. »Wenn weder die Verbrennungen noch die Schnitte die Todesursache waren, woran ist er dann gestorben?«

Osamente sah ihn an. »Wenn ich das schon so genau wüsste, hätte ich es Ihnen gesagt. Die einzige Auffälligkeit war eine Einstichstelle an der rechten Halsvene. Ob ihm hier eine Substanz injiziert worden ist, die sein Ableben beschleunigt hat, muss die Toxikologie klären. Die Proben habe ich genommen, und sie werden noch im Laufe der Nacht nach Hamburg ins Institut gebracht. Da können weitere Tests durchgeführt werden, um festzustellen, ob das Opfer tatsächlich vergiftet wurde. Als alternative Todesursache käme noch eine Stressreaktion in Frage, die mit einem plötzlichen Herzstillstand geendet hat. Der Tod wäre dann die logische Konsequenz gewesen. Was diesen Stress ausgelöst haben könnte, kann ich aber beim besten Willen nicht sagen.«

Die Rechtsmedizinerin entfernte das Mikrofon von ihrem

Kittelkragen. »Das hier habe ich gefunden.« Sie hielt Olofsen einen kleinen Beutel hin.

Olofsen nahm ihn und betrachtete in aller Ruhe dessen Inhalt. »Das sieht aus wie eine Speicherkarte.«

Walberg applaudierte von hinten im Raum. »Eine Mikro-SD-Karte. So ein Teil ist höchstwahrscheinlich auch in deinem Handy drin.«

»Wo haben Sie die gefunden?« Olofsen drehte die kleine Tüte nachdenklich hin und her.

»Unter der Zunge.«

Olofsen machte große Augen. »Ist es in Hamburg völlig normal, dass Mordopfer Speicherkarten im Mund haben? Weil ihr das doch sonst bestimmt schon früher erwähnt hättet, oder?«

Osamente lächelte nur. »Das weiß ich nicht. Ich bin erst seit ein paar Tagen in Hamburg. Und nun wissen Sie ja über die Karte Bescheid.«

Olofsen ließ die Schultern sacken und betrachtete nochmals den Beutel mit dem Speichermedium. »Da möchte uns also jemand etwas sagen.«

»Das ist dein Problem. Mir reicht es für heute«, sagte Walberg entschieden.

Olofsen nickte. Die Befunde legten nahe, dass der Täter kein extremer Sadist war, der es genoss, seine Opfer grausam zu quälen, bevor er sie tötete. Die Speicherkarte war jedoch interessant. Er wandte sich noch einmal an die beiden Rechtsmediziner. »Was bedeutet es, wenn ein Mörder seinem Opfer nachträglich Verbrennungen und Schnittwunden zufügt?«

»Dass er einen an der Klatsche hat«, beschied ihm Walberg, ohne weiter über die Frage nachzudenken. »Solche Typen sollten mit dem Töten besser zuerst bei sich selbst anfangen. Das würde dem Rest der Welt viel Leid ersparen.«

Olofsen war sprachlos – was selten genug vorkam.

Osamente schien Olofsens Unzufriedenheit über Walbergs Bemerkungen gespürt zu haben. »Wir sind ja keine Profiler, aber ich habe mich tatsächlich mal damit beschäftigt. Kann ja nie schaden, über den Tellerrand zu lünkern. Soweit ich weiß, gibt es verschiedenste Gründe, aus denen ein Täter sein Opfer verstümmelt. Zum Beispiel ›undoing‹ oder Entmenschlichung.«

Olofsen nickte. »Ich hatte eigentlich auch nur laut nachgedacht. Trotzdem danke.« Diese Frau schien wirklich eine Unterstützung zu sein.

»Die Fesseln und Ketten haben wir ebenfalls entfernt«, fügte Walberg nach einer kurzen Pause hinzu. Er drückte Olofsen einen zweiten, diesmal schweren Beutel in die Hand. »Die können deine Spurenleute untersuchen.«

Nachdem Olofsen das Krankenhaus verlassen hatte, fuhr er trotz der späten Stunde zurück ins Büro. Während der Computer hochfuhr, durchwühlte er eine Schreibtischschublade nach der anderen, bis er endlich fündig geworden war.

»Ja«, rief er laut und hielt das Multi-Slot-Speicherkartenlesegerät hoch wie eine Trophäe. Er schloss das Gerät an, steckte die Mikro-SD-Karte aus dem Beutel in den passenden Slot und wartete, bis sie vom Computer erkannt wurde. Auf dem Bildschirm wurde der Inhalt der Speicherkarte angezeigt: eine einzige Datei. Eine Videodatei, nicht einmal eine Minute lang.

Sobald das Video startete, lehnte sich Olofsen gespannt in seinem Stuhl zurück. Stirnrunzelnd starrte er auf den Bildschirm und versuchte zu verstehen, was er sah und hörte. Er ließ das kurze Video anschließend noch zweimal laufen. Danach schaltete er den Computer wieder aus. Er musste nachdenken. Draußen, an der frischen Luft.

Zurück auf der Straße lief Olofsen ziellos durch die Dunkelheit. Der ganze Fall saß wie ein Knoten in seinem Gehirn fest. Das Video hatte viele Fragezeichen in seinen Gedanken hinterlassen. Als die feuchte Kälte der Spätsommernacht immer stärker in ihn hineinkroch, entschied er sich, nach Hause zu fahren und sich nur noch auf sein Sofa zu fläzen, eine Flasche Rotwein zu öffnen und nachzudenken.

Und er musste außerdem einen Weg finden, den Kopf umzuschalten und sich auf seine morgige Sportbootprüfung zu konzentrieren. Auch wenn der Fall verzwickt schien, wollte er diesen einen Urlaubstag nicht opfern. Die Kollegen würden das ohne ihn schaffen. Die Aufgaben des theoretischen Teils der Prüfung würde er schon hinkriegen. Die praktische Prüfung ebenso. Wären da nur nicht diese blöden Knoten. Na gut, denen würde er heute Abend auch noch einige Aufmerksamkeit zukommen lassen.

An seinem Wagen angekommen machte er doch noch einen schnellen Abstecher zurück ins Gebäude, um die Ketten in die Räume der Spurensicherung zu bringen. Pall könnte sich während seiner morgigen Abwesenheit damit beschäftigen und ihn nach seiner Rückkehr mit den neuesten Erkenntnissen erfreuen.

***

Er stand am Seitenfenster und betrachtete die sich draußen in der nächtlichen Dunkelheit auflösende Wasserfläche. Niemand sonst war hier. Das gefiel ihm besonders gut. Er konnte die Stille genießen – ganz für sich allein, ohne den Moment mit irgendjemandem teilen zu müssen. Es war fast windstill, nur eine leichte Brise kräuselte gelegentlich die Wasseroberfläche. Der Himmel war wolkenlos, die ersten Sterne ließen aber noch auf sich warten. Neben ihm, auf einer kleinen Ablage, lag eine leere Spritze. Ohne hinzuschauen griff er nach ihr und warf sie ins Wasser. Dann trat er vom Fenster weg und setzte sich auf eine mit weißem Leder bezogene Bank. Er schloss die Augen und ließ den Tag Revue passieren.

Der Nachmittag war richtig gut geworden. Nicht, dass der Rest des Tages schlecht gewesen wäre – der frühe Morgen auf dem Wasser in der Nähe von Neuwerk, einige Stunden in seinem Zuhause, Vorbereitungen für den nächsten Schritt –, aber der Nachmittag war noch viel besser geworden. Das Wetter hatte noch einmal so richtig aufgedreht. Die Sonne schien, nur wenige kleine Wolken wurden von knapp zwei Windstärken gemächlich über den ansonsten blauen Himmel geweht.

In der GCS-Marina war es voll gewesen, typisch für die Hochsaison. Boote aller Größen, Formen und Geldbeutel reihten sich dicht an dicht. Auf den Stegen herrschte geschäftiges Treiben. Hier legte ein Boot an, dort legte eines ab. Kinder lachten, und einige freuten sich auf ihre nächste Unterrichtseinheit mit den Optis, die schon gemütlich an einem Steg im Wasser dümpelten.

Bis vor nicht allzu langer Zeit hatte er dieses Leben in einer Marina selbst genossen. Fröhliche, von Sonne und Wind gebräunte Gesichter. Immer eine helfende Hand, wenn nötig, auch wenn er das nie gewollt hatte. Aber dann war alles zusammengestürzt, die schönen Zeiten hatten ein jähes Ende gefunden, und er war ins Loch gefallen – schwarz und sturmdurchtost.

In seinen Segelschuhen aus Kalbsleder, für die er ein kleines Vermögen hingeblättert hatte, war er gedankenverloren über den mittleren Steg der Anlage geschlendert, dabei voll auf das Hier und Jetzt konzentriert. Hier hatten die größeren Boote festgemacht, zwischen zehn und fünfzehn Meter lang. Jedoch hielt er den Kopf gesenkt, wollte weder auffallen noch gesehen werden. Er wusste ja, wie die Bootseigner so waren, hier ein bisschen plaudern, da ein bewundernder Blick, die Wettervorhersage, der neue Antrieb, der nächste Törn. Heute nicht, Unsichtbarkeit war die Devise.

Dann hatte er sein Ziel erreicht: ein wunderschönes, strahlend weißes Motorboot. Gut vierzehn Meter lang. Flybridge, Doppelmaschine, sogar ein Grill war fest an Bord installiert. Zufrieden hatte er über das Heck das Boot betreten, war über drei kleine Treppenstufen in die Plicht hinaufgestiegen. Vor ihm hatte der Salon gelegen, der nahtlos in den Fahrstand überging. Daneben führte eine steile Treppe in den unteren Teil des Vorschiffs, der eine äußerst gemütliche Kabine mit Doppelbett beherbergte. Dort hatte er gewartet, bis seine Gäste gekommen waren.

Er öffnete wieder die Augen und kehrte in die Gegenwart zurück. Neben ihm auf dem Tisch standen noch Gläser und eine leere Weinflache. Ein Blanc de Blancs aus Württemberg. Mit geschlossenen Augen konnte er den herrlichen Geschmack dieses Tropfens fast auf seiner Zunge schmecken. Trotzdem nahm er Flasche und Gläser und warf alles über Bord. Es waren doch nur Relikte aus einer früheren Epoche, die heute keine Bedeutung mehr hatten.

Ein Blick auf die Uhr sagte ihm, dass er noch ausreichend Zeit hatte. In der Ferne sah er ein grünes Licht blinken, immer im gleichen Rhythmus von vier Sekunden. Das Wasser würde bald den Höchststand erreichen, danach könnte er sich auf den Weg machen. Abermals schloss er die Augen.

FÜNF

Dienstag, 4. September, früher Morgen

Wie geplant hatte Olofsen bis tief in die Nacht bei einem guten Rotwein auf seinem Sofa gesessen und gegrübelt. Um sich abzulenken, hatte er sich irgendwann einen Tampen geschnappt und die Seemannsknoten geübt. Sich zu konzentrieren, fiel ihm schwer, seine Gedanken kehrten immer wieder wie ferngesteuert zurück zu der Sandbank, den Leichen im Segler und dieser seltsamen Videobotschaft. Hundemüde hatte er das Seilstück in eine Ecke geschleudert und war ins Bett gegangen.

Er hatte geschlafen wie ein Stein, tief und traumlos. Kurz bevor sein Wecker ihn mit einem hinterhältigen Lärmangriff aus dem Schlaf gerissen hätte, war er von allein aufgewacht. Draußen war es bereits hell, und der wolkenlose Himmel kündigte einen weiteren schönen Tag an. Er war aufgestanden, hatte die bereits am Abend zuvor vorbereitete Kaffeemaschine eingeschaltet und geduscht. Zwanzig Minuten später saß er erfrischt an seinem kleinen Küchentisch und genoss die erste Tasse Kaffee des Tages. Der Vorsatz, schon morgens von Kaffee auf schwarzen Tee umzusteigen, ließ sich einfach nicht umsetzen – das Gewohnheitstier in ihm war zu stark.

Die Sportbootführerscheinprüfung in Bremen war für zwölf Uhr fünfzehn angesetzt. Das schlechte Gewissen, nicht all seine verfügbare Energie für die Jagd auf den Mörder der Einbaums einzusetzen, brachte ihn dazu, zuvor noch im Büro vorbeizuschauen. Spätestens um Viertel vor elf wollte er sich auf den Weg nach Bremen machen. Erst stand die theoretische Prüfung an, dreißig Multiple-Choice-Fragen und eine komplizierte Navigationsaufgabe. Direkt danach sollte die praktische Prüfung auf der Weser folgen. Insgeheim freute er sich auf das kleine, altmodisch anmutende Boot mit Holzrumpf und Zehn-PS-Dieselmotor, auf dem er zusammen mit einigen anderen Prüflingen, dem Ausbilder und dem Prüfer über die Weser tuckern würde.

Olofsen schnappte sich seine Jacke, zog die leichten Leinenschuhe an und machte sich auf den Weg. Früh am Morgen war kaum Verkehr, und so saß er bald an seinem Schreibtisch. Osamente hatte ihm bereits den Obduktionsbericht per E-Mail geschickt. Sie musste die halbe Nacht daran gearbeitet haben. Aufmerksam las Olofsen den Bericht, fand jedoch nichts Neues.

Durch die offene Bürotür hörte er Schritte auf dem Flur. Einen Moment später steckte Nunk den Kopf ins Büro. »Moin, Arne. Kannst du dich nicht losreißen? Ich dachte, du bist unterwegs nach Bremen.«

»Dieser Fall lässt mich nicht los«, antwortete Olofsen. »Aber meine Prüfung mache ich trotzdem.«

»Wie ist gestern die Obduktion gelaufen? Irgendwelche Erkenntnisse?«

»Walberg ist zurück«, antwortete Olofsen. »So halb zumindest. Er hat seine Nachfolgerin mitgebracht – Dr. Dolores Osamente. Die scheint ziemlich gut zu sein und verfügt wohl nur über einen Bruchteil von Walbergs Zynismus.«

»Ich kann es verstehen«, erwiderte Nunk nachdenklich. »Was im vergangenen Jahr hier passiert ist, hätte jeden aus der Bahn geworfen. Es überrascht mich daher nicht, dass er etwas anderes machen will. Aber ich bin mir auch nicht ganz sicher, dass es die beste Idee ist, seine Nachfolgerin hier in Cuxhaven einzuarbeiten. Möglicherweise will er sich seinen Geistern stellen, braucht aber gleichzeitig Schutzmechanismen und Unterstützung. Zynismus kann da sehr hilfreich sein. Oder eben jemand anders, hinter dem er sich verstecken kann.«

Olofsen schaute betreten. Manchmal war die Welt wirklich knifflig, und die Menschen darin machten es noch viel schwieriger. Warum konnte es im echten Leben nicht immer so schön einfach und geradlinig sein wie in den Kriminalromanen? Ein Mord, ein bisschen ermitteln und ein paar Fragen stellen – »Wo waren Sie gestern?«, »Gehört das blutige Messer Ihnen?« –, und zack, immer passend zum Ende des Buches, hatte der geniale Kommissar einen Geistesblitz, zauberte irgendein Beweisstück aus dem Hut und verhaftete den Mörder.

»Du magst recht haben«, räumte er ein.

Er wollte jetzt gerne das Thema wechseln, denn diese psychologischen Gespräche waren nicht sein Ding. Also zog er die Speicherkarte hervor. »Die hat Osamente gestern unter der Zunge von Joachim Einbaum gefunden.«

Nunk zog die Augenbrauen hoch und ließ sie dort, als wären sie eingerastet. »Das ist ja mal was Neues. Was ist darauf gespeichert?«

»Ein kurzes Video. Moment …« Olofsen nestelte an seinem Computer herum, um die Karte in das noch immer angeschlossene Lesegerät zu schieben und das Video zu starten. Beide Polizisten blickten auf den Bildschirm.

Sie sahen einen völlig verängstigten Joachim Einbaum, bereits an die Maststütze im Inneren des Segelboots gefesselt. Die Kamera, mit der das Video aufgenommen worden war, schwankte stark. Dann begann Einbaum mit leiser, zittriger Stimme zu sprechen.

Nunks Miene erstarrte. Er sah Olofsen an. »Was ist das?«

»Ich habe nicht die geringste Ahnung. Es scheint, als würde er eine Botschaft des Mörders vorlesen. Aber ich verstehe den Sinn nicht.« Dann schlug er mit der flachen Hand auf den Schreibtisch, dass es schepperte.

»Hat Frank gestern irgendetwas Brauchbares herausgefunden?«, fragte Nunk.

»Nein. Wir haben nur dieses Video und ein verkohltes Holzscheit, das zwischen den Beinen des Toten gelegen hat. Was das soll, ist mir völlig schleierhaft. Die Ketten, die vom Täter als Fesseln benutzt worden waren, liegen zur weiteren Untersuchung bei Frank im Labor, aber irgendwie befürchte ich, dass wir nur in einer Sackgasse landen.«

»Fesseln, egal ob Ketten oder Seile, sind zu oft nur Meterware aus dem Baumarkt und damit als hilfreiches Indiz wertlos«, orakelte Nunk. Mit einem leichten Nicken drehte er sich um und ging zur Tür. »Viel Erfolg nachher.«

In der nächsten Stunde recherchierte Olofsen Informationen über das Ehepaar Einbaum. Obwohl es noch früh war, rief er bei der Cuxhavener Feuerwehr an und ließ sich mit dem Wachleiter verbinden. Der Tonfall seines Gesprächspartners ließ ihn ahnen, dass der Schock über den Tod Joachim Einbaums tief saß. Er erfuhr, dass Einbaum ein sehr beliebter Kollege gewesen war. Nach vielen Jahren als aktiver Feuerwehrmann war er vor Kurzem in die zweite Reihe zurückgetreten und hatte sich seitdem um Schichtplanung und Personalangelegenheiten gekümmert. Außerdem erzählte ihm der Wachleiter, dass Einbaum sich seit einigen Jahren ein zweites Standbein als freiberuflicher Brandsachverständiger aufgebaut hatte.

Olofsen bedankte sich für die Informationen und beendete das Gespräch. Er hatte keine Ahnung, ob er nun schlauer war als vorher. Der Lösung des Falls war er jedenfalls keinen Schritt nähergekommen. Zusätzlich musste er dringend herausfinden, ob es Angehörige gab.

Als Nächstes rief er Petersen von der Wasserschutzpolizei an. Leider erfuhr er auch in diesem Gespräch nicht viel Neues. Sämtliche Navigationsinstrumente der »Fabulous Dream« waren in Ordnung, ebenso die Maschine. Wegen eines technischen Problems war der Segler nicht auf dem Sand des Scharhörnriffs gelandet.

Olofsen starrte mit leerem Blick auf den Computerbildschirm vor sich. Der war aber nicht bereit, ihm einfach so in leuchtenden Farben die Lösung des Falls anzuzeigen. Er war kurz davor, ins sinnfreie Grübeln zu verfallen, kämpfte aber sofort dagegen an. Grübeln war wie Schaukeln – man war zwar ständig in Bewegung, kam aber keinen Schritt weiter.

Nach einem Blick auf die Uhr beschloss er, ein weiteres Mal schnell in die GCS-Marina zu fahren und dort nach Antworten zu suchen. Mit etwas Glück war der Hafenmeister ein Frühaufsteher und konnte ihm den Liegeplatz der »Fabulous Dream« zeigen.

Er hatte tatsächlich Glück, Jens Lücker war schon in der Marina. Olofsen traf ihn an, als er gerade sein Büro verlassen hatte und bei den Liegeplätzen nach dem Rechten sehen wollte.

»Moin«, begrüßte ihn Olofsen. »Ich würde mir gerne den Liegeplatz der ›Fabulous Dream‹ ansehen.«

Mit einem Nicken bedeutete Lücker Olofsen, ihm zu folgen. Schnellen Schrittes passierten sie Boot um Boot. Dann blieb Lücker abrupt stehen und deutete auf einen leeren Platz.

»Hier«, sagte er. »Das Wasser wird Ihnen die Antworten zuflüstern.«

Olofsen sah ihn überrascht an. »Jens Lücker, Sie sind verhaftet«, verkündete er mit lauter Stimme. Auf den umliegenden Booten lugten plötzlich Köpfe mit neugierigen Gesichtern aus den Kabinen.

Lücker starrte ihn verdattert an.

Olofsen drehte sich langsam um. »Zwei Gründe«, sagte er mit autoritärer Stimme. Zur Untermauerung hielt er dem Hafenmeister zwei ausgestreckte Finger vor das Gesicht. »Erstens: Sie verarschen mich. Das Verarschen von Polizeibeamtem ist aber nicht statthaft. Ganz schlimme Sache. Zweitens: Sie haben mir das mit dem flüsternden Wasser zu lange verschwiegen und sich damit der Beihilfe schuldig gemacht. Wenn Sie jetzt Theater machen, muss ich Ihnen Handschellen anlegen.« Damit griff er hinter sich, wo Polizisten gewöhnlich die Handschellen am Gürtel trugen.

Lücker wurde kreidebleich. Er machte den Mund auf und wieder zu. Und nochmals auf. »Ich –«

Weiter kam er nicht. Olofsen schlug ihm einmal kräftig auf die Schultern und bog sich vor Lachen. »Alles gut. Wasser flüstert nicht, das weiß ich doch selbst.«

Lücker startete einen erneuten Versuch, etwas zu sagen, entschied sich anders und ging.

Olofsen wischte sich die Lachtränen aus den Augenwinkeln und setzte sich auf die Planken des Stegs. Er ließ die Beine über die Kante baumeln, achtete aber tunlichst darauf, mit den Füßen nicht ins Wasser einzutauchen. Jetzt wartete er auf die Antworten.

»Das war aber gemein, was Sie da mit dem Jens gemacht haben«, kündigte sich bereits der erste Antwortengeber von links an.

Olofsen winkte ab. »Etwas Blödsinn am Morgen vertreibt Kummer und Sorgen.« Dann blickte er auf. »Kannten Sie Joachim Einbaum?«, fragte er den Mann, der vor ihm stand.

Der machte ein betroffenes Gesicht und rang nach Worten. Olofsen klopfte mit der flachen Hand auf die Holzplanke an seiner Seite. »Setzen Sie sich und erzählen Sie mir von ihm.«

Nach und nach gesellten sich noch ein paar weitere Bootseigner hinzu, die die Neugierde von ihrem Frühstückskaffee weg- und auf den Steg getrieben hatte. Man gab sich betreten, die Nachricht vom Tod der Einbaums hatte sich bereits herumgesprochen, allerdings waren keine Details bekannt geworden.

»Ganz schlimm«, sagte die Dame von dem Segelboot einige Plätze hinter der Box der »Fabulous Dream«, und die Tränen, die plötzlich über ihre Wange rollten, schienen echt zu sein. Iris sei doch so nett gewesen.

Olofsen zauberte ein Papiertaschentuch hervor und reichte es ihr.

Sie wischte sich übers Gesicht und fing an zu erzählen. Dass die Einbaums überhaupt tolle Menschen gewesen seien, immer freundlich, hilfsbereit. »Gerade er war doch ein erfahrener Skipper. Wie kann da nur so etwas passieren?« Feuer an Bord – unvorstellbar. Joachim sei doch ein hohes Tier bei der Cuxhavener Feuerwehr gewesen. Auf Brandschutz habe er immer höchsten Wert gelegt.

Und ja, ein Beiboot habe es selbstverständlich gegeben, wusste ein anderer Skipper auf der linken Seite zu berichten. Joachim habe extra signalrote Streifen an den Seiten angebracht, damit man das Bötchen auf dem Wasser auch gut sehen konnte.

Na ja, manchmal habe er mit seinem Sicherheitsdingsbums doch ein wenig übertrieben.

Olofsen war zufrieden. Er hatte einige weitere Teile des Puzzles gefunden, auch wenn er keine Idee hatte, wie viele noch fehlten.

Er versuchte, Greiner im Büro anzurufen, erreichte jedoch nur Nunk, dem er gleich seine Theorie unterbreitete. »Es muss eine dritte Person geben, die den Segler auf die Sandbank gesetzt hat. Sehr wahrscheinlich hat dieser Jemand die Einbaums getötet und sich mit dem Schlauchboot vom Acker gemacht.«

»Das passt«, sagte Nunk. »Allerdings liegt das Motiv im Dunkeln.«

Da hatte er recht. Olofsen wusste dies, und es störte ihn. »Wir müssen uns im Umfeld von Familie, Freunden und Kollegen umhören«, sagte er. »Ein Feuerwehrmann, der symbolisch verbrannt wird – das stinkt doch zum Himmel.«

»Du meinst, beruflicher Neid?«, fragte Nunk. Er klang nicht überzeugt.

»Möglich wäre es. Darüber hinaus findet der Mord auf einem Segelboot statt. Der Schauplatz des Mordes scheint mir wichtig. Und es ist mehr als eine fatale Meinungsverschiedenheit unter Skippern. Die Inszenierung mit Feuer und Ketten ist zu durchdacht.«

»Es bedeutet jedoch auch, dass unser Täter unverdächtig oder unauffällig an Bord gelangt ist. Überdies muss er Kenntnisse zur Bedienung eines solchen Bootes haben«, ergänzte Nunk. »Hast du dich in der Marina umgehört, ob irgendjemandem eine verdächtige Person beim Boot der Einbaums aufgefallen ist? Oder ob noch jemand an Bord war, als sie nach Helgoland aufgebrochen sind?«

»Keiner hat etwas Auffälliges gesehen oder gehört. Und die scheinen da alle ziemlich pingelig zu sein, was Fremde in der Nähe ihrer Boote angeht«, sagte Olofsen.

»Das überrascht mich nicht. Da steckt mit Sicherheit ganz viel Herzblut und Geld drin. – Warte mal eben«, sagte Nunk.

Olofsen hörte nur noch gedämpfte Stimmen, konnte aber keine Worte verstehen. Dann war Nunk wieder da.

»Die Kollegen von der Streife haben das Beiboot der ›Fabulous Dream‹ gefunden.«

»Na endlich. Wo?«

»Am Strand im Bauhafen, du weißt schon, diese kleine Bucht bei der Kugelbake«, sagte Nunk.

»Bringt uns das weiter?«, erkundigte sich Olofsen vorsichtig.

»Im Bauhafen kann man nachts ungestört anlanden und sich aus dem Staub machen. In anderen Teilen des Hafens nicht. Die Gefahr ist groß, dass doch jemand ein einlaufendes kleines Schlauchboot beobachtet – und neugierig wird, weil das ziemlich ungewöhnlich wäre«, erklärte Nunk.

»Finden sich an dem Boot brauchbare Hinweise?«

»Keine offensichtlichen. Keine Gegenstände, gar nichts. Was Fingerabdrücke angeht, muss die Tatortgruppe aktiv werden. Unser Täter scheint ein Genie zu sein.«

»Nein«, erklärte Olofsen barsch. »Am Ende machen sie alle einen Fehler. Einen klitzekleinen, und wir haben ihn.«

Nunk fühlte die Spannung und wechselte das Thema: »Wie steht's eigentlich mit deinem zukünftigen Boot?«

»Erst mal den Schein bekommen«, wiegelte Olofsen ab.

Er beendete das Gespräch und warf einen Blick auf die Uhr. Fast zehn Uhr – eigentlich noch zu früh, aber er würde sich auf den Weg machen.

Die Straßen waren angenehm leer, der Berufsverkehr längst abgeflaut. Olofsen brauchte nur zehn Minuten, bis er vom Parkplatz der GCS-Marina über die B 73 den Kreisverkehr mit der Autobahnauffahrt erreicht hatte. Auf der A 27 konnte er Gas geben. Sein Telefon meldete sich. Obwohl er keine Freisprechanlage im Wagen hatte, nahm er das Gespräch an.

Es war erneut Nunk. »Tut mir leid, Arne, aber du musst zurückkommen. Es ist etwas passiert.«

Olofsen fluchte laut. »Scheiße, das kann doch nicht wahr

sein. Was kann denn so Schlimmes passieren, dass ihr es heute nicht ohne mich handhaben könnt?«

»Petersen von der WSP hat sich gerade gemeldet. Es gibt ein neues Problem.«

Ein großes blaues Verkehrsschild informierte Olofsen, dass es bis zur Ausfahrt Altenwalde noch fünfhundert Meter waren. »Was ist mit Martin? Soll der das doch machen«, meckerte er ungehalten.

»Martin hat sich für heute krankgemeldet, und deshalb musst du zurückkommen.«

Olofsen schoss eine ganze Salve höchst unflätiger Flüche ins Telefon. Nunk mussten die Ohren klingeln, dennoch fuhr er unbeirrt und mit ruhiger Stimme fort: »Es hat noch einen Mord auf einem Boot gegeben, einen Doppelmord. Und wieder liegt das Boot auf einer Sandbank.«

Olofsen zählte langsam bis drei, um sich ein wenig zu beruhigen. Und noch einmal. Sicher war sicher. »Wie soll es jetzt weitergehen?«, fragte er resigniert. Er hatte die Ausfahrt Altenwalde erreicht und bog von der Autobahn ab.

»Die ›Bürgermeister Brauer‹ ist bereits draußen vor Ort«, erklärte Nunk. »Du musst da schnellstmöglich hin. Fahr zurück in Richtung Stadt. Ich werde etwas organisieren und rufe dich in ein paar Minuten zurück.«

Das Gespräch war beendet. Mit den Fäusten auf das Lenkrad trommelnd ging Olofsens Fluchtirade in die zweite Runde. Lauter, schneller, heftiger. Dann beschloss er, da ihm die Hände zu schmerzen begannen, dass es nun gut war und er die Prüfung eben an einem anderen Tag machen würde.

Er fuhr auf der Altenwalder Chaussee und bog in die Christian-Hülsmeyer-Straße ein. Auf dem Parkplatz des Elektronikkaufhauses Bening wollte Olofsen auf Nunks Anruf warten. Kaum hatte er den Wagen geparkt, ertönte auch schon das Nebelhorn.

»Du musst dich beeilen«, redete der Leiter des ZKD sofort los. »Das Wasser wird in Kürze auflaufen, das Boot hält sich nicht mehr lange auf der Sandbank, und alle eventuellen Spuren verschwinden auf Nimmerwiedersehen. Petersen will, dass du dir das vorher ansiehst. Da Martin ausfällt, komme ich mit. Wo bist du jetzt?«

»Bei Bening auf dem Parkplatz«, sagte Olofsen. Er war ausgestiegen und lief zwischen den anderen dort geparkten Wagen herum.

»Fahr zum Hafen. Eines der Lotsenboote wird uns rüberbringen. Zurück kommen wir mit den Kollegen auf der ›Bürgermeister Brauer‹. Alles Weitere erkläre ich dir unterwegs.«

Olofsen drückte das Gespräch weg und sprang in seinen Wagen. Unterwegs zeigte er einer Vielzahl von Verkehrsregeln, insbesondere denen, die sich mit der erlaubten Höchstgeschwindigkeit befassten, innerlich den Stinkefinger. Wenn ich schon meinen Sportbootführerschein sausen lassen muss, dachte er, dann aber mit Tempo. Zur Unterstützung feuerte er die Fluchserie Nummer drei ab. Noch innovativer und durchschlagender als die vorangegangenen.

Er schaffte es tatsächlich unfallfrei und in weniger als acht Minuten bis zum Hafen. Im Leuchtturmweg stellte er den Wagen mit quietschenden Reifen halb in eine Parkbucht, halb auf die Straße und rannte los zum Anleger der Lotsenboote.

»Klappe halten! Polizei. Einsatz«, beschied er atemlos, aber trotzdem lautstark dem jungen Mann vom Helgoland-Parkservice, der ihm gerade erklären wollte, dass man so dort nicht parken dürfe. Es funktionierte: Der Mann hielt den Mund, drehte sich um und ging wieder.

Olofsen rannte weiter. Außer dem einen oder anderen Rempler gegen gemütlich daherflanierende Touristen und einer aus der Hand gestoßenen Eistüte samt Beschwerdegezeter kam es zu keinen erwähnenswerten Zwischenfällen. Auf den letzten Metern, zwischen dem Fahrkartenschalter für die Hafenrundfahrt mit der »MS Störtebeker« und dem Anleger der Lotsenversetzboote, legte er noch einmal einen Zahn zu.

Nunk stand bereits auf der leuchtend orange lackierten

»Nübbel« und winkte Olofsen aufgeregt zu. Die Motoren liefen laut und vernehmlich.

»Beeil dich!«

»Komme ja schon«, schnaufte Olofsen, ergriff eine helfende Hand und machte einen Satz auf das Boot. Augenblicklich schäumte Wasser an Bug und Heck des Bootes auf, und die »Nübbel« legte ab.

Olofsen musste sich festhalten, um nicht von den Beinen geholt zu werden. Mit zwei schnellen Schritten schlüpfte er in die kleine Kabine des gut zwölf Meter langen Gefährts, mit dem normalerweise die Elblotsen auf die Ozeanriesen gebracht wurden, wenn diese auf ihrem Weg nach Hamburg waren.

Außer Atem ließ er sich auf einen der Sitze fallen. Jemand reichte ihm die obligatorische Rettungsweste.

»So, und nun mal zum Mitschreiben«, sagte er, noch immer nach Luft schlappend. »Was ist jetzt los? Warum bist du hier, und warum pflüge ich auf diesem kack-orangen Boot über die Elbe, anstatt auf dem Weg nach Bremen zu sein, um eine Sportbootprüfung zu machen?«

»Sportbootprüfung?«, fragte der Mann, der ihm die Rettungsweste gegeben hatte, amüsiert. »Ernsthaft?«

»Ja, ernsthaft«, brummte Olofsen.

»Lars«, brüllte der Mann in Richtung Fahrstand. »Unser Kommissar hier will den Sportbootführerschein machen.«

»Ist doch eine prima Idee«, kam die Antwort von oben. »Das nächste Mal kann er selbst fahren.«

Lautes Lachen.

Die Elbe war heute deutlich unruhiger als am Vortag. Der Wind hatte aufgefrischt, aber die »Nübbel« schnitt unbeirrt durch die Wellen. In der engen und stickigen Kabine bekam Olofsen ein mulmiges Gefühl in der Magengegend. »Wie wäre es, wenn wir nach draußen gehen?«, fragte er beiläufig. »Hier ist es so stickig.«

»Jo, macht das mal«, antwortete der nach wie vor unbekannte Mann von der Besatzung des Lotsenbootes. »Hinten steht eine

Bank. Da kann man auch prima den Horizont anpeilen, wenn einem danach ist.«

Er grinste Olofsen wissend an. »Hey, Lars, gib mal Gas. Unseren Gästen wird schlecht.«

»Wer kotzt, fliegt raus«, kam die Antwort. Dann beschleunigte das Boot merklich, der Bug hob sich und schlug hart in eine Welle.

Olofsen erhob sich schwankend, langte nach einem Haltegriff und verließ die Kabine. Auf dem Achterdeck fand er tatsächlich eine kleine schwarze Gartenbank. Er setzte sich und sog die frische Luft einschließlich einer leichten Beimischung von Dieselabgasen in seine Lungen. Schon viel besser.

Nunk gesellte sich zu ihm. »Die Jungs sind vor Begeisterung für diese Taxifahrt nicht gerade an die Decke gesprungen.«

»Ach was, die machen das doch gerne«, sagte Olofsen und nahm einen weiteren tiefen Zug semifrische Luft. Er musste husten – neben den Dieselabgasen war nun auch eine Prise Salzwassergischt dabei.

»Eine kurze Pause von der Schreibtischarbeit und echte Ermittlungsarbeit tun mir ganz gut«, sagte Nunk. »Martin ist krank, eine Magen-Darm-Sache, die wahrscheinlich bald wieder ausgestanden ist.«

Olofsen zog die Augenbrauen hoch. »Nicht zu fassen. Der sitzt gemütlich auf dem Klo und liest Zeitung, während wir hier komplizierteste Ermittlungsarbeit leisten. Dem werde ich was erzählen.«

Bevor Olofsen das Thema vertiefen konnte, kam Nunk auf die aktuelle Situation zu sprechen. »Petersen hat berichtet, ein vorbeifahrendes Tankschiff hätte auf dem Medemgrund ein Sportboot trocken liegen sehen.«

»Medemgrund?«, fragte Olofsen.

»Eine Sandbank gegenüber dem Strand von Otterndorf«, klärte ihn Nunk auf. »Der Tanker hat die Verkehrszentrale benachrichtigt. Von dort aus hat man versucht, das Boot per Funk zu erreichen, aber keine Antwort erhalten. Da die ›Bürgermeister Brauer‹ auf ihrer Kontrollfahrt sowieso nicht weit weg war, sind die gleich hin.«

»Und?«, hakte Olofsen nach.

»Die sind mit dem Tochterboot auf die Sandbank gefahren und haben freundlich angeklopft. Da niemand aufgemacht hat, haben sie reingeschaut – und wieder zwei Leichen entdeckt. Eine in der Plicht, die andere in der Bugkabine.«

»Hat einer gekotzt?«

»Von den Leichen? Nein, die waren tot«, stellte Nunk nüchtern fest.

Olofsen schaute ihn blöde an.

»Und weil das Ganze doch sehr viele Ähnlichkeiten mit unserem gestrigen Fall hat – ein Boot auf einer Sandbank, erneut zwei Tote –, hielt Petersen es für eine großartige Idee, uns gleich hinzuzuholen.«

»Aber es gibt offensichtliche Unterschiede«, dozierte Olofsen.

Nunk schaute ihn irritiert an. Ihm war klar, dass Olofsen als leitender Ermittler im Gegensatz zu ihm selbst mit mehr Details des Falls vertraut war. »Gestern war es ein Segelboot, heute haben wir ein Motorboot.«

»Und heute hat sich keiner übergeben«, ergänzte Olofsen. Das Thema schien ihn nicht loszulassen.

Nunk verdrehte die Augen. »Es hat sich heute auch noch kein Polizist mit aufgeblasener Rettungsweste in einer Matschpfütze gewälzt.«

Olofsen musste husten, obwohl gerade gar keine Gischt über das Boot geweht war.

»Wir sind da«, mischte sich eine andere Stimme in das Gespräch der beiden Polizisten ein.

Olofsen stand auf und versuchte, an den Aufbauten des Bootes entlang nach vorne zu blicken. Er entdeckte die »Bürgermeister Brauer« und dann auch die Sandbank, auf der eine Motoryacht lag. Schön weiß und groß, aber schräg zur Seite gekippt. Wahrscheinlich würde das Boot aber wegen des auflaufenden Wassers nicht mehr lange dort liegen, und deshalb war Eile geboten.

»Jungs«, sagte der Mann am Steuer der »Nübbel«, »näher können wir nicht an die Sandbank heran. Nicht mehr genug Wasser unter dem Kiel. Entweder ihr schwimmt, oder ihr lasst euch abholen.«

»Ich plädiere für Abholen«, verkündete Nunk und begann zur »Bürgermeister Brauer« zu winken.

Kaum hatte er den Arm gehoben, wurde das Beiboot der »Bürgermeister Brauer« von zwei Beamten von der Sandbank geschoben. Sobald es aufschwamm, sprangen die beiden hinein und nahmen Kurs auf die »Nübbel«. Nachdem sie längsseits gegangen waren, kletterte Olofsen vorsichtig, zuweilen auch ein wenig ungeschickt, auf das andere Boot. Nunk bedankte sich für die Taxifahrt und folgte Olofsen. Nachdem die beiden ihre Rettungswesten an den Seemann der »Nübbel« zurückgegeben hatten, löste sich das Beiboot vom Lotsenversetzer.

Die Fahrt war nur kurz, und die Polizisten erreichten schnell die Sandbank. Der Fahrer ließ den Aluminiumrumpf mit Schwung auf den Sand gleiten, sodass das Boot für den Augenblick nicht mehr ins Wasser zurückrutschen konnte. Olofsen sprang über die Bordwand und landete leichtfüßig im Sand.

Nichts passierte. Kein Ausrutschen, keine aufgeblasene Rettungsweste.

Petersen kam auf sie zugelaufen. »Moin. Prima, dass ihr das so schnell hinbekommen habt«, begrüßte er die beiden.

»Ich wollte schon immer mal auf eine Sandbank«, antwortete Olofsen. Dann deutete er mit einer Kopfbewegung auf Nunk, der zu ihnen getreten war. »Falls ihr euch noch nicht kennt: N-Kubik, mein Boss und Leiter des ZKD. Er will sich endlich mal richtige Polizeiarbeit ansehen.« Er überlegte kurz und grinste verlegen. »Äh, ich meinte, Nils-Niklas Nunk.«

Nunk ging nicht weiter auf Olofsens missratene Vorstellung ein und gab Petersen die Hand. Olofsen ließ den Blick über den Sand, das angrenzende Wasser und den blauen Himmel schweifen. In einiger Entfernung lagen zwei Seehunde auf der Sandbank und sonnten sich. »Gemütlich hier. Habt ihr den Grill dabei?«

»Den haben wir vergessen«, sagte Petersen amüsiert. »Wir können ihn aber per Hubschrauber einfliegen lassen.«

»Klasse. Nackensteaks für mich und ein kühles Bier«, sagte Olofsen.

»Gleich kommt das Wasser wieder«, sagte Petersen und ruinierte damit die Idee mit der Grillparty.

»Ernsthaft?«

»Absolut.«

»Mist. Was will das Wasser hier?« Olofsen schien Gefallen an dem unsinnigen Dialog zu finden.

»Uns bei der Arbeit stören«, resümierte Petersen.

»Na gut, warum sind wir also hier?«, fragte Olofsen, zum Dienstlichen zurückkehrend.

Petersen drehte sich um und zeigte auf die Yacht. »An Bord sind zwei Tote. Sehr ähnlich zu der Sache von gestern. Ich dachte, das könnte euch interessieren.«

»Okay«, sagte Olofsen. »Aber warum die Hektik?«

»Gleich kommt das Wasser zurück.«

»Richtig. Hatte ich vergessen.«

»Was gibt es zu sehen, das wir nicht mehr sehen können, wenn das Wasser wieder da ist?«, fragte Nunk. Er wollte zum Wesentlichen kommen, bevor sie tatsächlich nasse Füße bekamen.

Petersen forderte sie auf, ihm zu folgen. Sie gingen einmal um das Motorboot herum.

»Schickes Gefährt«, stellte Olofsen fest.

»Ja, der Kahn ist edel«, bestätigte Petersen. »Vom Feinsten und ziemlich neu. Soweit wir das von außen sehen können, ist das Schiff mit modernster nautischer Technik ausgestattet. Von daher ist es abermals unwahrscheinlich, dass das Boot versehentlich hier gelandet ist.«

Sie waren wieder am Heck des Bootes angelangt. Petersen

machte eine Handbewegung. »Die Badeleiter ist heruntergeklappt«, sagte er, als wäre damit alles klar.

»Das ist toll«, antwortete Olofsen, dem gar nichts klar war. »Gebürsteter Edelstahl mit aufgesetzten Leitersprossen aus Teak. Nicht schlecht, Herr Specht.«

»Es bedeutet, dass sehr wahrscheinlich noch jemand hier war«, entgegnete Petersen im Tonfall eines Lehrers. »Die ist nämlich gewöhnlich eingeklappt. Unter der Leiter gibt es eine Reihe von Spuren. Und die sind nicht von meinen Leuten.«

»Das ist wirklich toll«, erwiderte Olofsen, nun schon deutlich interessierter. »Können wir mit den Spuren etwas anfangen?«

»Vielleicht. Abdrücke können wir leider nicht nehmen, dafür sind wir nicht ausgestattet. Ich hatte gehofft, ihr bringt euren Spurenexperten gleich mit.«

Olofsen warf Nunk einen spöttischen Blick zu. »Na ja, als Fährtenleser taugt N-Kubik wahrscheinlich nicht viel.«

»Fotografieren«, sagte Nunk, ohne auf Olofsens Sarkasmus einzugehen, und zückte sein Handy.

Petersen und Olofsen nickten unisono.

»Hat einer von euch einen Euro?«, fragte Nunk. »Den könnte ich als Größenvergleich neben den Abdruck legen.«

»Mein Chef, ein wahres Genie«, bemerkte Olofsen spöttisch und legte einen Arm um seine Schulter. »Pall würde dich sofort in sein Team aufnehmen wollen, wenn er das hört.«

Nunk nahm sich Zeit und machte mit seinem Handy eine Reihe von Bildern. Die Abdrücke waren deutlich zu erkennen, jedoch hatte der feuchte Sand bereits verhindert, dass Details wie Profilspuren oder die Einsinktiefe sichtbar blieben. Trotzdem waren diese Spuren besser als nichts. Per E-Mail schickte er sie direkt an Pall.

»Diese Fußabdrücke sind nicht das Einzige, was es hier draußen zu sehen gibt«, sagte Petersen.

»Seehunde«, stellte Olofsen fest und zeigte mit der Hand auf die dem Elbfahrwasser abgewandte Seite der Sandbank.

Tatsächlich schoben sich dort gerade zwei weitere Seehunde gemächlich aus dem Wasser auf den Sand. Doch kaum bemerkten sie, dass sie heute nicht allein waren, machten sie kehrt und verschwanden wieder in ihrem nassen Element.

Petersen schüttelte den Kopf. »Nein, hier hinten.« Er deutete auf eine lange Linie im Sand, die sich vom Heck des Motorbootes bis zum Wasser zog.

»Was ist das?«, fragten Olofsen und Nunk gleichzeitig, denen diese Spur zuvor entgangen war.

»Meiner Meinung nach ist das eine Schleifspur, die durch das Ziehen eines Schlauchbootes zum Wasser hin entstanden ist«, sagte Petersen und deutete auf das Heck des Motorbootes. »Gerade neue Boote dieser Größenordnung können durchaus eine kleine Heckgarage haben, in der sich ein Beiboot verstauen lässt.«

»Ist das hier der Fall?«, fragte Olofsen. »Gibt es eine solche Garage, und ist diese leer?«

»Ja und ja«, antwortete Petersen wie aus der Pistole geschossen.

»Was die Flucht vom Tatort angeht, scheint es die gleiche Vorgehensweise zu sein wie gestern«, stellte Nunk fest. »Wir können wohl davon ausgehen, dass es sich um denselben Täter handelt.«

Olofsen drehte sich um. »Das Wasser steigt immer höher. Bald werden alle Spuren verschwunden sein. Wir sollten auch Fotos von der Schleifspur machen.«

Nunk nickte und begann, weitere Bilder zu schießen. Olofsen wandte sich an Petersen. »Wie sieht es im Inneren der Yacht aus?«

»Da auf unsere Rufe niemand reagiert hat, sind meine Leute zunächst auf die Badeplattform gestiegen. Sie haben darauf geachtet, keine der Spuren unter der Leiter zu kontaminieren. Oben haben sie die tote Frau in der Plicht entdeckt. Anschließend ist einer der beiden hineingegangen und hat den zweiten Toten unten in der Bugkabine gefunden. Nichts wurde angefasst oder verändert.«

»Sehr gut«, sagte Olofsen. Er machte einen Schritt nach hinten und fluchte plötzlich lautstark. Das auflaufende Wasser hatte mittlerweile schon große Teile der Sandbank zurückerobert, und Olofsen stand knöcheltief im Wasser – das selbstverständlich augenblicklich seine Schuhe füllte.

»Es wird Zeit, dass wir hier verschwinden«, stellte Petersen mit einem Blick auf Olofsens wassergefülltes Schuhwerk fest.

Er wandte sich an seine Leute und gab einige Instruktionen, um die Yacht mit dem steigenden Wasser von der Sandbank zu ziehen. Dann fuhren sie zur »Bürgermeister Brauer« zurück.

Nachdem Olofsen, Nunk und Petersen an Bord gegangen waren, kehrten zwei Beamte zur Motoryacht zurück, um die Schleppleine anzubringen. Gut dreißig Minuten später war das Wasser so hoch gestiegen, dass sie das Motorboot vorsichtig Stück für Stück ins tiefere Wasser ziehen konnten. Es dauerte nicht mehr lange, und es schwamm wieder frei. Eine Gruppe Lachmöwen stob erschrocken aus dem Wasser auf, als das weiße Ungetüm auf sie zuglitt.

Nachdem sie auf der Brücke der »Bürgermeister Brauer« versammelt waren und das Schiff mit Kurs auf Cuxhaven langsam neben dem Schleppverband herfuhr, bemühte sich Olofsen, die Kollegen in seine Gedankengänge einzubinden. »Was wissen wir über die Yacht und deren Besitzer?«

Petersen, der selbst das Steuer der »Bürgermeister Brauer« übernommen hatte, nickte einem Kollegen zu. Dieser setzte sich im hinteren Teil der Brücke an einen Computer und begann zu tippen. Nur Augenblicke später räusperte er sich. »Das Schiff heißt ›White Cloud‹. Laut Eintrag zum Kennzeichen ist das Schiff vierzehn Komma fünf Meter lang, der Heimathafen ist in Cuxhaven, und als Eigner wird ein Fred Bechmann genannt.«

»Geht das mit dem Heimathafen genauer? Schließlich gibt es in Cuxhaven diverse Marinas«, erkundigte sich Nunk.

»Moment.« Der Mann begann wieder zu tippen. »GCS-Marina.«

Olofsen schlug mit der flachen Hand auf den Kartentisch.

»Das ist doch oberfaul«, wetterte er. »Zwei Doppelmorde in zwei Tagen, jeweils verübt auf Schiffen aus der GCS-Marina. Das hat doch etwas zu bedeuten.«

Kurz darauf hatte Petersen mit einem Telefonat geklärt, dass sie die »White Cloud« direkt hinter der »Fabulous Dream« am Anleger des Wasser- und Schifffahrtsamtes festmachen konnten. In der Zwischenzeit telefonierte Olofsen mit der Polizeiinspektion, um die Tatortgruppe zum WSA-Anleger zu beordern. Auch versuchte er, Walberg zu informieren, dass weitere Arbeit auf ihn und seine Kollegin wartete, erreichte aber nur seine Mailbox.

Anschließend sah er aus dem Fenster. »Was wäre eigentlich der nächste Hafen oder die nächste Marina, wenn ich vom Medemgrund möglichst unauffällig, aber schnell verschwinden will?«, fragte er in die Runde.

»Otterndorf«, antwortete Petersen sofort. »Liegt dem Medemgrund fast gegenüber. Dort gibt es einen kleinen Hafen für Sportboote. Der ist aber tideabhängig.«

»Können wir da jetzt jemanden erreichen?«

»Moment«, sagte der Beamte hinten am Computer und begann neuerlich zu tippen. Kurz darauf schrieb er etwas auf einen Zettel, den er Olofsen reichte. »Die Telefonnummer des dortigen Hafenmeisters.«

Olofsen nickte und tippte die Nummer in sein Handy. Als sich am anderen Ende der Leitung jemand meldete, wandte er sich ab. Je länger das Telefonat dauerte, desto aufgeregter wurde er. Dann steckte er das Handy wieder weg und drehte sich um.

»Volltreffer«, verkündete er mit einem breiten Grinsen im Gesicht.

»Erzähl!«

»Der Hafenmeister war tatsächlich schon in der Marina«, fasste Olofsen das Telefonat zusammen. »Rasen mähen, Müll sammeln oder so etwas. Dabei ist ihm ein Schlauchboot aufgefallen, das da am Ufer lag, wo eigentlich gar keins hingehört. Er dachte, es hätte sich von einem der größeren Boote gelöst und wäre ans Ufer getrieben. Wollte gerade herumfragen und das Boot sichern, als ich ihn angerufen hab. Die Welt ist klein, der Zufall manchmal groß.«

»Ist das Boot denn noch da, wo er es gefunden hat?«, fragte Nunk.

»Ja, es liegt noch genau an der Stelle, an der es angelandet und zurückgelassen wurde. Ich habe ihm klipp und klar verboten, es anzufassen oder irgendjemanden in die Nähe zu lassen.«

»Wir müssen da schleunigst hin«, sagte Nunk. »Das könnte eine heiße Spur sein.«

»Das wird schwierig«, wandte Petersen ein. »Die ›Bürgermeister Brauer‹ ist viel zu groß für diesen Hafen, und unser Beiboot schleppt gerade die ›White Cloud‹ mit zwei Leichen an Bord.«

»Alles kein Problem«, stellte Olofsen mit wissender Miene fest. »Der Hafenmeister holt uns mit seinem Boot ab. Er sagte nur, wir sollten so weit wie eben möglich in das Fahrwasser vom Hafenpriel einlaufen.«

»Wie hast du ihn denn dazu überreden können?« Nunk wirkte beeindruckt.

»Ich kann unwiderstehlich und überzeugend sein, wenn ich will.« Mit dem Kopf deutete er nach draußen. »Ich glaube, da kommt auch schon unser Wassertaxi.«

Aus dem Hafenpriel näherte sich ein kleines, offenes Boot mit Außenbordmotor und gelbem Rumpf. Ein Mann mit roter Baseballkappe saß hinten an der Ruderpinne. Er winkte der »Bürgermeister Brauer« zu.

»Wenn ich mir die Nussschale so anschaue, sollte ich doch lieber hierbleiben und Verstärkung aus Cuxhaven oder Otterndorf anfordern«, sagte Nunk. In seiner Stimme lag ein Hauch von Unsicherheit.

»Ach was. Wird schon hinhauen«, beschied ihm Olofsen. »Und als Chef solltest du erhobenen Hauptes vorangehen.«

Das kleine Motorboot ging an der Leeseite der »Bürgermeister Brauer« längsseits. Einer der Beamten warf eine Leine zum Festmachen, ein zweiter ließ am geöffneten Seitenluk eine

Jakobsleiter hinunter. Das war der Moment, an dem es auch Olofsen mulmig wurde. »Da sollen wir runterklettern?«, fragte er vorsichtig und warf einen unsicheren Blick auf die graue Wasseroberfläche.

»Logisch. Einfach einen Fuß unter den anderen setzen. Und keine Sorge – unten ankommen werdet ihr auf jeden Fall.« Petersen hatte ein Haifischgrinsen aufgesetzt.

»Ernsthaft jetzt?«, erkundigte sich Olofsen sicherheitshalber noch einmal.

»Los jetzt.«

Olofsen riss sich zusammen, trat an die geöffnete Luke und machte sich daran, die Leiter hinunterzuklettern. Unten wurde er von zwei kräftigen Armen in Empfang genommen und konsequent in den vorderen Teil des Bootes bugsiert.

»Moin, ich bin Sven«, stellte sich der Otterndorfer Hafenmeister kurz vor.

»Moin. Olofsen, Kripo Cuxhaven«, antwortete Olofsen steif und gleichzeitig schwankend. »Mein Kollege kommt auch noch.«

»Soll er mal machen. Ich habe noch zu tun. Muss noch Ententschiss von den Stegen spülen.«

Nur Sekunden später erreichte auch Nunk das Ende der Leiter und stand dann mit rudernden Armen in dem kleinen Boot.

»Nicht rumzappeln«, herrschte ihn Sven an. »Der Dampfer ist nicht so stabil wie euer hübsches Polizeischiffchen.«

Nunk setzte sich. »Worauf habe ich mich hier bloß eingelassen?«, murmelte er vor sich hin.

»Du hättest ja an deinem Chef-Schreibtisch bleiben können«, erwiderte Olofsen.

Das Boot löste sich von der »Bürgermeister Brauer« und drehte in einem leichten Bogen ab, um wieder in den Hafen zurückzukehren.

Langsam, aber mit dröhnendem Motor tuckerten sie an den grünen Tonnen entlang und erreichten die Einfahrt zum Hafenpriel. Hier war das Wasser ruhig. Beide Uferseiten waren hoch mit Reet zugewachsen, links zweigte die Zufahrt zur Schleuse Otterndorf und zum Hadelner Kanal ab. An manchen Stellen war die Uferbefestigung aus Steinen und Holzbalken zu erkennen. Ein Fischreiher stand unbeweglich im seichten Uferwasser und lauerte auf Beute. Als das Boot näher kam, verzog er sich schnell in die Uferböschung.

»Ist kein Rennboot«, sagte Sven entschuldigend. Dann zeigte er auf eine Stelle am rechten Ufer. »Da drüben liegt das Schlauchboot.«

Olofsen und Nunk drehten sich gleichzeitig ruckartig um, sodass das kleine Boot stark zu schwanken begann.

»Sachte, Jungs«, ermahnte Sven die beiden in einem Tonfall, mit dem genervte Eltern ihren Blödsinn treibenden Nachwuchs bedachten.

»Kannst du uns da absetzen?«, fragte Olofsen und deutete auf eine flache Stelle nur einige Meter neben dem Schlauchboot.

»Klar.« Sven steuerte das Boot zu der gewünschten Stelle, bis es sanft in den Uferschlick rutschte. »Weiter kann ich nicht, den Rest müsst ihr zu Fuß gehen.«

»Aber meine Schuhe«, jammerte Nunk. »Das sind Büroschuhe, keine Hightech-Outdoor-Abenteuer-Treter.«

»Unsinn«, sagte Olofsen. »Wir sind im Einsatz. Zieh dir die Schuhe aus und komm, du Weichei.« Seine Schuhe waren schließlich längst durchnässt. Er schwang sich beherzt aus dem Boot – und versank bis zur Wade im Schlick.

»Verfluchter Dreck«, entfuhr es ihm. Er starrte angewidert auf seine Beine.

»Nein, Schlick«, korrigierte ihn Sven. »Sorry, habe ich vergessen zu erwähnen.«

»Sabbel nicht rum, du Weichei. Wir sind im Einsatz«, feixte Nunk schadenfroh. Vorsichtig kletterte auch er aus dem Boot heraus, nicht ohne sich vorher Schuhe und Socken ausgezogen und die Hose bis fast zu den Knien hochgekrempelt zu haben. Einen Moment später stand er am Ufer, während Olofsen noch immer fluchend im Schlick steckte. Sven setzte mit dem Boot zurück und verschwand. Von Ohr zu Ohr zog sich ein schelmisches Grienen.

Olofsen stapfte mit den Armen rudernd und vor sich hin schimpfend ans trockene Ufer. Nunk betrachtete amüsiert dessen völlig vermatschte Schuhe und die nicht besser aussehende Hose.

»Einsatz bis zum Letzten. Dafür sollte ich einen Bonus bekommen«, sagte Olofsen mürrisch und marschierte mit schmatzenden Schritten zu dem Schlauchboot. Es war schneeweiß mit einem dicken schwarzen Streifen längs über die beiden seitlichen Luftkammern, und vor diesem schwarzen Hintergrund stand in weißen, geschwungenen Buchstaben: »Mini White Cloud«.

»Das dürfte wohl ziemlich eindeutig das Beiboot der ›White Cloud‹ sein«, sagte Olofsen triumphierend.

»Ich schätze, Herr Schlammschuh hat recht«, bestätigte Nunk.

»Ach, du kannst mich mal«, sagte Olofsen und holte sein Smartphone aus der Tasche, um Pall anzurufen.

»Frank, vergiss die Yacht in Cuxhaven, die Spuren dort können warten. Du musst erst nach Otterndorf in die Marina kommen. Wir haben hier das Beiboot der ›White Cloud‹ gefunden.« Olofsen ging davon aus, dass sein Kollege bereits über die neuesten Ereignisse informiert war. Allerdings schien dem nicht so zu sein, und je länger Olofsen zuhörte, desto grimmiger wurde seine Miene.

Dann war das Gespräch beendet.

»Habt ihr alle eine Macke? Kannst dich mit Martin zusammentun«, stänkerte Olofsen leise vor sich hin.

Nunk sah ihn fragend an. Olofsen starrte grimmig zurück. »Der hat auch die Dünnflitz und sitzt zu Hause auf dem Thron.«

»Schluss jetzt. Das kommt eben vor«, sagte Nunk. »Du bist Ermittler, also ermittle. Akzeptiere, was du nicht ändern kannst.«

Olofsen holte tief Luft und konzentrierte sich auf das vor ihm liegende Schlauchboot. Vorne, dort, wo das Boot am weitesten auf das Ufer gezogen war, schien es sogar eine vielversprechende Fußspur zu geben. Er zeigte sie Nunk.

Der nickte. »Ich werde mich umschauen und nachsehen, ob die irgendwohin führt und ob es vielleicht noch etwas zu finden gibt, was der Täter verloren haben könnte.« Dann verschwand er im hohen Gras.

Olofsen setzte sich auf einen dicken Stein, suchte in seiner Jackentasche nach einer Packung Taschentücher und begann, seine Schuhe vom Schlamm zu befreien.

Nur Sekunden später stürmten zwei kleine Jungs laut schreiend aus dem Schilf und rannten auf das Schlauchboot zu.

»Papa, Papa, schau mal! Da ist ein Schlauchboot«, schrie der erste der beiden.

»Boah, das ist ja geil«, jauchzte der zweite. Und mit einem Sprung, wie ihn nur kleine Jungs hinbekommen, saß er auch schon in dem Boot und schaute Olofsen auffordernd an.

»Ist das dein Boot?«, fragte er. »Dürfen wir mitfahren?«

»Paul, Noah. Hört auf mit dem Blödsinn. Kommt sofort zurück, ihr fallt noch ins Wasser, und Mama meckert wieder«, ließ sich eine weitere Stimme vernehmen. Es war die des Vaters, der mit einem schwarzgrauen Mischling an der Leine ebenfalls aus dem Schilf gestürmt kam. Der Hund begann sofort an dem Boot zu schnüffeln, hob ein Hinterbein und pinkelte an den Rumpf.

Als Erstes machte Olofsen vor Überraschung große Kuhaugen. Dann wurde er kreidebleich. Dann puterrot. Herzrasen mit Schnappatmung. Und schließlich explodierte er. »Verzieht euch augenblicklich aus dem Schlauchboot, ihr blöden Gören«, brüllte er die Jungen an.

Einer der Jungen fiel vor Schreck hintenüber, landete im seichten Matsch und fing an zu weinen.

»Was fällt Ihnen ein –«, fuhr ihn der Vater der beiden Jungen an.

Doch Olofsen fuhr ihm sofort über den Mund. »Halt du bloß die Klappe. Glaubt ihr Dumpfbacken eigentlich, ihr könnt überall rumlatschen und auch noch auf dicke Eier machen?«

Der Mann wollte gerade Luft holen, aber Olofsen ließ ihn nicht zu Wort kommen. »Mund halten. Polizei. Das hier ist ein Tatort. Und deine missratenen Blagen haben gerade die Spuren versaut. Dafür sollte ich euch Pfeifen alle einlochen.«

Olofsen kochte. Seine Wut hatte ein Ventil gefunden, und er hatte nicht vor, es vorschnell wieder zu schließen.

Mittlerweile weinten beide Kinder. Olofsen kam richtig in Fahrt. »Ich krieg euch. Alle, ohne Ausnahme. Nicht einmal im verstecktesten Zipfel von Otterndorf bleibt man von erbärmlichen Idioten verschont.«

Von hinten legte sich eine Hand auf seine Schulter und zog ihn weg. Er war versucht, sie wegzuschlagen, aber in irgendeinem verborgenen Winkel seines Gehirns leuchtete eine rote Warnlampe auf, die ihn wissen ließ, dass er damit eine Linie überschreiten würde, über die er so schnell nicht wieder zurückkommen konnte.

»Alles wird gut.« Es war Nunk, der mit sanfter Stimme auf Olofsen einsprach, als wollte er ein wild gewordenes Pferd beruhigen. Er gab dem Mann mit einer Hand ein unauffälliges Zeichen. Der verstand den Hinweis, schnappte sich seine beiden noch immer heulenden Kinder und verschwand, so schnell es eben möglich war, den winselnden Hund hinter sich herschleifend.

Olofsen war kaum in der Lage, sich zu beruhigen. Er griff nach seinem halbwegs gesäuberten Schuh und schleuderte ihn dem fliehenden Vater hinterher.

»Verschwindet, ihr Vollpfosten!«, brüllte er. »Ihr seid von jetzt an im Cuxland geächtet, vogelfrei, alle Möwen zwischen Hamburg und Bremen sollen euch auf die Rübe scheißen.« Er ließ sich wieder auf seinen Stein fallen und fuchtelte noch einmal mit beiden Händen durch die Luft. »Verfluchte Idioten.«

Nunk ging los und holte Olofsens Schuh zurück. Dann setzte er sich neben seinen Kollegen auf den Stein. Keiner der beiden sagte ein Wort.

Ein paar Minuten später raschelte es erneut im Schilf hinter ihnen. Olofsen sprang auf und griff sich den zweiten Schuh, bereit, zu werfen. Es war ein Mitarbeiter von Palls Tatortgruppe, der mit zwei schweren Aluminiumkoffern aus dem Schilf hervortrat.

Als er Olofsen in dessen Pose und den Leiter des ZKD auf dem Stein sitzen sah, blieb er verwirrt stehen. »Arne, hast du geheult?«, wollte er wissen. »Ist es so schlimm? Ich war ja gestern nicht dabei.«

»Nein«, antwortete Olofsen bedrohlich leise.

Der Spurenspezialist, Stefan Spatz, kam vorsichtig näher. Jetzt nahm er Olofsens derangierte Erscheinung in Gänze wahr. »Habt ihr euch geprügelt?«

»Nein«, sagte Olofsen und hob den Schuh ein wenig höher. Mit der anderen Hand deutete er auf das Schlauchboot hinter sich.

»Ah, verstehe. Ihr seid von einer Horde Elbvertiefungsgegner in Kanus überfallen worden.«

»So ähnlich«, sagte Olofsen und ließ den Schuh sinken.

»Das ist das Schlauchboot, das du untersuchen sollst«, erklärte Nunk die Sachlage. »Leider sind uns ein paar Touris zuvorgekommen und in Erwartung einer Butterfahrt gleich mal reingesprungen.«

»Und unser guter Hauptkommissar Olofsen hat ihnen auf seine unnachahmliche Weise die Welt ins rechte Licht gesetzt«, vermutete der Spurensicherer.

»Genau das ist passiert«, bestätigte Nunk.

»Das erklärt auch den panischen Papa oben auf dem Parkplatz mit zwei heulenden Jungs, von denen einer aussah, als ob er sich im Matsch herumgerollt hätte.«

»Richtig«, sagte Nunk. »Da muss auch noch ein Hund dabei gewesen sein. Der hat ans Boot gepisst.«

Jetzt verdunkelte sich Spatz' Miene wieder. »Wollt ihr mir damit sagen, die haben sämtliche Spuren versaut?«

»Ja!«, schrie Olofsen mit der ganzen Gewalt seiner Stimme in den blauen Himmel über ihnen.

SECHS

Dienstag, 4. September, früher Nachmittag

Nachdem Olofsen den Strand ohne ein weiteres Wort verlassen hatte, begegnete ihm kurz vor dem Parkplatz ein junges Paar mit einem kleinen Hund. Die beiden musterten ihn von oben bis unten und gaben ihm den Tipp, dass er am Seglertreff hinter dem Deich duschen könnte. Olofsen bedankte sich brav für den Hinweis, schließlich trugen die beiden nicht die Schuld an seiner schlechten Laune.

Über die schmalen Treppen am Sielsperrwerk überquerte er den Deich. Auf der Deichkrone drehte er sich kurz um. Ob er wollte oder nicht, der malerisch gelegene Hafen mit den in den Himmel aufragenden Masten der Segelboote, den umherschwirrenden Austernfischern und dem Otterndorfer Oberfeuer im Hintergrund verfehlte seine Wirkung nicht. Olofsens schlechte Laune löste sich in Luft auf.

Dennoch ließ sich der ungeheure Druck, den Fall aufklären zu müssen, nicht verleugnen. Es gab nun vier Tote, und er hatte nicht die geringste Ahnung, was vorging und nach wem er eigentlich suchte. Es ärgerte ihn, dass genau jetzt, wo doch jede Hand und jedes Hirn dringend benötigt wurden, auch noch Martin und Frank ausgefallen waren.

Der Seglertreff selbst war eine Imbissbude mit angeschlossener Toilette und Duschmöglichkeit für Bootsfahrer und Camper, die es sich mit ihren Wohnmobilen auf dem kleinen Platz am Schöpfwerk gemütlich gemacht hatten. Olofsen musste wohl Mitleid erregt haben, jedenfalls durfte er umsonst die Waschgelegenheiten benutzen. Er wusch sich, so gut es die Umstände zuließen, musste sich aber eingestehen, dass er bei seiner verdreckten Kleidung nicht mehr viel ausrichten konnte. Missmutig ließ er sich von einem Taxi nach Hause fahren. Der Taxifahrer zeigte zunächst deutlich seinen Widerwillen, den matschbeschmierten Olofsen in seinem sauberen Wagen mitzunehmen, kämpfte aber tapfer dagegen an, als sein Fahrgast ihm mit grimmiger Miene seinen Polizeiausweis vor die Nase hielt.

Zu Hause stopfte Olofsen seine Hose in die Waschmaschine, seine Schuhe in die Mülltonne und ging duschen. Erst kalt, um auch wirklich runterzukommen, dann warm, um seine Muskeln zu entspannen. Anschließend aß er schnell ein Sandwich mit Schinken und Käse – mehr hatte sein Kühlschrank nicht zu bieten – und fuhr erneut mit dem Taxi zum Hafen, wo noch immer sein eigener Wagen stand. Von dort aus machte er sich auf den Weg zur Polizeiinspektion.

Sein erster Weg dort führte ihn direkt in Nunks Büro. Der ZKD-Leiter saß an seinem Schreibtisch, in einen Berg Akten vertieft. Als er seinen Kollegen bemerkte, blickte er auf.

»Zwei Doppelmorde in zwei Tagen«, sagte Olofsen. »Wir müssen uns unbedingt mit Frauke abstimmen. Haben sich schon die ersten Schreiberlinge oder Fernsehheinis gemeldet?«

Frauke Nilsson war die Pressesprecherin der Polizeiinspektion Cuxhaven. Bei ihr würden alle Presseanfragen zu den Ermittlungen ankommen, daher musste sie unbedingt wissen, wie die Kommunikationsstrategie für diesen Fall aussehen sollte.

Nunk sah nachdenklich aus dem Fenster. »Ja, einer der Redakteure von den Cuxhavener Nachrichten hat angerufen, aber ich glaube, wir konnten ihn erst einmal vertrösten. In Abstimmung mit der Staatsanwaltschaft werden wir eine Sonderkommission einrichten und unsere Kräfte bündeln, sofern sie gesund sind. Schnelligkeit und Präzision sind jetzt gefragt, kein wirres Herumwuseln, sonst gibt es Schläge von allen Seiten.«

Olofsen nickte. »Ich werde für den Nachmittag eine Besprechung ansetzen.«

»Gut. Du wirst die Soko leiten«, sagte Nunk. »Brauchen wir Unterstützung vom LKA? Und halte den Staatsanwalt auf dem Laufenden. Die Obduktionen für die beiden neuen Todesfälle sind schon angeordnet.«

Olofsen überlegte. »Nein, das LKA halten wir vorerst raus. Wir können das selbst.«

»Ach ja«, sagte Nunk und legte die Stirn in Falten. »Unten im Wartebereich sitzt der Papa, den du vorhin am Strand von Otterndorf zusammengefaltet hast.« Dann wurde er etwas lauter. »Das war übrigens eine ganz traurige Nummer von dir. So gehen wir hier nicht mit den Leuten um, egal wie blöd sie sind. Noch einmal, und ich nagele *dich* mit den Eiern an die Kugelbake. Ist das angekommen?«

Olofsen schaute belämmert drein. Er nahm sich vor, nie wieder zusammen mit seinem Boss auf Ganovenjagd zu gehen. »Was will der Kerl?«

»Er will sich mindestens offiziell beschweren, vielleicht sogar Anzeige erstatten«, antwortete Nunk.

Olofsen lief rot an und ballte die Fäuste. »Du hast aber mitbekommen, dass die beiden Knaben alle Spuren rund um das Schlauchboot kontaminiert haben, oder?«, begehrte er auf. »Der Hund hat als Krönung das Boot angepisst.«

»Das habe ich durchaus mitbekommen. Und ich bin genauso sauer wie du«, sagte Nunk ernst. »Aber wir können es uns nicht leisten, unsere Energie auf Nebenschauplätzen zu vergeuden. Manche Leute, egal ob Touristen oder Einheimische, sind eben bescheuert. Was soll ich denn jetzt mit dem Typen anstellen?«

Olofsen machte ein nachdenkliches Gesicht. »Wir sollten ihm das Geschehen halbwegs sinnvoll erklären, damit er sich wieder einkriegt und sich gebauchpinselt fühlt. Danach brauchen wir von allen die Fingerabdrücke, insbesondere von den Jungen. Sollte Spatz Abdrücke am Boot finden, kann er die beiden zumindest ausschließen.«

Olofsen parkte seinen Wagen am MSZ. Seitdem er Nunks Büro verlassen und dem erbosten Vater eine Entschuldigung entgegengemurmelt hatte, waren zwanzig Minuten vergangen. Seine Versuche, Greiner anzurufen, waren sämtlich erfolglos geblieben, auch Walberg hatte er nicht erreichen können, eine

Telefonnummer von Osamente hatte er nicht. So wusste er also noch immer nicht, wann die Obduktionen an den beiden neuen Opfern durchgeführt werden würden.

Im Gegensatz zu Pall am Vortag wurde er sofort vom Pförtner durchgelassen. Er betrat den Pier. Die »Fabulous Dream« und dahinter die »White Cloud« lagen dort fest vertäut. Vor der Motoryacht standen einige Kisten aus Aluminium, die Jungs von der Tatortgruppe waren demnach vor Ort.

»Jemand zu Hause?«, rief Olofsen, als er an der schmalen Gangway stand, die auf die Badeplattform am Heck führte.

»Bei der Arbeit«, kam es aus dem Innern.

»Ich muss mir die beiden Leichen ansehen«, rief Olofsen zurück.

»Kein Problem. Die laufen ja nicht weg.«

»Overalls?«

»In der größeren Kiste auf dem Pier. Überschuhe und Handschuhe sind da auch drin.«

Olofsen öffnete die Kiste und entnahm ihr einen Einmaloverall, zog ihn umständlich von einem Fuß auf den anderen hüpfend an und mühte sich darauf mit den Schuhüberziehern und den Handschuhen ab. Dann ging er an Bord. In der Plicht des Bootes befand sich weiteres Material für die Spurensicherung – und jede Menge Blut. Eine große, mittlerweile bräunlich eingetrocknete Lache auf dem Teakdeck zeugte von dem Verbrechen, das hier stattgefunden hatte.

Olofsen ging in die Hocke. Das Blut war von der seitlichen Sitzbank in schmalen Rinnsalen auf das Deck gelaufen. Er blickte auf und sah die mit einem Tuch abgedeckte Leiche auf der Bank liegen. Mit einer Hand hob er es an. Die Frau darunter lag auf dem Bauch, sodass Olofsen ihr Gesicht nicht sehen konnte. Aber auf ihrem Hinterkopf entdeckte er eine typische Einschusswunde. Am Stoff des geschlossenen Seitenverdecks und auch an der Rücklehne der Bank konnte er rotbraune Blut- und Gewebespritzer erkennen. Wahrscheinlich Teile des Gehirns und des Schädelknochens, von der austretenden Kugel mitgerissen. Er ließ das Tuch wieder über sie gleiten und wandte sich ab.

In der Kabine machte Olofsen große Augen. Hier hatte jemand sowohl Geld als auch Geschmack gehabt und es geschafft, auf engstem Raum eine gemütliche und gleichzeitig funktionale Atmosphäre zu schaffen. Helle Materialien, runde Ecken, weiche Kontraste – Olofsen hätte sich am liebsten auf das äußerst bequem wirkende Sofa fallen lassen und mit hochgelegten Füßen eine Weile entspannt. Wäre da nicht der Mann im weißen Einmaloverall, mit Schuhüberziehern und Handschuhen gewesen. Er stand an der Tür zum Niedergang und nahm Fingerabdrücke auf einem der Handläufe.

»Wie sieht's aus?«, fragte Olofsen geschäftsmäßig.

»Hm«, bekam er zur Antwort.

»Danke für die Auskunft.« Olofsen machte einen Schritt in den Salon hinein. Auf der rechten Seite schloss sich der Steuerstand an. Auch hier war alles vom Feinsten. Er kam noch einen Schritt näher, um Einzelheiten erkennen zu können. Dann wandte er sich an den Kollegen der Tatortgruppe. »Wo ist die zweite Leiche?«

Der deutete mit der Hand auf den Niedergang. »Unten. Spatz ist auch da.«

»Kann ich runterkommen?«, fragte Olofsen in den Niedergang.

»Wenn du einen Fuß vor den anderen setzt und dabei die Treppe vor dir benutzt, sollte das funktionieren«, kam wieder die Stimme von unten.

»Klugscheißer«, sagte er, musste aber selbst grinsen. Wenig später war er unten.

»Was ist mit der Leiche? Männlich oder weiblich?«

»Männlich.«

Olofsen versuchte, sich zu orientieren. Direkt vor ihm gingen zwei schmale Türen ab. Die eine stand offen und führte in die Bugkabine. Die andere war geschlossen. Olofsen vermutete, dass sich dahinter eine kleine Nasszelle verbarg. Er blickte hinter sich. Auch dort entdeckte er zwei Türen, beide geschlossen. Eine dürfte zur Achterkabine führen, dachte er sich, hinter der anderen verbargen sich wahrscheinlich Stauraum und Technik.

Er ging durch die offene Tür in die Bugkabine. Auch hier war alles hell, edle Materialien vom Feinsten. Auf dem nach vorne spitz zulaufenden, der Form des Schiffsrumpfes angepassten Doppelbett befand sich die zweite Leiche. Eindeutig ein Mann.

Er trat einen Schritt zurück, um die gesamte Szenerie besser überblicken zu können. Der Mann saß auf dem Doppelbett und lehnte mit dem Rücken vor der Bugplatte am Ende des Bettes, sein Kopf war ihm auf die Brust gesackt. Im Gegensatz zur ersten Leiche im oberen Teil des Bootes war hier kein Blut zu sehen. Die ganze Kabine wirkte fast steril und penibel sauber.

Olofsen warf Spatz, der auf dem Kabinenboden links neben dem Bett kauerte und mit einer Pinzette Faserstückchen einsammelte, einen schnellen Blick zu. Der schien sowohl den Blick gespürt als auch seine Gedanken gelesen zu haben und tauchte über der Bettkante auf.

»Das ist unnatürlich sauber hier«, sagte er. »Ich wette, hier hat jemand kräftig den Putzfeudel geschwungen, und wir werden rein gar nichts finden.«

Olofsen nickte. »Es sei denn, wir sollen etwas finden.«

Spatz deutete auf die Leiche. »Hast du das gesehen?«

»Was soll ich gesehen haben?«, fragte Olofsen und machte gleichzeitig einen Schritt auf den toten Körper zu. Er beugte sich vor. Dann entdeckte er es. »Was soll denn der Mist?«

Zwischen den Beinen des toten Mannes lag eine Kugel, etwa so groß wie eine Honigmelone.

»Meinem ersten Eindruck nach ist sie aus Beton. Ob sich darin ein Hohlraum oder sonst etwas befindet, kann ich jetzt natürlich noch nicht sagen.«

Olofsen trat noch näher heran. »Da steckt etwas in der Kugel. Sieht aus wie eine Spritze. Hast du das auch schon gesehen?«

Spatz sah ihn mitleidig an. »Natürlich habe ich das gesehen. Eine Spritze, zwanzig Milliliter Volumen, mit Kanüle, keine

Beschriftung. Sie scheint weitestgehend leer zu sein. Nur im unteren Bereich und vielleicht direkt in der Kanüle befinden sich noch Reste einer klaren Flüssigkeit.«

»Spritze und Kanüle müssen sofort ins Labor. Ich will wissen, was da drin war.«

Er wandte sich wieder der Leiche zu. Alles sehr seltsam, schoss es ihm durch den Kopf. »Habt ihr die Leiche hier schon fotografiert?«, fragte er.

»Klar.«

»So richtig? Mit allen Details? Auch die Kugel samt Kanüle?«

»Selbstverständlich. Auch wenn Frank es nicht wahrhaben will, wir sind weder Anfänger noch Idioten«, kam es barsch zurück. »Alles ist fotografiert, sogar aus verschiedenen Winkeln, scharf und in Farbe. Die Kugel, der Siegelring an der Hand und auch sonst alles hier in der Kabine.«

»Was für ein Siegelring?«

Spatz zog stumm die Augenbrauen hoch.

»Schon gut«, lenkte Olofsen ein, bevor Spatz ihn von Bord jagte. »Ich will ja nur sichergehen, dass nichts übersehen wird.«

»Geschenkt. Und jetzt geh uns nicht auf die Eier.«

Spatz klingt genau wie ich, wenn ich meine Ruhe haben will, dachte Olofsen. Aber dieser Siegelring interessierte ihn dennoch. Er beugte sich noch ein Stückchen weiter vor und nahm zunächst die linke Hand des Toten in Augenschein, konnte aber keinen Siegelring entdecken. Also die andere Hand. Olofsen machte einen Schritt zur Seite und entdeckte den Ring sofort. Ein dickes, klobiges Teil. Er fragte sich, wieso jemand freiwillig ein solch monströses Ding an seinem Finger trug. Er versuchte, noch ein wenig näher zu kommen, denn er glaubte, Buchstaben erkannt zu haben.

»Mach keinen Scheiß«, ertönte plötzlich Spatz' Stimme, und Olofsen wäre vor Schreck fast vornübergekippt – der Leiche direkt in die Arme.

»Erschreck mich noch mal so, und es gibt drei Leichen an Bord«, knurrte er unwirsch.

»Du willst bestimmt wissen, was auf dem Siegelring steht«, sagte Spatz.

»Ja.«

»Mach ein Foto, dann setz dich in eine Ecke, am besten außerhalb des Bootes, und knobele in Ruhe aus, was da draufsteht.«

Keine schlechte Idee, musste sich Olofsen eingestehen. Er fummelte an seinem Overall herum, um sein Smartphone aus der Jackentasche darunter hervorzuholen. Als er es geschafft hatte, machte er gleich mehrere Bilder, um sicherzugehen, dass wenigstens eines davon brauchbar war.

»Danke für den Tipp«, sagte er.

»Da nicht für«, antwortete der erste Techniker.

»Bechmann Bau«, sagte Spatz.

»Was?«, fragte Olofsen.

»Bechmann Bau.« Erneut Spatz.

»Das steht auf dem Siegelring.« Nummer eins.

»Ihr habt das die ganze Zeit gewusst?« Olofsen war entrüstet.

»Selbstverständlich. Wie gesagt, wir sind weder Anfänger noch Idioten.«

»Aber Arschlöcher«, stellte Olofsen fest. »Warum habt ihr das nicht gleich gesagt?«

»Du hast uns nicht gefragt.«

»Ich sollte euch nicht nerven. Schon vergessen?«

»Nein«, stellten die beiden Spurensucher unisono fest.

Olofsen verließ die Yacht, schälte sich aus dem Overall und warf ihn in eine Mülltonne. Er setzte sich auf einen großen Poller und dachte nach. Es waren allem Anschein nach die Bechmanns, die hier umgebracht worden waren. Und wieder war die Frau einfach erschossen worden, perfide von hinten, weggeworfen wie ein Sack Müll, den niemand mehr brauchte. Mit Fred Bechmann dagegen war etwas anderes angestellt worden. Aber im Gegensatz zu den Verbrennungen von Joachim Einbaum hatte Olofsen hier nicht erkennen können, was.

Ein Geräusch riss ihn aus seinen Gedanken. Neben ihm hielt

ein Leichenwagen, durch das noch geöffnete Tor kam ein zweiter gefahren.

Olofsen zog sein Handy aus der Tasche und versuchte ein weiteres Mal, Walberg anzurufen.

»Sorry, Sherlock«, entgegnete der Rechtsmediziner, nachdem er Olofsens Frage gehört hatte. »Heute wird das ganz sicher nichts. Das Fischbrötchen gestern Abend muss wohl nicht mehr ganz frisch gewesen sein. Jedenfalls geht's mir hundeelend, und ich habe einen Dauertermin im Weißen Haus. Hätte mich doch besser für die Pizza entscheiden sollen.«

Olofsen wusste nicht, ob er sich verhört hatte. »Du hast was?«

»Ein gastrointestinaler Zwischenfall, der mich für rechtsmedizinische Tätigkeiten gerade unpässlich macht«, erklärte ihm Walberg. »Reicht dir das, oder soll ich eine Zeichnung anfertigen?«

»Viel Spaß bei der nächsten Sitzung«, ätzte Olofsen. »Was ist mit deiner Kollegin? Die kann das doch machen.«

Walberg schnaufte. »Auf keinen Fall. Osamente lasse ich noch nicht allein arbeiten. Sie braucht noch ein bisschen mehr Anleitung.«

Olofsen drückte das Gespräch weg. Nach Greiner und Pall war Walberg nun der Dritte, der sich momentan bevorzugt auf dem Klo aufhielt.

Genervt wählte er eine weitere Nummer.

»Wollt ihr mich eigentlich alle verarschen?«, motzte er los, kaum dass Greiner das Gespräch angenommen hatte.

»Du kannst deine Prüfung bestimmt nachholen«, erwiderte Greiner. Ein Versuch, seinen aufgebrachten Kollegen zu beschwichtigen. Er wusste bereits, dass Nunk Olofsen zurückbeordert hatte, nachdem auf der Elbe das zweite Boot gefunden worden war und er selbst sich krankgemeldet hatte. »Ich hatte deinen Anruf schon viel früher erwartet. Wie sieht es aus?«

»Schluck 'ne Handvoll Imodium, aber sieh zu, dass du schleunigst hier erscheinst.«

»Braucht der große Arne Olofsen Hilfe, oder wie soll ich das verstehen?«

»Ja, verdammt noch mal«, knurrte Olofsen. »Walberg und Pall hocken auch auf dem Pott. Wie sollen wir diesen Fall lösen, wenn nichts, aber auch gar nichts weitergeht? Habt ihr euch zusammengetan, oder was soll das?«

Greiner stutzte. »Die beiden sind auch nicht da?« Seine Frage klang ehrlich überrascht. »Das ist tatsächlich schlecht.«

Olofsen nickte, dann fiel ihm ein, dass man Nicken nicht hören konnte.

»Ich setze mich an den Computer«, sagte Greiner. »Ich kann mich auch von zu Hause aus in unser System einloggen und recherchieren. Was willst du wissen?«

Im ersten Augenblick war Olofsen perplex, aber er schaltete schnell. »Die männliche Leiche, die wir heute Vormittag auf dem Boot gefunden haben, müsste Fred Bechmann sein. Zumindest trug er einen dicken Siegelring, auf dem ›Bechmann Bau‹ stand. Das macht man ja eigentlich nur, wenn einem der Laden gehört. Wahrscheinlich ist das zweite Opfer seine Frau. Finde raus, was es über den Typen rauszufinden gibt. Und über seine Firma, Partner, Familie.«

»Geht klar«, sagte Greiner. »Ich melde mich.«

»Noch was: Walberg hat gestern bei der Obduktion unter der Zunge von Einbaum eine Speicherkarte gefunden. Ein kurzes Video ist darauf. Lass es dir von N-Kubik per E-Mail schicken und beschäftige dich damit.«

»Ein Video? Unter der Zunge?«, fragte Greiner erstaunt.

»Ja«, knurrte Olofsen. »Und jetzt hör auf, blöde Fragen zu stellen.«

Es war halb vier. Die Besprechung sollte in wenigen Augenblicken beginnen. Olofsen saß bereits im Besprechungszimmer und sortierte seine Notizen. In seinem Bauch rumorte es. Vielleicht hätte er den Backfisch im Hafen doch nicht essen sollen. Auch Nunk und Frauke Nilsson waren schon anwesend.

Petersen von der Wasserschutzpolizei betrat den Raum, gefolgt von Spatz und vier weiteren Beamten, die die Soko ebenfalls unterstützen sollten. Greiner wollte zumindest über Skype an der Besprechung teilnehmen. Zwar funktionierte seine Webcam nicht, aber wenigstens war er zu hören.

Olofsen fasste die Situation kurz zusammen. Die Atmosphäre im Raum war angespannt, vier Morde in nur zwei Tagen und die vielen krankheitsbedingten Ausfälle in der Inspektion – auch aus anderen Fachkommissariaten hatten sich mittlerweile Kollegen krankgemeldet – drückten die Stimmung nach unten. Zur Auflockerung berichtete Olofsen gestenreich vom Fund des Schlauchbootes in Otterndorf sowie von dem Zwischenfall mit der Touristenfamilie und erreichte damit immerhin einen Hauch von Erheiterung. Anschließend kam er auf das Video und dessen Fundort zu sprechen. Mit einer Fernbedienung schaltete er den an der Decke installierten Beamer ein, startete den zugehörigen Laptop und schob die kleine Speicherkarte in den dafür vorgesehenen Schlitz. Kurze Zeit später flimmerte der kurze Film über die große Leinwand am Kopfende des Raumes.

»Mein Name ist Joachim Einbaum«, sagte ebendieser Mann auf der Leinwand. Er war bleich, Todesangst stand ihm ins Gesicht geschrieben, über seine bleiche Stirn liefen Schweißtropfen. »Ich bin ein Widerling. Auf mich ist kein Verlass. Ich habe den Tod verdient. C13682-18-03.«

Dieser Satz wiederholte sich noch viermal, dann war das Video zu Ende.

Olofsen sah fragend in die Runde. »Irgendwelche Vorschläge, Ideen, Geistesblitze zur Bedeutung des Films?«

Schweigen. Nichtssagende Blicke.

»Habe ich mir gedacht«, stellte er fest. »Ist mir nicht anders ergangen, als ich es zum ersten Mal gesehen habe.«

Über den Lautsprecher meldete sich Greiner. »Der erste Teil ist ja eigentlich klar. Es klingt nach Strafe oder Rache. Mit der nachfolgenden Nummer kann ich aber nichts anfangen.«

»Rache?«, fragte jemand. »Wofür?«

Olofsen klatschte in die Hände. »Erstklassige Anmerkung. Telefon- oder Publikumsjoker?«, fragte er sarkastisch.

Wieder Schweigen.

»Los, strengt eure Köpfe an. Wir müssen das verstehen«, rief er in die Runde.

»Vielleicht sollten wir einen Psychologen hinzuziehen«, regte Frauke an.

»Das fehlt mir gerade noch«, entgegnete Olofsen gereizt. »Ich will Lösungen, keine Geschichten über Traumata und schwere Kindheiten. Strafe oder Rache, das sehe ich genauso. Wir müssen herausfinden, wer sich warum an Einbaum gerächt hat.« Er blickte ein weiteres Mal in die Runde, von Gesicht zu Gesicht. »Kramt in Einbaums Vergangenheit, in seinem Bekanntenkreis, von mir aus auch in seiner Kindheit. Stellt sein Leben auf den Kopf. Die Antwort muss dort verborgen liegen.«

Zustimmendes Nicken im Raum.

»Martin«, wandte er sich an Greiner. »Du findest heraus, was es mit dieser Nummer auf sich hat. Ist es eine Kontonummer, Telefonnummer, Kundennummer? Außerdem müssen wir wissen, wer alles von dem Törn der Bechmanns wusste. Und wir brauchen noch einen Namen für diese Sonderkommission«, schloss er seine Ausführungen.

»Wie wäre es mit Soko Schlammschuh?«, schlug Spatz vor und lachte wie eine blökende Deichschnucke.

Olofsens Einlage im Schlick des Scharhörnriffs sorgte immer wieder für Erheiterung.

»Schluss jetzt mit dem Blödsinn«, schimpfte Nunk. »Soko Sandbank!«

Allgemeines Nicken.

»Soko Sandbank«, bestätigte Olofsen. »Solide, klar, alles gut.«

Dann wandte er sich an Spatz. »Stefan, was kannst du uns über das Schlauchboot aus Otterndorf sagen?«

Spatz zog einen Zettel hervor und überflog ihn. »Das Boot gehört definitiv zur Motoryacht ›White Cloud‹. Die Fußspuren rund um das Boot waren nicht mehr auszuwerten. Wir haben verschiedene vollständige und unvollständige Fingerabdrücke gefunden. Immerhin sollten wir in der Lage sein, die Tourikinder auszuschließen.«

»Wann haben wir die Ergebnisse zum Abgleich der Fingerabdrücke mit den Datenbanken?«, fragte Nunk.

Spatz sah auf seine Uhr. »Dürfte nicht mehr lange dauern.«

»Und wie sieht es mit der ›White Cloud‹ selbst aus?«, wollte Olofsen wissen.

»Hexen können wir nicht«, antwortete Spatz. »Frank fehlt einfach, und wir können uns nicht in Stücke reißen. Ich fahre direkt wieder hin, wenn wir hier fertig sind, aber vor morgen Vormittag sind wir sicher nicht durch.«

»Gut.« Olofsens Gesichtsausdruck sagte etwas anderes.

Es klopfte an der Tür. Olofsen sah überrascht auf. Eigentlich erwartete er niemanden mehr. Die Tür öffnete sich, und Dolores Osamente trat ein.

Alle Blicke wandten sich neugierig ihr zu. Sie machte zwei Schritte in den Raum hinein, und ihre klaren blaugrauen Augen hinter ihrer modernen und farblich zum Kostüm passenden Brille scannten den Raum. Ihr Blick blieb an Olofsen hängen.

»Hallo, Herr Kommissar«, sagte sie. »Es spricht doch sicherlich nichts dagegen, dass ich an der Teambesprechung teilnehme, oder?« Ihre Frage klang eher wie eine Feststellung, auf die sie gar keine Antwort erwartete.

Olofsen nickte. »Selbstverständlich nicht. Die Soko Sandbank ist für jede Unterstützung dankbar. Setzen Sie sich.« Er blickte kurz in die Runde. »Darf ich vorstellen: Doktor Dolores Osamente. Klaus Walbergs Nachfolgerin an den Skalpellen.« Er betrachtete ihr Outfit. »Wenn Sie allerdings polizeiliche Unterstützung bei der Ahndung eines modischen Vergehens melden möchten, wenden Sie sich doch bitte an den Beamten vom Dienst, unten im Eingangsbereich«, sagte er mit einem dümmlichen Grinsen auf den Lippen.

Osamentes Augen funkelten. »Man hat mich schon vorgewarnt, dass hier regelmäßig dumme Witze gerissen werden«, entgegnete sie ruhig. »Damit habe ich keine Probleme, im Gegenteil. Und falls Sie einmal Ihre schlabbrige Jeans gegen stilvollere Beinkleider austauschen möchten, kann ich Sie gerne beraten.«

»Wunderbar.« Olofsen klatschte in die Hände. Die Frau wurde ihm immer sympathischer. Er meinte, bei ihren Worten auch einen leichten italienischen Akzent gehört zu haben, der letztlich zu ihrem Namen passen würde. »Ich denke, mit Ihrem Sachverstand und Humor werden wir nun gut vorankommen.«

Frau Osamente nickte freundlich allen im Raum zu und suchte sich einen freien Platz. Vor sich legte sie eine dicke Aktenmappe, die sie zuvor unter dem Arm getragen hatte.

»Auch ich heiße Sie in der Soko willkommen«, sagte Nunk. »Nehmen Sie sich einen Kaffee, wenn Sie mögen, auch einen Keks, und lassen Sie uns konstruktiv arbeiten.«

Sie nickte, goss sich eine Tasse Kaffee ein, verzichtete aber auf den Keks.

Olofsen richtete sich zu voller Größe auf, stützte sich mit beiden Händen auf der Tischplatte ab, musterte die Anwesenden und kehrte zur eigentlichen Diskussion zurück. »Wissen wir eigentlich schon, woher die Yacht gekommen ist?«

»Das haben wir geklärt«, meldete sich Petersen zu Wort.

Olofsen reckte den Daumen in die Höhe. »Ein Hoch auf die Wasserschutzpolizei.«

Petersen holte Luft. »Die ›White Cloud‹ ist ein ziemlich neues Boot, ausgestattet mit allem Schnickschnack, unter anderem auch mit AIS.«

»A-I-was?«, fragte Olofsen. Die Falten auf seiner Stirn nahmen die Form eines großen Fragezeichens an.

»AIS, Automatic Identification System«, antwortete Petersen. »Ein System, mit dem statische und dynamische Schiffsdaten übermittelt werden und –«

»Bitte nur das Wesentliche«, ging Olofsen dazwischen.

»Dürfte ich vielleicht mal ausreden?«, beschwerte sich Petersen und fuhr fort, ohne eine Reaktion Olofsens abzuwarten: »Zu den übermittelten Daten gehören unter anderem Position, Kurs und Geschwindigkeit. Die Kollegen der Verkehrszentrale haben anhand der aufgezeichneten AIS-Daten den Kurs der ›White Cloud‹ retrospektiv ermittelt.«

»Das geht?«, fragte Olofsen erstaunt.

»Das geht«, antwortete Petersen. »Sämtliche AIS- und Funksignale werden dort aufgezeichnet. Damit können wir bei bestimmten Ereignissen, zum Beispiel, um Umweltsünder aufzuspüren, Kurse und Schiffspositionen nachträglich zurückverfolgen. Die Daten sind sogar gerichtstauglich.«

»Ich bin begeistert.« Olofsen klang tatsächlich begeistert. »Woher kam das Boot?«

»Auch aus der GCS-Marina«, antwortete Petersen.

»Wann ist die Yacht ausgelaufen?«, quäkte Greiners Stimme aus dem Lautsprecher.

»Gestern am frühen Abend«, antwortete Petersen. »Die Yacht ist entlang des Fahrwassers elbaufwärts gefahren, mit acht bis zehn Knoten Geschwindigkeit. Etwa eine Stunde nach dem Auslaufen ist allerdings das AIS-Signal verschwunden.«

»Könnte die ›White Cloud‹ ab diesem Zeitpunkt auf dem Medemgrund gesessen haben?«, fragte Nunk.

Petersen legte die Stirn in Falten. »Das ist unwahrscheinlich. Zum Abend hatten wir zwar ablaufendes Wasser, theoretisch hätte das Boot also zu diesem Zeitpunkt auf die Sandbank gesetzt werden können.«

»Aber?«

»Aber: Das Boot hatte keinen Anker ausgebracht, als wir es am folgenden Morgen fanden. Es wäre also mit dem nächsten Hochwasser von der Sandbank geschwemmt worden. Von daher ist es wahrscheinlicher, dass es erst mit der folgenden Tide auf den Medemgrund gelangt ist.«

»Was ist in der Zwischenzeit passiert?«, fragte Nilsson.

»Das können wir nicht mit hundertprozentiger Sicherheit sagen«, räumte Petersen ein.

»Und was kann mit weniger Sicherheit gesagt werden?«, bohrte Olofsen nach.

»Die Jungs von der Verkehrszentrale haben die AIS-Daten mit den vorhandenen Radardaten überlagert. Sie konnten tatsächlich ein Radarsignal isolieren und der ›White Cloud‹ zuordnen.«

»Jetzt wird es aber kompliziert«, warf jemand aus dem hinteren Teil des Raums ein.

Olofsen feuerte einen finsteren Blick in diese Richtung. Solange es hilfreich war, konnte es auch kompliziert sein. Wem das zu hoch war, sollte sich ins Archiv versetzen lassen. »Fahren Sie fort«, forderte er Petersen auf.

»Es ist kompliziert«, hob dieser an. »In der Verkehrszentrale konnten sie ein einzelnes Radarsignal isolieren und der ›White Cloud‹ zuordnen. Es ist ihnen gelungen, dieses Radarsignal zu verfolgen. Demnach ist die ›White Cloud‹ in die Ostemündung gelaufen und lag die ganze Nacht zwischen den Tonnen 11 und 13.«

»Was hat es mit den Tonnen 11 und 13 auf sich?«, fragte Nunk.

»Das ist eine Art Bucht im Verlauf des Ostefahrwassers und ein beliebter Ankerplatz für Freizeitskipper. Man liegt da angenehm geschützt vor den starken Strömungen und dem Schwell der Schiffe auf der Elbe. Es kann sogar gut sein, dass die Bechmanns hier sowieso über Nacht bleiben wollten.«

»Warum?«, fragte Olofsen.

»Hamburg hätten sie bei Tageslicht nicht mehr erreicht. Aufgrund des niedrigen Wassers und der Größe ihres Bootes kämen kaum andere Marinas in Frage. Sie hätten vielleicht das Störloch anlaufen können, mit etwas Glück auch Stade. Aber man unternimmt keine Törns auf der Elbe basierend auf Glück. Mit einem so großen Boot schon gar nicht. Und eine Nacht in der Ostemündung hat durchaus etwas Reizvolles.«

»Unser Täter hätte sich also an Bord verstecken und während des Aufenthalts an diesem Ankerplatz in der Oste tun können, was er getan hat«, stellte Olofsen sachlich fest.

»Genauso ist es«, bestätigte Petersen.

»Jetzt müssen wir herausfinden, was er eigentlich getan hat«, ergänzte Nunk.

»Richtig«, sagte Olofsen. »Einen Teil der Antworten kann uns die Tatortgruppe hoffentlich in Kürze liefern.«

Der Angesprochene nickte eifrig.

»Und die weiteren Antworten sollten sich aus den Obduktionen der beiden Leichen ergeben.« Olofsen sah zu Dr. Osamente hinüber, konnte dem durchdringenden Blick ihrer klaren Augen jedoch nicht lange standhalten. »Wann sollen die Obduktionen stattfinden?«, fragte er.

»Sobald wir hier fertig sind, ich mich umgezogen habe und Sie hinter mir stehen. Ich gehe davon aus, dass Sie wieder dabei sein wollen«, sagte Osamente.

Olofsen nickte zufrieden. »Selbstverständlich werde ich dabei sein. Sind die Obduktionen mit Klaus Walberg abgestimmt?«

Osamente warf ihm einen kühlen Blick zu. »Ja, ich weiß, dass er dagegen war, mir die Obduktionen zu übertragen. Aber den Zahn habe ich ihm gezogen. Ich bin zwar neu im Hamburger Team, aber ich bin keine Anfängerin.«

Olofsen war beeindruckt.

Nilsson meldete sich zu Wort: »Wie wollen wir mit der Presse umgehen?«

»Lass uns beide Fälle zunächst als unabhängig voneinander darstellen. Gib den Journalisten ein paar Brocken, mit denen sie eine Geschichte schreiben können. Danach keine weiteren Kommentare, aus ermittlungstaktischen Gründen«, sagte Olofsen.

Nilsson nickte. »Okay. Kein Problem.«

»Gut, an die Arbeit. Frauke, du kümmerst dich um die Presse, Martin, du recherchierst, was es über das Umfeld der Einbaums und Bechmanns zu finden gibt. Löse das Rätsel um die Nummer aus dem Video. Und die Kollegen von der Wasserschutzpolizei beschützen das Wasser.«

Dann sah er zwei andere Beamte an, einen älteren Mann mit strubbeligem Bart und dicker Brille und eine junge Frau, die beide eigentlich im Kommissariat für Betrugsfälle und organisierte Kriminalität arbeiteten, jetzt aber an die Soko ausgeliehen waren. »Ihr geht Klinken putzen. Nachbarn, Familie und Freunde der Einbaums und Bechmanns, an deren Wohnorten und in der Marina. Fast immer liegt der Schlüssel zur Lösung eines Falls im direkten Umfeld des Opfers. Auch wenn in unserem Fall ein Familienmitglied als Täter wahrscheinlich ausscheidet, denn soweit wir wissen, gibt es keine verwandtschaftliche Beziehung zwischen den Einbaums und den Bechmanns.«

Olofsen klatschte in die Hände. Jetzt konnte es losgehen, und alles unterhalb von kopfloser Hektik würde er als Faulheit werten.

»Eine Sache noch«, warf Nunk ein, bevor alle den Raum verließen.

»Ja?«, fragte Olofsen.

»Solange Martin nicht fit ist, möchte ich, dass du zusammen mit Frauke ein Team bildest. Vier Augen sehen immer mehr als zwei. Zwei Hirne denken mehr als eines.«

Olofsen schaute verdutzt. »Aber Frauke ist doch für die Presse zuständig. Ich komm schon klar.«

»Frauke ist Pressesprecherin, aber vor allem ist sie Polizistin. Und als solche wird sie dich von nun an begleiten. Punkt. Aus. Feierabend.«

Als Olofsen eine halbe Stunde später das Cuxhavener Krankenhaus erreichte, war es schon fast siebzehn Uhr. Mittlerweile begann er die langen und harten Stunden dieses Tages zu spüren. Er fühlte sich noch etwas schlechter in der Magengegend als zu Beginn der Teambesprechung.

Weitere fünf Minuten benötigte er, um einen Parkplatz zu finden, dabei schimpfte er wie ein Rohrspatz auf all die Leute, die ihre Autos auf dem engen Parkplatz des Krankenhauses der

Einfachheit halber über zwei Stellplätze abgestellt hatten. Er war kurz davor, den Wagen einfach in zweiter Reihe zu parken.

Osamente hatte ihm eine SMS geschickt und ihn wissen lassen, dass die beiden Leichen angekommen seien, die Vorbereitungen liefen und sie in der Cafeteria auf ihn warten werde.

Auf dem Weg zum Krankenhaus hatte Olofsen in Groden angehalten und sich ein paar neue Schuhe gekauft. An der Kasse hatte sich plötzlich sein Magen verkrampft. Er musste sich auf der Theke abstützen, die Verkäuferin sah ihn fragend an. Er schnappte sich seine neuen Schuhe und flitzte zu den Toiletten im hinteren Teil des kleinen Einkaufszentrums. Anschließend ging es ihm gleichzeitig besser und schlechter. Er fühlte sich ebenso schlapp wie aufgekratzt.

Es wollte ihm nicht in den Kopf, warum verdammt noch mal gerade jetzt das halbe Team ausfiel, wo doch alle dringend benötigt wurden. Und nun hatte es ihn selbst auch noch erwischt. Wenn es so weiterging, würden sie entweder aus anderen Dienststellen Unterstützung anfordern oder die Ermittlungen vollständig abgeben müssen. Nein, so weit durfte es nicht kommen. Er straffte sich – und krümmte sich gleich wieder, es fühlte sich an, als hätte ihm ein Unsichtbarer in den Bauch getreten.

Sein nächster Weg führte zur Apotheke direkt neben dem Schuhladen, wo er sich eine Packung Imodium kaufte. Er musste an seinen Kommentar zu Greiner denken. Zwei Pillen spülte er direkt mit einem lauwarmen Kaffee vom Bäcker nebenan herunter. Das müsste reichen, um die Obduktionen zu überstehen.

Er betrat das Krankenhaus und ging zielstrebig in die Cafeteria im Untergeschoss. Dort entdeckte er Frau Doktor allein an einem abseitsstehenden Tisch, eine Tasse und einen leeren Teller vor sich.

Als Olofsen an den Tisch trat, blickte die Rechtsmedizinerin auf. »Ah, der große Meisterdetektiv betritt die Bühne«, sagte sie.

»Welche Freude, Sie hier anzutreffen. Sind die Messer gewetzt?«, erwiderte Olofsen.

»Sie sind scharf wie die Hölle. Setzen Sie sich, wir müssen reden.«

Olofsen schaute sie verdutzt an. »Reden? Ich denke, Sie müssen schneiden. Reden kommt danach.«

»Nach dem Schneiden reden wir noch einmal«, sagte sie. »Ich kenne Dr. Walberg noch nicht lange, sondern nur seine Publikationen in Fachzeitschriften. Ich schätze ihn, aber manchmal möchte ich ihm auch einfach nur die Ohren lang ziehen. Als würde ich nichts von dem Job verstehen, nur weil ich erst ein paar Tage in Hamburg bin. Aber lassen wir das. Es geht um Dr. Walberg. Ich habe ihm von Anfang an gesagt, dass es keine gute Idee ist, seinen ersten richtigen Fall gleich hier in Cuxhaven zu übernehmen, aber natürlich wollte er nicht auf die Neue hören.« Sie sah Olofsen in die Augen und spürte seine Mühe, ihrem Blick standzuhalten. »Bei der Obduktion der Einbaums hat er sich nicht korrekt verhalten. Dafür entschuldige ich mich. Walberg wollte sich seinen Geistern stellen, aber es hat nicht funktioniert.«

Olofsen hatte keine Ahnung, wie er mit dieser Situation umgehen sollte. Dass Walberg noch nicht fit für den Job war, war ihm selbst aufgefallen.

»Frau Osamente«, machte er den Versuch, etwas Gescheites zu sagen.

»Doktor«, sagte sie mit einem spöttischen Blick.

Olofsen blickte zur Seite. Schon wieder hatte sie ihn überrumpelt.

Zwei Mediziner in weißen Kitteln und mit Stethoskopen um den Hals liefen im Eilschritt vorbei.

»Die Sache von damals nagt noch an uns allen«, sagte er nachdenklich. Olofsen musste sich eingestehen, dass er die Vorfälle auch eher verdrängt als verarbeitet hatte. Das gute alte Sprichwort »Die Zeit heilt alle Wunden« hatte gewirkt, zumindest halbwegs. Auch wenn die Zeit die Wunden nicht wirklich geheilt hatte, so waren diese doch wenigstens in Vergessenheit geraten.

Er erwiderte den Blick von Osamente, die ihn nicht aus den Augen gelassen hatte. »Die Toten von heute verdienen unseren Respekt. Nicht unseren Hohn. Sie sind durch die Hände irgendeines Irren aus dem Leben gerissen worden. Den muss ich schleunigst aus dem Verkehr ziehen. Dazu benötige ich rechtsmedizinische Erkenntnisse, und es ist mir scheißegal, wer diese liefert. Wenn Klaus Walberg dazu nicht in der Lage ist, sind eben Sie an der Reihe. Sie sind jetzt im Team, und ich zähle auf Sie.«

»Gute Ansprache.« Osamente lachte laut auf. »Sehr motivierend. Ich glaube, Sie sind gar kein so großer Kotzbrocken, wie alle sagen, sondern eine ehrliche Haut mit einem Ziel vor den Augen.« Sie trank ihren restlichen Cappuccino in einem Schluck und wischte sich den Milchschaum von der Nase. »Auf geht's.«

SIEBEN

Dienstag, 4. September, früher Abend

Olofsen und Osamente verließen gemeinsam die Cafeteria und machten sich auf den Weg zu den Räumlichkeiten, in denen die beiden Obduktionen stattfinden sollten. Während sich die Rechtsmedizinerin umzog, schaute Olofsen auf seinem Smartphone die neu eingegangenen E-Mails durch, aber es gab keine relevanten neuen Informationen.

Als die beiden den provisorischen Sektionssaal betraten, beendete ein Assistent gerade die Vorbereitungen und zog ein dunkelgrünes Tuch über eine der Leichen, die nun gewaschen und entkleidet waren. Olofsen konnte nicht erkennen, um welche es sich handelte.

»Licht«, rief Osamente mit strenger Stimme. Der Assistent zuckte zusammen und drückte einige Schalter. Schon war alles erleuchtet.

»Muss ich mich heute auch in die Ecke hocken?«, fragte Olofsen.

»Blödsinn.« Sie sah in an, als hätte er nicht alle Tassen im Schrank. »Sie sind der leitende Ermittler. Also sollten Sie auch sehen, was es zu sehen gibt. Außerdem ist der Hocker auch gar nicht da.«

Olofsen trat näher.

»Beginnen wir mit der Frau«, sagte Osamente.

Der Assistent richtete die Lampen aus, dann zog er das Tuch von der Leiche.

Osamente sagte zunächst nichts, ging nur einmal um den Tisch herum.

»Weiblich, Mitte fünfzig, von hinten erschossen«, stellte sie in nüchternem Ton fest, nachdem sie die äußere Leichenschau abgeschlossen hatte. Sie deutete auf die Schusswunden. »Ich denke, die Details zu Ein- und Austrittswunden der Geschosse muss ich Ihnen nicht mehr erklären.«

Olofsen deutete ein Nicken an. »Können Sie schon etwas zur Todeszeit sagen?«

»Der Körper fühlt sich schlaff und trotzdem steif an. Der Tod ist vor acht bis sechsunddreißig Stunden eingetreten.«

»Das muss genauer gehen.«

»Wird es. Aber erst später.« Osamente arbeitete weiter, maß die Körpertemperatur, drückte an den Totenflecken herum, öffnete die Augen der Frau und prüfte die Pupillen, murmelte anschließend in ihr Mikrofon, rechnete im Kopf Erkenntnisse gegen Uhrzeiten auf. »Zwanzig Stunden, plus/minus drei Stunden«, sagte sie.

Olofsen begann rückwärts zu rechnen. Das wäre also gestern Abend gewesen. Irgendwann zwischen neunzehn Uhr und ein Uhr. Das Zeitfenster passte mit Petersens Ausführungen zusammen, nach denen zu dieser Zeit die Yacht in der Ostemündung gelegen hatte.

Osamente öffnete schweigsam und mit geübten Handgriffen die Brust- und Bauchhöhle der toten Frau, schnitt die Organe heraus, stellte erneut die Temperatur fest und nahm Blut- und Gewebeproben für zusätzliche Laboruntersuchungen. Anschließend legte sie die Organe zurück in den Körper und gab dem Assistenten ein Zeichen. Dieser trat näher und begann, den offenen Körper mit feinen Stichen wieder zuzunähen.

Während Osamente eine kurze Pause machte, schielte Olofsen auf seine Armbanduhr. Knapp siebzig Minuten waren vergangen, seitdem sie die Cafeteria verlassen hatten.

Die Rechtsmedizinerin zog den Mundschutz vom Gesicht. »Die Frau wurde von hinten erschossen. Mit zwei gut gesetzten Schüssen aus relativer Nähe. Beide waren tödlich, aus rechtsmedizinischer Sicht ein eher langweiliger Fall.«

Olofsen dachte nach. Zwei tödliche Schüsse, abgefeuert aus großer Nähe zum Opfer. Der Schütze schien kein Amateur zu sein. Er konnte sich genug Deppen vorstellen, die es geschafft hätten, auch aus einem halben Meter Entfernung noch danebenzuschießen.

Der Assistent hatte seine Arbeit an der ersten Leiche kurz unterbrochen und die Beleuchtung angepasst. Osamente konnte nun die Leichenschau des zweiten Opfers beginnen. Auch hier suchte sie zunächst nach äußerlichen Auffälligkeiten.

»Hm«, sagte sie nur.

»Was genau bedeutet das?«, erkundigte sich Olofsen.

Keine Antwort. Stattdessen machte sie einen Schritt nach vorne und drehte den Kopf des Toten zur Seite. Sie ging in die Hocke.

»Aha«, rief sie. »Ich hab's doch gewusst!«

»Was genau haben Sie gewusst?« Olofsens Stimme klang ungeduldig.

»Eine Einstichstelle«, sagte Osamente und schien sich zu freuen wie Indiana Jones, der soeben den Heiligen Gral gefunden hatte.

»Hier an der Halsvene.« Sie zeigte auf die Stelle.

Olofsen sah nur einen kleinen roten Punkt und machte ein enttäuschtes Gesicht. Er hatte etwas Spektakuläreres erwartet. »Aha. Ich hätte das für einen Mückenstich gehalten.«

»Das ist der Unterschied zwischen einem Dorfpolizisten und einer bestens ausgebildeten Rechtsmedizinerin.« Sie grinste frech.

»Wäre die geniale Rechtsmedizinerin denn so gütig, ein erhellendes Statement für den unterbelichteten Dorfpolizisten abzugeben?«

Osamente musterte ihn erneut. »Ihre Schlagfertigkeit gefällt mir. Bislang hatte ich immer den Eindruck, dass ein Übermaß an Testosteron zu Verblödung führt.«

Jetzt grinste Olofsen. Irgendwie freute er sich auf die zukünftigen Wortgefechte mit ihr.

»Unser Mann hier ist sehr wahrscheinlich umgebracht worden«, sagte die Rechtsmedizinerin. »Außerdem musste er Schläge mit einem stumpfen Gegenstand einstecken.« Sie deutete mit der rechten Hand auf mehrere Hämatome in Bechmanns Gesicht.

Olofsen musste sich ein Lachen verkneifen. »›Sehr wahrscheinlich umgebracht‹? Tatsächlich?«, fragte er. »Das ist aber eine gewagte Schlussfolgerung, wenn man bedenkt, wie wir den guten Mann gefunden haben.«

»Ich bin mir fast sicher, dass ihm etwas Tödliches injiziert worden ist. Die Blutuntersuchung und die Toxikologie werden uns weiterhelfen.«

Olofsen dachte an die Spritze, die in der Betonkugel gesteckt hatte, die ihrerseits zwischen den Beinen des Opfers gelegen hatte, und erzählte es Osamente. Die zeigte zuerst mit dem Daumen nach oben, ging leicht in die Knie und imitierte die Becker-Faust. Für eine leicht pummelige Rechtsmedizinerin in voller Arbeitskleidung inmitten einer Obduktion sah das ziemlich albern aus. Aber Olofsen hielt den Mund.

»Was war in der Spritze?«, wollte sie wissen.

»Nix. Und ein paar kleine Tropfen von was weiß ich.«

Osamente zog eine Grimasse. »Ist das Was-weiß-ich zusammen mit der Spritze auf dem Weg ins Labor?«

»Selbstverständlich.«

Die Rechtsmedizinerin machte sich wieder an die Arbeit. Sie spulte das typische Programm ab, und Olofsen schaute mit wechselnder Begeisterung und Aufmerksamkeit zu. Nachdem sie das letzte Organ aus der zuvor geöffneten Bauchhöhle entnommen und im Anschluss an das Wiegen in eine Edelstahlschale gelegt hatte, sah sie Olofsen an.

»Bislang habe ich nichts Auffälliges entdecken können. Abgesehen von der Tatsache, dass der gute Mann dabei war, Nierensteine zu entwickeln. Aber das war sicher nicht die Todesursache.«

»Sicher nicht«, bestätigte Olofsen.

Osamente nahm weitere Gewebeproben. »Dann wäre jetzt nur noch der Kopf an der Reihe«, sagte sie.

Der Kopf. Davor grauste es Olofsen immer. Der Kopf war

für ihn das, was einen Menschen ausmachte. Die Augen, der Mund, das Gehirn. Immer wenn er einer Obduktion beiwohnte, hätte er am liebsten draußen gewartet, wenn es darum ging, diesen Teil des Körpers zu öffnen, den toten Menschen endgültig zu entmenschlichen. Dreimal hatte er es nun in nur zwei Tagen schon gesehen.

Wie auf Bestellung rumpelte es in seinem Magen ein weiteres Mal. Olofsen spürte, wie seine Knie für einen kurzen Moment weich wurden und ihm der Schweiß ausbrach.

Osamente ging zum Kopfende des Seziertisches und richtete eine der Lampen neu aus. Von seinem Standpunkt aus sah Olofsen nur die blassen Lippen und die Augen. Er wandte sich ab.

»Alles okay?«, fragte sie, als sie sein fahles Gesicht sah.

Olofsen nickte, wenn auch wenig überzeugend.

»Ich benutze eine oszillierende Säge, um einen Schädel zu öffnen«, erklärte sie.

Olofsen spürte, wie sich sein Magen verkrampfte. »Ich muss mal schnell nach draußen«, sagte er rasch und lief hinaus.

Er ließ sich Zeit. Er hatte es nicht eilig, in den Sektionssaal zurückzukehren, denn er rechnete nicht damit, im Schädel des Opfers den Schlüssel zur Lösung des Falls zu finden. Als er den Raum wieder betrat, fühlte er sich in seiner Annahme bestätigt. Osamente hatte ihre Arbeit beendet und warf gerade die Einmalhandschuhe in eine Mülltonne.

»Eine echte Herausforderung, so wie ich sie am liebsten mag«, sagte sie. Dabei strahlte sie wie ein Honigkuchenpferd.

»Heißt das, Sie haben keine eindeutige Todesursache ausmachen können?«

Sie klatschte kurz in die Hände. »Ganz genau. Sonst wäre es keine Herausforderung. Aber …«, sagte sie gedehnt und hielt Olofsen einen kleinen Beutel unter die Nase, wie es auch Walberg zuvor getan hatte, »das habe ich unter der Zunge der männlichen Leiche gefunden.«

Olofsen tat gelangweilt. »Lassen Sie mich raten – noch eine Mikro-SD-Karte.«

»Alle Achtung, Herr Kommissar.« Sie nickte bestätigend. »In der Tat. Eine Mikro-SD-Karte.«

Olofsen nahm den Beutel und wechselte das Thema. »Was sagt Ihnen die Einstichstelle an der Halsvene?«

Sie sah ihm in die Augen. »Ich möchte mich nicht zu weit aus dem Fenster lehnen, aber es spricht einiges dafür, dass das Opfer mittels einer Injektion umgebracht wurde.«

»Vergiftet?«, wollte Olofsen wissen.

»Wir würden von einer Intoxikation sprechen«, antwortete sie, »aber ja, genau das meine ich. Und wenn Sie mich jetzt fragen, ob Sie damit auf eine Frau als Täterin schließen können, sehe ich mich gezwungen, Ihnen in den Hintern zu treten und einen Vortrag über Sexismus zu halten.«

Olofsen hob abwehrend die Hände. »Ich hab nix gesagt. Der russische Geheimdienst bringt unbequeme Menschen ja auch gerne mit Gift um, und da arbeiten schließlich nicht nur Frauen.«

Sie lachte auf. »Ihre Logik ist beeindruckend.«

Olofsen verbeugte sich leicht. »Haben Sie Hinweise gefunden, die auf eine Intoxikation deuten?«

»Keine direkten Hinweise.« Sie dachte nach. »Und das ist eigentlich der deutlichste Hinweis. Bei Vergiftungen mit Kohlenmonoxid oder Cyaniden wären die Totenflecken hellrot. Das sind sie hier aber nicht. Ich sehe auch keine Farbveränderungen der Haut, wie es zum Beispiel bei Lebergiften der Fall wäre, kein Erbrochenes, keine Verätzungen. Die Kopfhaare sitzen fest, bei einer Vergiftung mit Thallium wäre das nicht der Fall, auch die typischen Gerüche, zum Beispiel –«

»Danke, verstanden«, unterbrach Olofsen ihren Vortrag. »Wir müssen also so schnell wie möglich wissen, was in dieser Spritze war.«

Sie nickte. »Das wäre extrem hilfreich. Es gibt eine Vielzahl von schnell wirkenden Giften, auf die sich im Rahmen einer normalen rechtsmedizinischen Untersuchung keine Hinweise finden lassen.«

Olofsen angelte sein Handy aus der Tasche und führte ein schnelles Telefonat. Dabei zogen sich seine Mundwinkel nach unten. »Bislang liegt noch kein Laborergebnis vor. Aber man will sich beeilen«, erklärte er.

»Trotzdem lässt sich einiges über den Täter lernen, wenn wir bei der Theorie der Vergiftung bleiben«, sagte sie nachdenklich.

»Sie meinen, dass unser Täter einen medizinischen oder pharmazeutischen Hintergrund hat?«, fragte Olofsen.

Osamente nickte. »Ganz genau. Um mit Gift zu töten, braucht es spezifische Kenntnisse und Kontakte. Derartige Gifte gibt es nicht im Dorflädchen um die Ecke.«

Olofsen fluchte in sich hinein. Jetzt wurde der Fall kompliziert. Ihr Täter war kein dämlicher Spinner, der bei einer Verfolgungsjagd zuerst über die eigenen Beine stolpern und dann mit dem Kopf voran in eine Mülltonne stürzen würde.

Olofsen hatte sich von Osamente verabschiedet und ging nun wieder durch die Gänge des Krankenhauses in Richtung Ausgang. Sein Magen hatte sich ein wenig beruhigt, in seinem Hirn rasten dagegen die Gedanken. Noch eine Videobotschaft. Abermals unter der Zunge versteckt. Auch hier sollte das Opfer posthum zu ihm sprechen.

Auch war er sich nicht sicher, was er von der Rechtsmedizinerin halten sollte. Sie war ganz klar kompetent. Und sie war so anders als Walberg. Es war das erste Mal, dass er auf eine Frau in diesem Job gestoßen war. War das ungewöhnlich? Wahrscheinlich nicht. War das wichtig? Eigentlich auch nicht. Sie schien zu wissen, was sie tat, und nur das zählte.

Sprungartig schweiften seine Gedanken in eine andere Richtung. Speicherkarten, Vergiftungen, unerklärliche Todesfälle. Was benötigte er, um diesen Fall zu lösen? Er warf einen Blick auf seine Uhr. Schon nach acht, abermals ein langer Tag.

»Hallo, Herr Kommissar.« Eine Stimme holte ihn in die Gegenwart zurück. Er blieb stehen und blickte sich suchend um.

Hinter ihm näherte sich eine Frau. Groß, schlank, lange blonde Haare zu einem Pferdeschwanz gebunden. Auf einmal erkannte er sie. Es war die Krankenschwester, die ihn seinerzeit versorgt hatte, nachdem der Bioterrorist Daniel Webermann mit seinem Versuch gescheitert war, ihn mit einer Bombe umzubringen, und er verletzt hier im Krankenhaus gelandet war. An ihren Namen konnte er sich nicht erinnern, nur daran, dass er sie für eine der tollsten Frauen gehalten hatte, die ihm bislang über den Weg gelaufen waren.

Olofsen machte den Mund auf, aber es kam nichts heraus. Einen dümmlichen Grunzlaut konnte er gerade noch unterdrücken.

»Sie habe ich ja schon lange nicht mehr gesehen«, sagte sie mit sanfter, freundlicher Stimme. »Wieder fit, nehme ich an.«

»Ich, äh, ja.« Olofsen begann leicht zu stottern und kam sich vor wie ein Zwölfjähriger, der auf dem Fußballplatz unerwartet einem Mädchen in die Arme gelaufen war. »Klar, topfit.«

»Sie waren damals so schnell verschwunden.« Sie sah ihn interessiert an.

Olofsen straffte sich. »Ich musste dringend Terroristen jagen. Da blieb keine Zeit fürs Krankenhaus.«

Sie lachte. Eine wirklich sanfte, weiche Stimme. Der Giftcocktail, über den er vor wenigen Augenblicken noch gegrübelt hatte, hatte sich zu einem Schluck Sekt gewandelt, steckte jedoch wie ein Kloß in seinem Hals. Olofsen bekam weiche Knie. Er musste irgendetwas sagen, wollte nicht, dass sie einfach wieder ging. Möglichst auch noch etwas Gescheites. »Ähm.«

»Sind Sie wegen einer Ermittlung hier?«, baute sie ihm eine Brücke. »Ich habe gehört, es wurden Obduktionen durchgeführt. Rechtsmediziner aus Hamburg sind im Hause.«

»Ja, richtig. Ich habe der Obduktion beigewohnt. Ich heiße übrigens Arne.«

Seine Courage wurde augenblicklich mit Panik belohnt, aber sie rettete ihn.

»Paula«, sagte sie. »Ohne formelles ›Sie‹, wenn es okay ist.«

Olofsen nickte beglückt. »Es scheint heute ein angenehmer Abend zu werden. Darf ich dich einladen? Auf ein Glas Wein vielleicht?«

Sie dachte einen Moment nach. »Ich mag keinen Wein.«

Er erstarrte.

Ihre Augen funkelten. »Aber einladen darfst du mich trotzdem. Nur heute nicht mehr. Ich möchte nur noch nach Hause und in der Badewanne entspannen. Wie wäre es morgen?«

Olofsen bekam kurz Schnappatmung, dann hatte er sich wieder im Griff.

»Morgen ist auch super«, sagte er schnell, bevor sie es sich anders überlegen konnte. »Nachmittags, Kaffee und Kuchen?«

»Gerne. Morgen Nachmittag habe ich frei.«

Sie verabredeten sich für vier Uhr am Café Löwenzahn in Altenbruch, nachdem Olofsen ihr versichert hatte, dass es dort den besten Kuchen des Landkreises gebe. Er hatte zwar noch nicht die geringste Ahnung, wie er sich die Zeit dafür freischaufeln konnte, und fühlte sich durchaus ein wenig unwohl, sich mitten in laufenden Ermittlungen zu zwei Doppelmorden zu einem nachmittäglichen Kaffeeplausch zu verabreden, aber er würde schon einen Weg finden, sein Gewissen zu beruhigen und die auflaufende Arbeit auf andere abzuwälzen.

Sie kramte in ihrer Handtasche, zog einen zerknitterten Zettel und einen Stift hervor und schrieb etwas darauf. »Meine Telefonnummer«, sagte sie und zwinkerte ihm kokett zu. »Falls dir etwas dazwischenkommen sollte.«

Kaum saß er im Wagen, ertönte das Nebelhorn seines Handys. Es war Greiner.

»Was gibt es?«

»Ich habe herausgefunden, dass die Einbaums einen Sohn haben. Robert. Er lebt mit seiner Frau in Kanada. Ich habe vorhin mit ihm telefoniert. Er wusste nichts und war völlig geschockt. Die beiden wollen so schnell wie möglich hierherkommen. Außerdem glaube ich, eine Verbindung zwischen Joachim Einbaum und Fred Bechmann gefunden zu haben.«

***

Er stand am Fenster und starrte nach draußen in die aufziehende Dunkelheit. Er fühlte sich gut, ausgeglichen. Der Weg, den er gehen musste, lag eindeutig vor ihm. Den Zorn hatte er hinter sich gelassen. Bis vor Kurzem hatte es noch jedes Mal in ihm gebrodelt, wenn er daran dachte, wie sich die letzten knapp zwei Jahre entwickelt hatten. Ganz schlimm war es gewesen, wenn er an *sie* dachte, die ihm das alles eingebrockt hatte. Die Lügen, die Verdächtigungen, die Beschuldigungen. Aber jetzt nicht mehr. Jetzt war er gelassen.

Er öffnete behutsam das Fenster, um die kühle Luft in den Raum zu lassen. Gleichzeitig fühlte er Freude in sich aufsteigen. Wie viele Monate hatte er gegrübelt, geplant, verworfen und neu geplant? Und jetzt lief alles wie am Schnürchen. Perfekt. Die Polizei tappte im Dunkeln. Das ist eben der Vorteil eines genialen Plans, dachte er.

Zunächst hatte er sich nicht damit abfinden können, in dieser kleinen, abgewohnten Bude zu leben. Er konnte zwar das Wasser aus dem Fenster sehen, aber es war nicht das Meer. Er brauchte nun einmal das Meer, die Elbe, die Küste, die Deiche, das Watt, die Wellen, den Wind. Und dennoch hatte er seinen Frieden mit dieser Situation gemacht. Vorher hatte er sich wie ein Ertrinkender gefühlt, der nach Luft gierte, aber keine bekam – jetzt war er frei.

Er drehte sich um. Hinter ihm stand sein alter Laptop auf einem Tischchen. Einen Fernseher hatte er nicht, ein Radio wollte er nicht. Der Nachbar hatte sein WLAN kräftig verstärkt, war zum Glück für ihn aber zu blöd gewesen, es mit einem Passwort zu sichern. Auf dem Bildschirm lief gerade ein Nachrichtenstream. Wieder hatte irgendein Spinner in einem Einkaufszentrum wahllos Menschen erschossen. Zehn Tote, wie der Nachrichtensprecher mit betroffener Miene verkündete. Aber die Polizei hatte ihn zur Strecke gebracht, ihn mit so vielen Kugeln durchsiebt, dass es noch einmal für zwanzig Tote gereicht hätte. Wo ist das eigentlich passiert? Ach ja, in den USA – wo sonst? Aber zehn Tote, das fand er beachtlich. Der Mut, die Kraft, den Abzug durchzuziehen, imponierten ihm. Und das nicht nur einmal, sondern so oft, dass zehn Menschen zu Boden gingen und nie mehr aufstehen würden.

Der Gedanke an diese Beharrlichkeit ließ seine rechte Hand zittern. Als er klein war, hatte sein Vater ihn einmal mit zum Schützenverein genommen. Mit seinen kurzen Fingerchen war er nicht einmal an den Abzug der Luftpistole herangekommen, um abzudrücken. Das anschließende Trinkgelage, bei dem sein Vater völlig versackt war, hatte ihn angeekelt. Aber das war alles lange her. Seine Eltern waren beide verstorben, schon vor Jahren, und hatten ihm das Haus zurückgelassen. Er hatte es nicht gewollt, zu groß, zu weit weg vom Wasser, und so hatte er es nach seinem Studium verkauft. Er war in eine Wohnung gezogen, die zu bieten hatte, wonach er sich sehnte: Nähe zu Wasser, Watt und Wind.

Ein Lächeln huschte über sein Gesicht, wenn er daran dachte. Dann zog eine kurze Wolke des Ärgers über seine Stirn. Er hatte alles verloren, wegen *ihr*. Als er die Wohnung verkaufen musste, hatte ihn dieser Scheißkerl über den Tisch gezogen. Wahrscheinlich hatte jedoch alles so kommen müssen. Um ihm den Weg zu zeigen, den er jetzt ging. Den er bis zum Ende gehen würde – weil er es wollte. Die innere Ruhe kehrte zurück.

Er blickte wieder auf den Bildschirm des Laptops. Es wurde noch immer über den Amoklauf berichtet. Gerade zogen Helfer ein weißes Tuch über einen am Boden liegenden Körper, und eine stark geschminkte Reporterin sprach irgendetwas in ein dickes Mikrofon. Sie versuchte, Betroffenheit zu zeigen, aber die war nur gespielt, geheuchelt, falsch – das sah er sofort. Lügner erkannte er mittlerweile augenblicklich.

Seine Gedanken verweilten bei dem Amokläufer. Spinner

oder Helden? Spinner, weil sie willkürlich töten. Was hatte ihm der junge Mann unter dem weißen Tuch denn getan, dass er sterben musste? Sicher nichts, die beiden kannten sich garantiert nicht einmal. Helden, denn sie nahmen die Dinge in die Hand, ließen sich nicht mehr hin und her schubsen, zeigten eine klare Kante. Die Toten waren Kollateralschäden, Pech gehabt. Er ließ sich in den alten dunkelroten Ohrensessel fallen.

Nein, einfach irgendwelche Menschen zu erschießen war keine Option für ihn. Auch wenn er jetzt wieder am Zug war, kam Willkür nicht in Frage. Er hatte einen Plan – und der war nicht beendet. Freilich musste er fortan besonders gut aufpassen, jeden Fehler vermeiden. Nun kam die Phase, bei der die Polizei ihm auf die Schliche kommen könnte. Er wusste, dass sein Plan verdammt gut war, dass er alle Eventualitäten bedacht hatte. Allerdings wusste er auch, dass bei fast jeder Kripodienststelle Kommissar Zufall undercover mitarbeitete – und dem wollte er nicht über den Weg laufen. Eigentlich hatte er sich mehr Zeit lassen wollen – schon damit die Polizei noch weniger Hinweise darauf finden konnte, wie seine einzelnen Taten zusammenhingen. Dann war plötzlich alles Schlag auf Schlag gegangen, alles passte zusammen, warum also noch zögern?

Sein Blick blieb an seinem kleinen Schreibtisch hängen. Ein großer Papierstapel war heute Morgen versehentlich heruntergefallen. Einzelne Blätter und Mappen verteilten sich rund um den Schreibtisch auf dem Boden. Darum würde er sich später kümmern. Er sog die Luft ein und schloss für ein paar Sekunden die Augen. Was jetzt zählte, waren Präzision und Konzentration. Seine Gedanken mussten auf das Hier und Jetzt fokussiert sein.

Er verließ den Raum und ging im Halbdunkel durch den schmalen Korridor zur kleinen Abstellkammer. Dort angekommen, streckte er die Hand nach dem Griff des kleinen Gefrierschranks aus, um die Tür zu öffnen. Er schob Flaschen und Kästchen zur Seite, bis er gefunden hatte, was er suchte. Mit einem von Eis überzogenen Kästchen kehrte er in die Küche zurück. Er stellte es auf den Resopaltisch, der wahrscheinlich älter war als er selbst.

Die Küche war sauber und aufgeräumt. Alles hatte seinen Platz, nichts lag herum – genau wie sein neuer Weg: klar und geradlinig. Hier lagen steril verpackte Spritzen, daneben, in verschiedenen Kästchen aus durchsichtigem Plastik, lange Kanülen. Auch einige Reagenzgläser standen fein säuberlich aufgereiht in einem Metallständer. Der Raum wirkte wie ein Labor.

Er öffnete den Kühlschrank. Neben einer Packung fettarmer Milch, einer Dose mit Frischwurst und Käse, ein paar Scheiben Brot und einem Glas Marmelade fanden sich hier verschiedene Glasflaschen, alle Etiketten waren akkurat nach vorne ausgerichtet.

Er nahm eine der Flaschen heraus, betrachtete versonnen den Aufkleber und stellte sie zusammen mit Spritzen und Kanülen auf den Küchentisch. Dann setzte er sich.

Mit geübten Handgriffen holte er die Spritzen aus den Verpackungen, setzte die Kanülen auf und zog die wasserklare Flüssigkeit aus der Flasche in die Spritzen. Anschließend drückte er den Stempel ein klein wenig herunter, bis aus der Spitze ein paar Tropfen der Flüssigkeit heraustropften. Das war zwar Blödsinn, aber er machte es gerne. Im Fernsehen sah das auch immer gut aus. Die vollen Spritzen legte er in ein braunes Lederetui.

Aus dem tiefgefrorenen Kästchen entnahm er mehrere verschraubte Kunststoffröhrchen und legte sie auf den Tisch. In ein paar Minuten würde der bräunliche Inhalt eines jeden Röhrchens aufgetaut sein.

Er stellte sich an das Fenster und blickte einige Minuten gedankenverloren und bewegungslos nach draußen. Nur seine Finger fuhren auf der Fensterbank hin und her. Dann wandte er sich wieder seiner Arbeit zu. Aus einem Schrank über der Spüle nahm er eine Tausend-Mikroliter-Kolbenhubpipette mit passenden Spitzen sowie eine kleine Sprühflasche. Aus einer anderen Glasflasche, ebenfalls aus dem Kühlschrank, füllte er sie bis zur Hälfte mit einer wasserklaren Flüssigkeit. Anschließend setzte er sich eine Atemschutzmaske über Mund und Nase. Das Atmen fiel ihm nun zwar schwer, aber es würde nicht lange dauern. Er zog ein Paar Nitrilhandschuhe an und öffnete das erste der Röhrchen.

Mit der Pipette zog er den nun aufgetauten, flüssigen Inhalt des Röhrchens auf und gab ihn langsam in die Sprühflasche. Er schraubte das Röhrchen wieder zu und warf es achtlos in die Mülltonne. Mit dem Inhalt der übrigen Röhrchen verfuhr er ebenso. Nach knapp zehn Minuten war er fertig und verschloss die Sprühflasche. Den Tisch wischte er mit einem stark nach Alkohol riechenden Desinfektionsmittel ab. Die Handschuhe folgten dem leeren Röhrchen in den Müll, die Maske legte er zurück in die Schublade des Küchentischs. Ein Blick auf die Uhr sagte ihm, dass er noch Zeit hatte. Seine Gedanken wanderten über die Weite der Wattflächen vor Cuxhaven.

***

Julia Engels saß zusammen mit ihrer Freundin Beate auf dem Balkon der kleinen Wohnung, die sie zusammen mit ihrem Mann in Bremerhaven-Geestemünde bewohnte. Obwohl die Wohnung im dritten Stock lag, war die Aussicht bescheiden. Von den viel gepriesenen malerischen Sonnenuntergängen über der Weser war hier keine Spur zu sehen. Trotzdem fühlte sich Julia wohl.

Ihre Freundin hielt ihr das leere Sektglas hin. »Mach noch mal voll«, sagte sie kichernd.

Julia sah sie fragend an. »Bist du sicher? Du musst doch noch fahren.«

Beate schüttelte den Kopf so heftig, dass ihre rote Mähne wild umherflog. »Ach was, ich rufe mir ein Taxi. Das ist doch unsere letzte Chance für die nächsten vier Wochen, unseren Mädelsabend zu machen. Ab übermorgen bist du doch mit deinem Claas einen ganzen Monat unterwegs und lässt mich hier versauern.«

»Du wirst das schon überleben«, sagte Julia und blickte verträumt in die Ferne. Sie hatte sich ihren ganzen Jahresurlaub aufgespart, und Donnerstag sollte es endlich losgehen. Mit ihrem neuen Boot wollten die beiden von Cuxhaven aus auf Tour gehen, durch den Nord-Ostsee-Kanal bis Kiel, anschließend nordwärts die Küste hinauf, um dann irgendwann in die Welt der Dänischen Südsee einzutauchen. Sie konnte es kaum erwarten. Raus aus Bremerhaven, eine Auszeit von der Arbeit und der täglichen Routine. Weg von den kleinen und großen Sorgen zu Hause. Morgens früh auf dem Oberdeck den Sonnenaufgang beobachten, abends wieder an derselben Stelle sitzen, Arm in Arm mit Claas, und zuschauen, wie die Sonne hinter dem Horizont versank.

»Hey, träumst du?« Beates schrilles Quieken riss sie aus den Gedanken. Ohne es zu bemerken, hatte sie das Sektglas mehr als randvoll gegossen. Nun floss das klebrige, fast schon zu warme Getränk über den Glasrand und Beates Hand auf die Tischplatte und tropfte von dort auf ihre Hose.

»Ups«, sagte Julia. »Ich glaube, ich habe echt geträumt.« Sie lief in die Küche und kam mit mehreren Lappen zurück. Beide Frauen begannen zu wischen und trocken zu tupfen, giggelten dabei weiter wie zwei betrunkene Teenies und beschlossen, eine weitere Flasche zu öffnen. Jetzt erst recht.

Zurück in der Küche holte Julia eine neue, kalte Flasche Prosecco aus dem Kühlschrank. Dabei fiel ihr Blick auf den Brief, der noch ungeöffnet auf der Arbeitsplatte neben der Küchenmaschine lag. Ein ungewöhnlicher Platz für die Post, aber es hatte sich so bei ihnen eingeschlichen.

Sie wusste auch so, was auf dem Blatt im Inneren des Umschlags stehen würde. Nichts. Immer wieder bekam sie einen solchen Brief. An sie adressiert, ohne Absender, und es befand sich immer ein weißes, völlig leeres Blatt darin. Anfangs hatte sie gelacht und es für einen Spaß gehalten. Aber mit der Zeit machte es ihr Angst. Einmal war ihr ein solcher Brief dermaßen auf den Magen geschlagen, dass sie sich für zwei Tage krankmelden musste. Eigentlich war sie nicht so anfällig, und Claas hatte sich wunderbar um sie gekümmert, hatte ihr Salzstangen und Cola gebracht, sie nach Omas Hausrezept mit geriebenem Apfel gefüttert, bis wieder alles gut war. Beim nächsten Brief war nichts mehr passiert. Warum schickte ihr jemand Briefe, in denen nichts stand? Die Welt war voller Verrückter.

Sie schob die dunklen Gedanken beiseite. In den nächsten vier Wochen würde sie keine solchen Briefe bekommen können.

»Nachschuuuub«, grölte ihre Freundin wenig damenhaft, als Julia zurück auf den Balkon trat und sich daranmachte, die neue Flasche zu öffnen.

ACHT

Dienstag, 4. September, abends

Olofsen starrte sein Handy an. »Es gibt eine Verbindung zwischen den beiden?«, fragte er erstaunt. »Lass hören!«

Eine innere Stimme sagte ihm, dass der Tag noch immer nicht vorbei war und sein Sofa weiterhin ohne ihn auskommen musste. Zwar fühlte er sich erschöpft, und sein Bauch machte ihm zu schaffen, gleichzeitig jedoch bemerkte er, wie sich erneut der Adrenalinspiegel Molekül für Molekül aufbaute.

»Bechmann war allem Anschein nach ein echter Kotzbrocken«, sagte Greiner.

Olofsen musste lachen.

»Ich habe fleißig herumtelefoniert, auch mit seiner Firma. Es war überraschend, da am frühen Abend überhaupt noch jemanden zu erreichen«, berichtete Greiner. »Man war bestürzt über seinen Tod, die Mitarbeiter fragen sich, ob sie morgen noch einen Arbeitsplatz haben. Bechmann als Mensch scheint denen scheißegal zu sein. Bei seiner Frau sah das allerdings anders aus. Die war beliebt.«

»Gibt es Kinder, Anteilseigner oder Partner im Unternehmen?«, fragte Olofsen.

»Weder noch«, antwortete Greiner. »Die Bechmanns waren kinderlos, und er hat alle ehemaligen Teilhaber aus der Firma gedrängt, um seinen Platz zu sichern. Die Unternehmensspitze hatte er durch Heirat erreicht. Die Senioren sind beide mittlerweile verstorben.«

»Einen Erbfolgekrieg können wir demnach ausschließen«, stellte Olofsen fest. »Aber was ist mit den ehemaligen Teilhabern? Hatte er Feinde in der Firma oder im Umfeld?«

»Jede Menge. Ob einer davon auch als Mörder in Frage kommt, wird sich zeigen müssen.«

»Du hast gesagt, es gäbe eine Verbindung zwischen Bechmann und Einbaum.« Olofsen wollte jetzt doch zur Hauptsache vordringen.

»Richtig. Es gab einen Fall von Brandstiftung, in die Bechmann verwickelt gewesen sein soll.«

»Brandstiftung? Und was genau heißt ›verwickelt gewesen sein soll‹? War er oder war er nicht?«

»Lass es mich der Reihe nach erzählen«, antwortete Greiner.

»Dann gib Gas.«

»Vor ungefähr drei Jahren soll Bechmann angeblich einen abgewrackten Junkie angeheuert haben, um für ihn eine Lagerhalle abzubrennen, die er nicht mehr brauchte, für die er aber gerne das Geld von der Versicherung kassieren wollte«, erzählte Greiner.

»Das klingt jetzt eher nach einem zweitklassigen Krimi.«

Greiner musste lachen. »Und genauso ging die Geschichte auch weiter. Der Typ war zur Tatzeit so zugedröhnt, dass er seinen Wagen nicht mehr gefunden hat. Als Feuerwehr und Polizei eintrafen, saß er auf einem Stapel alter Autoreifen und sang ununterbrochen: ›Ein Feuer brennt in mir, ich will doch nur zu dir.‹ So stand es zumindest im Bericht.«

Olofsen verschluckte sich vor Lachen. »Wer war der Typ, und was ist aus ihm geworden? Wo ist der Zusammenhang zwischen Bechmann und Einbaum?«

»Der Typ heißt Volker Johanssen, damals achtundzwanzig Jahre alt und professioneller Junkie. Koks, Heroin, Meth, alles, was high macht und illegal ist.«

»Weiter!« Olofsen war ungeduldig.

»Johanssen hat schon damals Stein und Bein geschworen, dass wahlweise Bechmann ihn beauftragt habe, die Halle anzuzünden, oder dass er nur zufällig vorbeigekommen sei und beim Löschen helfen wolle. Den Vorwurf der Anstiftung zu einer Straftat hat Bechmann natürlich vehement bestritten und seine Anwälte alle Geschütze auffahren lassen, um diesen auszuräumen. Und rate mal, wem man letztlich geglaubt hat – dem kaputten Junkie oder dem ehrbaren Geschäftsmann?«

»Ich kann's mir denken«, sagte Olofsen. »Okay, Johanssen hätte demnach ein Motiv, Bechmann umzubringen – wenn es denn stimmt mit der Anstiftung. Rache. Aber wie passt Einbaum in die Geschichte?«

»Rate doch mal, wer in dem Gerichtsverfahren als Brandsachverständiger aufgetreten ist«, forderte Greiner seinen Kollegen auf.

Olofsen schaute angestrengt aus dem Seitenfenster. »Wie soll ich das raten? Ein Schornsteinfeger wird's nicht gewesen sein.«

»Unser Opfer von der Segelyacht: Joachim Einbaum«, verkündete Greiner triumphierend.

Olofsen riss den Kopf hoch. »Du veralberst mich doch jetzt.«

»Überhaupt nicht. Basierend auf Einbaums Gutachten hat der Staatsanwalt Johanssen in der Luft zerrissen, alle seine Ausreden und Geschichten in kleine Einzelteile zerlegt. Einbaum konnte eindeutig Brandstiftung nachweisen und sie sogar mit Johanssen in Verbindung bringen. Unter anderem, da sich der gleiche Brandbeschleuniger auf dessen Hose befand, mit dem die Halle in Brand gesetzt worden war. Weil er vorher schon aktenkundig geworden war, kein glaubhaftes Alibi hatte und letztlich alle Beweise auf ihn als Täter gezeigt haben, wurde er zu zwei Jahren und drei Monaten Freiheitsstrafe ohne Bewährung verurteilt.«

»Ein Glanzlicht der Gesellschaft«, stellte Olofsen fest. »Wo haben sie ihn eingebunkert?«

»In der JVA Bremervörde. Aber er ist vor drei Wochen rausgekommen. Wohnt jetzt angeblich bei seiner Schwester in Bremerhaven.«

»Was wissen wir sonst noch über ihn?«

»Der hatte mal eine Ausbildung zum Maschinenschlosser auf einer Bremerhavener Werft angefangen, aber nicht beendet«, erklärte Greiner. »Ist rausgeschmissen worden, weil er Material geklaut und im Internet verhökert hat. Wegen leichter Körperverletzung und Einbruchdiebstahl war er auch schon aufgefallen. Beschaffungskriminalität.«

»Und kaum ist Johanssen aus dem Knast, sterben alle, die damals im Gerichtsverfahren daran beteiligt waren, ihn dorthin zu bringen. Das könnte auch mit der Videobotschaft zusammenpassen«, überlegte Olofsen. »In Bremerhaven sind leider die Bremer Kollegen zuständig, trotzdem müssen wir ein Wörtchen mit dem Typen reden.«

»Noch etwas«, sagte Greiner. »Als Maschinenschlosser – auch wenn er die Ausbildung nicht beendet hat – hat Johanssen auch schweißen gelernt. Er kann also mit einer heißen Flamme umgehen.«

»Was auf einem engen Segelboot sehr hilfreich ist«, sagte Olofsen. »Wir haben gerade einen Verdächtigen aufgetan. Die Bremerhavener Kollegen müssen umgehend Bescheid wissen, ich mache mich sofort auf den Weg.« Er trommelte aufgeregt mit den Händen auf den Armaturen herum.

Olofsen wählte Nunks Handynummer. Trotz der Uhrzeit erreichte er ihn im Büro. Seine Frau war mit einer Freundin im Kino – was sollte er da allein zu Hause herumsitzen.

»Wir haben einen Verdächtigen«, sagte er ohne Umschweife und fasste zusammen, was er kurz zuvor von Greiner erfahren hatte.

»Okay, ich werde versuchen, bei den Kollegen in Bremerhaven jemanden zu erreichen, damit die Bescheid wissen. Nimm Frauke mit.«

»Aber –«, begann Olofsen.

»Kein Aber. Das Thema ist abgehandelt.« Damit war das Gespräch beendet.

Missmutig wählte Olofsen Fraukes Nummer. Nachdem das Freizeichen viermal erklungen war, sprang die Mailbox an. Olofsen drückte die Verbindung weg, ohne eine Nachricht hinterlassen zu haben.

Dann erklang das Nebelhorn auch schon wieder, Nunk rief zurück. »Vonseiten der Kollegen in Bremerhaven ist es okay, wenn du dich mit dem Typen unterhältst, die schicken eine Streife zur Unterstützung. Solltest du ihn einkassieren wollen, läuft das nur über Bremerhaven. Schnapp dir was zu schreiben, hier kommt die Adresse.«

Olofsen schrieb sich die Informationen auf und beendete das Gespräch. Es dauerte nur Sekunden, bis das Nebelhorn erneut ertönte. Nun war es Frauke. Olofsen erwog kurz, den Anruf zu ignorieren, entschied sich aber dagegen.

»Wir wollen einen Verdächtigen einkassieren«, erklärte er ihr kurz und bündig.

»Wo?«

»In Bremerhaven. Ich bin schon fast unterwegs. Schaffst du es in fünf Minuten auf den Parkplatz des Krankenhauses? Solange warte ich da auf dich.«

Sie bejahte. Olofsen öffnete Google Maps auf seinem Telefon und ließ sich auf dem kleinen Bildschirm die gesuchte Adresse anzeigen.

Tatsächlich dauerte es nur vier Minuten, bis Frauke neben ihm auf dem Beifahrersitz Platz genommen hatte. Olofsen fragte nicht, wie sie es so schnell geschafft hatte.

Er lenkte den Wagen über die Bundesstraße in Richtung Altenwalde, von dort auf den Zubringer zur A 27 in Richtung Bremen.

»Wo genau müssen wir eigentlich hin?«, erkundigte sich seine Kollegin.

»Die Kollegen aus Bremerhaven erwarten uns.«

»Das habe ich nicht gefragt.«

Olofsen warf ihr einen Seitenblick zu. Beide mussten lachen.

Eine halbe Stunde später standen die beiden irgendwo in Bremerhaven-Lehe vor der Haustür eines mehrstöckigen, heruntergekommenen Gebäudes mit ehemals imposanter Gründerzeitfassade, von der jetzt Farbe und Stuckverzierungen abbröckelten. Nilsson studierte die Namen auf der Klingel, Olofsen betrachtete die Graffitis an der Hauswand und schüttelte sich angewidert. Auf der gegenüberliegenden Straßenseite lungerten in einem Hauseingang mehrere junge Männer herum und beobachteten sie misstrauisch. Von links fuhr ein Streifenwagen vor. Ein Beamter und eine Beamtin stiegen aus.

»Seid ihr die Kollegen aus Cuxhaven?«, fragte die Beamtin.

Olofsen nickte. Kurz und bündig erklärte er den beiden, was sie von Volker Johanssen wollten. Nilsson hatte die richtige Klingel gefunden und drückte sie. Nichts passierte. Sie klingelte erneut. Lange.

»Ja?«, tönte nach scheinbar endloser Wartezeit eine genervt klingende Frauenstimme aus der Sprechanlage.

»Kripo«, antwortete Nilsson. »Wir müssen dringend mit Volker Johanssen sprechen. Bitte öffnen Sie die Tür.«

Nichts.

Olofsen drängte sich an ihr vorbei und drückte erneut die Klingel. Er hielt einfach den Daumen drauf und ließ nicht mehr los.

»Was soll das?«, ließ sich erneut die Stimme aus der Sprechanlage vernehmen.

»Kriminalpolizei. Machen Sie sofort auf, sonst trete ich diesen schäbigen Verschlag ein und verhafte Sie wegen Beihilfe«, schnappte Olofsen in die Sprechanlage.

Die beiden Bremerhavener Beamten zogen die Augenbrauen hoch, die jungen Männer von der anderen Straßenseite waren verschwunden. Der Türöffner summte.

»Na bitte«, verkündete Olofsen verschmitzt. »Man muss halt den richtigen Ton treffen.«

Sie betraten das Gebäude. Muffige Luft schlug ihnen entgegen, eine Duftmischung aus Schweiß, Hunde- oder Katzenpisse und feuchtem Teppich. Im Hausflur herrschte schummriges Licht, und der vorstürmende Olofsen rannte direkt in einen abgestellten Kinderwagen. »Verfluchter Mist!«, schimpfte er.

»Cool bleiben. Das ist normal hier«, sagte die Beamtin und schob den Kinderwagen zurück an die Wand.

Sie stiegen in den dritten Stock hinauf. Vor einer Tür, auf der auf einem Stück Malerkrepp in krakeliger Schrift das Wort »Johanssen« geschrieben war, warteten sie.

Das Schloss klickte, die Tür öffnete sich einen Spaltbreit. Zwei eingefallene, dunkel umrandete Augen blickten ihnen entgegen. »Was wollen Sie?«

Olofsen trat vor, streckte lässig seine Dienstmarke vor und sagte: »Kriminalpolizei. Wir müssen dringend mit Ihrem Bruder Volker Johanssen sprechen. Sie sind doch seine Schwester, oder?«

Die Tür schwang auf, und die Frau nickte resignierend. »Er ist hinten.«

Olofsen machte einen Schritt vor und direkt wieder zurück. »Hölle. Das stinkt hier ja schlimmer als auf dem Bahnhofsklo.«

Da sonst niemand reagierte, holte er tief Luft und folgte den anderen, die bereits die Wohnung betreten hatten. Ein heruntergekommener kleiner Flur mit grauen Wänden und einer ganzen Sammlung von Müllbeuteln erwartete ihn. Direkt vor ihm lag das Wohnzimmer. Auch hier Chaos. Immerhin war ein Fenster schräg gestellt, um ein wenig von dem Mief gegen atembare Luft auszutauschen. Auf dem fleckigen Sofa lag ein großer Hund und schnarchte.

Olofsen wandte sich der Frau zu und musterte sie von oben bis unten. Eine spindeldürre Gestalt in Jeans mit Löchern an den Knien, ein verwaschenes T-Shirt, lange Haare, farblich irgendwo zwischen Dunkelblond und Aschgrau angesiedelt, die dringend einer Wäsche bedurften, zittrige Finger und ein käsebleiches Gesicht mit eingefallenen, fast leblos wirkenden Augen. Er hatte den Eindruck, einem Gespenst gegenüberzustehen.

»Wir suchen Ihren Bruder«, sagte Olofsen.

»Der hat nix gemacht«, antwortete das Gespenst.

»Wo ist er?«, fragte Nilsson von der Seite.

Der Hund hob den Kopf und knurrte. Anscheinend hatte er sein Schläfchen beendet und gedachte, seinem Frauchen beizustehen. Dann entschied er sich anders, legte sich wieder hin und furzte vernehmlich.

»Der macht auch nix.«

Olofsen nickte. »Klar. Machen die nie. Zeigen Sie uns, wo Ihr Bruder ist.«

Das Gespenst tat wie geheißen und zeigte auf eine andere geschlossene Tür. »Er ist da drin. Pennt, bekifft, besoffen, was weiß ich.« Sie drehte sich um und schlurfte in die entgegengesetzte Richtung. Olofsen sah, wie sie das Badezimmer betrat, die Tür aber nur halb schloss. Er wandte sich ab.

Frauke Nilsson hatte den Raum betreten, in dem sich Volker Johanssen befinden sollte. Auch hier stank es erbärmlich. Wegen der zugezogenen Vorhänge war es darüber hinaus ziemlich dunkel. Der Boden war übersät mit Zigarettenschachteln, Kleidung, mehreren vollen Aschenbechern, leeren Getränkeflaschen und Pommesschalen. In der hinteren Ecke, direkt unter einem der beiden Fenster, lag eine Matratze auf dem Boden. In einem Gewirr aus Decken und Tüchern schien eine Gestalt zu liegen.

»Eine stinkende Müllhalde«, fasste Olofsen die Situation zusammen.

Nilsson nickte, trat an das andere Fenster und öffnete es. Ein Schwall frischer Luft mit Straßenlärm ergoss sich in den Raum.

»Ey, was soll'n das?« Der Deckenberg auf der Matratze konnte sprechen. Wenn auch undeutlich und langsam.

»Volker Johanssen?«, fragte Olofsen und schob mit dem Fuß einen Haufen undefinierbares Zeug zur Seite, um sich einen Weg zur Matratze zu bahnen. »Kriminalpolizei. Wir müssen uns unterhalten.«

»Verpisst euch, Scheißbullen!«

»Ich schmeiß den sprechenden Dreckshaufen hier vor mir gleich aus dem Fenster«, konterte Olofsen. Nilsson schaute sich indes unbeteiligt im Zimmer um. Ein altes Billy-Regal, sonst keine Möbel, nur prallvolle blaue Säcke mit unbekanntem Inhalt lehnten an den vergilbten Wänden.

Der Deckenberg bewegte sich, eine blasse, ausgemergelte Gestalt kam zum Vorschein. Das Gesicht war eingefallen, einige Flusen am Kinn schienen einen Bart imitieren zu wollen. Auf

Olofsen wirkte die Gestalt wie eine zum Leben erwachte Mumie aus einem alten Hollywoodfilm. Er ging in die Hocke, um sich auf Augenhöhe mit der Mumie zu begeben. »Sind Sie Volker Johanssen?«

»Wer soll ich denn sonst sein?«, schnarrte die Gestalt.

»Dem Aussehen nach Tutanchamun, dreitausend Jahre nach seinem Tod«, entgegnete Olofsen sarkastisch.

Mumie schien nachzudenken. »Witzbold«, verkündete sie das Ergebnis ihrer Überlegungen.

»Genau«, bestätigte Olofsen. »Gebürtig komme ich auch aus Ironien. Das liegt am Sarkastischen Meer. Und kleine Scheißer, die mir blöd kommen, fress ich einfach auf.«

»Sind Sie nun Volker Johanssen?«, schaltete sich Nilsson ein.

Mit einem verächtlichen Blick erhob sich Mumie zu voller Größe aus dem Deckenberg. Der Mann war nackt, nur mit einer schmuddeligen Unterhose bekleidet.

»Ja. Bin ich«, sagte die Mumie. »Will mich schon wieder einer verarschen und einbuchten lassen? Kaum bin ich raus, stehen schon die Scheißbullen vor meinem Bett. Hat nochmals irgendeiner 'ne Bude abgefackelt und behauptet, nix damit zu tun zu haben? Und dann habt ihr euch gedacht, klar, das kann ja nur der Johanssen gewesen sein?«

»Wo waren Sie in den vergangenen Tagen?«, hielt Olofsen dagegen, ohne auf Johanssens Vorwürfe einzugehen, zog einen Notizzettel aus der Tasche und nannte die genauen Daten.

Johanssen rülpste lautstark. »Hier.« Dabei zeigte er mit beiden Zeigefingern auf den Deckenhaufen unter sich. »Hab mich nicht vom Fleck bewegt. Und jetzt verpisst euch.«

Unvermittelt machte der Mann einen Satz und versuchte, zur Tür zu rennen.

Olofsen machte einen großen Schritt nach hinten, griff zu und erwischte Johanssen an der Schulter. Sofort sackte der Mann auf die Knie. Er stöhnte und begann zu würgen. Olofsen machte angewidert einen schnellen Schritt zur Seite. Zu spät. Begleitet von einem Kanon aus lauten und leisen Würgegeräuschen erbrach sich Johanssen direkt auf Olofsens neue Schuhe. Dann kippte er nach hinten und begann zu schnarchen.

»Verdammte Scheiße«, dröhnte Olofsen und starrte auf seine Schuhe. »Hast du sie noch alle, du bekloppter Junkie?«

Johanssen rührte sich nicht, tat es aber dem Hund im Nebenzimmer gleich und furzte in abenteuerlicher Lautstärke. Die beiden anderen Beamten, die sich zuvor im Flur der Wohnung aufgehalten hatten, stürmten ins Zimmer, dicht gefolgt von Johanssens Schwester, die in der Linken ein kleines Eimerchen, in der Rechten einen schmierigen Lappen trug. Offenbar kannte sie diese Art von Vorfall.

Ohne die Polizisten zu beachten, ging sie zu ihrem schnarchenden Bruder und trat ihm mit voller Wucht in den Bauch. Der jaulte vor Schmerzen. Nilsson stürzte sich auf die Frau, bevor diese ein weiteres Mal zutreten konnte. Mumie begann laut zu stöhnen, Gespenst zeterte und schimpfte, Olofsen fluchte immer noch wegen seiner ruinierten Schuhe, die beiden anderen Polizisten musterten bemüht die gammeligen Stuckornamente an der Zimmerdecke. Hinter ihnen kam der Hund ins Zimmer getrottet, schaute von einem zum anderen, dann kehrte er ins Wohnzimmer zurück.

Die Polizeibeamtin fasste sich und forderte per Funk einen Krankenwagen an.

Volker Johanssens Schwester war vom Zetern zum Schluchzen gewechselt. Tränen liefen ihr über das Gesicht. Nilsson stützte sie, versuchte dabei, dem hin und her wedelnden Lappen nicht zu nahe zu kommen.

»Nehmt den Scheißkerl mit«, flehte sie die Polizisten an. »Ich will ihn hier nicht mehr haben. Ich will raus aus diesem Drecksloch. Ich will weg aus dieser Drecksstadt.«

Nilsson reichte ihr ein Papiertaschentuch. »Was hat Ihr Bruder seit seiner Entlassung gemacht?«

Sie sah Nilsson an, als hätte sie es mit einer Schwachsinnigen zu tun. »Gekifft und gesoffen. Seitdem er hier ist. Von wegen clean, der Knast hat rein gar nichts gebracht«, brach es aus ihr heraus. »Seitdem er hier ist, ist er so high wie vor seiner Zeit im Knast.« Sie sackte in sich zusammen, wie ein Ballon, dem die Luft ausgeht. »Jammert immer nur rum, am liebsten würde er den Bechmann umbringen. Das erklärt er mir ständig.«

»War Ihr Bruder in den letzten Tagen weg? Hat er sich mit irgendjemandem getroffen, oder hat er telefoniert?«

Das Gespenst schüttelte energisch den Kopf. »Maximal bis zum Kühlschrank.«

Olofsen nickte. »Er war also die ganze Zeit hier?«, fragte er noch einmal. »Sind Sie sich da ganz sicher?«

»Ja, das habe ich doch gerade schon gesagt. Und überhaupt, bin ich denn seine Pressesprecherin? Nehmen Sie den Scheißkerl mit, ich will nichts mehr mit ihm zu tun haben.« Auf den kurzen Ausbruch folgten wieder Tränen.

Vor Gericht würde ihre Aussage nichts wert sein, das war Olofsen klar, da man davon ausgehen dürfte, dass sie ihren Bruder schützte. Allerdings sagte ihm sein Bauch, dass es die Wahrheit war. Was er hier sah – diese heruntergekommene Wohnung mit diesen beiden ebenso heruntergekommenen, bemitleidenswerten Gestalten –, passte so überhaupt nicht zu den beiden Morden. Er konnte sich beileibe nicht vorstellen, dass ein zugedröhnter Volker Johanssen in der Lage wäre, kaltblütig zwei Frauen zu erschießen, ihre Männer zu überwältigen und mit einer Giftspritze zu töten. Er blickte zu Nilsson, die, ihrem Gesichtsausdruck nach zu urteilen, zum gleichen Ergebnis gekommen war.

»Haben Sie Beton im Haus?«, fragte er Johanssens Schwester. »In der letzten Zeit ein paar schöne Kugeln gebastelt?«

Sie sah ihn nur blöde an und zeigte ihm den Vogel.

»Eine Videokamera?«

»Haben Sie 'ne Macke? Wie soll ich Geld für so ein Spielzeug haben, wenn ich hier in diesem Loch lebe?«

»Hat Ihr Bruder mit irgendwem gesprochen, seitdem er hier ist?«, fragte Olofsen nochmals.

Die Frau wischte sich die Tränen mit dem Handrücken ab.

»Nein. Er war die ganze Zeit hier. Ich wollte ihn rausschmeißen, hab es aber doch nicht übers Herz gebracht. Das Arschloch ist doch mein Bruder.«

Olofsen versuchte, eine milde Miene aufzusetzen. Doch dann streifte sein Blick kurz seine ruinierten Schuhe, und seine Gesichtszüge verhärteten sich wieder.

Bevor er jedoch etwas sagen konnte, sprach sie weiter: »Niemand war hier. Er hat ja außer mir niemanden. Telefoniert hat er nicht, er hat ja nicht einmal ein Handy.«

In der Zwischenzeit war ein Krankenwagen eingetroffen, und zwei Sanitäter betraten die ohnehin schon überfüllte Wohnung. Sie hockten sich neben Volker Johanssen, der jedoch nicht reagierte, sondern einfach nur weiterschnarchte.

Olofsen stand auf und ging mit Nilsson in den Flur. »Das war ein Schuss in den Ofen«, stellte er fest.

Sie blickte an Olofsen hinab auf dessen Schuhe. »Es passte alles zu gut zusammen. Ich fürchte aber, diese Brandstifternummer mit Bechmann und Johanssen hat mit unserem aktuellen Fall nichts zu tun.«

»Oder die beiden ziehen hier eine phantastische Show ab«, entgegnete Olofsen nachdenklich. »Geld für Schnaps und Stoff scheint ja vorhanden zu sein, woher auch immer. Dieser Johanssen wirkt wie eine arme Sau, aber ich möchte ihn noch nicht von der Liste der Verdächtigen streichen. Erst passt alles so perfekt zusammen, und jetzt passt es ebenso perfekt nicht mehr – das erscheint mir fragwürdig.«

Auf einmal spürte er abermals ein heftiges Rumoren in seinem Bauch. Er krümmte sich zusammen. Jetzt bloß nicht schlappmachen, schoss es ihm durch den Kopf. Nicht hier, in dieser schmierigen Bude.

***

Er saß auf der rechten Seite des Bettes. Ein wenig würde er noch ausharren müssen, aber das bereitete ihm keine Sorgen. Die eigene Ungeduld zu bezwingen, hatte er mittlerweile gelernt. Das Warten hatte sich gelohnt. Nun stand der dritte Schritt bevor.

Sein Blick fixierte die Maserung des Holzes am Türrahmen. Er war ruhig und eins mit sich selbst. Alle Selbstzweifel waren verflogen, sein Blick war klar auf das Ziel gerichtet, er fühlte sich unendlich frei.

Draußen war es dunkel, in der Marina war eine wohltuende Ruhe eingekehrt. Nur einige Fähnchen flatterten leise im leichten Wind.

Er hörte Schritte. Füße in festen Schuhen, die über den Steg liefen. Das Boot schwankte, jemand kam an Bord. Die obere Tür wurde geöffnet. Er konnte förmlich spüren, wie der Jemand innehielt, da die Tür oben gar nicht abgeschlossen, sondern nur zugezogen war. Würde der Neuankömmling die leichte Beschädigung des Schlosses entdecken? Selbst wenn, das war nicht wichtig. Nichts konnte ihn jetzt noch aufhalten. Er war stark, ruhig, er war ganz bei sich. Eine Kalaschnikow und salbungsvolle Phrasen brauchte er nicht. Er tat, was er tat, weil nur er es wollte. Keine höhere Macht hatte ihm den Weg gezeigt. Nein, er selbst war es gewesen. Aus den Trümmern seines vergangenen Lebens war er gestärkt hervorgegangen. So hatte das, was *sie* ihm angetan hatte, doch etwas Gutes bewirkt.

Nun waren die Schritte im Boot zu hören. Sie näherten sich dem Niedergang. Er stellte sich hinter die Tür, auf die Seite, die man beim Eintreten in die Kabine nicht einsehen konnte. Seine Hand umklammerte fest den Schlagstock, den er sich auch aus dem Internet besorgt hatte. Die Spritzen lagen bereit.

Scheinbar hatte sich derjenige, der an Bord gekommen war, die Schuhe ausgezogen, denn die Schritte waren kaum noch zu hören. Die Tür öffnete sich.

Der Mann betrat die Kabine und blieb wie angewurzelt stehen. »Was zur Hölle –«

Ansatzlos traf ihn der Schlagstock. Gut gezielt und genau auf die linke Schläfe. Ohne ein weiteres Wort fiel der Mann wie ein Wäschesack nach schräg rechts auf das Bett und regte sich nicht.

Er legte den Stock weg, nahm die erste Spritze zur Hand und setzte sich auf die Bettkante, zog die Schutzhülle über der Kanüle ab und tastete nach der Halsvene des Mannes vor sich. Er fand sie, setzte die Kanüle an – eine Desinfektion der Einstichstelle hielt er für reine Zeitverschwendung –, stach zu und drückte langsam den Kolben nach unten. Einige Milliliter Thiopental strömten in den Körper des bewusstlosen Mannes. Binnen weniger Sekunden würde es ihn vollständig betäuben. Die Wirkdauer von Thiopental war zwar nur kurz, aber es würde reichen. Mit schnellen Griffen holte er Klebeband und eine kleine Videokamera aus seiner Tasche hervor.

Bereits Minuten später ließ die Wirkung des Betäubungsmittels nach. Der Mann versuchte, sich zu bewegen, konnte es jedoch nicht. Halbwegs aufrecht saß er auf dem Bett, seine Arme und Beine waren mit Klebeband gefesselt. Einige zusätzliche Streifen Klebeband waren um Bett und Körper gewickelt, sodass sich der Mann nicht mehr aus seiner jetzigen Position befreien konnte.

Er beugte sich vor und betrachtete den gefesselten Mann eingehend. Nun würde er den Ton angeben. Die Zeiten, in denen er der Depp war, über den alle lachen durften, waren vorbei.

Als er sich sicher war, dass der Mann wach war, riss er mit einer schnellen Bewegung den Knebel von dessen Mund.

»Was soll das? Mach mich los! Als wenn du nicht schon genug Scheiße gebaut hättest«, schrie der Mann. In seiner Stimme schwangen Panik und Zorn zu gleichen Teilen.

Fast hätte er aus vollem Hals gelacht. So ein Unsinn. Als ob er sich die ganze Mühe gemacht hätte, nur um ihn sofort wieder loszumachen.

Der Mann begann zu strampeln, wollte sich bewegen, die Fesseln losreißen, aber das Klebeband hielt. Jede Bewegung fügte ihm nur Schmerzen zu.

»Was willst du?«, fragte der Mann noch einmal. Seine Stimme begann zu zittern, die Panik schien die Oberhand zu gewinnen.

Bevor der gefesselte Mann noch ein weiteres Wort sagen konnte, schlug er ihm mit der behandschuhten Hand blitzschnell und hart ins Gesicht. Die Lippe platzte auf, Blutströpfchen spritzten.

»Halt die Fresse und tu ausschließlich das, was ich dir sage«, zischte er den Gefesselten bedrohlich leise an.

»Was soll das? Ich habe Geld. Wir können über alles reden.«

Erst wollte er noch einmal zuschlagen, ließ die Hand jedoch wieder sinken. Diese Art primitiver Gewalt hatte er doch gar nicht nötig. Mit einer Kopfbewegung deutete er auf die Videokamera. »Steck dir dein Geld hinten rein. Ich halte jetzt einen Zettel hoch. Du liest vor, was darauf steht. Klar und deutlich. Genau vier Mal. Verstanden?«

Der gefesselte Mann reagierte nicht.

»Du liest den Text vor. Wenn nicht, bringe ich dich um. Punkt«, flüsterte er mit eiskalter Stimme.

NEUN

Mittwoch, 5. September, morgens

Nachdem Olofsen von seinem Ausflug nach Bremerhaven zurück in seine Wohnung gekommen war, hatte er sich augenblicklich erschöpft ins Bett fallen lassen. Nicht einmal ausgezogen hatte er sich. Frust und Enttäuschung blubberten in ihm. Dieser Johanssen hatte das perfekte Motiv, sich an Bechmann und Einbaum rächen zu wollen, das Timing hatte perfekt gepasst. Und dann? Diese jämmerliche Witzfigur war doch nicht einmal in der Lage, eine Mücke zu töten, ohne sich selbst dabei ein Auge blau zu hauen. Zugekiffter Armleuchter – oder genialer Schauspieler? Olofsen wusste es nicht. Zu allem Überfluss waren seine neuen Schuhe schon wieder ruiniert und würden direkt neben den alten in der Mülltonne landen.

Er wälzte sich in den Kissen. In seinem Bauch rumorte es noch immer, mal stärker, mal schwächer. Er fühlte sich elend. Irgendwann schlief er ein.

Am folgenden Morgen hatte er sich den Luxus gegönnt, den um fünf Uhr dreißig rappelnden Wecker einfach auszuschalten und noch ein paar Minuten zu dösen. Tatsächlich war er erneut eingeschlafen und erst nach einer weiteren Stunde aufgewacht. Er fühlte sich besser, auch sein Magen hatte sich beruhigt. Nach einer ausgiebigen Dusche, einem Glas Wasser und einem trockenen Toast lief er nun auf direktem Weg ins Besprechungszimmer der Polizeiinspektion.

Fast alle Kollegen der Soko waren schon anwesend und warteten auf ihn. Auch Greiner und Pall waren da. Zum Glück, konstatierte Olofsen in Gedanken.

Greiner und Nunk diskutierten eifrig in einer Ecke des Raumes, Pall blätterte in irgendwelchen Aufzeichnungen, alle anderen saßen auf ihren Plätzen und stierten mehr oder weniger desinteressiert vor sich hin. Es war noch früh am Morgen, der Elan musste sich erst aufbauen.

Olofsen schloss geräuschvoll die Tür. Nach einem kurzen Moment des Stühlerückens kehrte gespannte Stille ein. Alle Augen waren auf ihn gerichtet. Während der Laptop hochfuhr, wandte er sich an Frauke. »Was machen die Zeitungen mit uns?«

Die Angesprochene sah auf. »Bis jetzt ist alles im grünen Bereich. Ich habe beide Fälle als unabhängig voneinander darstellen können, ohne dass es in Zweifel gezogen worden ist. Die Berichterstattung beschränkt sich auf einen kürzeren Artikel im Lokalteil.«

Olofsen nickte erfreut.

»Überregional besteht bislang kein Interesse an den Fällen, die BILD hat noch keinen ›Sandbankkiller‹ auf die Titelseite gesetzt«, fuhr sie mit ironischem Unterton fort.

»Prima«, resümierte Olofsen. »Frank, wie sieht es mit deiner Auswertung aus?«

»Ich habe noch nicht den vollen Überblick. Stefan hat sich gerade krankgemeldet«, antwortete dieser und legte die Stirn in Falten. »Ich muss mich erst noch in seine Aufzeichnungen hineinfuchsen. Die Auswertung der gefundenen Fingerabdrücke hat keinen Treffer in unseren Datenbanken ergeben. Die Haare, die wir an Bord der Motoryacht entdeckt haben, stammen sämtlich von Herrn oder Frau Bechmann, das Blut auf der Bank im hinteren Teil des Bootes konnte ausschließlich Frau Bechmann zugeordnet werden. Moment, da fällt mir noch etwas ein –«, er hielt einen Moment inne und suchte nach etwas in seinen Notizen.

»Ja?«, bohrte Olofsen sofort ungeduldig nach.

»Ich hab's gleich.« Papier raschelte. »Ah, hier. Wir haben im Kopfteil des Bettes noch mehrere Haare gefunden, die laut Analyse weder zu Frau noch zu Herrn Bechmann gehören. Möglicherweise stammen sie vom Täter.«

»Das ist wichtig. Werden diese Haare weiter untersucht? DNA?«, bohrte Olofsen nach.

»Jedes Staubkorn könnte wichtig sein«, brummte Pall. »Aber ja, die Untersuchungen gehen weiter. Ich habe schon veranlasst, dass ein paar dieser Haare zur Untersuchung ans LKA weitergeschickt werden.«

»Wie lange wird das dauern?«, fragte Olofsen.

»Bis sie fertig sind.«

»Mach Druck.«

»Sehr wohl, Sir«, entgegnete Pall.

Jemand lachte leise.

»Was ist so lustig?«, zischte Olofsen. »Hier wird ernsthaft diskutiert. Keiner führt sich wie ein Idiot auf. Ihr wisst schon, Kugelbake.« Olofsen bedeutete Pall, weiterzusprechen.

»Sonst habe ich leider nichts«, sagte dieser.

Olofsen warf ihm einen grimmigen Blick zu. »Was ist mit der Spritze? Was war da drin?«

»Welche Spritze?«, fragte Pall, sichtlich überrascht.

»Die Spritze samt Kanüle, die in der Betonkugel steckte, die zwischen den Beinen des toten Fred Bechmann auf dessen Boot lag, das wir gestern draußen auf einer Sandbank gefunden haben.« Olofsen klang mürrisch.

»Davon hat mir keiner etwas gesagt«, entgegnete Pall. »Den beiden Hampelmännern werde ich den Hintern aufreißen. Bis zur Stirn, dann können sie durchgucken. Ich –«

Die Tür flog auf, und einer der beiden Kriminaltechniker stürmte atemlos in den Raum. Er hatte ein paar Ausdrucke in der Hand.

»Moin, Chef. Ist gerade reingekommen«, sagte er und legte die Papiere vor Pall auf den Tisch. »Die Laboranalyse vom Inhalt der Spritze aus der Kabine der ›White Cloud‹. Du weißt ja, Stefan hatte die in Auftrag gegeben.«

»Nein, davon weiß ich nichts«, herrschte Pall ihn an.

»Du musst die Infos auf deinem Schreibtisch auch lesen.« Der Tonfall des Technikers lag irgendwo zwischen unbeteiligt und schadenfroh. Er drehte sich um und verschwand ebenso schnell, wie er gekommen war.

»Und?«, erkundigte sich Olofsen sofort. »Was war in der Spritze?«

Pall wirkte sowohl verärgert als auch peinlich berührt wegen dieses Vorfalls. »Kaliumchlorid«, sagte er gerade, als sich die Tür erneut öffnete und Dr. Walberg mit federndem Schritt in den Raum schwebte. Er trug heute einen modischen, leichten Kurzmantel, eine kleine, runde Brille und eine Aktentasche unter dem Arm. Ganz der gelehrte Akademiker, der sich in die Niederungen der popeligen Polizeiarbeit begab.

»Moin«, verkündete er. Dann ließ er den Blick einmal quer durch den Raum schweifen. »Ah, ich sehe es schon. Die heutige Kernkompetenz hier im Raum: aufmerksames Nicken bei völliger Ahnungslosigkeit. Bin ich zu spät?«

»Moin. Schön, dass auch du die Auszeit beendet hast und uns beehrst«, erwiderte Olofsen spitz. »Wo hast du deine Kollegin gelassen?«

»Es gibt doch nichts Schöneres, als den Veranstaltungen der Cuxhavener Kripo beizuwohnen. Ich konnte es kaum erwarten«, sagte Walberg. »Bislang waren diese Besprechungen immer angenehm unterhaltsam. Dr. Osamente wird sicherlich auch in Kürze eintreffen.«

Als hätte sie auf ihr Stichwort gewartet, öffnete sich die Tür ein weiteres Mal, und Frau Dr. Osamente betrat den Raum. Heute komplett in Dunkelrot gekleidet. Sie wirkte, als wolle sie gleich auf einer Fachkonferenz einen Vortrag halten, für eine Teambesprechung in Cuxhaven war sie eindeutig overdressed.

»Guten Morgen«, sagte sie gut gelaunt in die Runde. Als sie Walberg entdeckte, fügte sie hinzu: »Herr Dr. Walberg, ich wusste ja gar nicht, dass Sie genesen sind. Aber keine Sorge, ich habe alles im Griff. Sie können sich hier voll und ganz auf mich verlassen. Sie sehen noch recht bleich aus.«

Walberg holte hörbar Luft und wollte zu einer Erwiderung ansetzen.

»Ruhe«, rief Olofsen. »Wir sind hier nicht im Debattierclub oder im Dschungelcamp, sondern bei der Polizei.« Er drückte den Rücken durch. »Es ist mir völlig wumpe, welcher Rechtsmediziner unsere Leichen obduziert, solange er – oder sie – es tut und vernünftige Ergebnisse liefert. Es ist mir genauso wumpe, wer die Spuren am Tatort auswertet, solange alle Informationen schnell und allen zur Verfügung stehen. Aber genau das ist nicht der Fall. Wie sollen wir da weiterkommen?«

Ohne hinzuschauen langte er nach seiner Kaffeetasse, griff daneben und fegte sie vom Tisch. Mit einem lauten Klirren zersprang sie am Boden in unzählige Porzellanteilchen, die mit dem umherspritzenden Kaffee ein weitläufiges Muster bildeten. »Scheiße. Und wenn jetzt irgendeiner von euch Vögeln lacht, fliegt er aus dem Fenster.«

Im Besprechungszimmer herrschte Stille. Jeder hoffte, dass sie nun zum eigentlichen Thema zurückfinden könnten. Olofsen zählte in der Zwischenzeit bis zehn. Vorwärts und rückwärts. Danach straffte er sich und fokussierte Pall.

»Kaliumchlorid«, sagte er, und seine Stimme war tatsächlich ruhig und sachlich.

»Tja, was soll ich sagen?«, antwortete dieser, ebenfalls um Sachlichkeit bemüht. »Ist eine Chemikalie. Weißliches Salz, klare Flüssigkeit, wenn man es in Wasser löst.«

»Und ziemlich tödlich, wenn man weiß, wie«, ergänzte Walberg altklug.

»Ach ja?«, konterte Pall sofort wie ein pubertierender Teenager.

Olofsen ballte die Hände zu Fäusten. Keine dreißig Sekunden, und schon ging es wieder los. »Erleuchte uns«, bat er Walberg.

»Gerne«, antwortete dieser. »Ich weiß ja, dass ihr Dorfsheriffs nicht ohne meine fachkompetente Hilfe auskommt.« Er warf einen Seitenblick auf seine Kollegin. »Genau darum sind wir hier unabkömmlich.«

»Entweder du gibst jetzt etwas Sinnvolles von dir, oder du kannst sofort nach Hamburg abreisen«, antwortete Olofsen verärgert. »Jeder ist abkömmlich und ersetzbar.«

»Kaliumchlorid«, sprang Osamente ein und bedeutete Walberg mit der Hand, Ruhe zu bewahren, »abgekürzt KCl, ist das Kaliumsalz der Salzsäure. Es bildet farblose, salzig-bitter schmeckende, wasserlösliche Kristalle. Dichte und Schmelzpunkt weiß ich leider nicht auswendig.«

Alle hörten konzentriert zu.

»KCl ist ein tolles Zeug, wenn man jemanden unbemerkt am Weiterleben hindern will«, sagte Walberg. »Und genau darum geht es hier.«

»Erklären Sie das genauer«, mischte sich Nunk in die Diskussion ein.

»Die Injektion einer hohen Dosis von Kaliumchlorid kann zu einem Herzstillstand als Folge einer Hyperkaliämie führen«, sagte Osamente nun wieder.

»Bitte in einer Sprache, die wir hier verstehen«, ermahnte Olofsen sie.

»Man spritzt jemandem eine konzentrierte Kaliumchloridlösung, und kurz darauf ist er tot. Ist das ausreichend verständlich?«

»Absolut.«

»KCl wird häufig beim Einschläfern von Tieren verwendet. Außerdem als mögliche Komponente eines Giftcocktails bei Hinrichtungen sowie zum Einleiten eines Herzstillstands bei Operationen mit Herz-Lungen-Maschine.« Das war Walberg.

»Wurde Kaliumchlorid im Rahmen der Obduktionen oder der zugehörigen Laboranalysen nachgewiesen?«, wollte Pall wissen.

Walberg schaute Osamente an. »Nein«, antwortete diese kurz angebunden.

»Warum nicht?« Er witterte eine Chance, den Rechtsmedizinern eine Schlamperei unter die Nase zu reiben.

»Rechtsmedizinisch kann eine Vergiftung mit Kaliumchlorid nur sehr schwer nachgewiesen werden«, erklärte Walberg im Vortragston. Dann nahm er seine Brille ab und putzte sie mit einem kleinen Tüchlein, das er sonst woher gezaubert hatte. »Kalium kommt sowieso im menschlichen Körper vor. Aufgrund des Zellzerfalls steigt der Kaliumspiegel nach dem Tod im Körper ganz natürlich an. Als Folge tritt das vorher intrazellulär vorliegende Kalium in andere Kompartimente über und verfälscht die Analysen. Kaliumchlorid gehört zu den im menschlichen Körper am schwersten nachzuweisenden Giften.« Er setzte die Brille wieder auf.

»Passt das mit der Einstichstelle am Hals zusammen, die bei der Obduktion von Bechmann gefunden wurde?« Die Frage kam von Olofsen.

»Absolut«, gab Osamente zurück. »KCl in die Halsvene zu injizieren ist ziemlich schlau. Ein kurzer Weg zum Herzen, zack – Ende.«

Greiner räusperte sich. »Bedeutet das, dass wir es mit einem Täter zu tun haben, der sowohl nautische als auch medizinische Kenntnisse hat?«

»Alles deutet darauf hin«, antwortete Olofsen.

»Wo kann ich Kaliumchlorid herbekommen?«, fragte Greiner. »Wenn man damit so viel Unheil anrichten kann, sollte es ja nicht so ohne Weiteres erhältlich sein.«

»Klaus, kannst du dazu etwas sagen?«, pflichtete Olofsen ihm bei.

Walberg richtete sich auf. »Wenn wir es hier mit einem Mediziner oder Pharmazeuten zu tun haben, wäre es für ihn überhaupt kein Problem, diese Chemikalie zu beschaffen. Sogar als fertige Lösung zur Injektion.«

»Und wenn es kein Mediziner oder Pharmazeut ist?«

»Es könnte immer noch jemand aus dem Labor- oder Forschungsumfeld sein. Hier gilt das Gleiche. Und wenn es unserem Täter zu riskant erscheint, diese Quellen anzuzapfen, bleibt natürlich immer noch eBay. Das Universalkaufhaus für so gut wie alles.«

»Echt?«, fragte Greiner erstaunt. »Chemikalien, um Menschen umzubringen, kann ich bei eBay bestellen?«

Olofsen zückte sein Smartphone und rief die eBay-App auf. Er gab Kaliumchlorid als Suchbegriff ein. Nach wenigen Sekunden schaute er siegesgewiss in die Runde.

»Volltreffer«, stellte er fest. »Reihenweise wird das Zeug hier angeboten, große und kleine Gebinde, mit und ohne Versandkosten.«

»Ich fasse es nicht«, entrüstete sich Greiner.

»Sich Spritzen und Kanülen zu besorgen ist ebenfalls keine große Sache«, fügte Osamente hinzu.

»Cuxhaven, wir haben ein Problem«, sagte Olofsen und erntete zustimmendes Nicken.

»Kommen wir zu den Problemen zwei und drei«, sprach Olofsen weiter und zeigte mit zwei Fingern in die Luft. »Die Videobotschaften und Verdächtigen. Auch unter der Zunge von Fred Bechmann wurde bei der Obduktion eine Speicherkarte mit einer Videobotschaft entdeckt.«

Ein kollektives Stöhnen durchlief den Raum. Das Auftauchen einer zweiten Botschaft und der Ort, an dem sie gefunden worden war, unterstrichen, dass sie es mit einem komplexen Fall und einem intelligenten Täter zu tun hatten, der wahrscheinlich aus niederen Beweggründen, dafür aber mit einem wohldurchdachten Plan tötete.

»Auch wenn wir bislang im Dunkeln tappen«, fasste Olofsen die Gedanken aller zusammen, »wer eine Botschaft hat, der hat für gewöhnlich auch einen Plan.«

»Und wie könnte dieser Plan aussehen?«, fragte Pall.

»Keine Ahnung«, gestand Olofsen. Er wirkte fast hilflos.

»Was ist mit der zweiten Botschaft?«, fragte Greiner. »Vielleicht ergeben alle Botschaften nur einen Sinn, wenn wir sie zusammen betrachten.«

Da Olofsen keine Lust hatte, die große Leinwand auszurollen und den Beamer zu bemühen, startete er das zweite Video einfach auf seinem Notebook und drehte es um, sodass alle im Raum den Bildschirm sehen und den Ton hören konnten.

Zuerst blieb das Bild schwarz, dann tauchte verwackelt das Gesicht von Fred Bechmann auf. In seinen Gesichtszügen spiegelten sich Arroganz, Zorn und Angst wider.

»Mach mich los, du kleiner Scheißer, und du kommst lebend

von meinem Boot runter«, fauchte Bechmann sein unsichtbares Gegenüber an.

Etwas Dunkles zischte schnell durch das Bild, Bechmanns Kopf flog zur Seite, dann war von der linken Schläfe bis über die Wange ein leuchtend roter Striemen zu sehen. Bechmann stöhnte. Die Szene wiederholte sich spiegelverkehrt.

»Zumindest wissen wir jetzt, woher die Hämatome in Bechmanns Gesicht stammen«, bemerkte Olofsen ungerührt in Osamentes Richtung. Sie nickte zustimmend.

»Lies«, zischte eine leise Stimme aus dem Computer.

Nun folgte Bechmann der Anweisung. »Mein Name ist Fred Bechmann«, sprach er mit zittriger Stimme. Seine Arroganz war verflogen. »Ich nenne mich Bauunternehmer, aber ich bin ein Gangster. Ich habe den Tod verdient. R024372018.«

Er wiederholte diese Sätze noch einige Male, bevor das Bild schwarz wurde.

Olofsen drehte den Computer zurück. »Irgendwelche Ideen?«

»Der erste Teil der Nachricht ist klar, auch wenn wir noch nicht wissen, warum Bechmann den Tod verdient haben sollte«, sagte Greiner nachdenklich. »Aber dann ist da wieder diese Nummer. Das muss doch etwas bedeuten.«

»Vielleicht ein Passwort?«, fragte Frauke Nilsson. »Zahlen und Buchstaben – das könnte doch sein.«

Olofsen wandte sich an die Kollegin. »Ein Passwort, gute Idee.« Er musste an seine eigenen Passwörter denken. Oder besser an das eine Passwort, das er überall im Internet benutzte, weil er befürchtete, sich unterschiedliche Passwörter nicht merken zu können. »Aber wozu könnte dieses Passwort gehören?«

Frauke zuckte mit den Achseln und blickte hilfesuchend durch den Raum.

»Wie wir es auch drehen und wenden, wir kommen nicht weiter«, stöhnte Olofsen. Er musste nachdenken. Ein Blick auf die Uhr verriet ihm, dass es fast halb zehn war. Er spürte erneut ein leichtes Rumpeln in der Magengegend. Ganz kuriert war er wohl doch noch nicht.

»Du sprachst vorhin von Verdächtigen«, meldete sich Nunk zu Wort.

»Eigentlich ist es nur ein Verdächtiger«, antwortete Olofsen. »Volker Johanssen aus Bremerhaven.« Mit wenigen Worten fasste er die von Greiner entdeckte Verbindung zwischen Johanssen, Einbaum und Bechmann sowie seinen und Frauke Nilssons Besuch in Bremerhaven zusammen. Den Teil mit seinen ruinierten Schuhen ließ er aus. »Motiv und Gelegenheit hätte dieser Johanssen, medizinische und nautische Expertise traue ich ihm jedoch nicht zu«, endete er seinen Bericht.

»Wir sollten ihn nochmals verhören«, entgegnete Greiner. »Hier und unter unseren Bedingungen.«

»Johanssen oder nicht«, sagte Olofsen, »wir haben vier Morde und keine Ahnung, was sich dahinter verbirgt. Wir haben eine Reihe von Erkenntnissen, die aber in keine klare Richtung weisen. Fraglos hat der Täter mehr medizinisch-pharmazeutische und seemännische Kenntnisse als der Durchschnittscuxhavener. Außerdem ist er bereit, diese Kenntnisse im Rahmen eines Plans, den wir nicht verstehen, einzusetzen.«

Niemand sagte ein Wort, Pall starrte an die Zimmerdecke, Walberg musterte seine Schuhe, und Osamente blätterte in ihren Papieren.

Frauke war bleich geworden. Als Olofsen ihr Gesicht sah, fürchtete er, dass sie gleich mit der Hand vor dem Mund aus dem Besprechungszimmer rennen würde. Das war auch so eine Sache, die ihm wortwörtlich auf den Magen schlug – warum zum Henker wurden momentan alle krank? Nie für lange Zeit, aber immer wieder fielen Kollegen aus. Ihm selbst ging es, wenn er ehrlich war, auch nicht gut. Unter diesen Bedingungen war effektive und schnelle Ermittlungsarbeit kaum möglich.

»Martin, du findest heraus, was diese Nummern bedeuten. Keine Ausreden. Frank soll helfen. Ich glaube nicht, dass es

Johanssen ist, und fürchte, dass der echte Täter mit seinem Plan noch nicht am Ende angelangt ist. Aber ich will ihn schnappen, bevor es zu weiteren Morden kommt. Wir alle wollen das!« Den letzten Satz schrie er förmlich in den Raum.

Es blieb still, nur ein wenig Straßenlärm drang von draußen zu ihnen hinauf.

»Du glaubst also«, wandte sich Nunk an Olofsen, »dass wir es mit einem Mörder zu tun haben, der so lange weitermachen wird, bis sein Plan vollendet ist?«

»Ja«, antwortete Olofsen. »Ich bin der Meinung, dass es sich nicht um einen Serienmörder im klassischen Sinne handelt. Dafür ist die Frequenz der Taten zu hoch. Er schlägt jeden Tag zu, das ist zu schnell. Eher so ein kontrollierter Amoklauf, obwohl sich das natürlich völlig bescheuert anhört.«

Olofsen sah nacheinander Walberg und dessen Kollegin an. »Findet endlich heraus, ob Joachim Einbaum und Fred Bechmann tatsächlich mit KCl umgebracht wurden. Macht dem Labor Druck, denkt selbst nach, befragt die Geister. Liefert Ergebnisse – und zwar schnell.«

An alle gewandt sagte er: »Wir müssen uns zu zweihundert Prozent auf diesen Fall stürzen. Es darf keinen weiteren Mord geben. Ich will den Begriff ›Mordserie‹ im Zusammenhang mit ›Cuxland‹ auf keinen Fall hören.«

Ohne ein weiteres Wort sprang Olofsen auf und verließ das Besprechungszimmer. Er haderte mit sich, mit Gott, mit der ganzen Welt. Auf einmal schlug er sich mit der flachen Hand vor die Stirn. Das verbrannte Holzscheit zwischen den Beinen von Joachim Einbaum, die Betonkugel bei Bechmann – der Gedanke zuckte wie ein Stromschlag durch sein Gehirn. Beides hatte er in dem ganzen Durcheinander völlig vergessen. Was sollten ihm diese Gegenstände sagen? Eine Botschaft? Oder eine Ergänzung zu den Videos?

***

Er saß vor seinem Laptop, konnte sich aber nicht auf das Schreiben konzentrieren. Das Fenster hinter seinem Schreibtisch war wie so häufig geöffnet. Der Geruch von Wald, feuchtem Laub und frischer Morgenluft lag im Raum, begleitet von Vogelgezwitscher. Zufrieden dachte er an die Ereignisse der vergangenen Nacht zurück. Wieder war alles nach Plan verlaufen. Der Scheißkerl war Geschichte und würde nun keine Karrieren mehr zerstören, würde nicht mehr an *ihren* Lippen hängen und *ihren* Lügen zuhören. Er würde niemanden mehr aufgrund blödsinniger Anschuldigungen abservieren.

Nachdem er das Boot und die traurigen Überreste dieses Mistkerls präpariert hatte, hatte er sich von Bord geschlichen und die Marina verlassen.

Von der kleinen Hafenanlage war er in Richtung des Deiches zurückgegangen, am geschlossenen und dunkel daliegenden Restaurant Elbterrassen rechts abgebogen und in Richtung Elbe gelaufen. Trotz Dunkelheit erreichte er zügig den kleinen Sandstrand. Er hielt sich rechts und ging langsam durch den Sand. Der Mond kam hinter einer großen Wolke hervor und warf kühles, weißes Licht auf Land und Wasser.

Mit schnellen Schritten hatte er bald das Ende des Strands erreicht. Er war über ein paar große Steine hinweggestiegen und hatte sich neben den hohen Metallpfahl mit dem kleinen schwarzen Dreieck an der Spitze gesetzt, der die Steuerbordseite der Einfahrt zum Hafenpriel markierte. Er liebte diesen Ort. Wie oft hatte er nicht schon hier gesessen? Wie oft war er hier nicht schon selbst vorbeigefahren – damals, als er noch seine »Sonnenvogel« hatte, dieses wunderschöne, über siebzig Jahre alte Segelboot aus Holz.

Wahnsinnig viel Arbeit war es gewesen, das Boot in Schuss zu halten, das Holz zu pflegen, die Messingbeschläge zu polieren, aber jede Minute davon hatte sich gelohnt. Wie ein eleganter Fisch war das Boot durch das Wasser geschossen, keine Welle konnte ihm etwas anhaben. Wie frei hatte er sich gefühlt, wenn das Land hinter ihm und das offene Wasser vor ihm lag. Wenn sich das Segel mit Wind füllte und den eleganten Rumpf nach vorne schob. Wenn er den Druck auf dem Ruder spürte und die Winschen bediente, um die Segelstellung zu ändern.

Und jetzt? Alles vorbei. Und warum? Wegen dieses miesen Scheißkerls und dieser blöden Kuh mit all ihren Lügengeschichten. Es war ein tiefer Stich in sein Herz gewesen, als er hatte zusehen müssen, wie ein anderer – irgendein reicher Schnösel aus Hamburg – an seiner Stelle die Leinen seiner »Sonnenvogel« gelöst hatte und in den Nachmittag gesegelt war. Ja, das Geld war ein Segen gewesen, aber der Schmerz über den Verlust war niederschmetternd. In diesem Moment war etwas in ihm gestorben. Etwas anderes war stattdessen entstanden, und es hatte ihm geholfen, seinen Weg neu zu erkennen. Darum mussten sie jetzt auch alle auf ihren Booten sterben – als Strafe.

Der durchdringende Ruf einer Krähe holte ihn in die Realität zurück. Er blickte auf, konnte den Vogel durch das kleine Fenster aber nicht entdecken. Bald war der Plan komplett umgesetzt, dann blieb ihm nur noch eines zu tun. Er fühlte Freude in sich. Der Weg lag klar vor ihm. Allerdings musste er zuvor seine Geschichte vollständig aufschreiben, sodass sie zum vorgesehenen Zeitpunkt von jedem gelesen werden konnte.

***

Olofsen war schnurstracks aus der Polizeiinspektion herausmarschiert und hatte sich in seinen Wagen gesetzt. Nun befand er sich ein weiteres Mal auf dem Weg zur GCS-Marina. Alle Opfer hatten hier ihre Boote liegen. Der Schlüssel zur Lösung des Falls musste einfach in der Marina zu finden sein, auch wenn sich die eigentlichen Morde draußen auf dem Wasser ereignet hatten. Kam diesem Umstand eine besondere Bedeutung zu, oder war es einfach nur praktisch, weil der Täter so ungestört sein Werk vollbringen konnte?

Aus allem, was er bisher wusste, hatte sich vor seinem inneren Auge ein erstes, leider noch sehr diffuses Bild des Täters entwickelt. Sehr wahrscheinlich ein kräftiger Mann – um jemanden wie Bechmann zu übertölpeln, brauchte es Kraft. Kein Jüngling, denn die medizinischen Kenntnisse, die Kaltblütigkeit bei der Benutzung der Pistole und die Präzision der Morde deuteten auf Erfahrung hin. Und starke Nerven. Es waren keine Taten aus dem Affekt heraus. Niemand tötete sein Opfer auf eine Weise, die selbst die Rechtsmediziner noch nicht erkannt hatten, und platzierte ein verbranntes Holzscheit oder eine Betonkugel beim Opfer, nur weil er diese zufällig in der Tasche hatte. Eindeutig schien auch, dass jeweils die Männer die eigentlichen Ziele waren. Vermutlich waren die Frauen nur Kollateralschäden. Oder Teil einer Strafe?

Warum ausgerechnet die Einbaums und die Bechmanns? Schließlich hatte der Seglerverein noch unzählige andere Mitglieder. Wo war die echte Gemeinsamkeit, jenseits dieser seltsamen Geschichte mit der Brandstiftung?

Zehn Minuten später stand er abermals auf dem Parkplatz vor der Seglermesse. Schnell warf er einen Blick auf das Meer von Masten, das sich hinter dem Gebäude in den blauen Himmel erhob. Lachmöwen flogen kreischend durch die Luft, und die Aufbauten eines Containerriesen, der langsam über die Elbe in Richtung Hamburg fuhr, schoben sich durch Olofsens Blickfeld. Er ging in das Büro des Hafenmeisters und fand Jens Lücker an seinem Schreibtisch sitzend vor. Als er ohne anzuklopfen das Büro betrat, schaute Lücker auf und verzog wenig erfreut das Gesicht.

»Sie schon wieder«, sagte er. »Ich habe keine Zeit.«

Olofsen winkte ab. »Sie haben Zeit für mich. Ansonsten müsste ich Sie vorladen lassen. Das wollen Sie nicht.«

Lücker warf seinen Kugelschreiber auf den Schreibtisch und fuhr sich mit der Hand durch die Haare. »Was also wollen Sie heute? Mich noch einmal verhaften?«

»Sollte ich denn?«, fragte Olofsen süffisant und setzte sich auf den Stuhl vor dem Schreibtisch. »Sie wissen sicherlich, dass außer den Einbaums auch die Bechmanns tot sind?«

»Selbstverständlich.« Der Hafenmeister klang jetzt reserviert.
»Sie wurden ebenfalls ermordet, auf ihrem Boot.«
»Hab davon gehört.«
»Alle waren hier Vereinsmitglieder, nicht wahr?« Es war eine rhetorische Frage.
»Auch das ist richtig. Verdächtigen Sie etwa den Verein oder Vereinsmitglieder, etwas damit zu tun zu haben?«
»Noch nicht.« Olofsen beugte sich vor. »Und damit das auch nicht passiert, braucht die Kripo Cuxhaven Ihre Unterstützung. Sie kennen sich aus. Sie bekommen Dinge mit, die sonst niemand mitbekommt. Weil Sie immer hier sind.«
Ein zaghaftes Lächeln zeigte sich auf Lückers Gesicht.
Ein wenig Honig um den Bart geschmiert, und schon läuft es, dachte Olofsen. »Lassen Sie uns auf die Stege gehen.«
Lücker nickte und stand auf. »Jetzt möchten Sie wahrscheinlich wissen, ob die Einbaums oder Bechmanns hier Feinde hatten.«
»Genau«, bestätigte Olofsen. »Die Einbaums waren sehr beliebt, so viel habe ich schon kapiert.«
»Eine Schande, dass ihnen das passieren musste.« Lücker wirkte ehrlich betroffen. Er machte einen Schritt auf die Kante des Stegs zu und blickte gedankenverloren ins Wasser.
»Und die Bechmanns?«, fragte Olofsen.
»Um es geradeheraus zu sagen: Fred Bechmann war ein Arsch.« Lücker hatte sich wieder Olofsen zugewandt und blickte ihm bei diesen Worten direkt in die Augen. Nur wenige Meter neben ihnen fuhr gerade ein weißer Segler aus seiner Box hinaus. Ein junger Mann im Bug legte die Vorleine sorgfältig zusammen und winkte Lücker lässig zu.
»Woran hat sich gezeigt, dass Bechmann ein Arsch war?«
Sie gingen ein paar Meter, bevor Lücker weitersprach. »Sehen Sie, um sich ein gutes Boot leisten zu können, braucht es Geld, ganz viel Hingabe oder beides. Um sich ein Boot von der Größe und Ausstattung wie das der Bechmanns leisten zu können, braucht man ziemlich viel Geld.«

»Oder Hingabe«, ergänzte Olofsen.

»Richtig«, sagte Lücker. »Hingabe war aber nicht Bechmanns Ding. Er löste alles mit Geld und seiner großen Klappe. Bechmann hat alle, die kleiner waren als er, behandelt wie Ungeziefer. Die meisten waren kleiner als er.«

»Bechmann war Bauunternehmer«, gab Olofsen Lücker ein Stichwort.

»Genau, Bauunternehmer. Und auch noch so eine Art Immobilienhändler. Er stand in dem Ruf, in beiden Branchen mit sehr harten Bandagen zu kämpfen, häufig am Rande der Legalität. Für einige hier war er hinter vorgehaltener Hand nur der ›Betonkopf‹.«

Olofsen stutzte. Betonkopf? Da passte die Betonkugel ja wie Arsch auf Eimer. Sollte Bechmann hier dem Falschen auf die Füße getreten sein? »Gab es konkrete Feindschaften?«

»›Feinde‹ ist der falsche Ausdruck. Aber viele Freunde hatte er garantiert nicht. Irgendwie hat er es geschafft, mit jedem über Kreuz zu gehen. Seine Liegeplatznachbarn können da ganze Opern von singen. Einer hat sich sogar einen anderen Liegeplatz gekauft. Himmel, wenn ich daran denke, was war das für ein Theater.«

»Und jetzt ist er tot«, stellte Olofsen nüchtern fest.

»Ja. Noch mal: Bechmann war ein Arsch. Aber so krass sind wir nicht drauf, dass wir unliebsame Mitglieder gleich liquidieren«, ereiferte sich Lücker.

»Irgendjemand hat's getan.«

Lücker zuckte mit den Schultern.

»Lassen Sie uns zu Bechmanns Liegeplatz gehen. Vielleicht ist ja einer der Nachbarn da. Ich würde gerne mit denen sprechen.«

Lücker ging voran, Olofsen folgte. Bald hatten sie die leere Box erreicht, in der sonst die »White Cloud« lag. Die Boote rechts und links waren auch schick, aber deutlich kleiner. Da war der Geldbeutel wohl nicht so prall gefüllt wie der von Bechmann. Eines der Boote lag verlassen da, niemand war zu sehen.

Auf dem anderen jedoch saß ein junges, verträumt dreinblickendes Pärchen, schlürfte Cappuccinos und knabberte Croissants.

»Ahoi«, begrüßte Olofsen sie.

Er verschluckte sich vor Überraschung fast an seinem Cappuccino. Sie lachte. Olofsen wartete.

»Moin«, hustete der junge Mann und richtete seinen Blick auf Lücker. »Hallo, Jens, was liegt an?«

»Olofsen, Kripo Cuxhaven. Ich würde mich gerne kurz mit Ihnen unterhalten«, antwortete stattdessen Olofsen und ging einen Schritt näher an das frühstückende Pärchen heran.

»Alexander Fock.« Der junge Mann rutschte unruhig auf der mit weißem Kunstleder bezogenen Bank hin und her. »Kripo, aha. Was 'n los?«

Die junge Frau begann, mit einem der über die Reling hängenden Tampen zu spielen.

Olofsen fragte sich kurz, ob er seine Steuererklärung frisiert hatte, um sich das Boot leisten zu können, und jetzt nervös wurde. »Keine Sorge«, sagte er deshalb, »um die Steuer kümmert sich der Zoll, nicht die Kripo. Ich komme vom FK1. Mord.« Das letzte Wort ließ er bedrohlich wie eine Grundsee über die Bordwand schwappen.

Der junge Mann lief erst rot an, dann wurde er bleich.

»Von der Sache mit Bechmann haben wir gehört«, sagte die junge Frau.

Olofsen schaute sie an. Lange brünette Haare, klasse Figur. Sahneschnitte. Macho, schimpfte er sich und fokussierte wieder sein männliches Gegenüber.

»Das ist gut. Über Herrn Bechmann möchte ich mit Ihnen reden«, sagte er förmlich. »Darf ich an Bord kommen?«

»Äh, na klar. Kommen Sie.«

»Ich werde mich an dieser Stelle verabschieden«, warf Lücker ein. »Ich habe noch zu arbeiten. Sie wissen ja außerdem auch, wo mein Büro ist.« Der letzte Satz klang verzweifelt.

Olofsen kletterte an Bord und sah sich um. »Schickes Boot«, sagte er anerkennend.

»Danke.«

»Würde ich auch gerne haben«, fuhr er fort. »Ich mache gerade meinen Bootsführerschein, habe aber wegen der Mordfälle den Prüfungstermin verpasst.«

»Wie bedauerlich«, sagte die Frau, jedoch ohne echtes Bedauern in der Stimme.

»Ach was. Es gibt ja noch mehr Termine.« Olofsen winkte ab. Jetzt war es genug mit dem Small Talk. »Wie gut kannten Sie Fred Bechmann?«

Die Frau schaute ihn gleichgültig an.

»Ein aufgeblasener, arroganter Affe. Immer große Fresse und dicke Eier. Man hätte meinen können, in seinem bescheuerten Schädel wäre nur Beton und nix anderes«, ereiferte sich der junge Mann sofort.

Schon wieder Beton, dachte Olofsen. Er wartete, wusste, dass die meisten Leute Schweigen schlecht ertrugen, und setzte darauf, dass der junge Mann gleich weiterreden würde. Er behielt recht.

»Letztens hat er mich blöd von der Seite angemacht, weil unsere Fender an seiner Bordwand langgeschrammt sind«, sagte Fock erbost. »Der hatte doch nicht alle stramm.«

»Das klingt, als wären Sie nicht gut miteinander ausgekommen.«

»Mit dem Kotzbrocken? Nein, gar nicht.«

»Wussten Sie, dass er Bauunternehmer war?«, stellte Olofsen die nächste Frage.

Alexander Fock verzog das Gesicht zu einer Grimasse. »Natürlich. Er hat ja keine Gelegenheit ausgelassen, es jedem auf die Nase zu binden, der nicht schnell genug über Bord gesprungen und weggeschwommen war. Bauunternehmer, Immobilienhändler, Investor. Noch so ein Witz.«

»Was meinen Sie damit?«

»Der Typ war früher Polier auf dem Bau. Konnte jeden anschnauzen. Hat sich die Tochter eines echten Bauunternehmers geangelt und eingeheiratet. Nachdem sich der Senior aus dem

Geschäft zurückgezogen hatte, hat er den Laden in Bechmann Bau umbenannt und auf dicke Hose gemacht. Wir fragen uns immer noch, was Linda an dem nur gefunden hat.«

»Linda?«, fragte Olofsen, sichtbar irritiert.

»Seine Frau. Die war schon in Ordnung. Tauchte hier aber immer seltener auf. Ich glaube, ihr war das sehr unangenehm, was ihr Macker hier abgezogen hat.«

»Sie ist auch tot«, warf Olofsen ein.

»Das ist furchtbar. Sie hatte echt etwas Besseres verdient.«

»Sie wissen ja eine ganze Menge über die beiden.«

»Das ist Allgemeinwissen hier auf dem Steg.«

»Wer hat ihn umgebracht?«, fragte Olofsen scheinbar gelangweilt, beobachtete die jungen Leute dabei jedoch ganz genau.

Fock sah ihn verdattert an. »Woher zum Teufel soll ich das wissen?«

»Wo waren Sie gestern Nacht?«

»Verdächtigen Sie mich etwa? Weil ich den blöden Pisser nicht ausstehen konnte?«

»Nur Routinefragen«, wiegelte Olofsen ab.

»Ich war zu Hause. Mit meiner Verlobten.« Er zeigte auf seine Partnerin. »Wir haben gevögelt. Fast die ganze Nacht. Hatte also gar keine Zeit, den Betonkopf umzubringen.«

Sie wurde rot und strich ihren kurzen Rock glatt.

»Können Sie das bestätigen?«, wandte Olofsen sich an die Frau.

Die nickte nur und wurde noch roter.

Olofsen wechselte das Thema. »Wussten Sie, wohin die Bechmanns mit dem Boot wollten?«

»Nein, keine Ahnung. Das war mir auch scheißegal, solange er nur weg war und ich seine blöde Visage nicht sehen musste.«

Olofsen dachte nach. Bechmann und Fock hatten sich also überhaupt nicht ausstehen können, liefen sich aber gezwungenermaßen regelmäßig über den Weg. Noch ein Tatverdächtiger? Alexander Fock hätte ein Motiv – Hass. Und sein Alibi für die Tatzeit war nicht überzeugend.

»Was machen Sie beruflich?«, wollte Olofsen wissen. Abermals ein geschickter Themenwechsel. Mal sehen, wie er reagierte.

»Ich habe eine kleine IT-Firma. Netzsicherheit und geschützter Datentransfer. Das wird in unserer vernetzten Welt immer wichtiger. Datenpiraten sind überall und stürzen sich auf jeden.« Seine Begeisterung war sofort zu spüren.

»Läuft der Laden?«

»Erstklassig.«

»Sagt Ihnen Kaliumchlorid etwas?«, schoss Olofsen die nächste Frage ab.

»Klingt wie eine Chemikalie. Warum sollte mir das etwas sagen?«

Olofsen reagierte nicht auf die Frage.

»Ich bin in der IT-Branche. Da sind Feinmechanik und Koffein gefragt«, fuhr Fock fort. »Mit Chemie haben wir es da nicht so. Übrigens auch nicht mit chemischen Drogen. Haben Sie sonst noch Fragen?«

Olofsen stand auf. Er hatte den Wink verstanden. »Nein. Und falls doch, werde ich Sie schon finden.«

Zurück auf dem Steg drehte er sich noch einmal um. »Doch, eine Frage habe ich noch. Ist Ihnen in der letzten Zeit etwas Ungewöhnliches aufgefallen? Hier am Steg oder am Boot der Bechmanns? Jemand, der hier nicht hingehört?«

»Eigentlich nicht. Dir vielleicht?« Fock sah seine Verlobte an. Die schüttelte mit dem Kopf. Dann zögerte sie.

»Doch«, sagte sie nachdenklich. »Das hatte ich komplett vergessen. Komisch, auch als ich von dem Mord erfuhr.«

Olofsen war sofort voll bei der Sache. »Was hatten Sie vergessen?«

»Vorgestern«, sagte sie stirnrunzelnd. »Wir waren hier auf dem Schiff, unten in der Kabine. Da ist jemand auf Bechmanns Boot gegangen. Ich kann mich aber nicht daran erinnern, dass er wieder weggegangen ist, bevor die beiden kamen. Das war ungewöhnlich. Niemand geht auf Bechmanns Boot.«

»Können Sie die Person beschreiben?«

»Nein. Wir waren beschäftigt«, warf der zukünftige Bräutigam ein.

»Lassen Sie mich raten: vögeln?«

Er grinste. Sie wurde erneut rot.

Olofsen fixierte die beiden. »Können Sie etwas mit einem angekohlten Holzscheit oder einer Betonkugel anfangen?«

»Nein«, sagte Fock und klang desinteressiert.

»Doch, mir sagt das was«, sagte sie aufgeregt. »Hier in der Marina gibt es so einen Brauch. Bei jedem runden Geburtstag bekommt das Geburtstagskind eine besondere Kleinigkeit, die seine Person oder seinen Charakter beschreibt. Alex, das weißt du doch. Hast doch selbst einen goldenen CPU-Kühler bekommen, als du dreißig geworden bist.«

»Richtig.« Der junge Mann schnippte mit den Fingern und spielte wie nervös an seinem Hemdkragen herum. »Vor einigen Jahren haben sie dem Bechmann tatsächlich eine Betonkugel geschenkt. Ich glaube, es war sein Fünfzigster, vielleicht auch der Vierzigste. Als er es sich noch nicht mit allen verscherzt hatte.«

»Wann war das?« Olofsen war wie elektrisiert. »Wer hat die Kugel gemacht?«

Die Frau überlegte. »Das muss so drei oder vier Jahre her sein.«

»Keine Ahnung, wer die Kugel gemacht hat«, ergänzte Fock.

»Und das verbrannte Holzscheit?«

»Das würde zu Joachim passen, schließlich war er ja bei der Feuerwehr«, sagte er.

Olofsen fühlte ein Kribbeln aufsteigen. Plötzlich hatte er es eilig, vom Steg wegzukommen. In seinem Kopf hatte sich gerade eine ganze Reihe von Puzzleteilen neu angeordnet.

Fock hatte sich soeben um einen Platz auf der Liste der Verdächtigen beworben, die zugegebenermaßen recht kurz war. Seine Antworten hatten zwar schlüssig geklungen, aber er war insgesamt zu nervös, zu zappelig. Irgendetwas schien da nicht zu stimmen. Neben einem Motiv und einem fragwürdigen Alibi hatte er Insiderwissen. Und wer wusste, was sich noch zutage fördern ließ, wenn er und seine Kollegen erst einmal zu graben beginnen würden. Den verärgerten, aber hilfsbereiten Stegnachbarn könnte er auch nur vorgetäuscht haben. Auf der anderen Seite wurden die meisten Menschen nervös, wenn plötzlich ein Mordermittler vor der Tür stand und Fragen stellte. Und das gleiche Insiderwissen könnte Olofsen sicherlich noch bei einer Reihe anderer Vereinsmitglieder finden. Also doch kein Verdächtiger? Olofsen wusste es nicht.

Eine Minute später stand er wieder im Büro des Hafenmeisters. »Ich brauche eine Liste der Vereinsmitglieder«, keuchte er atemlos.

Lücker sah ihn überrascht an. »Solche Informationen darf ich gar nicht rausgeben. Datenschutz.«

»Ich bekomme die Liste so oder so«, stellte Olofsen klar. »Wir können uns eine Menge Bürokratie und Zeit sparen, wenn Sie sie mir sofort geben. Dann bin ich weg, und Sie haben Ihre Ruhe.«

Der Hafenmeister überlegte. »Das klingt verlockend. Okay, ich gebe Ihnen das aktuelle Mitgliederverzeichnis. Da sind aber nur die Namen drauf, sonst nichts.«

Olofsen nickte. Wenn er die Namen hatte, konnte er alles andere sehr schnell herausfinden. »Schicken Sie mir die Liste per E-Mail«, sagte er und nannte Lücker die Adresse.

Kaum war Olofsen in seinem Wagen, rief er Greiner an. Er erzählte mit kurzen Worten, was er in der Marina erfahren hatte. »Wir sollten diesen Alexander Fock sicherheitshalber noch einmal unter die Lupe nehmen. Als dieser Geburtstagsbrauch zur Sprache kam, hat er einen sehr nervösen Eindruck auf mich gemacht«, schloss er seine Zusammenfassung.

»Willst du ihn zum Verhör hier haben?« Greiner klang wenig überzeugt.

»Ich denke schon«, erwiderte Olofsen. »Wir holen ihn uns heute Nachmittag. Lücker hat mir außerdem eine Liste der

Vereinsmitglieder geschickt. Ich leite dir die E-Mail weiter. Geh die Liste durch, die Frauen kannst du vergessen, ebenso alle Personen älter als fünfundsechzig. Lass dir was einfallen, um die Liste einzudampfen. Vielleicht kannst du ja sogar weitere Verdächtige herausdestillieren.«

ZEHN

Mittwoch, 5. September, später Vormittag

Kaum hatte Olofsen das Telefonat mit Greiner beendet und den Wagen gestartet, erschallte das Nebelhorn abermals. Statt rückwärts aus der Parkbox zu setzen, stoppte er den Motor und nahm das Gespräch an.

»Ich bin's noch mal«, sagte Greiner. »Wir haben ein neues Problem.«

Olofsen blickte genervt an die Wagendecke. Als wenn die bislang vorhandenen Probleme nicht schon ausreichen würden. Noch mehr war jetzt wirklich nicht nötig.

»Was für ein Problem?«, fragte er.

»Wie es scheint, hat unser Killer ein weiteres Mal zugeschlagen«, antwortete Greiner. »Ich habe es vor zwei Sekunden erfahren.«

»Was ist passiert? Noch ein Doppelmord an einer Bootsbesatzung auf einer Sandbank?« Olofsen rieb sich die Stirn.

»Nein. Diesmal nicht auf einer Sandbank, sondern direkt in der Marina von Otterndorf. Und soweit ich es verstanden habe, gibt es nur einen Toten.«

»Na, damit ist wenigstens die Schlagzeile für die BILD-Zeitung im Arsch. Der ›Sandbankkiller‹ passt jetzt nicht mehr«, frotzelte Olofsen gegen seine aufkeimende Resignation an. »Ich bin schon unterwegs. Wir treffen uns in der Marina.«

Augenblicke später fädelte er sich durch den Verkehr am Hafen. Immer wieder hämmerte er auf die Hupe, denn ihn nervten diese Touristenhorden, die mit Fahrrädern und zu Fuß, mit Kindern, Hunden oder Bollerwagen einfach drauflosmarschierten. Sie hatten ja Urlaub und mussten dringend noch die Ausflugsdampfer erreichen, um eine Hafenrundfahrt zu machen. Ein rüstiger Rentner schimpfte ihm lautstark hinterher, nachdem er dichter, als es die Polizei erlaubte, dessen E-Bike geschnitten hatte.

»Fuck you«, brummte er vor sich hin.

Olofsen passierte das Maritime Sicherheitszentrum und fuhr über die Klappbrücke. Sie war zum Glück geöffnet. Das hätte ihm jetzt noch gefehlt, dass er hier hätte warten müssen, damit ein Segler in die City Marina einlaufen konnte.

Auf der Kapitän-Alexander-Straße nahm die Touristendichte stetig ab. Olofsen kam zügig vorwärts und beschloss, nicht über die B 73 zu fahren, sondern die Schleichwege zu benutzen. Nur schleichen durfte er eben nicht. Sein neues Navi erinnerte ihn mit Pieptönen permanent daran, dass er das Geschwindigkeitslimit überschritten hatte. Genervt stellte er das Gerät aus. Um zu wissen, dass er hier signifikant schneller fuhr als erlaubt, brauchte er keinen technischen Schnickschnack.

Ein Mofa zwang ihn zum Bremsen. Er bearbeitete die Hupe. »Weg da, du Schnecke, ich hab's eilig«, rief er durch das halb geöffnete Fenster. Der Mofafahrer drohte ihm mit der Faust. Olofsen trat das Gaspedal wieder durch.

Der Leuchtturm Dicke Berta zog hinter grünen Feldern auf seiner linken Seite vorbei, Altenbruch blieb hinter ihm, und Olofsen preschte über die Wehldorfer Straße weiter in Richtung Müggendorf. Für die landschaftlichen Reize dieser Strecke – kleine Teiche, einsame Höfe, Schafe auf den Deichen – hatte er kein Auge. Immerhin nahm er die Aufbauten eines weiteren riesigen Containerschiffs zur Kenntnis, das hinter dem Deich elbabwärts der Nordsee entgegenstrebte.

Über die Freisprechanlage rief er erneut Greiner an. »In ein paar Minuten bin ich da«, informierte er ihn. »Kannst du mir schon etwas Neues berichten?«

»Ich bin auch gerade erst angekommen, zusammen mit Frank und seinen silbernen Köfferchen. Er macht mal einen Riesenaufstand, motzt Gott und die Welt an und will niemanden auf das Boot lassen.«

»Den Zahn werde ich ihm gleich ziehen«, sagte Olofsen.

»Selbstverständlich müssen wir uns einen Überblick verschaffen. Immer das gleiche Theater. Sonst noch was?«

»Laut Hafenmeister handelt es sich bei dem Toten um einen gewissen Kai Polder.«

»Wissen wir schon mehr über ihn?«, erkundigte sich Olofsen.

»Nein. Nur, dass er tot ist.«

»Schlaumeier«, antwortete er.

Olofsen raste weiter. Einen Traktor und einen kleinen Lastwagen hatte er mit abenteuerlichen Manövern überholt. Auch hier schimpfte man ihm aufgebracht hinterher. Aber auch Olofsen hätte für seine begleitenden Schimpftiraden von seiner Mama eine Backpfeife bekommen, hätte sie ihn hören können. Er passierte den großen Parkplatz an der Spielscheune im Norden Otterndorfs, zweihundert Meter später bog er dann rechts ab und fuhr unterhalb des Deichs weiter. Ein Radfahrer konnte sich nur durch einen beherzten Sprung vom Rad in den Seitengraben in Sicherheit bringen.

Mit quietschenden Reifen nahm er die Spitzkehre am Schöpfwerk nach links, um über den Deich zu gelangen. Auch hier mussten sich einige Hundehalter mit ihren Tieren geistesgegenwärtig in Sicherheit bringen.

Am Restaurant Elbterrassen nahm er den schmalen Weg, der direkt an der Slipbahn vorbei zur Marina führte. Das rot-weiße Absperrband, das ein eifriger Kollege hier bereits angebracht hatte, riss er mit dem Wagen einfach ab. Ein Krankenwagen und das Fahrzeug des Notarztes standen schon dort. Vor dem Wohnwagen, der dem Hafenmeister als Büro diente, trat er in die Bremsen und brachte den Wagen zum Stehen.

Greiner erwartete ihn.

»Der Hafenmeister, Sven, sitzt im Wohnwagen. Er ist arg durch den Wind, denn er war es, der den Toten gefunden hat. Vielleicht solltest du kurz mit ihm sprechen, bevor du dich mit Frank duellierst.«

Olofsen trat an die offene Tür des Wohnwagens, klopfte an und trat, ohne eine Antwort abzuwarten, ein. Auf einem abgewetzten Bürostuhl entdeckte er eine bleiche Gestalt, in der er bei genauerem Hinsehen den Hafenmeister erkannte. »Moin«, begrüßte er ihn. »Ist ja schwer was los im Hafen.«

Keine Antwort.

»Ich hätte da mal ein paar Fragen.«

»Ich hab's befürchtet«, sagte Sven tonlos.

»Sie haben den Toten entdeckt?«

»Jo.«

Aha. Ein echtes Nordlicht, kein Wort zu viel. Olofsen blickte nach oben, als wolle er himmlischen Beistand erbitten. »Wie haben Sie ihn entdeckt?«, versuchte er es noch einmal.

»Hab ihn durch die Fenster gesehen.«

»Durch die Fenster?«, fragte Olofsen erstaunt.

»Genau.«

Olofsen dachte einen Moment lang nach. Okay, vielleicht steht der Hafenmeister unter Schock. Beim letzten Treffen, als er uns mit seinem kleinen Boot von der »Bürgermeister Brauer« abgeholt hat, war er zwar auch keine Quasselstrippe gewesen, aber etwas mehr kam damals schon.

»Soll der Arzt gleich bei Ihnen vorbeischauen?«

»Ich bin doch nicht krank.«

So kommen wir nicht weiter, dachte Olofsen genervt.

»Sie kennen das Opfer?«

»Jo.«

»Und, wer ist es?« Der Geduldsfaden wurde dünner.

»Kai Polder. Es ist sein Boot. Er ist schon gestern Abend gekommen, wollte auf dem Boot übernachten und heute ganz früh auslaufen. Jetzt ist Niedrigwasser, wissen Sie. Er wollte vorher raus und nach Hamburg. Gegen den Strom, so ein Quatsch. Aber er ist ein Doktor. Die wissen ja sowieso alles besser.«

Wow. Olofsen nickte begeistert. Nahezu ein Roman, verglichen mit dem, was er vorher aus dem Hafenmeister herausbekommen hatte. »Dr. Kai Polder also?«, hakte er nach.

Sven nickte.

»Was für ein Doktor«?

»Keine Ahnung. Mediziner, glaube ich.«

»Hat er in der Nähe eine Praxis?«

»Weiß ich nicht. Ich kümmere mich um den Hafen, nicht um den Lebenslauf der Bootseigner.«

Okay, er erholt sich langsam, dachte Olofsen und schöpfte neue Hoffnung, doch noch einige weitere brauchbare Informationen zu bekommen. »Bleiben Sie hier«, sagte er. »Ich werde mir den Tatort anschauen. Danach habe ich bestimmt noch ein paar Fragen.«

Er ging hinaus und betrat durch das kleine Metalltor die Steganlage. Ein weißes Schild verkündete, dass der Zutritt nur den Bootsbesatzungen und deren Gästen erlaubt war. Wegen des Niedrigwassers führte die Brücke steil nach unten.

Es war offensichtlich, wo sich das betreffende Boot befand: am hinteren Steg, ganz am Ende. Eine Menschentraube hatte sich dort versammelt, einige standen, andere wuselten geschäftig herum. Palls dröhnende Stimme hörte Olofsen sofort heraus.

»Klappe halten«, donnerte Olofsen, als er näher kam. Alle Augen richteten sich auf ihn. »Fünf Morde in drei Tagen«, schnauzte er und achtete nicht auf die Bootscrews, die alles mithören konnten. »Hier geht es zu wie auf der Jahrestagung küstennaher Comedians. Das ist nicht professionell.« Um seine Worte zu betonen, schlug er mit der flachen Hand gegen den Rumpf des Schiffes, an dem er gerade vorbeiging.

»Aber –«, setzte irgendjemand zu einer Verteidigung an.

»Klappe zu! Alle, die hier nichts zu tun haben, verschwinden auf der Stelle. Die Leute auf den anderen Booten müssen befragt werden. Kümmert euch darum. Martin, Frank, der Notarzt, ihr bleibt hier. Welcher Dorfpolizist war als Erster vor Ort?«

Einer der Streifenbeamten hob den Arm.

»Gut. Sie bleiben auch hier. Alle anderen: Abmarsch!«

Die Reihen auf dem Steg lichteten sich, es kehrte so etwas wie Ordnung ein. Olofsen wandte sich an den Streifenbeamten. »Erzählen Sie!«

Der Mann straffte sich. »Wir bekamen von der Zentrale

die Aufforderung, hier nachzusehen. Der Hafenmeister hatte die 110 angerufen und einen Toten auf einem der Boote gemeldet. Wir haben sofort RTW und Notarzt angefordert und sind hier rausgekommen.«

»Haben Sie das Boot betreten?«

»Natürlich. Wir beide«, er deutete auf einen Kollegen, der trotz Olofsens Anweisungen in der Nähe geblieben war, »und der Hafenmeister.«

Aus dem Augenwinkel sah Olofsen oben einen weiteren Wagen vorfahren. Walberg und Osamente stiegen aus. Beide machten sich sofort auf den Weg zu den Stegen.

»Götterdämmerung«, sagte Olofsen leise.

Osamente schien seine Bemerkung trotz der Entfernung gehört zu haben und verkündete mit lauter Stimme: »Vor der Rechtsmedizin betritt niemand das Boot. Ich werde –«

»Wir werden«, grätschte ihr Walberg mit ebenso deutlicher Stimme dazwischen, »zunächst das Opfer in Augenschein nehmen, dessen Tod bestätigen und uns einen ersten Eindruck von der rechtsmedizinisch relevanten Sachlage verschaffen.«

»Ihr könnt einmal quer durch das Hafenbecken schwimmen und dabei ausdiskutieren, wer von euch den Hut aufhat«, konterte Olofsen. Sein Zeigefinger richtete sich auf Pall. »Und du hältst die Klappe, wenn du nicht mit der rechtsmedizinischen Abteilung um die Wette schwimmen willst.«

Ohne ein Wort zu sagen, zeigte Pall ihm den Vogel und machte einen schnellen Schritt auf das Heck des Bootes. Osamente, die zusammen mit Walberg mittlerweile zu ihnen aufgeschlossen hatte, machte es ihm nach und stand ebenfalls hinten auf dem Boot. »Was ist, kommen Sie, oder wollen Sie die Show verpassen?«

»Ich glaube, die führt dich gerade am Nasenring durch die Manege«, flüsterte Greiner in Olofsens Richtung.

Olofsen überlegte, ob er Osamente einfach über Bord werfen könnte. Ein kleiner Schubs würde genügen. Er machte ebenfalls einen langen Schritt auf das Heck des Bootes und wandte sich an die Rechtsmedizinerin. »Sie sollten besser mit dem Notarzt sprechen. Der war ja schon an Bord, hat sicherlich höchst kompetent den Tod des Toten festgestellt und ›Todesursache unbekannt‹ auf dem Totenschein angekreuzt.«

»Anhand der Totenstarre vermute ich, dass dieser bereits am gestrigen Abend eingetreten ist«, rief der Notarzt, der Olofsens Worte vom Steg aus mit angehört hatte.

Olofsen schnippte mit den Fingern. »Sehen Sie, Frau Doktor, wir haben alles im Griff. Die Obduktion können Sie in Kürze durchführen.«

Sie warf ihm einen belustigten Blick zu, trat dann tatsächlich zurück auf den Steg, überlegte es sich anders und kehrte auf das Boot zurück. »Keine Chance«, sagte sie. »Ob Sie wollen oder nicht – ich bin dabei.«

»Als leitender Ermittler will ich den Tatort zumindest als Erster in Augenschein nehmen«, sagte Olofsen und schob sich an den anderen vorbei.

Pall erhob keine Einwände. »Ich hole die Anzüge. Aber nix anfassen. Nicht einmal drüber nachdenken. Das gilt auch für Sie, Frau Doktor.«

Kurz darauf hatten alle drei die Einmaloveralls übergezogen und traten nacheinander in die Kabine des Bootes. Es handelte sich um ein Motorboot, knapp zehn Meter lang, ein älteres Modell. Hier und da war der Kunststoff vergilbt, beim näheren Hinsehen wiesen etliche Ausrüstungsgegenstände deutliche Gebrauchsspuren auf.

»Der Tote soll unten in der Bugkabine liegen«, sagte Olofsen zu dem direkt hinter ihm stehenden Spurensucher.

Der deutete auf den Niedergang. »Nach dir.«

Olofsen schob die Schiebetür vollständig zur Seite und stieg die vier Stufen der kleinen, steilen Treppe hinunter.

»Was ist hier bloß passiert?«, flüsterte er.

»Um das herauszufinden, sind wir hier«, antwortete Osamente von oben. Pall stieg ebenfalls die Treppe herab, die Rechtsmedizinerin wartete oben.

Vor ihnen auf dem Bett der Bugkabine saß ein Mann. Er war mit Klebeband in dieser aufrecht sitzenden Position fixiert worden. Der Kopf war nach vorne gekippt, sodass Olofsen mehr auf den kahlen Schädel des Toten als in dessen Gesicht sehen konnte. Es roch unangenehm in der engen Kabine, wahrscheinlich hatte im Todeskampf der Schließmuskel des Mannes seinen Dienst quittiert. Olofsen rümpfte die Nase und atmete durch den Mund. Quer über den Beinen des Toten lag ein Gegenstand, den Olofsen jedoch nicht einordnen konnte. Er ähnelte einer kleinen Fahrradluftpumpe.

»Was liegt da auf seinen Beinen?«, fragte er.

»Eine Kolbenhubpipette«, kam die Antwort von hinten. Osamente hockte am Niedergang und betrachtete die Szenerie aus ihrer erhöhten Position.

Olofsen warf ihr einen fragenden Blick zu. »Und was ist das?«

Osamente setzte ein Schlaumeiergesicht auf. »Ein typisches Laborgerät zum Pipettieren kleiner, genau definierter Flüssigkeitsmengen«, dozierte sie gut gelaunt. Der Tote vor ihr schien sie nicht sonderlich zu beeindrucken. »Diese dort ist für Volumina von bis zu tausend Millilitern ausgelegt.«

»In welchen Labors werden solche Dinger verwendet?«, fragte Olofsen weiter.

Osamente drängte sich an Olofsen und Pall vorbei und betrachtete den Toten samt der Pipette. »In biologischen oder biotechnischen Laboratorien, Analytik, Diagnostik, Forschung. Immer, wenn es um Genauigkeit bei sehr kleinen Flüssigkeitsvolumina geht.«

»Medizinische Labors?«, fragte Olofsen.

Die Rechtsmedizinerin nickte.

»Pharmazeutische Labors?«

Olofsen war sich sicher, die Antwort zu kennen. Wie erwartet nickte Osamente erneut.

»Der Hafenmeister hat gesagt, der Tote, also Kai Polder, wäre Mediziner. Wir müssen ganz genau wissen, was er beruflich gemacht hat. Schnell.«

Pall zückte sein Handy.

Osamente ging noch einen Schritt näher auf die Leiche zu und beugte sich vor. Mit ihrer behandschuhten Hand fuhr sie langsam über den Hals des Toten.

»Eine Einstichstelle«, stellte sie fest. »An der Halsvene, genau wie bei den anderen beiden männlichen Opfern.«

Olofsens Gedanken begannen zu rattern.

»Die gleiche Vorgehensweise«, sagte er mehr zu sich selbst als zu seinen Kollegen. »Aber nicht draußen auf einer Sandbank, sondern direkt in einer Marina. Entweder der Täter gewinnt an Selbstsicherheit, benötigt nicht mehr die Einsamkeit einer Sandbank bei Niedrigwasser, oder der Ort des Tötens ist nicht von entscheidender Wichtigkeit, solange es auf dem Boot des Opfers erfolgt.«

Pall nickte anerkennend. »Sheriff Schlammschuh bei der Arbeit.«

Olofsen bedachte ihn mit einem grimmigen Blick, ging aber nicht weiter auf die Bemerkung ein. »Warum auf Booten?«

Pall zuckte mit den Schultern. Plötzlich wurde er kalkweiß. Olofsen drehte sich um und sah, wie Osamente, mit einem Knie auf dem Bett, einen Finger in den Mund des Opfers steckte.

»Nehmen Sie Ihre Griffel da weg«, zischte Pall.

Aber Olofsen hatte sofort begriffen, was Osamente vorhatte, und brachte Pall mit einem Wink zum Schweigen.

Triumphierend hielt sie einen kleinen, schwarzen Gegenstand hoch. »Ich hab's gewusst. Wieder eine Mikro-SD-Karte unter der Zunge des Opfers.«

»Wir müssen wissen, was da drauf ist«, stellte Olofsen fest. Dann blickte er zu Pall. »Auf die Schnelle: Was ist hier passiert?«

»Meiner ersten Einschätzung nach wurde Polder hier überfallen, besser gesagt überrumpelt, denn es scheint keinen Kampf gegeben zu haben. Anschließend wurde das Opfer gefesselt.«

Olofsen nickte. »Und danach wurde das Video aufgezeichnet, das wir ziemlich sicher auf der Speicherkarte finden werden, die Dottoressa aus dem Mund des Toten gezaubert hat.«

»Abschließend wurde er umgebracht. Sehr wahrscheinlich per KCl-Injektion«, vollendete Osamente die Bestandsaufnahme.

Palls Handy meldete sich. Nach einem kurzen Gespräch drehte er sich zu seinen Kollegen um. »KP Diagnostics GmbH. Kai Polder gehörte der Laden.«

Olofsen zog die Augenbrauen hoch. »Was ist das für eine Firma?«

»Ein Labor für medizinische Diagnostik in Bremerhaven«, erklärte ihm Pall. »Die sind spezialisiert auf mikrobiologische und virale Diagnostik.«

Olofsen wusste nicht, wie er diese Information einordnen sollte. Schließlich suchten sie einen Täter mit medizinischen und labortechnischen Kenntnissen, nicht ein Opfer. »Die Präsentation der Opfer scheint etwas zu bedeuten«, vollzog Olofsen einen Gedankenschwenk und deutete auf Polder. »Der Labormensch hat eine Pipette auf den Beinen liegen. Bei Einbaum und Bechmann passten die zugefügten Gegenstände ebenfalls wie die Faust aufs Auge. Aber was ist mit der Reihenfolge der Morde? Ist das nur Zufall, oder hat auch sie eine Bedeutung?«

»Möglicherweise hat sich die Reihenfolge nur aus der praktischen Notwendigkeit ergeben«, antwortete Pall.

Olofsen schaute ihn fragend an.

»Er musste die Einbaums als Erste umbringen, sonst wären sie nach Helgoland verschwunden. Als Nächste mussten die Bechmanns an die Reihe kommen, bevor sie sich nach Hamburg aufmachten. Und jetzt eben Polder.«

»Das macht Sinn«, stimmte Olofsen zu. »Mein Bauchgefühl sagt mir trotzdem, dass die Reihenfolge noch eine weitere Bedeutung hat und nicht nur die Konsequenz praktischer Erwägungen ist.«

Pall verzog das Gesicht. »Mit Bauchgefühlen habe ich wenig am Hut.«

Olofsen nestelte sein Smartphone aus der Tasche. Mit ungeschickten Fingern fummelte er es aus der Schutzhülle heraus und öffnete einen Schlitz an der Seite. Dann bat er Osamente, ihm die Speicherkarte zu geben. Er steckte sie in den Mikro-SD-Slot seines Telefons.

»Schlauer Junge«, konstatierte Osamente anerkennend und zwinkerte Olofsen zu.

Olofsen starrte angestrengt auf sein Handy. Die Osamente schaffte es ein ums andere Mal, ihn aus dem Gleichgewicht zu bringen – selbst in einer Situation wie dieser –, und er hatte das Gefühl, rein gar nichts dagegen unternehmen zu können.

Er öffnete die Video-App, um den Film von der Karte zu starten. Ein aschfahles Gesicht erschien auf dem Display des Telefons, dazu erklang eine blecherne Stimme aus dem kleinen Lautsprecher. »Mein Name ist Kai Polder. Ich habe den Tod verdient, denn ich höre auf Lügen und zerstöre Existenzen. 1482016.«

Der Kai Polder auf dem Display wiederholte diese Sätze noch drei Mal, dann endete das Video. Olofsen, Osamente und Pall sahen sich an.

»Er hört auf Lügen und zerstört Existenzen?«, fragte sie.

Olofsen schnippte mit den Fingern. »Was es bedeutet, weiß ich auch nicht. Aber es verdichten sich die Hinweise auf ein Motiv.«

»Rache«, sagte Pall mit kalter Stimme.

***

Er hatte den letzten Teil seiner Geschichte erzählt, nun würde er nur noch ein weiteres Video aufnehmen und alles für den Upload vorbereiten. Sein Plan kam auf die Zielgerade. Bislang hatte alles hervorragend funktioniert.

Früher war es ihm immer schwergefallen, sich einer Auseinandersetzung zu stellen. Er war loyal, wollte von allen gemocht werden, schloss sich der Meinung der Gruppe an, hängte sein Fähnchen nach dem Wind. Bis *sie* ihn reingeritten hatte. Und plötzlich hatten alle mit dem Finger auf ihn gezeigt.

Was hatte er denn schon gemacht? Was war denn so schlimm daran gewesen, dass er sie berührt hatte? Dass er einmal den Arm um sie gelegt hatte? Außerdem waren ihre Signale für ihn eindeutig gewesen. Aber dieses Miststück hatte ihn reingeritten. Und nun: Schluss mit der Loyalität. Kein Fähnchen mehr im Wind. Die Fahne war zerrissen, und der Flaggenstock diente als Knüppel.

Er drehte sich um und betrachtete den Bilderrahmen an der rückwärtigen Wand. Die Kugelbake im goldenen Licht des Sonnenaufgangs. Das Bild hatte er vor Jahren von seiner »Sonnenvogel« aus gemacht. Entlang des unteren Bildrands hatte er noch mehrere weitere, kleinere Fotos eingelegt. Eines zeigte die Alte Liebe von der Seeseite aus gesehen, ein anderes den kleinen Hafen von Spieka-Neufeld in der Dämmerung. Auf dieses Bild war er besonders stolz. Diese Bilder waren für ihn die Essenz von Heimat. Sie flüsterten ihm immer wieder einen einzigen Satz zu: »Du gehörst hierher.«

Er hatte es immer gewusst. Schon als er noch ein kleiner Junge war und mit seinen Eltern in den Sommerferien in die Berge fahren musste. Papa hatte immer gesagt, man müsste doch auch mal etwas anderes sehen. Er hatte sich mit diesem Gedanken nie anfreunden können. Warum sollte er etwas anderes sehen, wenn doch hier alles war, was er sehen wollte? Er gehörte hierher, nirgendwo anders. Das Studium in Hamburg war noch okay gewesen, aber weiter wegfahren zu müssen glich einer Strafe.

Seine Gedanken machten eine Rolle rückwärts. Sie waren wieder bei *ihr*. Sie war die Nächste in seinem Plan. Bald würde sie die klare Kante zu spüren bekommen. Dieser verlogene Einbaum hatte sie schon gespürt, der widerliche Bechmann auch. Und Polder. Nun war sie an der Reihe.

Doch jetzt war Vorsicht das oberste Gebot. Das vorzeitige Ableben von Polder würde die Polizei auf seine Spur bringen. Jetzt würde sich zeigen, wie gut seine Gegenmaßnahmen funktionierten. Wenn alles klappte, und davon ging er aus, gab es für ihn nur noch eines zu tun, aber davor hatte er keine Angst mehr. Im Gegenteil. Er war vorbereitet, wollte diesen Schritt gehen, hatte sich eingehend damit beschäftigt, hatte wieder und wieder Videos gesehen, Interviews und Reportagen studiert, war in sich gegangen. Es war richtig. Es gab keinen anderen Weg.

***

Olofsen stand auf dem Steg. Osamente war noch in der Kabine geblieben, was Pall zwar nicht gefiel, was er aber in Anbetracht des Drucks, unter dem sie alle standen, akzeptierte.

Olofsen entdeckte immer mehr neugierige Gesichter auf den umliegenden Booten. Er fluchte leise vor sich hin. Während in der vergangenen Nacht ein Mann in der Kabine seines Bootes sterben musste, wurde um ihn herum wahrscheinlich fröhlich der Abend genossen.

Er pellte sich aus dem Einmaloverall, nahm Greiner beiseite, der die Besatzungen der umliegenden Boote befragte, und berichtete ihm von der neuesten Videobotschaft.

Greiner dachte angestrengt nach. »1482016? Eins, vier, acht, nein, vierzehn, acht … das klingt mir fast wie ein Datum. 14. August 2016.«

Olofsen stampfte kurz mit den Füßen auf. »Ein Datum! Richtig – warum bin ich da nur nicht selbst darauf gekommen?«

»Keine Ahnung«, beschied ihm Greiner. »Viel wichtiger ist aber, dass wir jetzt herausfinden, was an diesem Datum so wichtig ist.«

»Du sagst es«, antwortete Olofsen. »Das ist dein Job. Und finde möglichst viel über eine Firma namens KP Diagnostics GmbH heraus. Kai Polder war der Chef. Vielleicht gibt es sogar einen Zusammenhang zwischen dem Mord, dem Datum aus dem Video und dieser Firma.«

Während Greiner sich den Namen notierte, sah er einen der Streifenbeamten im Eilschritt über den Steg laufen.

»Kommissar Olofsen«, rief dieser aufgeregt. »Sie müssen sofort nach oben kommen. Es gibt einen Augenzeugen.«

»Was? Wer?« Olofsen war schon unterwegs.

Wieder zurück am Bürowohnwagen des Hafenmeisters, zeigte der Beamte auf einen untersetzten Mann in zerschlissener Seglermontur, mit grauen Haaren, Rauschebart und randloser Brille, der aussah, als wäre er gerade erst von einer Weltumsegelung zurückgekehrt.

Olofsen ging auf ihn zu. »Moin. Olofsen, Kripo Cuxhaven. Mir wurde gesagt, Sie wären ein Augenzeuge.« Er zog den anderen Mann von der Gruppe der Umstehenden weg.

»Ja. Obwohl ›Augenzeuge‹ übertrieben ist. Mein Segelboot liegt da drüben.« Er zeigte auf einen gut zwölf Meter langen Segler mit gebürstetem Aluminiumrumpf und jeder Menge Ausrüstung an Deck. »Ich bin erst gestern von einem mehrmonatigen Törn zurückgekommen, war in der Karibik.«

Olofsen zog eine Augenbraue nach oben. »In der Karibik? Mit dem Bötchen sind Sie über den Atlantik geschippert? Hätten Sie mir das vorher gesagt, hätte ich Sie zum Schutz vor sich selbst verhaftet.«

Beide mussten schmunzeln. Olofsen wollte eine möglichst lockere Atmosphäre schaffen, da Zeugen dann ungezwungener redeten.

»Das ist absolut wunderbar. Nur ich, mein Boot und die See.« Er blickte verträumt in die Ferne. »Aber darüber wollen Sie bestimmt nicht mit mir sprechen.«

»Nein«, erwiderte Olofsen. »Was haben Sie beobachtet?«

»Gestern am späten Nachmittag habe ich einen Mann gesehen, der auf das Boot gegangen und nicht wieder heruntergekommen ist. Und nein, es war nicht der Eigner – den kenne ich, auch wenn ich lange Zeit unterwegs war.«

»Warum haben Sie nicht nachgeschaut, wer der Fremde war?«, fragte Olofsen. »Können Sie diesen Mann beschreiben?«

»Was geht mich das an, habe ich gedacht. Beschreiben?

Hm ... Ich habe ja nicht neben ihm gestanden, sondern mich um mein Boot gekümmert.«

Olofsens Mundwinkel zogen nach unten. Das hatte er befürchtet. »Versuchen Sie es trotzdem.«

Der andere Mann kratzte sich hinter dem Ohr. »Fünfzig oder etwas darüber. Vielleicht auch ein bisschen jünger. Groß gewachsen, schlaksige Figur.«

»Trug er eine Brille? Oder einen Bart? Was hatte er an?« Olofsen war sich nicht sicher, was er von dem bislang Gehörten halten sollte. Es passte auf einen großen Teil der männlichen Bevölkerung des Cuxlandes.

»Eine Sonnenbrille. Und einen Bart. So einen Oberlippenbart wie damals in den Achtzigern.« Er blickte abermals nostalgisch in die Ferne. »Was hatte er an? Eine schlecht sitzende Jeans. Die Schuhe konnte ich nicht erkennen. Und ja, einen Pullover mit langen Ärmeln, dunkelblau oder grau, vielleicht auch grün oder braun. Das hatte mich gewundert. Ich meine, warum läuft jemand bei diesem herrlichen Wetter in einem Pullover herum?«

»Vielleicht um sich ganz bewusst unkenntlich zu machen«, sagte Olofsen enttäuscht. Mit dieser Beschreibung ließ sich rein gar nichts anfangen. »Vielen Dank für Ihre Hilfe.« Olofsen drehte sich um und ließ den verdutzten Mann stehen.

Er kehrte zum Wohnwagen des Hafenmeisters zurück. Der saß mittlerweile auf einer Gartenbank davor und nippte an einem Becher Instantkaffee. Als er Olofsen kommen hörte, blickte er auf.

»Wie es scheint, geht es Ihnen besser«, begann Olofsen das Gespräch.

Sven nickte. Olofsen fasste für ihn die gerade erhaltene vage Beschreibung des Täters zusammen. »Passt das auf jemanden, den Sie kennen?«

Sven machte eine undefinierbare Kopfbewegung. »Nein. Ich kenne zwar viele, aber nicht alle Leute, die hier herumlaufen.«

Olofsen ballte die Fäuste. Das ist doch alles witzlos, dachte er. Von hinten hörte er Schritte. Er drehte sich um und sah Pall und Osamente auf sich zukommen. Von Walberg war keine Spur zu sehen.

»Ich kann so nicht arbeiten«, verkündete Pall. »Der blöde Kahn schaukelt wie eine Achterbahn. Hier können wir den Leichnam auch nicht von Bord nehmen.«

»Und was soll ich da machen?«, platzte es aus Olofsen heraus. Langsam wurde ihm alles zu viel. Überhaupt keine Fortschritte, jeder nervte ihn.

»Woher soll ich das wissen?«, blaffte Pall zurück. »Du bist der leitende Ermittler. Also leite. Ich warte.«

»Jungs, jetzt mal ruhig!«, warf sich der Hafenmeister zwischen die beiden Streithähne. »Wenn ihr euch gegenseitig so angeht, ist es doch kein Wunder, dass ihr nichts in die Reihe kriegt.«

Olofsen und Pall machten große Augen. Sie fühlten sich wie von ihrem Klassenlehrer gemaßregelt, mussten aber zugeben, dass Sven recht hatte. Osamente grinste diebisch.

»Ihr könnt das Boot von Kai sowieso hier nicht so liegen lassen. Schon gar nicht, wenn eure Leute die Stege absperren und in weißen Anzügen herumrödeln«, fuhr Sven fort. »Fürs Wochenende hat sich eine Seglerarmada aus Hamburg angekündigt. Die wollen hier mit zwanzig Booten einfallen. Da brauch ich jeden Liegeplatz und vor allem kein Chaos.«

»Wir müssen das Boot kriminaltechnisch untersuchen«, erwiderte Olofsen mit wichtigem Gesichtsausdruck. »Da müsst ihr wohl durch.«

Sven wiegte den Kopf. »Ich habe da eine Idee.«

Olofsen war neugierig. Nachdem Sven es ihm erklärt hatte, hellte sich seine Miene auf. »Martin, komm mal kurz rauf«, brüllte er in Richtung des Stegs, an dem Kai Polders Boot lag. Dutzende Köpfe drehten sich in seine Richtung.

Als Greiner bei ihnen war, erklärte Olofsen den Vorschlag des Hafenmeisters.

»Wann geht es los?«, erkundigte sich Greiner.

Olofsen schaute auf die Uhr. »In einer halben Stunde. Das

Wasser läuft ab, und sobald die Wasserstände passen, wird Sven mit seinem Boot das Schiff vom Polder durch die Schleuse in den Hadelner Kanal schleppen und dort am Bootshaus festmachen. Da gibt es einen Kran. Mit dem können wir das Boot aus dem Wasser heben, auf einen Trailer setzen und in die Bootshalle schieben. Die ist jetzt sowieso leer, weil die Boote alle im Wasser sind.«

»Wir holen Polder erst in der Halle aus dem Boot und bringen ihn zur Obduktion«, ergänzte Greiner.

Sven erhob sich. »Ich organisiere uns noch ein paar helfende Hände. Atze und Axel sind auf ihren Booten, die helfen bestimmt.«

Alles funktionierte wie geplant. Das Abschleppen des Bootes verlief problemlos, selbst die Einfahrt in die Kanalschleuse, die durch einen kurzen, engen Tunnel im Deich führte. Am Kran vor dem Bootshaus wartete bereits ein Mann, der sich als Axel vorstellte. Als das Boot an den Tragegurten in der Luft schwebte, schoben weitere Helfer einen Trailer in die richtige Position, sodass es schnell auf die Blöcke abgesenkt werden konnte. Kaum stand das kleine Motorboot sicher, fuhr Atze mit einem kleinen Traktor vor und zog den Trailer samt Schiff und dem toten Kai Polder darin in die Bootshalle. Vor neugierigen Blicken geschützt machte sich Pall sofort an die Arbeit. Natürlich hatte sich in der Zwischenzeit eine größere Gruppe Neugieriger eingefunden, denn das Schleppen eines Bootes in die Schleuse war schon etwas Besonderes. Dazu so viel Polizei in weißen Schutzanzügen, Rettungswagen, Notarzt. Und jetzt fuhr auch noch ein Leichenwagen vor.

»Schafft die Leute hier weg«, brummte Olofsen mürrisch.

»Die müssen doch gaffen und Fotos machen«, sagte Greiner. »Heute Abend kannst du auf Facebook nachlesen, was wir gemacht haben.«

»Kümmere du dich jetzt mal um die KP Diagnostics GmbH. Begleite danach bitte auch die Obduktion von Polder«, trug ihm

Olofsen auf, ohne auf dessen ironische Bemerkung einzugehen. »Ich muss mal in Ruhe nachdenken. Wir treffen uns später in der Inspektion.«

Greiner drehte sich um, und Olofsen ließ sich ins Gras neben dem Bootshaus fallen. Er war völlig erschöpft, sein Kopf war leer. Trotz des leichten Windes und der warmen Sonnenstrahlen fühlte er sich wie von kalten Wogen überrollt. Alles an diesem Fall drehte sich im Kreis, manches schien zwar einen Sinn zu ergeben, nur hatte keiner eine Ahnung, welchen.

ELF

Mittwoch, 5. September, Nachmittag

Julia Engels suchte in den Küchenschränken nach angebrochenen Lebensmittelpackungen, die sie morgen auf ihren Bootstörn mitnehmen konnten. Sie mochte es nicht, zu Hause Essbares schlecht werden zu lassen, nur weil sie für ihre Reise alles neu eingekauft hatten. Eine große Tasche hatte sie bereits gefüllt, nun nahm sie sich die zweite vor.

Sie freute sich riesig. Erst seit gut vier Wochen hatten sie das neue Boot. Claas und sie hatten lange dafür gespart, jeden Euro zur Seite gelegt, den sie erübrigen konnten. Mit der Erbschaft von Claas' verstorbenem Vater hatte es endlich gereicht, und sie hatten ihren Traum wahr gemacht, ihr sechs Meter langes Bötchen zu einem guten Preis verkauft und sich das neue, fast doppelt so große Schiff gekauft. Morgen sollte es auf den ersten längeren Törn in die Ostsee gehen.

Die Türklingel ertönte, und Julia sah überrascht auf. Sie ging zur Sprechanlage an der Tür und fragte, wer da sei.

»Post. Ein Paket für Julia Engels«, kam es krächzend aus der Gegensprechanlage.

Julia war verwundert. Sie erwartete doch gar nichts. Claas hatte auch nicht gesagt, dass heute noch ein Paket ankommen würde. Sie drückte den Türöffner. Einige Augenblicke später öffnete sie die Wohnungstür und erspähte den Paketboten auf dem letzten Treppenabsatz. In der Hand hielt er ein Paket von der Größe eines Schuhkartons.

»Julia Engels?«, fragte er, als er die Tür erreicht hatte.

Julia nickte und nahm das Paket entgegen. Sie quittierte den Empfang, schloss die Tür hinter sich und warf einen Blick auf den Absender. »AB Vollstreckungsservice, Himmelpforten.« Das sagte ihr gar nichts. Sie schüttelte das Paket ein wenig, konnte aber nichts hören, was auf den Inhalt schließen ließ. Schwer war der Karton auch nicht.

In der Küche schnitt sie das Klebeband mit einem langen Messer auf. Sie öffnete den Deckel des Paketes und legte die Stirn in Falten. Nichts. Der Karton war leer. Verwundert schaute sie unter den Tisch – vielleicht war ja beim Öffnen etwas herausgefallen. Aber auf dem Boden lag nichts. Julia blickte erneut in den leeren Karton. Dann entdeckte sie kleine, mit schwarzem Filzstift auf den Boden des Kartons geschriebene Buchstaben. Sie musste den Karton drehen, um sie lesen zu können.

»So sieht es aus, wenn nichts mehr da ist«, entzifferte sie die erste Zeile. Darunter folgten weitere Worte: »Bald gehen wir auf die Reise!«

Schlagartig begannen ihre Knie zu zittern, sie musste sich an der Tischkante abstützen. Angst stieg in ihr auf, auch wenn sie nicht wusste, wovor sie sich fürchtete. Erst die leeren Briefe und nun dies. Kraftlos ließ sie sich auf einen Küchenstuhl sinken. Ihr Herzschlag hatte sich vervielfacht, eine Träne lief ihr über die Wange. Die Vorfreude auf den Urlaub war verflogen.

Sie benötigte fast eine halbe Stunde, um sich zumindest so weit zu beruhigen, dass sie wieder geradeaus denken konnte. Wer war das nur, der ihr da drohte? Sie kannte niemanden aus Himmelpforten, wusste nicht einmal, ob das vor oder hinter Stade lag. Sie griff nach ihrem Handy und öffnete Google im Webbrowser. Der Suchbegriff »AB Vollstreckungsservice« brachte keine Treffer. Der Absender war ein Fake. Die Angst kehrte zurück.

Sie rief Claas im Büro an. In schnellen, erstickten, fast hysterischen Worten erzählte sie ihm, was geschehen war. Er versprach, sofort nach Hause zu kommen und mit ihr zur Polizei zu gehen, um Anzeige zu erstatten. Das klang nach einem Plan. Sie biss die Zähne zusammen. Wer auch immer dieser Scheißkerl war, er würde sie nicht kriegen! Nein! Sie griff nach einer Packung Spirelli und feuerte sie in die Tasche, die sie gerade packte. Die Packung verfehlte die Tasche, platzte an der Tischkante auf, und fünfhundert Gramm Nudeln verteilten sich in der ganzen Küche.

***

»Was wird das denn jetzt?«

Als er die Stimme hörte, öffnete Olofsen die Augen und sah Greiner über sich stehen. Etwas peinlich wurde ihm bewusst, dass er noch immer im Gras neben dem Bootshaus lag.

»Eine buddhistische Entspannungsübung«, erklärte Olofsen und stand langsam wieder auf. »Leert den Geist und manchmal auch die Blase. Letzteres aber nur bei Anfängern, nicht bei mir. Wieso bist du eigentlich noch hier?«

Greiner zeigte ihm den Vogel. »Ich hatte noch etwas mit Frank zu klären.«

Die beiden gingen zurück zu ihren Wagen, die noch am Yachthafen standen. An der Straße oberhalb des Bootshauses hatten sie einen grandiosen Blick über das Deichvorland mit dem weiß-rot gestreiften Oberfeuer Otterndorf, das den Schiffen auf der Elbe den Weg wies. Auf den Wiesen grasten zottelige braune Rinder, kleine Schäfchenwolken zogen über den Himmel, Schiffe aller Größen waren auf der Elbe unterwegs. Durch ein Gatter betraten sie die Deichkrone und gingen weiter.

»Ich wünschte, ich hätte die Zeit, einfach nur die Gegend zu genießen und nicht nur hinter bösen Buben herzurennen«, sagte Olofsen. Er blieb stehen und drehte sich einmal um sich selbst. Unterhalb des Deiches waren Radfahrer unterwegs. Von irgendwo drangen fröhliche Kinderstimmen zu ihnen.

»Auch wenn ich mich immer wieder über die Touris aufrege – eigentlich kann ich sie verstehen.«

Greiner blickte ihn erstaunt an.

»Immerhin leben wir hier, wo andere Urlaub machen. Das ist doch ein Privileg. Auch wenn ich manchmal die Hälfte der Touristen mit den Eiern an die Kugelbake nageln könnte, ich möchte hier nicht mehr weg.«

»Nur die Hälfte?«, fragte Greiner amüsiert. »Was hast du mit den anderen vor?«

Olofsen sah ihn verwirrt an. »Schluss mit dem sentimentalen Quatsch. KP Diagnostics heißt deine Aufgabe. Abmarsch!«

Sie erreichten den Parkplatz am Restaurant Elbterrassen. Dicht an dicht standen hier die Autos, dazwischen wuselten Frauen und Männer herum, die sich mit ihren Kindern, Hunden und Sandspielzeug auf den Weg zu dem kleinen Sandstrand machten.

Nachdem Olofsen sich am Bootshaus hatte ins Gras fallen lassen, hatte er mit sich gekämpft, ob er Paula anrufen, das Treffen in Altenbruch absagen oder sie fragen sollte, ob sie schon eher Zeit habe. Sein schlechtes Gewissen hatte ihm einzureden versucht, auf keinen Fall Zeit für einen privaten Kaffeeklatsch zu haben, sein pflichtbewusstes Ermittlerherz dagegen fragte, ob er noch alle Tassen im Schrank hatte, dies überhaupt in Erwägung zu ziehen. Eine andere, fast unbekannte Stimme flüsterte: Warum denn nicht? Im Moment kannst du sowieso nichts machen. Pall untersucht die Spuren, Greiner recherchiert, die Rechtsmediziner bereiten die Obduktion vor. Also gönn dir eine kurze Auszeit, um anschließend umso klarer denken zu können. Außerdem ist Paula eine tolle Frau.

Er hatte Gewissen und Ermittlerherz beiseitegeschoben und Paulas Nummer gewählt. Sie hatte sich über seinen Anruf gefreut. Klar könnten sie sich schon eher treffen. Sie werde in einer halben Stunde in Altenbruch sein. Olofsens Herz hatte einen Sprung gemacht, er hatte die Augen wieder geschlossen, und plötzlich war Greiner über ihm aufgetaucht.

Olofsen fädelte sich durch die Straßen Otterndorfs, zunächst vorbei am alten Schulgebäude, dann am Gebäude der Volkshochschule. Bei Aldi bog er rechts ab, überquerte die Bahngleise und war schon auf dem Zubringer zur B 73. Er fuhr nicht schnell, denn anders als in den letzten beiden Tagen war er nicht in Eile. Auf der B 73 war kaum Verkehr, und Olofsen nutzte die Gelegenheit, etwas abzuschalten.

Jedoch gelang es ihm nicht, das letzte Video ging ihm nicht aus dem Kopf. Immer wieder kehrte die Frage in seine Gedanken zurück, wie Kai Polder eine Existenz zerstört haben mochte. Dass der Mörder dabei seine eigene Existenz meinte, lag für Olofsen auf der Hand. Diese Zahl, das Datum im August 2016, war der Schlüssel. An dieser Stelle machten Olofsens Gedanken eine Schleife und starteten von vorne. Er kam einfach nicht weiter, er musste diese Schleife durchbrechen. Aber wie?

Tatsächlich war er zu früh in Altenbruch und beschloss, zunächst bei der Sparkassenfiliale schräg gegenüber dem Café Löwenzahn etwas Geld zu holen und eine Runde um die Kirche zu laufen. Er bewunderte die massive und doch elegante Bauweise des Gebäudes und erinnerte sich, dass die Ursprünge der St.-Nicolai-Kirche aus dem 13. Jahrhundert stammten. Das Bauwerk war einer der drei Bauerndome in der Gegend. Allerdings war er sich nicht sicher, welche die anderen beiden Kirchen waren. Er würde das bei Gelegenheit einmal nachlesen müssen.

Als er seine Runde beendet hatte und sich wieder dem Café näherte, sah er sie. Er blieb stehen und schluckte. War das echt? War er wirklich mit dieser Frau verabredet? Er, der griesgrämige, meist übermüdete Stinkmuffel, der es regelmäßig schaffte, Freunde binnen kürzester Zeit zu vergraulen? Aber vielleicht war er jetzt so weit. Vielleicht hatten das Cuxland, Sonne, Strand und Meer einen guten Einfluss auf ihn.

Als hätte sie seine Blicke im Rücken gespürt, drehte sie sich um und winkte ihm zu.

»Hallo, Arne«, rief sie.

Seine Ermittlungen, die ihn noch Augenblicke zuvor beschäftigt hatten, waren vergessen. Sein Mund war ganz trocken.

»Hallo.« *Mehr fällt dir nicht ein? Idiot.* »Auch schon da?«, krächzte er. *Grundgütiger.*

»Was ist mit deiner Stimme passiert?«, fragte sie überrascht.

Olofsen hustete und bemühte sich, von irgendwoher Spucke zu bekommen, damit sein Mund und sein Rachen wieder feucht wurden. »Ich habe mich nur verschluckt.«

Sie lächelte. »Wollen wir?«

Olofsen öffnete die Tür und ließ sie eintreten.

»Obwohl ich schon seit einigen Jahren in Cuxhaven wohne, war ich noch nie hier«, sagte sie, als sie sich in dem gemütlichen kleinen Lokal umsah.

An den Wänden hingen gerahmte Fotografien mit Schiffs- und Hafenmotiven der Umgebung. Mehrere einladende Tischgruppen waren im Raum verteilt, weiter hinten wartete in einer Theke eine große Kuchenauswahl.

»Tolle Bilder«, sagte sie sichtlich beeindruckt.

»Es gibt hier immer wechselnde Ausstellungen lokaler Künstler«, sagte Olofsen in der Absicht, ein bisschen mit seinem Wissen zu glänzen. Nicht, dass er schon einmal deswegen hierhergekommen wäre, aber er hatte es in der Zeitung gelesen.

»›Bordwände‹«, las sie auf einer Beschreibung der Ausstellung. »›Hafenmotive aus Cuxhaven und Umgebung‹. Das ist toll.«

Olofsen deutete auf einen Tisch am Fenster, und sie setzten sich. Kurz darauf wurden sie gebeten, sich den Kuchen direkt an der Theke auszusuchen. Löwenzahntorte, Espressotarte, Käsekuchen. Olofsen lief das Wasser im Mund zusammen, ein sicheres Zeichen dafür, dass sich die Unruhe in seiner Bauchgegend schlussendlich verflüchtigt hatte.

Nachdem sie Kuchen und heiße Getränke ausgewählt hatten – Olofsen hatte sich für ein Kännchen Ostfriesentee und seine Begleiterin für einen Cappuccino entschieden –, saßen sie wieder an ihrem Platz.

»War es ein anstrengender Tag?«, begann sie ein Gespräch und blickte ihn interessiert an.

Olofsens Augen leuchteten. »Im Moment ist es schlimm. Diese Mordserie hält uns in Atem, ich finde kaum Zeit zum Luftholen, geschweige denn zum Essen und zum Schlafen. Purer Stress.« Überraschenderweise kam es ihm gar nicht in den Sinn, den harten Mann zu markieren und alles herunterzuspielen.

Sie musterte ihn ausgiebig. »Das ist gar nicht gut.«

Olofsen nickte.

»Aber dein Mörder ist nicht der ursächliche Grund für deinen Stress.«

Olofsen war erstaunt. »Und was ist die Ursache?«

»Der Hauptgrund für Stress ist der tägliche Umgang mit Idioten«, sagte Paula mit ernstem Gesicht und in Falten gelegter Stirn.

Olofsen machte große Augen. Dann musste er lachen.

»Albert Einstein soll das gesagt haben. Da wird er wohl recht haben, schließlich war er ein extrem schlauer Mensch«, fügte sie lachend hinzu.

Ihr Kuchen kam, und das sich gerade entwickelnde Gespräch geriet ins Stocken.

»Echt lecker«, stellte sie mit vollem Mund fest, nachdem sie den Kuchen in Windeseile verputzt hatte. »Ich fürchte, ich muss mir noch ein zweites Stück genehmigen.«

Olofsen nickte. Noch ein Stück Kuchen musste her. Aber fix.

Sie redeten, tranken Tee und Kaffee, aßen Kuchen. Er erzählte von sich und seiner Arbeit bei der Kripo, verzichtete aber auf das Vorführen alter Schusswunden und Narben. Sie erzählte ihm, dass sie zuerst eine Ausbildung in der Krankenpflege absolviert, danach Medizin und Biologie studiert hatte. Sie hatte unbedingt nach Cuxhaven gewollt, hier aber keine passende Stelle gefunden. Um hierbleiben zu können, hatte sie dann eine Stelle im Cuxhavener Krankenhaus angenommen.

Olofsen war erstaunt. »Nur um hierbleiben zu können, hast du deine Studienabschlüsse zur Seite geschoben?«

Sie nickte. »Bescheuert, was?«

»Nein«, antwortete Olofsen. »Mittlerweile beginne ich zu verstehen, warum die Menschen nicht von der Küste wegwollen. Ich glaube, mir würde es auch schwerfallen, jetzt wieder in irgendeiner stickigen Großstadt zu arbeiten. Die Weite der See hat etwas Magisches an sich.«

Sie nippte versonnen an ihrem Cappuccino. »Erzähl mir ein bisschen von den Mordfällen.«

Olofsen zögerte. Paula war eine Außenstehende. Er durfte mit ihr eigentlich nicht über Ermittlungsinterna sprechen.

Sie schien seine Bedenken zu spüren. »Natürlich keine geheimen Sachen, ich bin nur neugierig. Vielleicht finde ich ja den Killer für dich.« Sie grinste schelmisch.

»Warum eigentlich nicht?«, sagte Olofsen. »Unter einer Bedingung, und die ist sehr ernst. Du darfst niemandem davon erzählen. Ich will hier keine Serienmörder-Panik im Cuxland.«

Er sah ihr in die Augen, während sie nickte, und entschied, dass er sich auf sie verlassen konnte. Dann begann er, die Ereignisse der vergangenen Tage zusammenzufassen. Die Verbrennungen von Joachim Einbaum ließ er aus, ebenso die Gegenstände, die sie bei den Toten gefunden hatten. Er erzählte ihr von den KCl-Injektionen und den Videos, erwähnte aber nicht, wo sie die Speicherkarten gefunden hatten.

»Das Schlimmste ist aber, dass ständig Kollegen krank werden. Immer wieder kommen dadurch die Ermittlungen ins Stocken, Informationen gehen verloren und werden spät weitergegeben. Wir sind in der Soko pausenlos unterbesetzt und nur selten auf dem aktuellen Stand der Dinge.«

Sie überlegte einen Moment. »Ihr rennt und rennt und rennt, aber ihr stoppt nicht, um nachzudenken.«

Olofsen musterte sie verwundert. Ihm war nicht klar, worauf sie eigentlich hinauswollte.

»Siehst du es denn nicht?«, fragte sie. »Euer Killer rennt nicht. Er geht geplant vor, Schritt für Schritt. Die Polizei ist immer einen Schritt zu spät – und rennt und rennt und rennt.«

»Bei den vielen kranken Kollegen müssen die übrigen eben rennen«, versuchte Olofsen, sich zu rechtfertigen.

»Und sie rennen und rennen. Also, wenn ich mal auf Serienkiller umschulen würde, würde ich so etwas in meinen Plan einbauen.«

Olofsen blickte sie erstaunt an. »Wie meinst du das?«

Sie dachte nach, bevor sie weitersprach. »Man muss seinen Gegner kennen. Das habe ich im Medizinstudium gelernt. Der Gegner war damals die Krankheit. Ich kann sie nur besiegen, wenn ich sie kenne, wenn ich weiß, was sie im Körper des Patienten anrichtet. Machen die Profiler nicht genau das? Sich in den Gegner hineinversetzen?«

Olofsen richtete sich auf. »Genau genommen ziehen sie aus den am Tatort sichtbaren Fakten Rückschlüsse auf Tathergang, mögliches Tatmotiv und Persönlichkeitsmerkmale. Sie sind keine Psychologen.«

Auch Paula spürte die plötzliche Spannung. »Ich muss meinem Gegner immer einen Schritt voraus sein. Damit das auch so bleibt, muss ich ihm, wenn nötig, Stolpersteine in den Weg legen. In der Medizin sind das die prophylaktischen Medikamente.«

»Du meinst also, diese Häufung von Magen-Darm-Grippe, die die Kollegen umnietet, ist kein Zufall?«

Paula schürzte die Lippen und machte eine unbestimmte Kopfbewegung.

Olofsen nahm einen Schluck Tee und verbrannte sich fast die Zunge. »Ablenkung durch Scheißerei«, sagte er gedankenverloren und zuckte zusammen, als ihm die Wortwahl bewusst wurde. »Sorry, ich meinte natürlich Diarrhö.«

Paula begann laut zu lachen. »›Scheißerei‹ trifft schon den Kern der Sache. Kein Problem, das Wort habe ich sogar auch schon mal benutzt.«

Olofsen grinste schief.

Dann sagte Paula: »Tatsächlich häufen sich seit eurer ersten Obduktion auch bei uns im Krankenhaus Fälle von Magen-Darm-Infektionen. Sowohl beim Personal als auch bei den Patienten. Ob das Zufall ist, kann ich nicht sagen. Aber es fällt auf. Die Putztruppe ist unentwegt unterwegs und desinfiziert jede Ecke, aber bis jetzt haben sie das Problem nicht unter Kontrolle bekommen.«

»Was ist das Problem?«, fragte Olofsen. Er fühlte ein Kribbeln im Bauch, das nichts mit Paula, dafür aber viel mit dem Fall zu tun hatte.

»Soweit ich es von den Weißkitteln mitbekommen habe, handelt es sich um ein Norovirus, ein ziemlich hartnäckiger Stamm«, antwortete Paula.

»Ein was?«, fragte Olofsen.

»Noroviren«, wiederholte Paula. »Kleine Fieslinge, die dafür sorgen, dass du viel Zeit auf der Toilette verbringst. Die Übertragung erfolgt im Regelfall durch Schmierinfektion. WC nicht sauber, Hände nicht gewaschen – und zack, schon hat es den Nächsten erwischt. An die molekularbiologischen Details erinnere ich mich jetzt leider nicht, das müsste ich nachlesen. Aber drei Dinge sind mir im Gedächtnis geblieben.«

Sie hob drei Finger, um ihre Worte zu unterstreichen. »Zum einen sind Noroviren in der Umwelt äußerst stabil. Man braucht nur wenige Viruspartikel aufzunehmen, damit es zu klinischen Symptomen kommt. Und es geht ruckzuck, bereits wenige Stunden nach der Infektion rennen die Betroffenen zum Pott. Häufig ist nach etwa vierundzwanzig Stunden der Spuk auch schon wieder vorbei.«

»Wie viele Fälle habt ihr im Krankenhaus?«, fragte Olofsen.

Paula dachte einen Moment nach. »Insgesamt bestimmt hundert Fälle. Die Damen und Herren vom Gesundheitsamt rennen auch schon eifrig im Kreis.«

Das Fragezeichen stand Olofsen ins Gesicht geschrieben.

»Infektionen mit Noroviren sind meldepflichtig«, erklärte sie.

Olofsen nickte abwesend. Diese letzte Information erschien ihm für seine Ermittlungen unwichtig. »Stabil, einfache Übertragung, schnell krank«, murmelte er vor sich hin. Plötzlich sprang er auf und lief auf die Straße. Draußen spürte er Paulas verwunderte Blicke im Rücken. Er zückte sein Handy und lief auf dem Vorplatz des Cafés auf und ab.

»Geh ans Telefon.« Seine Gedanken schlugen Purzelbäume.

Endlich meldete sich Walberg. »Moin, Sheriff Schlammschuh. Was darf es sein?«

»Hör mir genau zu«, sagte Olofsen in betont sachlichem Ton. »Ich möchte, dass ihr alle Leichen nachträglich auf Infektionen oder Kontaminationen mit Viren und Bakterien untersucht, insbesondere Noroviren. So schnell wie möglich. Nein, noch schneller.«

Einen Moment herrschte Stille. Dann sagte Walberg: »Hm, die Leichen sind sowieso voller Bakterien. Worauf willst du eigentlich hinaus?«

»Scheißerei«, antwortete Olofsen wie aus der Pistole geschossen.

»Noroviren. Rotaviren auch? Lass mich nachdenken, da würden wahrscheinlich auch ein paar Bakterien in Frage kommen. Aber Noro könnte schon gut passen.« Auch Walberg klang jetzt ruhig und sachlich.

»Du sagst es.«

»Geht klar«, sprach Walberg weiter. »Ich werde Osamente darauf ansetzen. Der schnellste Nachweis ist eine PCR. Bevor du fragst – das ist echte molekulare Diagnostik, den Rest erkläre ich dir später.«

Nach einer kurzen Pause fragte Walberg: »Ist dir klar, was es heißt, wenn du mit dieser Idee recht hast?«

»Ich fürchte, ja«, brummte Olofsen. Seine Laune war auf dem Weg in den Keller. Er beendete das Gespräch, machte ein paar weitere Schritte und rief Pall an.

»Frank«, begann er. »Du musst sofort Proben von sämtlichen Gegenständen nehmen, die sich in der direkten Nähe der drei männlichen Leichen befunden haben. Die Betonkugel, das Holzscheit und diese komische Pipette bei Polder. Schließ dich mit der Rechtsmedizin kurz, wie genau die Proben genommen werden müssen, damit sie molekularbiologisch untersucht werden können.«

»Ja, das kann ich nachher machen. Ich habe –«

»Nein, nicht nachher. Jetzt sofort, es ist verdammt wichtig.«

Pall schwieg einen Moment. »Ich verstehe zwar nicht, worauf du hinauswillst, aber okay. Sonst noch Wünsche?«

Olofsen drückte das Gespräch weg, ohne auf Palls Provokation einzugehen. Jegliches Interesse an albernen Streitereien war ihm abhandengekommen. Er kehrte ins Café zurück.

Paula saß nach wie vor am Tisch und beobachtete ihn neugierig.

»Ist dein Ermittlerinstinkt erwacht?«, fragte sie, als er sich wieder gesetzt hatte.

»Sorry«, sagte Olofsen, etwas verlegen. »Aber ja, ich glaube, du hast mir gerade ein paar Puzzlestücke an die richtige Stelle gelegt.«

Sie freute sich offensichtlich. Doch bevor sie ein weiteres Wort sagen konnte, meldete sich Olofsens Handy. Es war ihm sichtlich unangenehm, aber er nahm das Gespräch an. Es war Greiner.

»Was gibt es?«, fragte Olofsen.

»Ich habe einiges über KP Diagnostics herausgefunden. Wir sollten da sofort hin.«

»Und was?«

»Erzähl ich dir unterwegs«, beschied ihm Greiner. »Wo steckst du eigentlich?«

»In Altenbruch. Ich wollte sowieso gerade los«, wich Olofsen aus.

Zum Glück ging Greiner nicht weiter darauf ein. »Okay, dann treffen wir uns in zehn Minuten am Gemüseverkauf an der Ampelkreuzung B 73 und Cuxhavener Chaussee.«

»Alles klar. Bis gleich.« Olofsen beendete das Gespräch und sah Paula an. Er wollte sie nicht enttäuschen, aber er musste sofort aufbrechen.

»Alles gut«, sagte sie. »Du musst los, so viel habe ich mitbekommen. Schade zwar, aber es ist ja dein Job.«

»Ich hoffe, du bist nicht enttäuscht«, sagte Olofsen und schaute belämmert drein.

Sie lachte. »Nein, überhaupt nicht. Es war toll.«

Erleichtert atmete Olofsen auf. »Du bist eingeladen. Ich zahle. Keine Widerrede.« Er rauschte zur Theke, bezahlte und wollte schon aufbrechen, aber Paula hielt ihn noch einmal zurück.

»Es war wirklich sehr schön«, sagte sie lächelnd. »Melde dich doch nachher oder morgen, wenn du etwas Luft hast. Meine Nummer hast du ja. Ich würde mich sehr freuen.«

Ein seliges Lächeln zog sich über Olofsens Gesicht. Weihnachten mitten im Wahnsinn. Ostern. Alles zusammen.

***

Olofsen brauchte nur wenige Minuten, um von Altenbruch bis zum Treffpunkt zu gelangen. Er stellte seinen Wagen ab und wartete. Als Greiner eintraf, sprang Olofsen auf den Beifahrersitz, der Wagen wendete in einem rasanten Manöver und raste Richtung Autobahn.

Olofsen ließ das Seitenfenster herunter und setzte das Blaulicht auf das Dach.

»So macht das doch gleich viel mehr Spaß«, sagte er, als das Martinshorn ertönte.

Greiner überholte ein gemütlich dahintuckerndes Auto mit Recklinghäuser Kennzeichen. »Was hast du eigentlich in Altenbruch gemacht?«

»Nichts Besonderes. Nur nachgedacht«, antwortete Olofsen kurz angebunden und wechselte das Thema. »Was ist mit KP Diagnostics?«

»›KP‹ steht für ›Kai Polder‹«, sagte Greiner und überholte einen Lkw. »Ihm hat der Laden gehört.«

»Das wissen wir doch schon«, erwiderte Olofsen.

»Die machen Diagnostik für die umliegenden Krankenhäuser und Arztpraxen. In erster Linie Bakterien und Viren.«

Das war wichtig.

»Noroviren?«, fragte Olofsen.

Greiner sah ihn fragend an. »Weiß nicht. Warum?«

»Ist so eine Ahnung. Wusstest du, dass seit Kurzem die Zahl der Norovirusinfektionen im Cuxland rapide angestiegen ist? Mehr als hundert Fälle sind allein in der Cuxhavener Klinik erfasst worden. Und das seit Montag, also dem Tag, an dem wir die Einbaums tot auf ihrem Boot gefunden und im Krankenhaus obduziert haben.«

»Worauf willst du hinaus? Für Infektionsstatistiken ist das Robert-Koch-Institut zuständig und nicht die Polizeiinspektion Cuxhaven«, sagte Greiner mit einem schnellen Seitenblick auf seinen Kollegen.

»Das weiß ich selbst nicht genau. Lass uns erst sehen, was wir in diesem Labor ans Tageslicht fördern können. Aber warum meinst du eigentlich, dass wir dahin müssen?«

Greiner zögerte einen Moment. »Das ist auch so ein Gefühl. Irgendetwas sagt mir, dass wir dort einen entscheidenden Hinweis finden werden – je schneller, desto besser. Polder war der Chef. Er stellt Leute ein und kann sie auch wieder entlassen. Wenn man es auf die Spitze treibt, hätte er also Existenzen zerstören können.«

»Das hätten Einbaum und Bechmann auch gekonnt«, warf Olofsen ein. Aber er kannte dieses Bauchgefühl nur zu gut – nicht zu erklären, aber oft zielführend. Deshalb bohrte er nicht weiter nach. Mit seinem eigenen Bauchgefühl hinsichtlich der Noroviren verhielt es sich ja nicht anders.

Es vergingen zwanzig Minuten, bis die beiden im Fischereihafen auf den Parkplatz der KP Diagnostics GmbH fuhren. Das Labor war in einer der ehemaligen Fischhallen untergebracht. Als Olofsen aus dem Wagen ausstieg, fragte er sich, wie ein modernes Labor in ein altes, leicht schäbig wirkendes Backsteingebäude passen konnte. Im Fernsehen waren das immer Hightech-Tempel mit viel Glas, Edelstahl und seltsamen Kunstwerken.

In der Eingangshalle wurden sie bereits von einer tränenüberströmten Dame erwartet. Sie war um die fünfzig, einigermaßen elegant gekleidet und hatte ihre offensichtlich blondierten Haare zu einem Dutt mitten auf dem Kopf geknotet. Sie schniefte wenig damenhaft in ein Papiertaschentuch, als die beiden Polizisten eintraten.

»Kripo Cuxhaven, Arne Olofsen«, stellte Olofsen sich vor. »Das ist mein Kollege, Hauptkommissar Martin Greiner.«

Die Frau setzte ihre Brille wieder auf und schaute von einem zum anderen. Den Dienstausweis, den ihr Olofsen vor die Nase hielt, bemerkte sie nicht.

»Wir sind wegen des Todes von Herrn Kai Polder hier.«

»Schrecklich«, sagte sie und schniefte erneut in das Taschentuch. »Wir haben es erst vor einer guten Stunde erfahren. Herr Polder war ja auch im Urlaub, und so hat ihn hier niemand vermissen können. Wer tut denn so etwas? Herr Polder war so ein netter Mensch.«

»Haben Sie eine Idee, wer ihn umgebracht haben könnte?«, fragte Greiner ohne Umschweife. Falls die Frau einen Verdacht hatte, würde sie ihn in diesen Augenblicken der Trauer und Bestürzung ungefiltert aussprechen.

Die Frau wackelte allerdings nur mit dem Kopf, wobei der riesige Dutt bedrohlich ins Schaukeln kam. »Ich arbeite hier in der Verwaltung, heute ausnahmsweise lange, da ich vormittags einen Arzttermin hatte. Ich kann mir niemanden vorstellen, der Herrn Polder umbringen könnte.«

Und das Traumschiff läuft aus zu einer neuen Reise, rosa Sonnenbrillen und alkoholfreie Schirmchendrinks für alle, dachte Olofsen. »Keine Feinde, Konkurrenten, unzufriedene Geschäftspartner, die ihm ans Leder gewollt hätten?«

Sie schaute ihn verständnislos an.

»Wir würden gerne mit dem Laborleiter sprechen«, sagte Greiner. »Er müsste über unser Kommen informiert sein.«

Sie schluchzte noch einmal laut und bedeutete den beiden, ihr zu folgen. Unterwegs sah Olofsen sich neugierig um. Von innen wirkte das Gebäude tatsächlich höchst modern. Einige Wände und die Zwischendecke waren entfernt worden, um große, luftige Räume zu schaffen, die von modernen, dezent installierten Lampen mit warmem Licht durchflutet wurden. Olofsen überlegte, ob er seinem obersten Boss zur Verbesserung der Atmosphäre in der Dienststelle auch einige Wanddurchbrüche und neue Lampen vorschlagen sollte.

Die Dame blieb vor einer geschlossenen Milchglastür stehen und gab einen Zahlencode in das Gerät neben dem Türrahmen ein. Es summte und klickte, dann öffnete sich die Tür automatisch. Olofsen registrierte das gelb-schwarze Biohazardzeichen auf der Tür.

»Frau Dr. Karin Stander erwartet Sie bereits. Sie leitet das Labor. Andere Mitarbeiter sind nicht mehr im Hause.« Die Verwaltungsdame deutete auf ein Büro auf der rechten Seite.

Olofsen und Greiner betraten den Raum. Er war hell, überraschend klein und zweckmäßig ausgestattet. Mehrere Regale waren mit Fachbüchern und Aktenordnern dermaßen vollgestellt, dass sich die Regalbretter in der Mitte durchbogen. Auf einem Sideboard an der Wand türmten sich Akten und lose Papierstapel, die einen undefinierbaren Kunstdruck an der Wand zur Hälfte verbargen. Es gab zwei große Fenster mit Plissees als Sichtschutz, die momentan jedoch beide komplett heruntergelassen waren, sodass Olofsen auf das freie Gelände dahinter blicken konnte. Er sah Parkplätze, einige Bäume und Sträucher sowie Laternen für die nächtliche Beleuchtung. Zwischen Fensterwand und einem großen, L-förmigen Schreibtisch saß eine Frau und tippte mit fliegenden Fingern auf einer Computertastatur.

Olofsen musterte sie. Sie mochte Mitte dreißig sein, trug ihr brünettes Haar in einem modernen Kurzhaarschnitt und hatte auch im Büro ihren weißen Laborkittel an. Als würde sie Olofsens Blicke spüren, lösten sich ihre wachen, eisblauen Augen von den beiden riesigen Flachbildschirmen auf dem Schreibtisch und sahen die beiden Polizisten an. Noch immer flogen ihre Finger über die Tastatur.

»Einen Moment noch«, sagte sie.

»Lassen Sie sich nicht stören«, sagte Olofsen freundlich. »Wir sehen uns auch gerne allein im Labor um. Sie können nachher das Licht ausmachen.« Er mochte es gar nicht, wenn man ihm demonstrierte, wie unbedeutsam er war.

Ihre Finger stoppten schlagartig. »Auf gar keinen Fall gehen Sie allein ins Labor«, stellte sie sachlich fest. Ihr Zeigefinger tat einen weiteren Anschlag auf eine Taste – Olofsen glaubte, das M erkannt zu haben –, und sie richtete sich in ihrem Stuhl auf.

»Mein Name ist Karin Stander«, sagte sie. »Sie wollen mit mir wegen des Todes meines Chefs sprechen.«

Olofsen war überrascht. Die Dame im Eingangsbereich war vor Trauer fast zerflossen, Frau Dr. Stander dagegen zeigte keinerlei emotionale Regung. Wahrscheinlich hätte sie einen Vertreter für Laborbedarf nicht anders begrüßt.

»Ich bin Hauptkommissar Olofsen von der Kripo Cuxhaven, das hier ist mein Kollege, Hauptkommissar Greiner. Und ja – wir sind wegen des Mordes an Ihrem Chef Kai Polder hier.«

»Kripo Cuxhaven?«, fragte sie ein wenig herablassend. »Wir sind im Bundesland Bremen. Sind Sie hier überhaupt zuständig?«

Olofsens Mundwinkel zuckten. Eine ganz Schlaue – darauf hatte er gar keine Lust. »Ihr Chef wurde in Otterndorf ermordet. Das gehört in den Einzugsbereich der Polizeiinspektion Cuxhaven. Lassen Sie die Zuständigkeiten einfach unser Problem sein«, sagte er scharf.

Sie blickte ihn interessiert an.

»Wo waren Sie gestern zwischen achtzehn und vierundzwanzig Uhr?«, fragte Greiner in ähnlich scharfem Tonfall. Auch er hatte kein Interesse an Spielchen.

»Wieso?« Sie wirkte plötzlich irritiert. »Verdächtigen Sie etwa mich?«

Keiner der beiden Polizisten sagte etwas, was sie offenbar noch mehr verunsicherte. »Ich war bis etwa neunzehn Uhr hier, anschließend bin ich nach Hause gegangen. Ich habe Herrn Polder nicht umgebracht.«

»Gut, dann haben wir diesen Punkt geklärt«, verkündete Olofsen, als wäre damit jeglicher Verdacht vom Tisch. Ob sie wirklich unverdächtig war, musste sich erst noch herausstellen. Er zog sich einen vor einem Bücherregal stehenden Stuhl heran, drehte ihn herum und setzte sich – rittlings und die Ellbogen auf der Lehne. Greiner stellte sich schräg hinter ihn, eine Hand lässig in die Hosentasche gesteckt.

»Was macht eine Laborleiterin so?«, fragte Olofsen. Er wollte nach der ersten Breitseite die Gesprächsatmosphäre auflockern.

»Wie das Wort es schon sagt«, antwortete Stander. »Ich leite das Labor.«

Olofsen blickte zuerst auf den Fußboden, dann an die Decke und schließlich in die Augen von Karin Stander. »Wollen Sie mich verarschen?«, fragte er bedrohlich leise.

Karin Stander ließ sich nicht einschüchtern. »Hören Sie, es war ein langer Tag. Mein Chef wurde umgebracht, die Mitarbeiter sind sehr aufgewühlt. Kai Polder gehörte die Firma, es gibt keine Teilhaber. Ich beantworte Ihnen gerne Ihre Fragen, solange diese nicht dämlich sind.«

»Beschreiben Sie mir in wenigen und präzisen Worten Ihre Tätigkeit als Laborleiterin«, verlangte Olofsen erneut.

Sie überlegte kurz. »Ich organisiere den Arbeitsablauf im Labor, lege fest, welche Proben von welchem Mitarbeiter in welcher Reihenfolge bearbeitet werden, prüfe die Befunde und gebe diese zur Weiterleitung an den Auftraggeber frei. Dies tue ich sowohl für den mikrobiologischen als auch für den virologischen Bereich. War das verständlich?«

Statt zu antworten, fragte Greiner: »Wie lange sind Sie schon hier beschäftigt?«

»Seit knapp zwei Jahren«, antwortete sie, ohne zu überlegen.

»Wie viele Mitarbeiter unterstehen Ihnen?«, fragte Olofsen.

»In der Bakteriologie sind es insgesamt sechs Mitarbeiter, in der Virologie vier.«

Olofsen war beeindruckt. »Gab es Konflikte, insbesondere zwischen Mitarbeitern und Polder?«

»Konflikte gibt es immer. Das ist normal, wenn Menschen tagein, tagaus zusammenarbeiten«, beschied sie Olofsen altklug. »Und nein, ich weiß von keinem Konflikt zwischen einem Mitarbeiter und Herrn Polder. Polder ist – *war* – ein guter Chef, der sehr gut mit Menschen umzugehen vermochte.«

»Eine Ausnahme muss es gegeben haben«, hielt Olofsen dagegen.

»Ja, das stimmt leider.« Jetzt wirkte sie erstmals betroffen.

»Ist es kürzlich zu einer Kündigung gekommen, die bei jemandem zu einer Mordswut geführt haben könnte?«, wollte Greiner wissen.

»Nein«, antwortete sie. »Ganz im Gegenteil, wir suchen händeringend gute Leute.«

Sie zögerte.

Olofsen spürte es sofort. »Was?«

»Der letzte Mitarbeiter, dem gekündigt wurde, war mein Vorgänger. Ich habe mich nie für die Sache interessiert, aber wenn man dem Klatsch und Tratsch Glauben schenkt, war es eine unschöne Sache.«

»Erklären Sie uns das«, forderte Greiner sie auf.

»Ich halte mich an Fakten, nicht an Gerede.«

»Stellen Sie sich einfach vor, es steht auf einem Ergebnisprotokoll.«

»Ich weiß es wirklich nicht genau, aber –«

»Los jetzt«, verlangte Olofsen barsch. Ihm riss langsam der Geduldsfaden. »Für uns war es bislang auch ein langer Tag. Soll ich Sie wegen Verhohnepipelung von Polizisten entsprechend Paragraf 4711, Absatz acht des Strafgesetzbuches auf der Stelle verhaften, oder können wir jetzt zu Potte kommen?«

Greiner unterdrückte einen spöttischen Blick. »Es ist Absatz neun.«

»Stimmt, verwechselt«, sagte Olofsen.

Karin Stander schaute verdattert von einem zum anderen. »Äh … also …«

»Nicht stottern«, fuhr Olofsen sie erneut an. »Klare, präzise, sprachlich korrekte Informationen, wenn es Ihnen möglich wäre.«

Sie zog ein Gesicht, als hätte sie in eine Zwiebel gebissen, dann sprach sie mit halbwegs fester Stimme. »Mein Vorgänger soll angeblich eine Mitarbeiterin sexuell belästigt haben. Dr. Polder hat ihm deswegen fristlos gekündigt.«

»Na bitte, geht doch.« Olofsen lächelte süffisant und trommelte ungeduldig mit den Fingern auf der Stuhllehne herum. »Hat dieser Vorgänger auch einen Namen?«

»Burnot. Andreas Burnot, wenn ich mich recht erinnere.«

Olofsen zeigte mit dem ausgestreckten Zeigefinger auf sie. »Dafür gibt es einen Smiley-Stempel in Ihr Heft. Weiter im Text: Was hat der gute Andreas Burnot denn angestellt?«

»Das weiß ich nicht.«

»Wer sonst?«

»Kai Polder«, sagte Stander.

Olofsen legte die Stirn in Falten. »Dann fragen wir den doch. Moment – da war doch was. Richtig, der ist tot.«

An dieser Stelle ging Greiner dazwischen. »Frau Stander, jetzt bitte ernsthaft. Wer könnte sonst etwas über diesen Vorfall wissen?«

Karin Stander griff zum Telefon und tippte eine Nummer ein. Sie sprach einige Sekunden und legte auf. Nur Augenblicke später öffnete sich die Bürotür, und die schluchzende Dame vom Eingang trat ein. Sie sah Stander fragend an.

»Wissen Sie, warum Andreas Burnot damals gekündigt wurde?«, fragte Stander die andere Frau.

»Aber natürlich«, antwortete diese. »Der hat doch die Julia angegrapscht. Die hat sich bei Kai beschwert, und der hat Burnot im hohen Bogen vor die Tür gesetzt.«

Olofsen war Feuer und Flamme. »Was genau ist passiert?«

»Na ja, der hat halt immer so von hinten um die Julia herum und so. Auch am Po und einmal soll er ihr sogar an die Brust gefasst haben«, wusste die Frau vom Eingang zu berichten. »Also die Dagmar hat mir erzählt, ganz im Vertrauen natürlich, dass –«

»Okay, ich habe verstanden«, unterbrach Olofsen ihre Ausführungen. »Und Polder hat diesem Burnot gekündigt?«

»Aber so was von. Fristlos war der weg vom Fenster. Einen Grapscher können wir hier nicht gebrauchen. Wir sind eine große Familie.«

»Und Burnot hat das einfach so hingenommen? Das kann ich

mir kaum vorstellen. Wann war das?«, erkundigte sich Greiner. Er klang skeptisch.

Die Frau zuckte mit den Schultern.

»Dabei kann ich Ihnen helfen«, sagte Stander. »Bitte folgen Sie mir.«

Sie stand auf und verließ das Büro. Olofsen, Greiner und die Eingangsdame folgten im Gänsemarsch. Sie gingen in ein anderes Büro, das wesentlich größer und komfortabler eingerichtet war.

»Hier hat Dr. Polder gearbeitet«, erklärte Stander. »Er hatte sein Büro auch im Labortrakt, da er immer ganz dicht am Geschehen sein wollte. Selbst eine Pipette hatte er regelmäßig in der Hand.«

Olofsen warf Greiner einen vielsagenden Blick zu.

»Haben Sie KCl im Labor?«, erkundigte sich Greiner.

Stander war überrascht. »Wahrscheinlich.«

»Ja oder nein?«, bohrte Olofsen nach. »Als Laborleiterin müssten Sie das doch wissen.«

»Ja. Haben wir. Als Lösung und als Feststoff«, gab sie patzig zurück.

Na also, dachte Olofsen.

Stander zog eine Schreibtischschublade auf, wühlte darin herum und zog einen Schlüsselbund hervor. Damit ging sie zu einem Schrank und schloss mit einem der Schlüssel die Tür auf.

»Eigentlich sollte ich gar nicht wissen, dass Polder den Schlüssel zum Schrank mit den Personalakten in seinem Schreibtisch liegen hatte, aber wir sind tatsächlich eine große Familie«, erklärte sie entschuldigend.

Olofsen war es egal, warum sie es wusste, solange es hilfreich war. Er sah ihr zu, wie sie in dem Schrank zwischen den Akten suchte. Dann zog sie eine dünne Mappe hervor. »Hier.«

»Was ist das?«, fragte Olofsen sofort.

»Das ist alles, was von Burnots Personalakte noch hier ist. Letztlich ist es nur das Kündigungsschreiben. Der Rest dürfte im Archiv sein. Das befindet sich aber nicht in diesem Gebäude.«

Olofsen nahm ihr die Akte aus der Hand, öffnete sie und

überflog die erste Seite. Wie sie gesagt hatte, handelte es sich um eine Kopie der Kündigung. Sein Blick fiel auf das Datum.

»Das ist es!«, rief er laut und hielt Greiner die Akte hin. »Die Kündigung datiert vom 14. August 2016.«

»Zack«, rief auch Greiner und schlug die Hände ineinander. »Die Zahl aus der Botschaft.«

»Was für eine Botschaft?«, fragte Stander.

»Das geht Sie nichts an«, erwiderte Olofsen. »Ermittlungsdetails.«

»Oh. Sie meinen, der Burnot hat den Polder ermordet?« Das war die Dame vom Eingang. »Dieses Schwein!«

Olofsen schob sie resolut zur Tür hinaus. »Vielen Dank für Ihre Hilfe.« Er wandte sich wieder an Stander. »Arbeiten Sie hier mit Noro- oder Rotaviren?«

»Selbstverständlich. Sie wissen wahrscheinlich, dass es sich dabei um sehr hartnäckige Erreger gastrointestinaler Symptome handelt«, erklärte sie jetzt im Dozententon.

Olofsen nickte, auch wenn sie sich für seinen Geschmack etwas normaler hätte ausdrücken können. »Da können wir alle ein Lied von singen.«

»Bei Noroviren dauert es nur wenige Stunden, bis sich die klinischen Symptome manifestieren. Bei Infektionen mit Rotaviren dauert es länger.«

»Was tun Sie hier mit diesen Viren?«

»Wir haben hier leistungsstarke Realtime-PCRs etabliert, mit denen wir den Erreger aus einer Stuhlprobe innerhalb von einer Stunde nachweisen können. Gerade bei hochvirulenten und schnell zu klinischer Symptomatik führenden Erregern ist das sehr wichtig.«

Olofsen schaute gelangweilt aus dem Fenster. »Das klingt wahnsinnig spannend, Sie sollten sich ein paar Studenten zulegen. Sind Ihnen kürzlich ein paar Noroviren abhandengekommen?«

Sie wirkte zunächst gekränkt, dann zögerte sie ein weiteres Mal.

Auch jetzt bemerkte Olofsen es. »Raus mit der Sprache. Wir verpetzen Sie auch nicht beim Gesundheitsamt.«

»Jetzt, wo Sie es sagen, fällt es mir wieder ein«, begann sie, »vor vielleicht vier Monaten ist hier eingebrochen worden.«

»Aha«, entgegnete Olofsen ungeduldig.

»Damals hatten wir dieses komplexe Sicherheitssystem noch nicht. Polder hat es erst in der Folge installieren lassen.«

»Das ist uninteressant«, unterbrach Olofsen sie schroff. »Der Einbruch. Was, wann, wie, wer?«

»Der oder die Einbrecher wurden nie geschnappt, da haben Ihre Kollegen versagt«, schoss Stander zurück.

»Geschenkt. Die Bremer sind nicht die Hellsten«, frotzelte Olofsen.

Sie verzog gequält das Gesicht. »Die Einbrecher sind hinten durch eines der großen Fenster eingestiegen. Es wurden ein paar Kleingeräte gestohlen. Wahrscheinlich wollte sich jemand auf dem Schwarzmarkt ein paar Euros dazuverdienen.«

»Sind nur Geräte gestohlen worden?«, wollte Greiner wissen.

»Nein, außerdem wurden aus einem der Gefrierschränke Kühlakkus und aus einem anderen einige Boxen mit biologischen Proben mitgenommen. Aber da kann doch niemand etwas mit anfangen.«

»Es sein denn, dieser Jemand kennt sich aus«, sagte Olofsen nachdenklich. »Die Proben wurden nur aus einem Gefrierschrank entnommen?«

Stander nickte.

»Der Einbrecher oder die Einbrecherbande ist demnach gezielt vorgegangen«, sprach Greiner aus, was auch Olofsen dachte.

»Was genau waren das für Proben?«, hakte Olofsen nach.

»Abstriche und Stuhlproben mit diversen Viren und Bakterien. In erster Linie aber tatsächlich Norovirus-positive Proben.«

Olofsen sprang auf. »Wir brauchen ein Foto von diesem Burnot. Haben Sie noch eins, vielleicht aus der Personalakte, seinem Lebenslauf?«

Stander überlegte. »Nicht hier, wie gesagt, bis auf das Kündigungsschreiben befindet sich alles im Archiv. Vor morgen komme ich da nicht dran.« Sie dachte einen Moment nach. »Wir haben noch die Bilder von alten Betriebsfesten auf dem Rechner. Vielleicht ist er dabei. Gehen wir zurück in mein Büro.«

Dort angekommen setzte Karin Stander sich sofort wieder an ihren Computer und begann, mit atemberaubender Geschwindigkeit zu tippen und mit der Maus zu klicken.

»Treffer«, sagte sie. »Ausdruck oder E-Mail?«

»E-Mail«, antwortete Olofsen sofort und nannte ihr seine E-Mail-Adresse. »Wir müssen jetzt los. Vielen Dank für Ihre Zeit.« Er drehte sich um und stürmte zur Tür hinaus.

»Eine Sache noch«, warf Greiner ein. Olofsen stoppte abrupt. »Diese Julia, die laut eigener Aussage von Burnot belästigt worden ist, arbeitet die noch hier?«

»Ja, Julia Engels ist nach wie vor bei uns in der Virologie beschäftigt«, antwortete Stander. »Eine hervorragende Mitarbeiterin.«

»Wir benötigen dringend ihre Adresse«, übernahm Olofsen wieder. »Möglicherweise schwebt sie gerade in großer Gefahr.«

Stander begann abermals, auf ihre Computertastatur zu hämmern, kurz darauf ratterte ein Drucker los und spuckte eine Seite aus. »Bitte schön.«

Olofsen schnappte sich den Ausdruck, warf einen schnellen Blick darauf und wandte sich wieder zur Tür. »Ich denke, wir statten der guten Frau Engels sofort einen Besuch ab.«

»Kommissar Olofsen«, sagte Stander. Olofsen drehte sich zu ihr um.

»Ich stehe auf Männer, die mit dem Kopf durch die Wand wollen. Rufen Sie mich mal an, wenn der Fall gelöst ist.«

Olofsen glotzte blöde, Greiner musste laut lachen.

ZWÖLF

Mittwoch, 5. September, früher Abend

Olofsen saß neben Greiner im Wagen. Sie fuhren durch den Fischereihafen, vorbei an den alten Packhallen, den Fischfabriken und den sonstigen Gewerben, die sich hier angesiedelt hatten. Es herrschte viel Verkehr. Lkws aller Größenordnungen bahnten sich ihren Weg, dazwischen Pkws und einige Radfahrer. Greiner hatte die Adresse von Julia Engels in das Navi eingegeben, die Fahrt durch Bremerhaven sollte sechzehn Minuten dauern.

Olofsen murmelte unbestimmt vor sich hin. »Die Stander steht auf mich. Was soll ich denn davon halten?«

Greiner konnte sich ein wenig Spott nicht verkneifen. »Du kommst auf deine alten Tage richtig gut bei den Frauen an.«

»So 'n Blödsinn. Außerdem bin ich müde, habe Hunger, muss Pipi. Seit heute Morgen renne ich mir ohne Unterbrechung die Hacken platt, und jetzt baggert mich noch so eine Labortante an.«

Greiner feixte. »Sie will ein Date mit dir, vielleicht sogar Kinder.«

Olofsen zeigte ihm den Stinkefinger und wechselte das Thema. »Du hattest übrigens recht mit deinem Bauchgefühl hinsichtlich KP Diagnostics. Vielleicht sind wir hier auf eine Spur gestoßen. Wir müssen diesen Burnot aufstöbern und uns seine Geschichte anhören.«

Er griff zum Handy, rief Nunk an und brachte ihn auf den neuesten Stand. »Finde heraus, wo dieser Burnot wohnt. Sobald wir bei Julia Engels fertig sind, werden wir uns den Mann mal zur Brust nehmen.«

Greiner stöhnte. Der Abend schien noch lange nicht zu Ende zu sein.

Tatsächlich standen die beiden sechzehn Minuten später vor

einem Mehrfamilienhaus. Olofsen hielt den Finger auf die Klingel.

»Ja?«, erklang eine Stimme aus der Sprechanlage.

»Kriminalpolizei, wir müssen dringend mit Frau Julia Engels sprechen.«

»Kriminalpolizei?«

»Ja. Spreche ich so undeutlich?« Am Abend mochte Olofsen dumme Fragen noch weniger als am Morgen.

Der Türöffner summte, und Olofsen trat in den Hausflur. Vor ihm lag ein sauberes Treppenhaus, einen Fahrstuhl gab es natürlich nicht, und sie mussten bis in den dritten Stock hoch. Greiner ging vorneweg.

Oben wurden sie bereits von einem Mann Anfang vierzig in Jeans und T-Shirt erwartet. »Ich bin Claas Engels. Sie möchten meine Frau sprechen? Können Sie sich ausweisen?«

Olofsen zückte wortlos seinen Dienstausweis, als er hinter seinem Kollegen die letzte Stufe genommen hatte.

»Das wurde aber auch Zeit, dass Sie endlich kommen«, stellte Claas Engels vorwurfsvoll fest, nachdem er einen Blick auf die Ausweise geworfen hatte.

Olofsen und Greiner sahen sich fragend an. »Haben Sie uns erwartet?«, fragte Greiner.

»Wir waren doch am späten Nachmittag auf der Wache und wollten Anzeige erstatten. Ihr Kollege hat uns ziemlich blöde abgespeist, aber immerhin versprochen, es würde sich jemand melden. Ich habe, ehrlich gesagt, schon nicht mehr daran geglaubt«, sagte Herr Engels.

»Von Cuxhaven ist es ein weiter Weg«, meinte Olofsen und erntete nun einen fragenden Blick von seinem Gegenüber. »Dürfen wir hereinkommen, bevor sich alle Nachbarn das Maul zerreißen, dass bei Ihnen die Kripo zu Besuch ist?«

Claas Engels ließ sie herein. Hinter der Tür stand eine Frau – vermutlich Julia Engels – und schaute den beiden Polizisten unsicher entgegen. Sie war vielleicht Mitte dreißig, hatte lange, dunkle, zu einem Pferdeschwanz gebundene Haare, und trotz des Jogginganzugs musste Olofsen neidlos anerkennen, dass sie sehr attraktiv war.

Greiner begrüßte sie. »Guten Abend, Frau Engels. Mein Name ist Martin Greiner, das hier«, er deutete auf Olofsen, »ist mein Kollege Hauptkommissar Arne Olofsen von der Kripo Cuxhaven. Wir ermitteln in einer Mordsache und haben ein paar Fragen an Sie.«

»Mord?«, fragte Claas Engels überrascht aus dem Hintergrund.

»Ja, Mord«, antwortete Olofsen, ohne sich von Julia Engels abzuwenden. »Sie wissen wahrscheinlich, dass im Laufe der vergangenen Nacht Ihr Chef, Dr. Kai Polder, getötet wurde, habe ich recht?«, fragte er sie.

Julia Engels stieß einen spitzen Schrei aus, wie es eigentlich nur erschrockene Frauen in Filmen taten, und schlug sich die Hände vor den Mund. Schlagartig verlor ihr Gesicht jegliche Farbe. Offensichtlich hatte sie es noch nicht gewusst.

»Verdächtigen Sie etwa meine Frau?«, wollte Claas Engels sofort wissen.

Schaff mir einer diesen Clown vom Hals, dachte Olofsen. »Selbstverständlich nicht. Was können Sie uns über Andreas Burnot sagen?«

Julia Engels wurde noch bleicher. »Ach du Scheiße. War der das etwa?«

Claas Engels schlug sich plötzlich mit der flachen Hand vor die Stirn. »Na klar, ›AB Vollstreckungsservice‹. Da hätte ich gleich draufkommen müssen.«

Olofsen warf Greiner einen schnellen Blick zu. »Wovon redet der?«

»Keine Ahnung. Frag ihn!«

»Wovon reden Sie?«, fragte Olofsen an Claas Engels gewandt.

Statt zu antworten, deutete Julia Engels mit der Hand in Richtung der offen stehenden Wohnzimmertür. »Kommen Sie erst einmal herein.«

Sie ging voran, alle drei Männer folgten.

Nachdem sie sich um einen gläsernen Wohnzimmertisch gesetzt hatten, griff Claas Engels neben sich und stellte einen Karton auf den Tisch. »Den hat meine Frau heute Morgen mit der Post bekommen.«

»Und was ist daran so spannend?«, erkundigte sich Olofsen.

»Der Karton war leer.«

Olofsen wartete stumm.

»Es gibt nur eine kurze Botschaft auf dem Boden«, sagte Engels und kippte den Karton so, dass die beiden Polizisten hineinschauen konnten.

»›Bald gehen wir auf die Reise!‹«, lasen beide laut vor und blickten auf.

»Der Absender ist ein ›AB Vollstreckungsservice‹«, ergänzte Claas Engels. »Eine solche Firma gibt es nicht, ich habe im Internet nachgeschaut. Aber: A und B – Andreas Burnot.«

Bei Olofsen ertönten alle Alarmglocken.

Greiner räusperte sich. »Wir sind hier, weil wir von Burnots fristloser Kündigung wegen sexueller Belästigung am Arbeitsplatz erfahren haben.«

Eine Träne lief über Julia Engels Wange. Ihr Mann stand auf und legte ihr liebevoll eine Hand auf die Schulter. Ganz der Beschützer.

»Andreas Burnot steht tatsächlich unter Verdacht, Ihren Chef ermordet zu haben«, fuhr nun Olofsen fort. »Wenn wir richtigliegen, sind Sie, Frau Engels, in Gefahr. Es besteht die Möglichkeit, dass sich Burnot auch an Ihnen rächen will.«

»Die Möglichkeit?«, brauste Claas Engels auf. »Ja, dann verhaften Sie den Kerl doch.«

Julia Engels sackte in sich zusammen. Vielleicht hätte Olofsen etwas feinfühliger vorgehen sollen, aber um diese Uhrzeit, mit leerem Magen und müden Füßen lag sein Einfühlungsvermögen ziemlich brach.

»Wir wollen morgen in den Urlaub fahren«, warf ihr Mann ein.

»Wohin?«, fragte Olofsen.

»Mit dem Boot in die Ostsee. Von Cuxhaven aus.«

»Mit dem Boot?«, wiederholte Olofsen. Ihm schwante Böses.

Beide Engels nickten.

»Wer weiß davon?«, fragte Greiner.

Claas und Julia Engels sahen sich an. »Eine Menge Leute«, sagte sie, »Freunde, Familie, wir haben auf Facebook nie ein Geheimnis daraus gemacht. Unsere Profile sind öffentlich zugänglich.«

Olofsen dachte angestrengt nach. Unter diesen Umständen könnte der Täter – egal ob Burnot oder nicht – auch Bescheid wissen.

»Es könnte durchaus von Vorteil sein, wenn Sie von der Bildfläche verschwinden, bis wir den Mörder gefasst haben«, überlegte Greiner. »Wann genau soll es losgehen?«

»Wir wollen morgen Vormittag mit dem auflaufenden Wasser nach Brunsbüttel und dann in den Nord-Ostsee-Kanal fahren«, erklärte Claas Engels.

Olofsen ließ sich das Gehörte durch den Kopf gehen. »Bleiben Sie heute Nacht auf jeden Fall in Ihrer Wohnung. Schließen Sie alle Türen und Fenster und lassen Sie niemanden mehr herein. Eine Streife wird von der Straße aus die Haustür im Auge behalten.«

Er zog eine Visitenkarte hervor. »Wenn Sie morgen aufbrechen, rufen Sie mich an. Wir kommen mit zu Ihrem Boot, checken alles, bevor Sie losfahren.«

Claas Engels griff nach der Karte, doch Olofsen hielt sie fest. »Wenn Sie sich nicht melden, nagele ich Sie mit den Eiern an die Kugelbake und versenke eigenhändig Ihr Boot. Haben wir uns verstanden?«

***

Greiner steuerte den Wagen wieder über die A 27 zurück nach Cuxhaven. Olofsen telefonierte unterdessen mit Nunk, der noch immer in der Polizeiinspektion ausharrte. Der ZKD-Leiter versprach, sich ein weiteres Mal mit den Bremerhavener Kollegen in Verbindung zu setzen, um eine Streife vor dem Haus der Engels postieren zu lassen. Sobald die beiden zurück waren, sollte es eine Lagebesprechung geben. Nunk nahm es auf sich, die Kollegen der Soko zu später Stunde zusammenzutrommeln.

Olofsens Magen knurrte in beeindruckender Lautstärke. »Verdammt, ich habe Hunger. Ich kann bald nicht mehr.«

Das Team der Soko war bereits im Besprechungszimmer versammelt, als Olofsen und Greiner eintrafen. Olofsen blickte in Gesichter, deren Mienenspiel zwischen hoffnungsvoll – schließlich gab es endlich eine konkrete Spur – und schlafsuchender Erschöpfung hin- und herpendelte. Allerdings hatten sich die Reihen gelichtet. Neben ihm selbst und Greiner waren nur Pall und ein weiterer Beamter, der eigentlich in einem anderen Fachbereich arbeitete, anwesend. Nunk war noch in seinem Büro und telefonierte. Er würde in ein paar Minuten dazukommen. Gerade als Olofsen etwas sagen wollte, flog die Tür auf, und Dolores Osamente stürmte in den Raum. Sie setzte sich wortlos und begann sofort, in ihren Papieren zu blättern.

»Wo sind die anderen?«, fragte Olofsen.

Pall ließ die Schultern hängen. »Es gibt keine anderen mehr.«

»Aber das geht doch nicht. Gerade jetzt brauchen wir jeden Mann und jede Frau«, brauste Olofsen augenblicklich auf.

Pall hob beschwichtigend die Hände. »Nicht auf den Boten schießen. Ich habe es auch gerade erst von Nunk erfahren. Es geht wohl nicht anders. Diese Magen-Darm-Sache legt uns lahm. Alle Fachbereiche gehen am Stock, haben kaum noch Personal, um auch nur die dringendsten Angelegenheiten zu bearbeiten. Wenn es so weitergeht, müssen wir Unterstützung aus anderen Inspektionen anfordern, um den Betrieb hier aufrechterhalten zu können.«

»Was ist mit Frauke?«, erkundigte sich Olofsen missmutig.

»Noch immer krank«, sagte Pall knapp.

Olofsen sprang auf, rannte zum Fenster und schrie seinen Unmut in die abendliche Luft über Cuxhaven. Er wollte nicht resignieren, konnte die Situation aber auch nicht einfach so hinnehmen. Der Druck musste irgendwie abgelassen werden.

Osamente räusperte sich. »Können wir jetzt bitte zur Sache kommen?«

»Wo ist Walberg?«, pflaumte Olofsen sie an. Auch wenn Walberg eine Nervensäge war, hätte er ihn jetzt gerne hiergehabt.

»Er hat die von Ihnen angeforderten Proben genommen und ist wie der geölte Blitz nach Hamburg abgerauscht. Es sah aus, als wäre der Teufel persönlich hinter ihm her.«

»Gibt es schon Ergebnisse?«, hakte Olofsen nach. Er hatte insgeheim fast befürchtet, dass Walberg so reagieren würde, wenn er einmal die ganze Tragweite seines Verdachts erfasst hatte. Für ihn stand nun außer Zweifel, dass der Rechtsmediziner die richtige Entscheidung getroffen hatte, sich anderen Dingen zuzuwenden.

»Stopp«, intervenierte Pall. »Bitte zunächst die neuesten Erkenntnisse für mich in der Kurzversion.«

Olofsen fasste mit müder Stimme die Ereignisse der vergangenen Stunden zusammen. »Wir sind ja bereits davon ausgegangen, dass der Täter nach einem ebenso perfiden wie ausgeklügelten Plan vorgeht. Neu scheint, dass sich dieser Plan nicht nur auf die Morde bezieht, sondern auch eine Strategie enthält, uns daran zu hindern, ihm auf die Schliche zu kommen«, schloss er.

»Du sprichst von Ablenkungsmanövern?«, fragte Pall irritiert.

»Schlimmer«, erwiderte Olofsen. »Sein Plan sieht vor, unser Personal zu dezimieren.«

»Diese ganzen Krankheitsfälle sind also kein Zufall?«, zischte Pall.

»Nein, ich vermute, es handelt sich nicht um Zufall«, bestätigte Olofsen müde. »Der endgültige Beweis steht aber noch aus.«

Im Raum war es totenstill, alle starrten ihn an.

»Erklär uns das genauer«, verlangte Pall mit einer ausholenden Armbewegung und schneidender Stimme.

»Ich habe erfahren, dass in Cuxhaven die Fälle von Durchfall und Übelkeit durch Noroviren seit Anfang der Woche auffällig zugenommen haben. Die Gesundheitsbehörden sind elektrisiert. Ebenso hat Montag unsere Mordserie begonnen, zeitgleich haben auch uns die Infektionen erwischt. Martin und Frank waren die Ersten, viele andere Kollegen hat es anschließend erwischt. So weit klar?«

Zustimmendes Nicken.

»Das hat mich auf die Idee gebracht, dass genau dies die Absicht des Killers sein könnte.«

»Okay, Noroviren sind mir durchaus ein Begriff«, sagte Pall mit zu schmalen Schlitzen verengten Augen und scharfer Stimme. »Erkläre mir das mit Bezug auf unsere aktuelle Situation.«

»Da kann ich aushelfen«, schaltete sich Osamente ein.

Olofsen wunderte sich über die Aggression in der Stimme seines Kollegen, die nicht nur der späten Stunde und der Übermüdung geschuldet sein konnte. Er nickte in Osamentes Richtung. »Bühne frei für die Wissenschaft. Erleuchten Sie uns. Aber bitte denken Sie daran, dass wir medizinische Laien sind.«

Sie nickte zurück und begann mit ihrem Vortrag. Dazu stand sie auf und fing an, im Raum herumzulaufen wie eine Lehrerin vor ihrer weitgehend ahnungslosen Klasse. Die müden Ermittler nahmen es hin. »Noroviren gehören zur Gruppe der unbehüllten RNA-Viren und die wiederum zur Familie der Caliciviren. Diese Viren weisen ein sehr variables Genom auf, was zur Unterscheidung zahlreicher Subtypen geführt hat. Es kommt gelegentlich vor, dass sich diese Subtypen verändern – die Virologen sprechen von Antigenshift, Antigendrift und Rekombination. Die Details werde ich Ihnen tatsächlich ersparen. Zusammen mit den Rotaviren sind Noroviren für den Hauptteil viral verursachter Durchfallerkrankungen beim Menschen verantwortlich.«

»Wie hängt das nun mit unserem Fall zusammen? Ich verstehe nur Bahnhof«, sagte Pall. Seine Stimme klang noch immer unverhohlen aggressiv. Olofsen bedachte ihn mit einem scharfen Blick, den Pall jedoch mit einer schnellen Handbewegung wegwischte.

»Ich vermute, dass uns der Täter gezielt infiziert hat, indem er die Leichen und die Gegenstände, die bei ihnen platziert waren, mit ebendiesen Noroviren kontaminiert hat«, sagte Osamente in sachlichem Ton. Entweder war ihr die Spannung nicht aufgefallen, oder sie ignorierte sie einfach. »Wahrscheinlich hat er vorausgesehen, dass wir daran herumdeuten und die Teile von Hand zu Hand geben werden.«

»Nein«, rief Pall empört. »Der Scheißkerl hat uns hinterhältig angegriffen. Ein Terrorist. Schlimmer noch, ein Bioterrorist. Schon wieder.«

»Beruhige dich«, entgegnete Olofsen. »Bislang ist alles nur Theorie.«

In diesem Moment klingelte Osamentes Handy. Sie ging ohne ein Wort der Erklärung auf den Flur und nahm das Gespräch an.

»Immerhin haben wir einen Verdächtigen«, warf Greiner ein.

»Wen?« Pall sprang auf.

»Dazu kommen wir gleich«, erwiderte Olofsen.

Aber Pall war nicht zu stoppen. »Wer ist der Scheißkerl? Los, raus mit der Sprache!«

»Langsam, Frank. Immer der Reihe nach«, ermahnte Greiner seinen Kollegen.

»Was sitzen wir hier und sabbeln?«, fuhr ihn Pall an.

»Schluss jetzt!«, brüllte Osamente mit überraschend kräftiger Stimme. Niemand hatte ihre Rückkehr bemerkt. »Sind wir denn hier im Zoo? Ist gleich Affenfütterung?«

Pall guckte wie vom Blitz niedergestreckt. »Sorry«, entgegnete er kleinlaut.

»Wenn wir uns so ankeifen, machen wir doch genau das, was

der Mörder möchte: Statt ihn zu jagen, sind wir permanent mit uns selbst beschäftigt«, analysierte Greiner nüchtern. Was Arne sagen wollte, ist –«

»Das kann ich auch selbst sagen«, fuhr ihm Olofsen dazwischen. »Meine Theorie ist, dass das Holzscheit, das zwischen den Beinen von Joachim Einbaum lag, ebenso wie die Betonkugel bei Bechmann und diese Pipette bei Polder mit Noroviren verseucht war. Vielleicht auch noch mit anderen Erregern, vielleicht sogar die Leichen selbst und die Umgebung, in der diese lagen.« Er holte Luft. »Aus diesem Grund habe ich angeordnet, diverse Proben zu nehmen und mikrobiologisch untersuchen zu lassen.«

Er sah Osamente an. »Haben wir Ergebnisse vorliegen?«

Sie hatte nur auf das Stichwort gewartet. »Ja, der Anruf gerade kam aus Hamburg, vom Institut. Dr. Walberg hat alle Hebel in Bewegung gesetzt, um die Proben auf dem schnellsten Weg zur Analyse in unser Labor zu schaffen. Von einigen dieser Hebel hatte ich nicht einmal geahnt, dass es sie überhaupt geben könnte, geschweige denn, wie man sie in Bewegung setzt. Das Probenmaterial ist mit einem Helikopter nach Hamburg geflogen worden. Unsere Leute haben bei der Aufarbeitung des Materials alle Geschwindigkeitsrekorde gebrochen. Wir verfügen über leistungsfähige und schnelle Realtime-PCR-Systeme, die sogar in der Lage sind, die Noro-Subtypen zu unterscheiden, von denen ich vorhin schon gesprochen hatte.«

»Und die Ergebnisse?«, fragte Olofsen ungeduldig.

»Alle Proben waren Norovirus-positiv«, verkündete Osamente.

»Der Mord heute und vor allem die Erkenntnisse bei KP Diagnostics könnten uns also tatsächlich auf die Spur des Täters gebracht haben«, sagte Olofsen. »Aus meiner Sicht verdichtet sich der Verdacht gegen Andreas Burnot.«

»Da ist noch etwas«, verkündete Osamente.

Olofsen warf ihr einen fragenden Blick zu. »Und das wäre?«

Sie zog ein weiteres Blatt Papier aus einer dicken Kladde vor sich. »Es liegen weitere Laborergebnisse zu den Mordfällen Einbaum und Bechmann vor.«

Alle anderen am Tisch wandten sich ihr zu.

»Thiopental«, sagte sie.

Olofsen sah sie genervt an. »Sehr schön, Frau Professor. Und jetzt bitte mit verständlichem Untertitel.«

Osamente stand auf und verbeugte sich. »Sehr wohl, Euer Ehren. Also, der Untertitel lautet ›Thiobarbitursäure‹ – die genaue chemische Bezeichnung lasse ich weg. Dabei handelt es sich um ein sehr effektives, wenn auch nur kurz wirksames Betäubungsmittel aus der Wirkstoffklasse der Barbiturate. Im Operationssaal wird es vor allem zur Einleitung einer Narkose verwendet. Thiopental. Im Handel unter den Namen Trapanal oder Pentothal erhältlich.«

Greiner räusperte sich. »Ein Betäubungsmittel. Einbaum und Bechmann wurden damit betäubt, bevor sie umgebracht wurden?«

Osamente nickte. »Wenigstens einer, der mitdenkt. Ja. Ich gehe davon aus, dass der Täter die beiden anschließend in den jeweiligen Positionen, in denen wir sie gefunden haben, fixiert und nach dem Aufzeichnen der Videobotschaft mit einer KCl-Injektion getötet hat.«

»Was ist das Besondere an Thiopental?«, fragte Olofsen. Langsam setzten sich die Einzelteile des Falls zu einem Gesamtbild zusammen.

»Da gibt es das eine oder andere Erwähnenswerte.« Osamente schien noch immer im Dozentenmodus zu sein, selbst den erhobenen Zeigefinger konnte sie nicht unterdrücken. »Chloroform kennt jeder aus dem Fernsehen, und es ist recht problemlos zu beschaffen. Aber unser Täter benutzt Thiopental. Erstens wirkt es sehr schnell. Bereits einige Sekunden nach der Injektion ist der Betreffende bewusstlos. Zweitens hält die Wirkung bestenfalls eine knappe Viertelstunde an.«

»Inwiefern ist das relevant?«, fragte Olofsen betont sachlich.

»Thiopental besitzt eine enge therapeutische Bandbreite«,

erklärte sie. »Es ist ein schmaler Grat zwischen wirksamer und toxischer Dosis. Ein bisschen zu viel, und der Patient ist tot.«

»Das heißt, unser Täter weiß sehr genau, was er tut«, folgerte Olofsen und drückte sich beide Hände an die Schläfe, als könne er auf diese Weise seine Gedanken in die richtige Reihenfolge zwingen.

»Und zwar in jeder Hinsicht«, ergänzte Greiner. »Eine schnelle Wirkung verhindert einen möglichen Kampf zwischen ihm und seinem Opfer und schmälert das Risiko von Verletzungen oder Spuren.«

Auch Olofsen hatte verstanden. »Die kurze Dauer der Wirksamkeit reduziert die Wartezeit des Täters auf ein Minimum. Dann kann er sein eigentliches Vorhaben durchführen. Die kurze Wartezeit reduziert wiederum die Gefahr, entdeckt zu werden.«

»Genau«, lobte ihn Osamente. »Er will sein Opfer nur kurz ausschalten, um das Aufzeichnen der Videobotschaft ungestört vorbereiten zu können, und verwendet dafür das Thiopental. Abschließend tötet er seine Opfer ruckzuck mit Kaliumchlorid. Der Mann kennt sich aus. Dieses Wissen bekommt man nicht aus einem Patientenforum im Internet.«

Olofsen, Greiner und die anderen nickten zustimmend.

Osamente zeigte mit dem Finger auf Olofsen. Sie schien für den Augenblick die Leitung der Besprechung übernommen zu haben. »Wir müssen jetzt das große Ganze betrachten. Kaliumchlorid zu bekommen ist kein Problem, wie wir gesehen haben. Aber bei Thiopental sieht die Sache etwas anders aus. Das wird weder bei eBay noch bei Zava angeboten.«

»Und wie komme ich an das Zeug?«, fragte Greiner.

»Entscheidend ist doch, dass er es hatte. Woher, ist jetzt zweitrangig«, kürzte Olofsen die aufkeimende Diskussion ab.

»Alles schön und gut«, warf Pall ein. Seine Stimme klang wieder ein wenig gefasster. »Volker Johanssen hatte eher keinen Zugang zu Thiopental. Den können wir spätestens jetzt getrost ausschließen. Hätte Burnot Zugang zu Thiopental? Kennen wir seinen Lebenslauf?«

Greiner wiegte den Kopf hin und her. »Johanssen hatte Zugang zu Drogen, warum dann nicht auch zu Pharmazeutika?«

Pall trommelte mit dem Zeigefinger auf die Tischplatte. »Weil die ganze Nummer für einen zugekifften und besoffenen Exknacki, der vom Hartz IV seiner Schwester lebt, zu kompliziert ist.«

Olofsen nickte. Palls Argument klang trotz der drastischen Wortwahl überzeugend. »Andreas Burnot war Laborleiter bei der KP Diagnostics GmbH in Bremerhaven, die wiederum dem letzten Mordopfer Kai Polder gehörte«, erklärte er bemüht sachlich. »Burnot ist Experte für Virusdiagnostik und kann mit biologischen Proben umgehen. Ob er nun einen Hintergrund als Naturwissenschaftler hat oder als Mediziner und potenziell legalen Zugang zu Betäubungsmitteln hätte, wissen wir nicht. Ich muss aber zugeben, dass ich die Wahrscheinlichkeit höher einstufe als bei Johanssen. Außerdem haben wir die Zahl aus der Videobotschaft entschlüsselt. Es ist das Datum, an dem Burnot von Polder wegen sexueller Belästigung einer Mitarbeiterin fristlos gekündigt wurde.«

»Das bedeutet Mord aus Rache«, stellte Pall fest und schlug mit der Hand auf den Tisch.

Der Spurensucher ging Olofsen mächtig auf den Wecker. Seit wann war Pall dermaßen unprofessionell? Gerade bei seinem Job sollte er zwischen Indiz und Beweis unterscheiden können. Was Pall sonst auch konnte. Doch jetzt entwickelte er sich gerade zu einem Risiko für die gesamte Ermittlung.

In diesem Moment öffnete sich die Tür, und Nunk betrat den Raum. Er schaute schnell von einem zum anderen und setzte sich auf einen leeren Stuhl. Er hatte mehrere Blatt Papier mitgebracht, die er vor sich auf dem Tisch ausbreitete.

»Wenn Burnot der Täter ist«, sprach Olofsen betont langsam, »dann vermute ich, dass er damit gerechnet hat, heute identifiziert zu werden. Das wiederum bestätigt zwei Dinge. Erstens: Die Reihenfolge der Morde ist nicht willkürlich. Hätte er Polder zu früh ermordet, könnte er unter Umständen seinen

Plan nicht zu Ende bringen. Zweitens: Die Zahlen aus den Videos geben konkrete Erklärungen für seine Morde. Im Falle von Einbaum und Bechmann müssen wir sie nur noch verstehen.«

»Was Einbaum angeht, so kann ich weiterhelfen«, sagte Nunk. »Ich habe mit den Kollegen von der Feuerwehr gesprochen, deshalb habe ich mich auch verspätet. Es handelt sich um die Referenznummer einer offenen Stelle, auf die sich Burnot beworben hatte, aber abgelehnt wurde. Und ganz wichtig: Joachim Einbaum hatte das Ablehnungsschreiben unterschrieben.«

»Burnot ist der Täter«, sagte Olofsen entschieden. »Bei der Nummer aus dem Bechmann-Video werden wir etwas Ähnliches finden.« Er räusperte sich. »Leider bin ich sehr sicher, dass Burnot noch einen weiteren Mord plant.«

»Kennen wir das anvisierte Opfer?«, meldete sich zum ersten Mal der Beamte zu Wort, dessen Namen Olofsen vergessen hatte.

»Ja, wir haben eine plausible Idee«, beantwortete Olofsen die Frage. »Julia Engels, ebenfalls aus Bremerhaven. Sie ist diejenige, die von Burnot sexuell belästigt wurde, jedenfalls laut ihrer damaligen Aussage. Zeugen gab es wohl keine. Martin und ich waren vorhin bei ihr. Sie wurde anonym bedroht und hat bereits bei den Kollegen in Fishtown Anzeige erstattet. Nach allem, was wir jetzt zusammengetragen haben, bin ich mir sicher, dass auch hier Burnot dahintersteckt.«

»Die Bremerhavener Kollegen beobachten das Haus«, ergänzte Nunk. »Für den Moment ist Julia Engels sicher. Und sollte Burnot dort auftauchen, kassieren wir ihn ein. Ich rechne aber nicht damit, denn es passt nicht zu seinem bisherigen Vorgehen.«

»Haben die Engels ein Boot?«, fragte Osamente.

Olofsen nickte. Anschließend erklärte er, wie er und Greiner mit Frau Engels verblieben waren. Er hielt es nach wie vor für eine gute Idee, sie für den Augenblick zu bewachen und sie dann in den Urlaub und somit von der Bildfläche verschwinden zu lassen. »Wir haben darüber hinaus erfahren«, fuhr er fort, »dass bei der KP Diagnostics vor einiger Zeit eingebrochen wurde. Neben Laborgeräten wurden dort Norovirus-positive Proben entwendet. Damit kann nur etwas anfangen, wer vom Fach ist. Außerdem hat der Einbrecher gewusst, wo genau er diese Proben suchen musste. Beides deutet ebenfalls auf Burnot hin.«

»Okay, er will also als krönenden Abschluss seines Rachefeldzugs Julia Engels ermorden«, dachte Nunk laut. »Was dann? Geht er montags einfach zur Arbeit? Und warum das alles?«

»Das kann ich mir nicht vorstellen.« Olofsen schüttelte den Kopf. »Schließlich hat er sich nicht die größte Mühe gegeben, seine Taten und auch seine Identität zu verheimlichen. Er hat es wie eine Schnitzeljagd aufgezogen und sehr genau auf das Timing der Morde und ihrer Entdeckung geachtet. Nein, es stört ihn nicht, dass wir seinen Namen kennen. Er plant etwas anderes. Wir können auch nicht mit absoluter Sicherheit sagen, dass Julia Engels das nächste und letzte Opfer sein wird. Aber die Wahrscheinlichkeit erscheint mir sehr hoch.«

»Was könnte er planen?«, wollte Greiner wissen.

»Ich habe nicht die geringste Ahnung«, gestand Olofsen. »Wir müssen ihn vorher schnappen.«

»Da gibt es ein Problem«, meldete Nunk sich zu Wort. »Burnot ist seit über einem Jahr nicht mehr im Kreis Cuxhaven gemeldet. Ich habe noch nicht herausfinden können, wohin er verschwunden ist.«

»Das gibt es doch nicht!«, keifte Pall angriffslustig.

»Wenn wir ihn über die internen Kanäle kurzfristig nicht finden können, müssen wir einen anderen Weg wählen«, sagte Olofsen. Er hatte schon befürchtet, dass Burnot – sollte er der Täter sein – nicht zu Hause auf seine Festnahme warten würde. »Wir könnten ein Bild von Burnot veröffentlichen. Vielleicht hat ihn gerade jemand gesehen oder weiß, in welches Loch er sich verkrochen hat.«

Greiner sah auf die Uhr. »Für die lokale Presse ist es zu spät, aber wir könnten sein Bild über die sozialen Medien publik machen.«

»Das kann ich übernehmen«, meldete sich der unbekannte Beamte, als wäre die Sache schon beschlossen. »Ich vertrete gelegentlich Frau Nilsson und habe Zugang zu unseren Social-Media-Accounts.«

»Sehr gut. Frauke denkt mit«, sagte Olofsen und klatschte in die Hände. »Vorher machen wir fünfzehn Minuten Pause. Fenster auf, frische Luft herein. Wir sollten uns auch etwas zu essen bestellen.«

Nach exakt fünfzehn Minuten waren alle wieder im Besprechungsraum versammelt. Es standen Flaschen mit Wasser und Saft auf dem Tisch, auch eine große Kanne frisch gekochter Kaffee war dabei. Nunk hatte einige Pizzen bestellt. Die eingangs recht aggressive Stimmung in der Soko hatte sich etwas entspannt. Selbst Pall schien einen Weg gefunden zu haben, Dampf abzulassen.

Tammo Wilmsen – Olofsen war der Name wieder eingefallen – brachte einen Laptop mit.

Greiner zog ein Gesicht, als hätte er in der Pause eine vergammelte Gurke quer heruntergeschluckt. »Ich verstehe es nicht – Burnot kann sich doch nicht in Luft auflösen.«

»Von der Bildfläche zu verschwinden ist doch nicht so schwer«, warf Osamente ein. »Den alten Wohnort abmelden und am neuen nicht anmelden. Das ist der erste Schritt.«

»Ich stimme Martin zu. Er muss sein Leben organisieren. Unterkunft, Strom, Wasser, Telefon, Geld«, warf Olofsen ein. »Um seinen Plan durchzuziehen, muss er beweglich sein. Er braucht ein Fahrzeug.«

Pall klopfte mit dem Finger auf den Tisch. »Mit genug Zeit könnten wir sicher einiges ans Tageslicht fördern. Aber genau diese Zeit haben wir nicht. Wir müssen außerhalb der klassischen Wege denken. Wir müssen vor allem schnell handeln. Bringt endlich das Foto online!«

Wilmsen räusperte sich. »Ich habe alles vorbereitet. Ein letzter Klick auf die Enter-Taste, und das Foto ist im Netz.«

Er deutete mit dem Finger auf die Tastatur seines Laptops vor sich.

»Alles, was Sie bis jetzt gegen Andreas Burnot zusammengetragen haben«, begann plötzlich Osamente, »beruht doch nur auf Indizien. Letztlich Hypothesen. Hätte, hätte, Fahrradkette. Es stimmt, dieser Burnot könnte die Virusproben gestohlen haben. Aber es könnte auch jemand gewesen sein, der vielleicht sogar ganz geschickt den Verdacht auf ihn gelenkt hat. Unter Umständen ist Burnot nach Island ausgewandert und züchtet Pferde.«

Olofsen bedachte sie mit einem Blick, als wäre ihr gerade eine ganze Wagenladung Tassen aus dem Schrank gefallen. »Was soll das jetzt?«, fragte er gereizt. »Jeder hier weiß, dass wir mit Indizien und Hypothesen jonglieren. Wenn Sie einen besseren Weg kennen, ihn kurzfristig zu finden – raus damit! Burnot hatte in zwei Fällen ein plausibles Motiv, das macht ihn für mich sehr verdächtig. Die Zahlen aus den Videos stellen ebenfalls eine eindeutige Verbindung zu ihm dar.«

Sie deutete ein Achselzucken an. »In der Tat erscheint Burnot verdächtig. Aber er könnte eben auch der Falsche sein. Das ist ja das Problem mit den Indizien. Bevor er nun offiziell für vogelfrei erklärt wird – und genau dazu führt ein Fahndungsaufruf in den sozialen Medien –, möchte ich zu bedenken geben, dass es auch als Rufmord ausgelegt werden kann. Wenn diese Sache nach hinten losgeht, wird die Cuxhavener Polizei einen Shitstorm erleben, der seinesgleichen sucht.«

Osamente hatte recht, das wusste Olofsen sehr genau. Nur fehlten ihm gerade die Optionen. Er könnte warten. Worauf? Einen weiteren Mord?

Bevor Olofsen weitere Überlegungen anstellen konnte, holte die Rechtsmedizinerin tief Luft. »Und wenn dann noch diese Theorie mit den gezielten Virusangriffen auf die Polizei an die Öffentlichkeit kommt und Burnot sich als der Falsche herausstellen sollte, können wir nur hoffen, dass er irgendwie seines Lebens wieder froh wird. Die anonyme Öffentlichkeit ist zurzeit nicht zimperlich. Das Wort ›Bioterrorismus‹ ist in diesem

Raum bereits gefallen, auch draußen auf der Straße wird jemand auf diese Idee kommen.«

»Es ist Burnot!«, schrie Pall wütend in den Raum. »Er hat mich mit einem Scheißvirus angegriffen. Das nehme ich persönlich.« Er sprang auf, stürmte auf Wilmsen zu und schlug fast mit der Faust auf die besagte Enter-Taste des Laptops. »Jetzt kriegen wir dich, Wichser!«

Nunk und Olofsen sprangen gleichzeitig auf, beide Stühle fielen krachend zu Boden. »Sag mal, brennt bei dir der Helm, oder was?«, schnauzte Olofsen.

»Frank macht Schluss für heute«, ging Nunk dazwischen und zog Pall von Olofsen weg. »Das wird disziplinarische Konsequenzen haben. Darüber reden wir morgen.« Er zeigte mit dem Finger zur Tür. »Raus jetzt!«

***

Er saß seit dem späten Nachmittag an seinem kleinen Schreibtisch und arbeitete an seiner großen Botschaft, wie er es nannte. Zum richtigen Zeitpunkt sollte jeder seine Geschichte erfahren, das war sein Ziel. Dieser Zeitpunkt war nun fast da.

Gelegentlich warf er einen Blick durch das geöffnete Fenster nach draußen. Schon vor einiger Zeit war es dunkel geworden, nun schimmerte nur noch der Mond durch die Baumwipfel.

Plötzlich ertönte ein »Pling« aus dem Lautsprecher seines Laptops. Er schaute auf und holte den Internet Explorer in den Vordergrund. Facebook war geöffnet, und er erkannte sofort sein Gesicht in einem neuen Posting. Ihn durchfuhr ein Kribbeln wie ein kleiner Stromschlag. Es war also so weit. Die Jagd auf ihn hatte begonnen. Wie vorausgeahnt, war er nach dem Mord an Polder in den Fokus der Kripo geraten. Und wie ebenfalls geahnt, wussten sie sich nicht anders zu helfen, als noch in der Nacht über die sozialen Medien nach ihm zu fahnden, indem sie sein Bild mit einer kurzen Suchmeldung auf Facebook veröffentlichten.

In der Hütte würden sie ihn nicht finden. Sie gehörte seiner

Großtante. Die alte Dame lebte in einem Dorf in Niederbayern und war schon seit Jahren nicht mehr hier gewesen. Früher hatten erst sein Vater, dann er selbst immer für sie nach dem Rechten geschaut. Der Schlüssel war in seinem Besitz geblieben. Er hatte sich schon vor Monaten hier häuslich eingerichtet. Die einzige Tochter der Großtante lebte in Frankreich und würde somit nicht kurzfristig vor der Tür stehen.

Er stand auf, zog sich Schuhe und Jacke an, klebte sich vor dem Spiegel mit geübten Handgriffen einen künstlichen Schnäuzer unter die Nase und verließ seine Unterkunft. Er setzte sich in seinen Wagen, startete den Motor und fuhr langsam und ohne Licht vom Grundstück. Abermals machte er sich keine Sorgen, entdeckt zu werden. Den Wagen hatte er ebenfalls vor Monaten abgemeldet und fuhr ausschließlich mit unterschiedlichen Sätzen geklauter Nummernschilder. Heute waren es Münsteraner Kennzeichnen.

Er fuhr auf Umwegen nach Altenbruch und von dort zum Leuchtturm Dicke Berta. Den Wagen stellte er auf dem Parkplatz an der Döschers Trift ab und stieg über die Treppe neben der Gaststätte Zur Schleuse auf den Deich. Linker Hand waren die Fertigungshallen, in denen Siemens Offshore-Windkraftanlagen baute, hell erleuchtet, das Deichvorland mit den darauf weidenden Schafen auf der rechten Seite lag dagegen in Dunkelheit. Direkt vor ihm, am Fuß des Deiches und schwach durch eine Straßenlaterne erhellt, lag sein Ziel: die Marina des Altenbrucher Sportbootvereins.

Langsam ging er die Treppe hinunter und sondierte sorgfältig die Umgebung. Niemand war da.

Er lief weiter auf die Steganlage. Unwillkürlich musste er an seine »Sonnenvogel« denken. Immer wenn er eine Marina betrat, durchfuhr ihn der Gedanke an sein altes Boot wie ein Stich. Er sehnte sich nach der Freiheit auf dem Wasser. Aus genau diesem Grund mussten alle diejenigen, die ihn in diese Situation gebracht hatten, auch auf ihren Booten sterben. Diese Symbolik war für ihn wichtig, sie bedeutete Genugtuung.

Als er das Ende des Stegs erreicht hatte, lag ein für seine Zwecke perfekt geeignetes Boot vor ihm.

Ein weiterer Rundumblick. Niemand zu sehen.

Mit einem Schritt war er auf dem Boot. Es war ein knapp acht Meter langer Gleiter aus den späten neunziger Jahren des vorigen Jahrhunderts, hier und da ein bisschen ramponiert. Er brauchte ein paar Augenblicke, um den Batteriehauptschalter im Motorenraum zu finden, die Klappe war nicht einmal verschlossen. Missbilligend legte er die Stirn in Falten. Leichtfertige Idioten. Konnten sich im Traum nicht vorstellen, dass jemand anders ihre alte Schüssel ausleihen würde.

Eine halbe Drehung, und schon floss der Strom in die Bordsysteme. Dann zog er ein Werkzeug aus der Jackentasche, das aussah wie eine Kreuzung aus einem feinen Schraubendreher und einem Skalpell, und rammte es in das Zündschloss. Bevor er den Motor startete – er wusste, dass es funktionieren würde –, sprang er noch einmal zurück auf den Steg, um die Leinen zu lösen.

Wie erwartet sprang der Motor an. Er legte den Rückwärtsgang ein, und das Boot schob sich langsam nach hinten. Trotz des Fenders schabte der Rumpf mit einem leisen Kratzgeräusch am Steg entlang, aber das störte ihn nicht. Das Boot drehte langsam, steuerte auf die Fahrrinne zu und verließ den Hafen.

DREIZEHN

Donnerstag, 6. September, früher Morgen

Olofsen lag noch im Bett und weigerte sich beharrlich, wach zu werden. Selbst die Fliege, die sich abwechselnd auf seiner Nase und seiner Stirn niederließ, schaffte es nicht, seine Lebensgeister zu wecken. Durch die zugezogenen Vorhänge des Schlafzimmerfensters fiel gedämpftes Sonnenlicht.

Das plötzlich ertönende Nebelhorn änderte die Situation grundlegend. Widerwillig öffnete Olofsen die Augen und tastete nach dem Handy. Mit einem Auge schielte er auf den Wecker auf seinem kleinen Nachttisch. Sieben Uhr dreizehn.

Mist. Jetzt war er wach.

Er nahm das Gespräch an. »Ja?«

Es war Greiner. »Moin. Verpennt?«

»Nicht wirklich«, gähnte Olofsen in das Gerät. »Ich wollte sowieso gerade aufstehen.«

So ganz stimmte das natürlich nicht. Greiner wusste das auch. Aber es passte nicht zu Olofsens Image, zuzugeben, dass er verschlafen hatte.

Nachdem die gestrige Besprechung im Chaos geendet hatte, war er in seinen Wagen gesprungen und in den Hafen gefahren. Dort war er ziellos herumgeschlendert, um in der nächtlichen Ruhe einen weiteren Anlauf zu unternehmen, seine Gedanken zu ordnen. Er war stinkwütend auf Pall. Auch wenn eine innere Stimme behauptete, dass sie auf der richtigen Spur waren, ging er ein sehr großes Risiko ein. Pall hätte niemals so ausrasten dürfen.

Hätte er selbst die Situation vorausahnen können? Oder gar müssen? Ihm war jedenfalls klar, dass Osamente mit ihrer Kritik an der Veröffentlichung von Burnots Foto in den sozialen Medien recht hatte.

Irgendwann hatte er den Weg nach Hause gefunden. Um

seine Zweifel und Sorgen zu verdrängen, hatte er abermals alle Navigationsübungen für seine Sportbootprüfung durchgearbeitet, Linien auf Seekarten gezogen, Winkel gemessen und Entfernungen bestimmt. Zwei, na ja, vielleicht auch drei Flaschen Bier hatten ihr Übriges getan. Und ein Glas Whisky. Möglicherweise auch zwei, er wusste es nicht mehr genau.

Wie zur Bestätigung, dass es wohl doch eher drei Flaschen Bier und mindestens zwei Gläser Whisky gewesen waren, fing es in seinem Kopf zu hämmern an.

»Schwing mal ganz fix deinen Hintern aus dem Bett. Petersen hat sich gemeldet. Es ist etwas passiert«, sagte Greiner gerade.

Verdammt! Olofsens Gedanken überschlugen sich. Das Hämmern in seinem Kopf verdoppelte seine Intensität.

»Jetzt sofort?« Ein lahmer Versuch, Zeit zu schinden.

»Ja, natürlich jetzt sofort. Wann denn sonst? Hast du sie noch alle?«, fuhr ihn Greiner an.

»Jep, noch alle da. Hab gerade nachgezählt. Und tierische Kopfschmerzen«, grummelte Olofsen, doch Greiner hatte das Gespräch bereits beendet.

Er warf das Handy auf sein Bett und schlurfte ins Badezimmer, stellte sich mit der Zahnbürste in der Hand unter die Dusche und drehte das Wasser auf.

Kurz darauf war er angezogen und nahm sich die Zeit für drei Paracetamol und ein Glas Wasser. Rasieren musste ausfallen. Egal, ein Dreitagebart ist sowieso cooler, sagte er sich. Er stürmte die Treppen hinunter und lief zu seinem Wagen. Dort stellte er fest, dass er den Autoschlüssel in der Wohnung vergessen hatte. Wohl oder übel rannte er zurück ins Haus, suchte den Autoschlüssel, fand ihn und flitzte wieder in den Hof. Er gab Gas und schoss auf die Straße. Nur wenige Minuten später war er in der Polizeiinspektion.

Greiner wartete bereits ungeduldig auf ihn. »Zur Hölle, was hast du so lange getrieben?«

Olofsen verzog das Gesicht und rieb sich die Schläfen.

»Petersen von der Wasserschutzpolizei hat sich gemeldet. Sie haben schon wieder eine Motoryacht gefunden.« Greiner sprach laut und nahm keinerlei Rücksicht auf Olofsens offensichtlichen Brummschädel.

»Wann war das?«

»Etwa zehn Minuten bevor ich dich angerufen habe«, erklärte Greiner.

»Und da meldest du dich jetzt erst?«, schnaufte Olofsen. »Was für ein Boot? Das von den Engels? Wie kann ich ihn erreichen?«

»Wen?«

Olofsen verdrehte genervt die Augen. »Petersen.«

»Die Nummer hast du in deinem Handy gespeichert.«

Olofsen rannte in sein Büro und suchte in seinen Notizen die Nummer von Petersen. In seinem Handy hatte er sie nämlich nicht abgespeichert. Er fand die Nummer in einem Berg Papier. Petersen meldete sich sofort.

»Moin. Ausgeschlafen?«, fragte er.

»Nicht wirklich. Was gibt's?« Olofsen fand sich nicht wach genug für eine Gesprächseröffnung mittels Small Talk. Immerhin ließen die Kopfschmerzen nach.

»Die VZ hat uns vor einer guten Stunde über ein Objekt direkt an der Markierungstonne Medem-Reede 8 informiert. Es war zu klein für ein eindeutiges Radarecho, aber es tauchte immer wieder auf.«

»Die VZ?«, fragte Olofsen irritiert.

»Verkehrszentrale. Cuxhaven Elbe-Traffic.«

»Was bedeutet ›Objekt‹?«, fragte Olofsen weiter.

»Wir haben das soeben überprüft. An der Tonne war ein kleines Motorboot festgemacht, kaum auf dem Radarschirm zu erkennen.

»Was ist mit dem Motorboot? Wo kam es her? Waren Menschen an Bord?« Olofsen war ungeduldig.

»Laut Heimathafen auf dem Heckspiegel kommt das Boot aus Altenbruch.«

Olofsen fluchte in sich hinein. Ganz böse Schimpfwörter. Wenn es sich nicht um das Boot der Engels handelte – und genau danach sah es aus –, könnte das gesamte Hypothesenkartenhaus des gestrigen Abends zusammenbrechen.

Petersens Stimme riss ihn aus seiner mentalen Schimpftirade. »Es war niemand an Bord. Aber es könnte sein, dass ein Beiboot fehlt. Wir können es noch nicht mit absoluter Sicherheit sagen, aber es gibt Hinweise darauf – abgeschnittenes Tauwerk und Ölflecken auf der Badeplattform. Wir versuchen gerade, den Besitzer ausfindig zu machen.«

»Könnte es ein Unfall gewesen sein?«, erkundigte sich Olofsen.

»Das Boot war an der Tonne festgemacht. Das spricht gegen einen Unfall. Aber ausgeschlossen haben wir ihn dennoch nicht. Einen Notruf hat es nicht gegeben, allerdings verfügen viele dieser kleinen Boote nicht einmal über eine Funkanlage. Wir haben die ›Anneliese Kramer‹ alarmiert und zusammen mit den Seenotrettern entsprechend der Strömung ein großes Gebiet abgesucht, konnten aber nichts finden. Die DGzRS hat einen Hubschrauber angefordert, der ein noch größeres Gebiet durchkämmt. Auch das blieb bislang negativ. Die Verkehrszentrale hat eine Dringlichkeitsmeldung an die Schifffahrt auf der Elbe und Außenelbe herausgegeben und um erhöhte Wachsamkeit gebeten.«

»Ganz schön viel Action am frühen Morgen«, sagte Olofsen. »Was passiert jetzt mit dem Motorboot?«

»Unser Tochterboot hat es auf den Haken genommen und schleppt es an unseren Liegeplatz. Die ›Bürgermeister Brauer‹ bleibt noch eine Weile im Suchgebiet. Mein Gefühl sagt mir jedoch, dass wir nichts finden werden.«

Nur wenig später liefen Olofsen und Greiner die Treppe zur Dienststelle der Wasserschutzpolizei in der Präsident-Herwig-Straße hinauf und meldeten sich beim Wachhabenden.

Es war rappelvoll in der Dienststelle. Eigentlich würde um diese Zeit die Mannschaft der »Bürgermeister Brauer« abgelöst, aber wegen der Suche nach potenziellen Schiffbrüchigen war das Schiff noch draußen. Sobald das Beiboot angekommen war, konnten zumindest zwei Mann der neuen Besatzung auf das Schiff. Die anderen mussten noch warten.

Von irgendwo schnappte Olofsen auf, dass das Beiboot bereits im Vorhafen sei.

Greiner schien nachdenklich. »Meinst du, das ist unser Mann gewesen?«

Olofsen wusste es nicht.

Greiner legte die Stirn in Falten. »Sollte er es gewesen sein, hat er seine Vorgehensweise geändert. Oder wir haben die Leichen nur noch nicht gefunden. Waren Petersens Leute an Bord?«

Olofsen musste gestehen, dass er Petersen diese Frage nicht gestellt hatte. »Es könnte natürlich auch ein Nachahmungstäter oder irgendein anderer Spinner sein.«

Die beiden standen am Anleger der Wasserschutzpolizei und warteten. Der kleine Schleppverband war eigetroffen, und die Beamten bemühten sich gerade, die beiden Boote zu vertäuen.

Greiner schaute überrascht auf das abgeschleppte Boot. »Der Kahn hat aber auch schon bessere Tage gesehen.«

»Stimmt.« Olofsen war dies ebenfalls aufgefallen. »Das Ding schwimmt zwar, passt aber gar nicht zu den Booten, mit denen wir es in den letzten Tagen zu tun hatten. Nicht einmal zu dem Kahn von Polder, und der war ja auch schon etwas heruntergekommen.«

Hinter ihnen ertönte eine bekannte Stimme. »Aus dem Weg, ihr Vögel. Ich brauche Platz für mein Equipment.« Unverwechselbar Frank Pall. »Keiner von euch fasst irgendetwas an, bevor ich es erlaube. Gar nichts.« Die letzten Worte klangen wie Donnerschläge.

Olofsen drehte sich um. »Guten Morgen, der Herr. Heute wieder klar im Kopf?«

Pall stapfte heran. Zuerst war sein Gebaren so Pall-typisch, als hätte es den gestrigen Vorfall niemals gegeben, dann ließ er plötzlich die Schultern hängen und wirkte wie ein nasser Sack. »Warum müsst ihr eigentlich ständig außerhalb der regulären Arbeitszeiten etwas auf dem Herzen haben? Gestern bis tief in die Nacht hinein und heute schon wieder in aller Herrgottsfrühe. Da muss man ja durchdrehen.«

War das eine verklausulierte Entschuldigung? Olofsen war sich nicht sicher.

»Arne, ich muss mit dir reden«, sagte Pall leise.

»Kein Problem«, antwortete Olofsen. »Quatsch dich aus.«

»Unter vier Augen.«

Olofsen zog erstaunt eine Augenbraue hoch, bedeutete dem Spurensucher dann aber, ihm zu folgen.

Sie entfernten sich ein paar Meter von den Umstehenden, bevor Pall zum Sprechen ansetzte: »Ich möchte mich entschuldigen.« Palls Stimme war kaum zu hören, Olofsens Augenbraue wanderte noch ein wenig weiter Richtung Haaransatz.

»Ich habe mich gestern wie ein Idiot benommen«, sagte Pall. Es war ihm anzusehen, wie schwer ihm diese Worte fielen. »Vor nicht einmal zwei Monaten ist mein Bruder fast an so einer Infektion verreckt, hat sich auf einer Mittelmeerkreuzfahrt infiziert. Ich glaube sogar, es war auch Noro. Bis klar war, was mit ihm los war, lag er im Koma und war schon so stark dehydriert, dass sie ihn mit einem Hubschrauber vom Schiff holen und in eine Klinik an Land fliegen mussten.« Palls Stimme versagte, und der massige Mann drehte sich für einen Moment weg.

Olofsen war sprachlos. Pall hatte niemals auch nur ein Sterbenswörtchen über diese Sache erzählt.

»Also«, setzte Olofsen an, aber Pall ließ ihn nicht weitersprechen.

»Es ist gut ausgegangen, und Michael ist wieder fit. Aber die Geschichte hat mich mehr mitgenommen, als ich gedacht hatte. Als ihr gestern mit den Infektionen und diesem Burnot anfingt, ist alles hochgekommen.«

Olofsen dachte kurz nach, dann nickte er. »Okay, das kann

ich verstehen. Scheißsituation. Schwamm drüber. Jetzt aber müssen wir nach vorne schauen und verhindern, dass noch anderen Menschen das gleiche Schicksal blüht wie deinem Bruder.«

Olofsen deutete mit der Hand auf das Boot. »Da gibt es neue Antworten zu alten Fragen. Wir müssen sie finden. Dazu brauchen wir dich.«

Pall wischte sich mit dem Handrücken über die Nase, straffte sich und ging mit Olofsen zu den Übrigen zurück. Er warf einen Blick auf das Boot. »Und warum, beim Gott des Luminols, schon wieder ein Boot? Hatte ich erwähnt, dass ich diese schwankenden Töpfe hasse?«

»Ja, hast du«, antwortete Olofsen.

»Müssen wir davon ausgehen, dass Burnot das Ding da«, Pall zeigte mit dem Zeigefinger auf das leicht schaukelnde Boot, »mit irgendwelchen Viren verseucht hat?«

»Das wissen wir nicht«, antwortete Olofsen. »Manches spricht dafür, manches dagegen. Es wurde draußen an einer Tonne festgemacht. Keine Leichen. Du musst das Boot untersuchen.«

Pall öffnete eine seiner Kisten. »Aber wir können da doch nicht ohne vernünftige Schutzausrüstung reingehen«, sagte er. »Hat denn das Bild auf Facebook etwas gebracht? Wissen wir nun, wo Burnot abgetaucht ist?«

Olofsen verneinte. Auch er musste zugeben, nicht die geringste Idee zu haben, ob es ein Risiko bedeutete, an Bord dieses Bootes zu gehen. Jetzt, da sie wussten, was Burnot auf den anderen Booten gemacht hatte, mussten sie doppelt so große Vorsicht walten lassen. Die Arbeit als Polizist war ja grundsätzlich mit Risiken verbunden, aber das hier war etwas anderes. Er konnte Pall nicht zwingen, das Boot zu untersuchen. Er müsste ihn eigentlich sogar zurückhalten, wenn er aus eigenem Entschluss an Bord gehen wollte. Die Eigensicherung stand ganz oben.

Verdammt, dachte er, wenn das hier wirklich Burnots Werk war, hatte der Typ erneut einen Sieg eingefahren. Olofsen machte ein paar Schritte zur Seite und zückte sein Handy, um Paula anzurufen. Er hatte keine Idee, an wen er sich sonst hätte wenden können. Einen offiziellen Berater hatten sie nicht. Und wenn er ehrlich zu sich war, wollte er auch keinen.

Er erreichte sie, und die beiden sprachen für ein paar Minuten miteinander.

Schließlich beendete er das Gespräch und trat wieder zu seinem Kollegen. »Unter der Annahme, dass unser Killer hier seine Hände im Spiel hatte und auch dieses Boot mit Noroviren kontaminiert hat, besteht kaum eine Gefahr für uns«, erklärte er.

»Wie das?«, fragte Pall. Er schien nicht überzeugt.

»Weil du dich schon infiziert und deine Zeit auf dem Klo abgesessen hast«, antwortete Olofsen.

Pall überlegte. »Du meinst, alle die, die schon ihren Brechdurchfall hatten, sind immun?«

Olofsen nickte zustimmend. »So ist es. Für ein paar Wochen kann nichts mehr passieren. Setz dir eine Maske auf, Handschuhe trägst du ja sowieso, nimm von deinem Equipment nur mit an Bord, was du wirklich brauchst, und desinfiziere es anschließend gut.«

Pall war noch immer skeptisch. »Wer sagt dir das überhaupt? Und wenn es keine Noroviren sind, sondern Scheißebola oder die Pest?«

Olofsen warf die Hände über den Kopf. »Dann sind wir am Arsch. Und jetzt gib mir einen Overall, Maske und Handschuhe. Ich gehe selbst an Bord und schaue mir das an. Lass dir eine Stellwand bringen, hinter der du dich verstecken kannst.«

Pall funkelte ihn zornig an. »Du gehst da nicht rein, bevor ich mich selbst umgeschaut habe.«

Olofsen nickte. »Nach Ihnen, großer Maestro.«

Pall zog seine Schutzmaske auf und warf Olofsen einen weißen Einmaloverall zu. »Anziehen«, befahl er barsch. »Und wenn du irgendetwas auf dem Kahn auch nur schief anschaust, werde ich dich eigenhändig kielholen.«

Olofsen tat wie geheißen und kletterte hinter Pall, der nun ebenfalls einen antistatischen Einmaloverall und Nitrilhandschuhe trug, auf das Boot.

Es war vielleicht acht, bestenfalls neun Meter lang. Im vorderen Teil hatte man eine kleine Sitzecke untergebracht, davor, im Bug, ein Bett. Die Schiebetür zu dieser Kabine war aufgebrochen worden.

Im hinteren Teil des Bootes befand sich rechts der Fahrstand, links ein weiterer Sitz. Dahinter gab es eine weitere Sitzgruppe mit einem kleinen Tisch, dessen Platte umgeklappt war. Alles wirkte schon etwas älter, abgewohnt, verbraucht, ohne jedoch kaputt zu sein.

Auf den ersten Blick entdeckte Olofsen nichts Auffälliges.

»Hallo! Schlammschuh! Aufwachen!« Offenbar hatte Pall irgendetwas zu ihm gesagt.

»Sprich lauter«, sagte Olofsen. »Ich kann dein Genuschel durch die Maske sonst auf die Entfernung nicht verstehen.«

Pall glotzte blöde. Dann setzte er beide Hände wie einen Trichter vor den Mund und die Schutzmaske und brüllte: »Komm her!«

Sämtliche Beamten, die noch auf dem Anleger standen, warfen den beiden neugierige Blicke zu. Pall machte ein paar Handzeichen, um anzudeuten, dass sein Kollege entweder schlecht hörte oder nicht mehr alle Latten am Zaun hatte. Anschließend ging er nach vorne und schaute durch die offene Tür in die Kabine. Ganz in der Spitze, hinter der sich wohl nur noch der Ankerkasten befand, war über dem Bett ein kleiner Spiegel angebracht. Jemand hatte mit einem dicken schwarzen Edding etwas darauf geschrieben.

»›Ihr könnt mich mal‹«, las Olofsen laut vor.

Pall verzog den Mund. »Wer auch immer das geschrieben hat, ist entweder sehr von sich überzeugt oder glaubt nicht an die Kompetenz der Cuxhavener Spitzenermittler.«

»Ihr könnt mich mal«, wiederholte Olofsen nachdenklich. »Nein, können wir nicht. Wir kriegen dich. Wir kennen deinen Namen. Wir wissen zwar nicht, wo du dich verkrochen hast, aber du kannst nirgendwohin.«

Er machte einen Schritt vom Kabineneingang weg und setzte

sich auf den Fahrersitz. Pall wollte gerade aufbrausen, doch Olofsen bedeutete ihm mit der Hand, den Mund zu halten. Er musste jetzt nachdenken.

»Es ist nicht nur die Botschaft auf dem Spiegel.« Das war Pall.

Olofsen schaute verwirrt auf. »Was?«

»Hier ist noch mehr.«

Olofsen stieg von dem Sitz herunter und beugte sich erneut in die Kabinentür. Pall trat ein kleines Stückchen zur Seite und deutete auf eine Flasche, die auf einem Polster unter dem Spiegel stand.

»Was ist das?«, fragte Olofsen neugierig.

»Eine Flasche.«

»Das sehe ich selbst.«

»Dann frag nicht so blöde.«

»Gib mal her«, sagte Olofsen.

Pall wich zurück, als könnte es sich um eine Bombe handeln. »Auf gar keinen Fall. Wir wissen nicht, was in der Flasche ist. Es könnte giftig oder explosiv oder infektiös sein. Das müssen wir uns ganz genau und vor allem ganz vorsichtig anschauen.«

»Die Flasche hat ein Etikett. Was steht da drauf?« Olofsen setzte sich auf die Bettkante.

Pall beugte sich vor. Er wagte es nicht, die Flasche zu berühren. »Kaliumchlorid«.

»Ihr könnt mich mal« als Botschaft und eine Flasche Kaliumchlorid. Es konnte kaum eindeutiger sein, schoss es Olofsen durch den Kopf. »Burnot, du Scheißer«, wetterte er laut vor sich hin.

Plötzlich lärmte das Nebelhorn von Olofsens Handy. Er zuckte überrascht zusammen und wurstelte das Telefon aus der Tasche und aus dem Overall heraus.

Er hörte kurz zu und schrie: »Wir haben ihn!«

Pall schaute ihn verblüfft an. Dann streckte er den Daumen nach oben in die Luft.

Olofsen sprang auf wie von der Tarantel gestochen. Das

kleine Boot kam dabei so heftig ins Schaukeln, dass Pall vornüberkippte und genau auf die Flasche mit dem Aufkleber »Kaliumchlorid« stürzte. Dabei schlug er mit dem Kopf vor den Spiegel und wischte mit der Wange über die Botschaft.

»Du Schwachkopf. Ich erwürg dich«, schrie er Olofsen hinterher und versuchte gleichzeitig, sich wieder aufzurappeln.

Aber der hörte es schon nicht mehr.

Und das Boot explodierte auch nicht.

Wie der Blitz kletterte Olofsen vom Boot, riss sich im Rennen den Overall vom Leib und bedeutete Greiner, ihm zu folgen. Er spurtete zur Straße und dort zum Wagen.

»Wir haben ihn«, rief er erneut.

Greiner war überrumpelt. »Was jetzt?«

»Bist du behämmert? Der Mörder, wir haben ihn!« Olofsen schaltete Turbo- und Superermittler-Modus gleichzeitig ein. »Nun beweg dich schon.«

»Wohin rennen wir eigentlich?«, fragte Greiner atemlos von hinten.

»Zum Auto«, brüllte Olofsen. Er riss die Fahrertür auf, schwang sich auf den Sitz und startete den Motor.

»Und wohin fahren wir?«

»Himmel«, fauchte Olofsen. »Jetzt mach schon. Wenn du weiter trödelst, ist der Mörder nach Kanada ausgewandert, bevor du überhaupt im Auto sitzt.«

Endlich saß Greiner auf dem Beifahrersitz, und Olofsen schoss mit quietschenden Reifen vom Parkplatz. Einem Radfahrer, der wie aus dem Nichts aufgetaucht war, konnte er gerade noch ausweichen.

»Wohin fahren wir?«, japste Greiner.

»Zum Hafen.«

»Wir sind schon im Hafen.«

»Frauke ist wieder da«, sagte Olofsen und kurbelte am Lenkrad, um einer weiteren Gruppe Radfahrer und einem mit einer großen Fischkiste beladenen Gabelstapler auszuweichen. Die Radfahrer klingelten erbost, der Gabelstapler musste eine Vollbremsung hinlegen und verlor dabei fast die Fischkiste vorne auf der Gabel.

»Da hat eine angerufen und beim Blut ihrer toten Oma geschworen, Burnot wäre in der LCF-Marina«, fuhr Olofsen fort.

»In der wo?«, fragte Greiner verwirrt.

»Liegegemeinschaft Cuxhaven-Fährhafen«, sagte Olofsen schroff.

»Wo zum Henker soll das nun sein? Und pass auf, du fährst wie ein Irrer. Wenn die Bullen dich sehen, ziehen sie dich aus dem Verkehr.«

»Am Steubenhöft. Und wir sind die Bullen«, informierte ihn Olofsen.

»Stimmt. Gib Gas, das ist ja hier um die Ecke.«

Olofsen schoss auf die hintere Schleusenüberfahrt, da die vordere geschlossen war. Abermals ging er mit quietschenden Reifen in die Kurve. Greiner wurde bleich und krallte sich am Sitz fest. Wahrscheinlich sah er sich schon im Hafenbecken schwimmen.

»Verdammt, Arne, ein bisschen langsamer tut's auch.«

»Ich will nicht zu spät kommen.«

Sie flogen nahezu nach rechts in die Baudirektor-Hahn-Straße. Rechter Hand lag der neue Fischereihafen, wo zwei der rot-weißen Lotsenversetztender »Döse« und »Duhnen« festgemacht waren und auf ihren nächsten Einsatz warteten. Das Schwimmdock von Empting war leer, an der gegenüberliegenden Seite des Hafenbeckens lagen ein paar Fischkutter.

Bremsend und seinen Beifahrer komplett ignorierend, ging Olofsen in die nächste Linkskurve. Die Hinterreifen verloren die Straßenhaftung, und der Wagen brach aus. Greiner begann zu schwitzen. Olofsen kurbelte am Lenkrad und fluchte wenig druckreif vor sich hin. Die Mützelfeldtwerft zischte durch ihr Gesichtsfeld, dann ging es den Lenzkai hinauf. Von hier aus konnten sie die Steganlage der LCF und die Masten der dort liegenden Segelboote bereits erkennen.

»Gleich da«, sagte Olofsen.

Greiners Gesicht war käseweiß.

Sie erreichten das Ende der Straße. Vor ihnen erhob sich die Rückseite des Steubenhöfts, und Olofsen trat in die Bremsen. Greiner fluchte laut, als er erst nach vorne gerissen und anschließend vom Sicherheitsgurt festgehalten wurde.

Kaum dass der Wagen zum Stehen gekommen war, flog die Tür auf, und Olofsen sprang heraus. In fast der gleichen Geschwindigkeit, mit der er gefahren war, rannte er nun auf die abwärts zur Steganlage führende Treppe zu. Greiner gab alles, um zu folgen, war aber schon einige Meter zurückgefallen. Am Fuß der Treppe stand eine Art Zelt, vor dem Olofsen abrupt stehen blieb.

»Das wurde aber auch Zeit«, rief ihm eine aufgeregte Stimme entgegen.

Olofsen sah eine mit den Armen rudernde Frau von knapp sechzig Jahren vor sich stehen. Ohne auf eine Antwort zu warten, deutete sie unbestimmt hinter sich. »Dahinten, auf dem dritten Steg.«

Olofsen machte ein paar Schritte an ihr vorbei, um besser sehen zu können, aber zu viele Boote versperrten ihm die Sicht. Inzwischen war auch Greiner unten angekommen und rannte sofort an Olofsen vorbei. Auch er sprintete wieder los und hatte Greiner mit wenigen Schritten überholt.

Auf dem Steg vor ihm, vielleicht fünfzehn oder zwanzig Meter entfernt, rangen zwei Männer miteinander. Einer von ihnen, er hatte eine Glatze, hatte den anderen gerade zu Boden gestoßen und stürzte sich vor Wut schreiend auf ihn.

»Polizei«, rief Olofsen.

Die beiden Männer nahmen keine Notiz von ihm.

Der Glatzkopf saß inzwischen auf dem anderen Mann und schlug mit der Faust in dessen Gesicht. Die Nase blutete, und der ansonsten top gepflegte Hipstervollbart wirkte reichlich derangiert. Der Hipster versuchte sich wegzudrehen und gleichzeitig seinem Kontrahenten die Daumen in die Augen zu drücken.

»Schluss jetzt!«, schrie Olofsen.
Erneut keine Reaktion.
Er griff nach seiner Dienstwaffe – und musste entsetzt feststellen, dass er sie nicht dabeihatte. In der Hektik des Aufbruchs hatte er nicht daran gedacht, sie mitzunehmen. Du bescheuerter, megaidiotischer Dorfpolizistentrottel, beschimpfte er sich. Dann stürzte er sich mitten unter die beiden kämpfenden Männer, um sie auseinanderzubringen.
Greiner war nur noch wenige Schritte entfernt. Er hatte seine Dienstwaffe dabei und gezogen, aber als er das Knäuel aus Olofsen und den beiden unbekannten Männern sah, steckte er sie schnell wieder ein.
Olofsen hatte inzwischen den Glatzkopf vom Hipster heruntergerissen.
Der Glatzkopf schrie und trat nach Olofsen, der drehte sich jedoch zur Seite, griff das Bein des anderen und zog es nach oben. Der Glatzkopf verlor das Gleichgewicht und stürzte rücklings auf den schmalen Steg.
Keiner hatte die Enge des Stegs bedacht – und dessen Instabilität bei schnellen und heftigen Bewegungen. Durch das plötzliche Schwanken des Stegs verlor Olofsen das Gleichgewicht, drehte sich und stürzte, den Glatzkopf mit sich reißend, zwischen zwei Segelbooten ins Wasser. Olofsen tauchte als Erster wieder auf und gab eine Salve höchst unflätiger Sätze von sich. Dann kam auch Glatze zurück an die Oberfläche und schlug nach Luft schnappend mit den Armen um sich.
Der zweite Mann wollte sich in der Zwischenzeit aus dem Staub machen, aber Greiner stellte sich ihm in den Weg – und wurde stumpf über den Haufen gerannt. Er unterschätzte den Schwung des Mannes, als er ansetzte, ihn zu umklammern, und machte darüber hinaus den gleichen Fehler wie sein Kollege: Auch er verkannte die Enge des Stegs. Nach einer halben Drehung fand sein Fuß keinen Halt mehr, sondern trat ins Leere. Laute Schreie – und zwei weitere Männer landeten mit einem vernehmlichen Platschen im Wasser des Amerikahafens.

Indessen war auch die Frau, die Olofsen im Zelt zu Anfang der Steganlage die Richtung gewiesen hatte, am Ort des Geschehens eingetroffen. Einige Bootsleute steckten, aufgeschreckt durch das Geschrei, die Köpfe aus den Luken ihrer Schiffe.

Greiner hatte schwimmend und seinen Gegner wie ein Rettungsschwimmer im Klammergriff haltend eine ins Wasser ragende Leiter am Steg erreicht.

Helfende Hände reckten sich ihm entgegen. »Komm, Junge, wir holen dich raus.«

Nur Sekunden später lag er auf dem Steg wie ein zappelnder Fisch. Auch der Hipster war nun wieder aus dem Wasser heraus und wollte sich abermals verdrücken.

»Nix da«, schnauzte Greiner und ließ einmal sein Bein kreisen. Es zog dem anderen die Füße weg, und der knallte schwer auf die Bretter des Stegs.

»Du bist verhaftet, du Scheißer«, sagte Greiner und schüttelte sich das Wasser aus den Haaren.

»Kommissar Olofsen, Kommissar Greiner«, hörte er eine Stimme rufen. »Sind Sie in Ordnung?« Es waren zwei Streifenbeamte, die vor Augenblicken ebenfalls eingetroffen waren.

»Na klar, war bloß kurz schwimmen.« Greiners Stimme troff vor Sarkasmus wie seine Kleidung vor Wasser.

»Wirklich?«

»Nein, du Heini«, tönte eine laute Stimme von hinten. Es war Olofsen, der sich auch aus dem Wasser gekämpft hatte und nun auf dem Steg hockte. Überall, wo Wasser an ihm hinunterlaufen konnte, tat es das auch. »Es war eine Festnahme.«

Die buchstäblich ins Wasser gefallen war, fügte er gedanklich hinzu. »Wo wart ihr Fischköppe überhaupt? Jetzt kann ich das nächste Paar Schuhe in den Müll werfen«, zeterte er. Er zog sein Handy hervor. Unter dem Display waberte grünliches Wasser mit ein paar Algen. Angefressen warf er es ins Wasser. »Wir jagen hier einen Mehrfachmörder, da könnt ihr schon mal einen Zahn zulegen.«

»Aber –«

»Ruhe! Langsam wird es voll an der Kugelbake. Und mir gehen die Nägel aus.« Olofsen war aufgestanden. Er gab eine jämmerliche Erscheinung ab, triefnass, zerzaust und wütend. Über seiner Schulter hing ein Büschel Seegras, was nicht dazu beitrug, ihn in diesem Moment als respektable Persönlichkeit mit Weisungsbefugnis erscheinen zu lassen. Auch Greiner sah es, und trotz der Situation, in der sie sich befanden, konnte er dem Anblick etwas Komisches abgewinnen.

»Was gibt's da zu lachen?«, wetterte Olofsen. »Siehst ja selbst nicht aus wie der Vorzeigebulle aus der Werbung.«

Greiner deutete auf seine Schulter. Olofsen tastete etwas herum und fand das Seegras. Er riss es weg und wollte es zurück ins Wasser werfen, doch die langen, schmalen Blätter wickelten sich einfach nur um sein Handgelenk, als wollten sie dort niemals wieder weg. Olofsen fluchte vor sich hin, die Hafenmeisterin wurde rot, alle anderen setzten betretene Gesichter auf und schauten sich die vielen Boote an.

Um sich in den Griff zu bekommen, holte Olofsen tief Luft. Anschließend wandte er sich dem Glatzkopf zu. »Und du bist ab jetzt verhaftet«, stellte er klar. »Wegen Verdacht des fünffachen Mordes.«

Glatze bekam große Augen. »Ich habe niemanden umgebracht«, jammerte er.

Olofsen fixierte ihn. Die Glatze stimmte eigentlich nicht mit dem Foto überein. Aber das Bild war älter, und Haare konnte man abschneiden. Die Gesichtszüge könnten durchaus zu Burnot gehören. Oder auch nicht.

»Der Staatsanwalt wartet schon auf dich, Freundchen«, sagte er. »Und eine schöne Zelle haben wir auch. Mörder fühlen sich bei uns immer besonders wohl, die wollen gar nicht mehr weg.«

Der Mann straffte sich. »Ich habe niemanden umgebracht«, wiederholte er.

Der Bärtige, den Greiner mehr oder weniger unter Kontrolle hatte, begann, ätzend zu lachen. »Jetzt kriegen sie dich dran, du Arsch.«

Mit einem unerwarteten Ausbruch an Kraft stieß der vermeintliche Burnot Olofsen zur Seite und stürmte erneut auf den anderen Mann zu. Aber nun reagierten die Streifenbeamten geistesgegenwärtig und griffen beherzt zu. Ein paar schnelle Bewegungen, und schon lag der Verhaftete wieder auf den Planken des Stegs. Handschellen schlossen sich klickend, dann kehrte Ruhe ein.

Kurzzeitig.

»Du Wichser hast meine Frau gevögelt«, giftete der Mann mit der Glatze den Mann mit dem Vollbart an.

Der lachte hämisch. »Weil du es nicht mehr draufhast. Sie will aber einen, der es draufhat.«

Der Gehörnte robbte auf seinen Widersacher zu.

Olofsen packte ihn und hielt ihn fest.

Darauf wandte er sich an die Hafenmeisterin. »Sie haben uns alarmiert, weil Sie den da«, er zeigte mit dem Finger auf den Glatzkopf, »als den Sandbankkiller Andreas Burnot erkannt haben?«

Das war eher eine Feststellung als eine Frage.

»Na ja«, sagte die Frau.

»Was heißt ›na ja‹?«, fragte nun Greiner mit messerscharfer Stimme und einem Wassertropfen an der Nasenspitze.

Die Frau tänzelte von einem Fuß auf den anderen und suchte nach Worten. »Also, auf die Entfernung sah er für mich schon aus wie der Typ auf dem Facebook-Foto.«

»Der Typ auf dem Bild hat Haare auf dem Kopf, der hier nicht«, zischte Olofsen.

»Wie gesagt, auf die Entfernung. Und geprügelt haben sich die beiden –«

»Ich fasse es nicht«, explodierte Olofsen. »Wir suchen einen Mörder, der bis jetzt fünf Menschen umgebracht hat. F-Ü-N-F.« Jeder einzelne Buchstabe klang wie ein Zimmermannshammer, der ein Loch in den Rumpf des nächstbesten Bootes schlug. »Da kann man doch nicht sofort die Pferde scheu machen, bloß weil sich hier zwei Spinner prügeln.«

»Ich habe niemanden umgebracht«, mischte sich der Mann mit der Glatze wieder ein.

»Schnauze halten«, donnerte Olofsen dazwischen.

Greiner versuchte, die Situation zu entspannen. »Jetzt einmal langsam und zum Mitschreiben«, sprach er die Hafenmeisterin an. »Was genau ist vorgefallen?«

»Die beiden da«, sie deutete auf die beiden Männer in Handschellen, »sind gestern Abend zusammen mit einer Frau auf einem Segelboot hier angekommen. Wir haben hier ein paar Plätze für Gastlieger. Gäste sind uns immer willkommen, müssen Sie wissen.«

Greiner nickte.

»Aber die drei sind die ganze Zeit nur unangenehm aufgefallen«, sprach die Hafenmeisterin weiter. »Die haben eine laute Party an Bord gefeiert, sich nicht darum geschert, dass es hier vielleicht auch Leute geben könnte, die etwas Ruhe auf ihren Schiffen haben möchten. War dreimal da und hab denen gesagt, sie sollen ruhiger werden. Hat die jedoch nicht interessiert. Sie hat sich nur aufgespielt wie eine Diva, der niemand widerstehen kann.«

»Scheint ja auch so gewesen zu sein«, meinte Olofsen mit einem Seitenblick auf Glatze. »Wo ist die Dame überhaupt?«

»Shoppen. Sie brauchte neue Höschen«, feixte Vollbart. Irgendwie schien er den Ernst der Situation noch immer nicht begriffen zu haben.

»Ich wollte sie gerade aus der Marina rausschmeißen. Solche brauchen wir hier nicht. Und dann habe ich das Foto gesehen. Also, die Ähnlichkeit –«

»Okay. Danke«, sagte Olofsen. »Ich glaube, ich hab's verstanden.« Er ließ den Glatzkopf los und ging. Jeder Schritt wurde von einem lauten Schmatzgeräusch begleitet.

»Nehmt die beiden Vollpfosten mit«, rief er den Streifenbeamten zu. »Wir haben doch bestimmt einen Praktikanten, der sich mit den beiden befassen kann.«

Olofsen hatte den vor sich hin tropfenden Greiner zu Hause abgesetzt und war in seine eigene Wohnung gefahren. Beide wollten das Gleiche: duschen und trockene Sachen anziehen, etwas Warmes trinken. Greiner würde mit dem Fahrrad zurück ins Büro kommen.

Olofsen stand unter der Dusche und wärmte sich unter dem angenehm temperierten Wasserstrahl auf. Auch wenn es draußen um diese Jahreszeit eigentlich gar nicht kalt war, hatten das Bad im Hafenbecken, die anschließende Fast-Schlägerei und die Autofahrt in nassen Sachen für reichlich Abkühlung gesorgt. Seine Schuhe hatte er bereits an der Haustür in der Mülltonne versenkt und war in nassen Socken in seine Wohnung geschlichen. Zum Glück war ihm im Hausflur niemand begegnet. Das Ausziehen seiner triefnassen Kleidung war eine Qual gewesen. Die Hose hatte geklebt und festgehangen, wo immer sie auch kleben und festhängen konnte. Bei seinen Versuchen, das Hemd abzustreifen, war die Naht eines Ärmels gerissen, sodass es den Schuhen in den Mülleiner folgen würde. Und wie er die nassen Autositze trocken bekommen würde, war ihm auch noch nicht klar.

Aber für den Moment genoss er das warme Wasser. Gleichzeitig war er wütend. Auf sich selbst. Weil die Sache in der LCF-Marina so dermaßen schiefgelaufen war. Und vor allem, weil er sich so unprofessionell angestellt hatte.

Nach der Dusche brühte er sich einen frischen Tee auf. So viel Zeit musste sein. Mit der Tasse in der Hand setzte er sich auf sein Sofa und griff nach dem Festnetztelefon. Zunächst rief er Frauke im Büro an. Sie hatte natürlich schon von den Ereignissen am Steubenhöft gehört, selbstverständlich einschließlich Olofsens und Greiners Bad im Hafenbecken. Olofsen konnte ihr unterdrücktes Kichern förmlich spüren. Was den eigentlichen Grund seines Anrufs anging, so erfuhr er nur, dass bislang keine weiteren Hinweise auf Burnots Verbleib eingegangen waren.

Olofsen bat Frauke, ihm ein neues Handy zu besorgen. Jetzt

konnte sie das Lachen nicht mehr unterdrücken, versprach aber, sich darum zu kümmern. Es würde sogar wasserdicht sein.

Olofsen nahm einen Schluck Tee und wählte erneut eine Nummer. Paulas Nummer. Sie hatte erst am Nachmittag Dienst.

»Hi. Hier ist Arne.«

Sie klang erfreut. »Das ist schön, dass du dich meldest. Aber du hast Glück, mich anzutreffen, bis vor ein paar Minuten war ich noch mit dem Hund raus.«

Olofsen wurde es jetzt wirklich warm. »Ich wusste gar nicht, dass du einen Hund hast.«

»Ein Mischling, gerade mal zehn Monate alt. Er heißt Sam.«

Kurzes Schweigen. »Musst du nicht arbeiten?«, fragte sie.

»Doch, eigentlich schon«, antwortete Olofsen. »War auch schon schwer was los heute.« Dann erzählte er ihr die ganze Geschichte, vom Auffinden des Bootes, von seinem überstürzten Aufbruch, der Prügelei auf dem Steg, dem Bad im Hafenbecken und dem mit Wasser gefüllten Handy. Während er sprach, verflog seine Wut über den misslungenen Einsatz, er konnte der ganzen Sache sogar etwas Komisches abgewinnen. Dazu benötigte er sonst immer mehrere Tage. Irgendetwas machte Paula mit ihm, das er noch nicht verstand. Aber es gefiel ihm.

»Und was macht ihr jetzt mit den beiden?«, fragte sie.

Olofsen dachte kurz nach. »Wir werden sie bald laufen lassen. Es sei denn, einer von den beiden will Anzeige erstatten. Aber das glaube ich nicht. Wahrscheinlich mussten die beiden mal Dampf ablassen. Heute Abend besaufen sie sich wieder auf ihrem Boot.«

Paula lachte und steckte ihn an damit.

»Gut zu wissen, dass die Polizei in Cuxhaven auch Beziehungsprobleme löst.«

»Immer dein Freund und Helfer«, sagte Olofsen. Plötzlich schlug er sich vor die Stirn. »Scheiße!«

»Was?«, erkundigte sie sich.

»Sorry, hab was Wichtiges vergessen. Ich ruf wieder an.«

VIERZEHN

Donnerstag, 6. September, Mittag

Olofsen legte das Telefon zurück in die Basisstation und sprang auf.

»Verflucht, wie konnte ich das nur vergessen?« Zornig schlug er sich ein weiteres Mal vor die Stirn.

Er griff erneut nach dem Telefon und wählte Greiners Mobilnummer. Es meldete sich nur die Mailbox. »Mist!«, schnaubte er. Er wählte ein weiteres Mal, abermals nur die Mailbox.

»So ein riesengroßer Dreck«, schimpfte er vor sich hin, während er die Autoschlüssel suchte und nach seiner Jacke und einem großen Handtuch für den nassen Sitz griff. Kaum hatte er alles in der Hand, riss er die Wohnungstür auf und sprintete nach unten.

Mit einer ähnlich halsbrecherischen Geschwindigkeit, mit der er vor Kurzem zum Steubenhöft gejagt war, raste er zur Polizeidirektion. Er ließ den Wagen in der Werner-Kammann-Straße direkt in Höhe des Eingangs zur Inspektion in zweiter Reihe stehen – freie Parkplätze gab es keine – und rannte ins Gebäude. Ein paar Passanten warfen ihm missbilligende Blicke hinterher.

»Hallo, Sie können da nicht parken«, empfing ihn eine Stimme.

»Klappe halten und Tür auf«, schnauzte er den Beamten an.

Die Tür öffnete sich von innen, und Greiner ließ ihn herein. »Was ist los?«

»Die Engels«, rief Olofsen aufgebracht. »Hast du etwas von den Engels gehört?«

Greiner schüttelte den Kopf. »Nein. Die wollten sich doch melden, wenn sie sich auf den Weg machen.«

»Ja, bei mir auf dem Handy«, platzte es aus Olofsen heraus. »Und weißt du, wo das ist? Auf dem Grund des Amerikahafens.«

»Scheiße!«, rief Greiner erschrocken. »Meins ist übrigens auch Schrott. Die Teile taugen echt nichts mehr.«

Olofsen spurtete bereits die Treppe hinauf in die oberen Stockwerke. Ohne anzuklopfen stürmte er in Nunks Büro. »Nils, ruf sofort in Bremerhaven an. Finde heraus, ob die Engels noch zu Hause sind oder schon auf dem Weg nach Cuxhaven.«

»Die wollten sich doch bei dir melden«, sagte dieser erstaunt.

»Mein Handy liegt im Amerikahafen.«

Nunk griff zum Hörer.

Olofsen drehte sich zu Greiner um, der nun auch an der Bürotür angekommen war. »Martin, der hat uns verarscht.«

Greiner verstand nicht. »Wer hat uns verarscht?«

»Die ganze Sache mit dem Boot an der Tonne draußen auf der Elbe«, Olofsen machte eine kreisförmige Armbewegung, »ist reine Ablenkung. Ich wette, Burnot hat auch sein Bild auf Facebook gesehen und wusste, dass wir ihm auf den Fersen sind.«

Langsam schien Greiner zu begreifen. »Scheiße.«

»Aber ein ganz großer Eimer voll«, bestätigte Olofsen.

»Also wird er wahrscheinlich, während wir hier unsere Zeit verplempern und nach Fingerabdrücken und Haarspitzen suchen, seinen eigentlichen Plan weiterverfolgen«, sagte Greiner. Er war sichtlich aufgeregt.

»Ganz genau. Dieser Mist am S teubenhöft hat die Sache nur noch schlimmer gemacht. Und die Engels erreichen uns nicht, da beide Handys im Wasser liegen. Ich könnte kotzen.«

In diesem Moment beendete Nunk sein Gespräch. Seine Miene ließ Schlimmes erahnen. »Sie sind aufgebrochen. Die Bremerhavener Kollegen haben sie bis zur Autobahn begleitet und sind davon ausgegangen, dass wir sie übernehmen.«

»Wann war das?«

»Vor gut einer Stunde.«

»Mist«, fluchten Olofsen und Greiner unisono. »Sie sind mit Sicherheit schon auf ihrem Boot.«

»Großer Gott«, stammelte Nunk. »Hoffentlich hat Burnot noch nicht zugeschlagen.«

»Los!«, schrie Olofsen aufgebracht. »Zum Fährhafen.«

»Schnell, aber ohne Lärm. Keine Martinshörner, die Burnot warnen könnten«, fügte Greiner hinzu.

Olofsen war schon wieder auf der Treppe.

Auf dem zweiten Absatz kam ihm Frauke entgegen. »Ah, Arne. Dein neues Handy liegt auf deinem Schreibtisch. Es müsste in ein paar Minuten freigeschaltet sein.«

Olofsen reckte den Daumen in die Höhe und hechtete weiter.

»Und ein paar Schwimmflügel hab ich dir auch hingelegt«, rief sie ihm hinterher. »Man weiß ja nie.« Dann brach sie in lautes Gelächter aus.

»Hahaha«, machte Olofsen. Hinter sich hörte er Greiner ebenfalls die Treppe herunterpoltern.

Kaum war Olofsen im Erdgeschoss angekommen, stellte sich ihm das nächste Hindernis in den Weg: Frank Pall. Zornesrot und mit Feuer in den Augen marschierte er auf Olofsen zu. »Sag mal, hast du noch alle Lampen am Christbaum«, fuhr er ihn an. »Ich reiß dich in Stücke, du Blödmann. Wenn es da auf dem Boot vorhin irgendetwas an Spuren gab, dann –«

Offensichtlich hatte er ihm seinen schwankenden Abgang von dem Boot noch nicht verziehen.

»Die Spuren kannst du vergessen«, sagte Olofsen schnell. »Es war eindeutig Burnot. Der hat uns verarscht.«

Pall fuchtelte noch wie ein Degenkämpfer mit dem Zeigefinger in der Luft herum, aber Olofsen ließ ihn einfach stehen und rannte aus dem Gebäude.

»Ablenkung«, sagte Greiner außer Atem, der nun den Spurensucher im Laufschritt passierte. »Während wir hier unsere Zeit verschwenden, schlägt er wieder zu.«

»Tatsächlich?«, fragte Pall und klang immer noch aggressiv. »Ablenkung wovon?«

»Die Engels«, antwortete Greiner, schon in der Tür.

***

»Du Scheißkerl!«, keifte Julia Engels. »Mach mich sofort los.«

Sie zerrte an den Fesseln um ihre Handgelenke, aber bei jeder Bewegung zogen sich diese nur enger und schmerzhafter zusammen. Sie saß auf dem Bett in der Bugkabine ihres Bootes. Die beiden Reisetaschen, die ihr Mann Claas und sie mitgebracht hatten, standen hinter ihr auf dem Bett, die Kisten mit den Lebensmitteln warteten noch im Auto. Kaum dass sie beide die Kabine betreten hatten, waren sie einer nach dem anderen niedergeschlagen worden. Ihr stiegen Tränen in die Augen, vor Angst und vor Zorn. Ihr Blick streifte Claas, der bewusstlos auf dem Kabinenboden lag. Eine Platzwunde an der Stirn blutete stark. Wahrscheinlich musste sie genäht werden. Auf dem Teppich hatte sich schon ein großer dunkelroter Fleck gebildet. Andreas Burnot hockte über ihm und fesselte ihm ebenfalls die Hände mit Kabelbinder auf den Rücken.

»Lass ihn in Ruhe, du Scheißkerl«, schrie Julia Engels Burnot erneut an. »Was willst du?«

Burnot richtete sich zu voller Größe auf und zeigte mit dem Finger auf sie. »Dich will ich.« Ansatzlos schlug er zu, kurz und hart. Auch wenn er diese Art von Gewalt nicht mochte, es musste sein – sie durfte nicht so rumschreien.

Es wirkte, Julia Engels sagte kein Wort mehr. Blut lief über ihre aufgeplatzte Lippe, sie konnte es auf ihrer Zunge schmecken. Die beiden Polizisten hatten ihr doch gestern Abend versprochen, dass genau das nicht passieren würde. Sie hatte versucht, diesen Olofsen anzurufen. Wieder und wieder, aber sie hatte immer nur seine Mailbox erreicht. Warum konnte man sich heutzutage auf niemanden mehr verlassen, nicht einmal auf die Polizei? Panik überkam sie.

»Was willst du?«, fragte sie erneut. Dieses Mal jedoch mit brüchiger, leiser und verängstigter Stimme. Sie hatte Angst, sie wollte nicht sterben. Sie wollte leben.

Burnots Augen starrten sie gefühllos an.

»Du hast meine Frau belästigt, du mieses Stück Scheiße«, sagte plötzlich Claas Engels mit schwacher Stimme vom Kabinenboden. Er war wieder zu sich gekommen. »Lass uns in Frieden und verschwinde. Sonst bring ich dich um.«

Burnot sah ihn amüsiert an. »Mich umbringen? Ich fürchte, du bist gerade nicht in der Position, mir zu drohen.«

Burnot beugte sich vor, stopfte Claas Engels einen Lappen in den Mund und drehte ihn auf den Bauch. Der wehrte sich zwar standhaft, hatte aber keine Chance.

»Sie hat mich provoziert, dein liebendes Weibchen«, säuselte er. »Immer schön den Hintern rausgestreckt, wenn ich hinter ihr stand und keiner geguckt hat. ›Hach, Andreas, schau doch mal‹, und noch ein kleiner Stupser und ein hübscher Augenaufschlag. Immer wieder. Es hat ihr wohl viel Spaß gemacht. Ganz süß und verschlagen, deine Julia. Ganz bestimmt ist sie nicht die Unschuld vom Lande.«

»Das stimmt überhaupt nicht. Es war bestenfalls Spaß«, begehrte Julia Engels auf. Sie wagte es nicht, ihn anzuschauen. »Es war deine Hand, die mir an den Hintern gefasst hat, dein Arm, der plötzlich auf meiner Schulter lag. Ich hab dir x-mal gesagt, du sollst das lassen, aber du konntest deine Finger ja nicht bei dir halten.«

Er spürte, wie er die Gelassenheit, die er in den vergangenen Monaten gewonnen hatte, in der Gegenwart dieser Frau verlor. Dabei hatte er den alten Zorn doch hinter sich gelassen. Er schluckte und kämpfte gegen den Drang an, ihr erneut ins Gesicht zu schlagen. Dann lächelte er wieder. »Du wolltest es doch. Wir wollten es beide. Aber du hast Schiss gekriegt und bist zum Boss gerannt. Und der eierlose Bastard hatte nichts Besseres zu tun, als mich auf der Stelle rauszuschmeißen. Hat nicht einmal ernsthaft mit mir gesprochen. Klar, Frauen sind ja immer die Opfer, wie könnte es auch anders sein? Immer unschuldig. Und schnell den Teppich drüber, damit keiner auf die Idee kommt, Fragen zu stellen und Antworten zu hören, die nicht ins aktuelle Weltbild passen.« Er setzte sich neben sie. »Aber jetzt sind wir zusammen, und du kannst mit mir kommen!«

»Mit dir kommen?«, lachte sie schluchzend auf. »Nie im

Leben! Warum glaubt ihr Kerle eigentlich, dass jede Frau, bloß, weil sie nett lächelt, gleich zu haben ist? Kai hat das einzig Richtige getan. Geh in den Puff, wenn du Druck ablassen willst, und lass mich in Ruhe!«

Er zog die Schultern hoch und beugte sich vor, bis sein Gesicht ganz nah an ihrem war. »Du wolltest es! Und nun gehen wir zusammen.« Er machte ein zufriedenes Gesicht, fühlte, wie eine neue Ruhe ihn erfüllte.

»Nein!«, brüllte sie zurück. Sie hoffte, dass ihr Geschrei endlich draußen jemanden aufmerksam machen würde und Hilfe kam. »Ich wollte es nicht. Ich will es auch jetzt nicht. Und ich werde es niemals wollen!«

***

Olofsen saß schon im Wagen, als sich Greiner auf den Beifahrersitz schwang. »Jetzt aber bitte, ohne erneut schwimmen zu gehen.«

»Ich kann nur hoffen, dass wir nicht zu spät sind«, sagte Olofsen und fuhr los.

Zum Glück war es von der Werner-Kammann-Straße bis zum Fährhafen nicht weit. Ohne sich um die Geschwindigkeitslimits zu scheren, raste Olofsen in Richtung Hafen. Von der Catharinenstraße bog er ohne zu bremsen nach rechts in die Marienstraße ein. Von dort aus mit hoher Geschwindigkeit in die Kasernenstraße. Dass die Fahrt bis dorthin zum Glück unfallfrei blieb, lag nicht nur an Olofsens Fahrkünsten, sondern auch an der Reaktionsschnelligkeit aller anderen Verkehrsteilnehmer.

Von der Kasernenstraße ging es wieder nach links, und nach wenigen hundert Metern folgte eine scharfe Kurve über den Deich, aus der sie fast herauskatapultiert worden wären, hätte Olofsen sich nicht doch noch dazu durchringen können, die Bremse zu benutzen.

Bereits hier konnten sie den Fährhafen sehen. Der Rettungskreuzer lag an seinem Liegeplatz. Auf der anderen Seite des Stegs dümpelten die Boote des Cuxhavener Yachtclubs. Die hoch stehende Sonne erzeugte harte Kontraste bei den Aufbauten der Schiffe. Der Wind hatte verglichen mit den vergangenen Tagen zugelegt und ließ diverse Fahnen und Wimpel flattern. Mindestens vier Beauforts aus West bis Nordwest. Ein angenehmer Sommertag am Meer.

Olofsen hatte jedoch keine Zeit für die Schönheit des Tages und versuchte mit aller Gewalt, das Gaspedal noch ein bisschen tiefer ins Bodenblech des Wagens zu treten. Der Wagen schleuderte nach links in die enge Zufahrt zu Rettungskreuzer und Yachtclub. An den Stufen, die die einzigen Überreste einer längst vergangenen Zeit waren, als man hier noch über eine Seebrücke flanieren konnte, kam der Wagen ruckartig zum Stehen. Beide Polizisten rissen gleichzeitig die Türen auf und rannten auf den Steg zu.

»Wohin?«, fragte Greiner.

»Zu den Booten.«

Am Tor kam ihnen einer der Seenotretter im roten Overall entgegen. »Jungs, keine Hektik. Wo brennt's denn?«

»Polizei«, schnaufte Olofsen. »Julia Engels. Ist das Boot noch da?«

»Das weiß ich leider nicht. Die Leute kenne ich nicht«, sagte der Seenotretter und blickte sich suchend um.

Sie rannten weiter.

Olofsen sah aus dem Augenwinkel, wie gerade ein offenes Boot mit Außenbordmotor in den Hafen einlief und auf den Steg zuhielt. Drei Personen saßen drin und sangen. Jubilierende Bootstouris mit übermäßig guter Laune, die fehlten jetzt gerade noch, dachte Olofsen.

Er entdeckte einen Mann auf einem der umliegenden Boote. »Moin, wir suchen die Engels. Ist ihr Boot noch da?«, schnaufte Olofsen außer Atem. Auch Greiner nutzte die kurze Unterbrechung, um tief Luft zu holen.

Der Mann schaute sich suchend um. Dann nickte er. »Ja. Die

sind noch da«, sagte er und zeigte auf ein großes schneeweißes Boot. »Aber ich vermute, nicht mehr lange. Die Maschine läuft schon.«

Olofsen hob kurz die Hand zum Dank und rannte weiter. Es waren vielleicht zwanzig Meter zum Boot der Engels, und es stimmte, die Maschine lief bereits. Allerdings konnte Olofsen niemanden an Bord erkennen, als er das Schiff erreichte. Viel glänzender weißer Kunststoff, Glas, polierte Poller aus Edelstahl und Chrom – aber weit und breit kein Mensch in Sicht. Durch die dunkel getönten Scheiben konnte er nicht ins Innere des Schiffes blicken.

»Hallo«, rief er. »Herr und Frau Engels, sind Sie an Bord?«

Keine Antwort.

Er rief erneut. Wieder keine Antwort. »Polizei. Kommen Sie sofort an Deck!«

Nichts.

Wenn der Prophet nicht zum Berg kommt, dann kommt der Berg eben zum Propheten. Olofsen machte einen Satz und stand hinten auf der Badeplattform des Bootes.

»Was hast du vor?«, rief ihm Greiner fragend hinterher.

»Irgendjemand muss hier sein. Sonst würde die Maschine nicht laufen. Wo bleibt eigentlich die Verstärkung?«

Greiner sah sich um. Niemand war zu sehen.

Olofsen bewegte sich langsam auf dem Schiff vorwärts. Plötzlich hörte er weiter vorne aus dem Inneren des Bootes gedämpfte Geräusche, als wenn Glas oder Porzellan zerbrach. Dann ein unterdrückter Schrei.

Er zog seine Dienstwaffe aus dem Schulterholster – diesmal hatte er noch daran gedacht, sie mitzunehmen –, entsicherte sie und hielt sie am ausgestreckten Arm vor sich hin. Vorsichtig öffnete er mit der freien Hand die Kabinentür. Doch bevor seine Hand den Griff erreichen konnte, wurde die Tür aufgerissen, sein Arm heruntergedrückt, und eine Gestalt in schwarzer Kleidung und mit schwarzer Kapuze über dem Kopf stürzte sich mit einem wilden Schrei auf ihn.

Olofsen war viel zu überrascht, um seinen Arm mit der Waffe schnell genug gegen den Druck nach unten anzuheben. Er spürte, wie er durch das Gewicht und den Schwung des Angreifers das Gleichgewicht verlor und nach hinten kippte. Er versuchte, sich abzurollen – allerdings war das in der Theorie deutlich einfacher als in der Enge des Bootes, und daher funktionierte es nicht. Olofsen schlug zunächst hart mit der Schulter, dann mit dem Kopf auf. Viele helle Sterne vor dunklem Hintergrund blitzten auf. Die Waffe entglitt ihm.

Die Gestalt machte einen geschickten Satz zur Seite und wich dem stürzenden Olofsen aus. Mit einem weiteren Sprung hechtete sie seitlich über die Bordwand. Mit den Füßen voraus traf der Flüchtende Greiner genau vor die Brust und presste ihm die Luft aus den Lungen. Sein Mund formte ein lautloses »Oh«, dann fiel er um wie ein nasser Sack.

»Ihr könnt mich alle mal!«, schrie die Gestalt.

»Nix da«, stöhnte Olofsen oben auf dem Schiff und rappelte sich langsam auf. Die Sterne waren zwar wieder weg, aber klar sehen konnte er trotzdem noch nicht. Auch Greiner stöhnte.

Burnot – der Flüchtende konnte niemand anders sein – lief mit schnellen Schritten den Steg entlang. Er erreichte die Stelle, an der gerade das kleine Motorboot mit den gut gelaunten Touristen anlegen wollte. Der Skipper machte seine Sache gut und brachte das Heck des Bootes dicht an den Steg heran, sodass einer seiner Mitfahrer mit der Heckleine in der Hand auf den Steg übersteigen konnte. Hinter ihm sprang lachend ein zweiter Mann auf den Steg und fasste nach der ihm zugeworfenen Vorleine. Aber er griff daneben, und der Bug des Bootes driftete wieder vom Steg weg. Vertieft in Diskussionen über dieses Missgeschick und gegenseitige Schuldzuweisungen, bemerkten die drei den Mann in Schwarz nicht, der plötzlich hinter ihnen aufgetaucht war.

Olofsen hatte sich mittlerweile auf die Füße gekämpft und beobachtete die Szene. Greiner war auf allen vieren und betastete seine Brust.

»Achtung!«, rief Olofsen den drei Bootsfahrern zu, aber sie achteten nicht auf ihn.

Der Mann, der die Vorleine nicht erwischt hatte und noch immer gestikulierend am Rand des Stegs stand, bekam einen Tritt in den Hintern und stürzte mit rudernden Armen ins Wasser. Anschließend sprang der Mann in Schwarz den anderen Mann an der Achterleine mit der Schulter voraus an. Bevor dieser begriff, wie ihm geschah, fand er sich ebenfalls im Wasser wieder.

Der verbliebene Mann am Steuer brachte immerhin noch ein »Boah ey« in Ruhrpott-Slang heraus, bevor auch er das Boot in einem imposanten Bogen fliegend verließ und bei seinen Kumpeln im Wasser landete. Burnot war zuvor mit einem schnellen Sprung an Bord gelangt, hatte den Skipper von hinten unter den Armen gepackt und ihn mit erstaunlicher Kraft einfach über Bord geworfen.

Mit schnellen Zügen holte er die Leinen ein, damit diese sich nicht im Propeller verfangen konnten, schwang sich auf den Fahrersitz und schob den Gashebel nach vorne. Der Außenborder brüllte auf, und das kleine Boot machte einen Satz vorwärts.

Halbherzig protestierten die drei Schwimmer, schluckten Wasser und gaben auf.

Olofsen war inzwischen auf dem Steg und half Greiner auf die Beine. »Alles okay?«, erkundigte er sich.

»Was zum Henker war das denn?«, stöhnte Greiner.

»Andreas Burnot. Fachmann für Scheiß-Viren und scheinbar heimlicher Ninjakämpfer«, sagte Olofsen ernüchtert.

»Meine Güte, was ist passiert?« Eine weitere Stimme erklang hinter den beiden. Olofsen drehte sich um und erkannte den Mann, den er kurz zuvor nach dem Boot der Engels gefragt hatte.

»Da haut gerade der Sandbankkiller ab«, rief er und zeigte auf das immer schneller werdende Boot, das bereits die Mitte des Fährhafens erreicht hatte. »Den müssen wir uns holen!«

Ein Ruck ging durch den Mann. »Dann los. In einer Minute sind wir unterwegs.« Er drehte sich um und lief im Sturmschritt zu seinem Boot. Olofsen folgte ihm. Was er jetzt vorhatte, ließ sich mit kaum einer Vorschrift vereinbaren, aber der Zweck musste die Mittel heiligen.

»Ich komme auch mit«, sagte Greiner.

»Nein«, entschied Olofsen. »Kümmer du dich um die Engels. Was auch immer Burnot mit ihnen vorhatte, es sollte nicht hier in der Marina stattfinden. Und sieh zu, dass wir auf dem Wasser Unterstützung bekommen.«

»Wen denn?«

»Was weiß ich? Seenotretter, Küstenwache, Luftwaffe, Marine, von mir aus auch die Heilsarmee, wenn die Burnot stoppen können. Mach was, aber mach es schnell.« Damit war Olofsen an dem anderen Boot und löste die Vorleine. Er warf das Tau an Bord und lief zum Heck. Die Maschine sprang an, und er spürte, wie das Bugstrahlruder das Boot vom Steg wegdrückte.

»Los jetzt. An Bord. Und die Heckleine auf«, befahl der Bootsbesitzer.

Olofsen gehorchte. Er versuchte, die Leine von der Klampe zu lösen, verhedderte sich. Fluchend wiederholte er seine Bemühungen.

»Schneller«, rief der Mann. »Sonst entwischt er uns noch.« Das Jagdfieber schien ihn gepackt zu haben.

Endlich hatte Olofsen die Leine gelöst. Das Boot nahm augenblicklich Fahrt auf. Olofsen ging nach oben zum Fahrstand.

»Harm«, stellte sich der Mann vor, während er das Boot weiter beschleunigte.

»Arne«, antwortete Olofsen.

»Kriege ich jetzt einen Sheriffstern?«, wollte Harm wissen.

Olofsen lachte gequält. Harm grinste. Mit einer schnellen Armbewegung legte er den Hebel auf den Tisch, und das Boot machte einen Satz nach vorne. Olofsen musste sich an der Sitzlehne festklammern, um nicht erneut hintenüberzukippen.

Harm deutete in die Kabine. »Dort unten liegt eine Rettungsweste. Zieh sie an.«

Olofsen schüttelte den Kopf.

»Doch«, beschied ihm Harm. »Sonst ist die Jagd gleich wieder zu Ende. Sicherheit muss sein. Ich dachte, ihr Jungs von der Polizei wüsstet das.«

»Gleich. Gib Gas«, brummte Olofsen, holte sich die Weste und legte sie auf den Sitz neben sich. Er stellte sich neben Harm an den Fahrstand und blickte suchend durch die Frontscheiben. »Wo ist das andere Boot?«

Harm zeigte mit dem linken Arm die Richtung. »Das ist schon aus dem Fährhafen raus. Wir können ihn im Moment nicht sehen. Ist nach Steuerbord gegangen.«

Er musste schreien, um das Brüllen der Motoren zu übertönen.

»Gibt es hier ein Funkgerät?«, fragte Olofsen.

Harm nickte und hielt ihm das Mikrofon an einem langen Spiralkabel hin. »Ist schon auf Kanal 16 eingestellt. Die ganze Welt hört mit.«

Olofsen nahm das Mikrofon und drückte die Sprechtaste, ließ sie jedoch wieder los. »Wie heißt dein Boot eigentlich?«

»›Donnervogel‹.«

Bei dem Motorenlärm ein mehr als passender Name, dachte Olofsen.

»Achtung, an alle«, sprach Olofsen in das Mikrofon. »Hier ist die ›Donnervogel‹. Kripo Cuxhaven an Bord. Wir verfolgen einen flüchtigen Straftäter in einem kleinen Scheißmotorboot. Helft uns oder verpisst euch. Over.«

»Interessanter Text«, schmunzelte Harm. »Steht so in keinem Lehrbuch, sollte aber trotzdem verständlich sein.«

»›Donnervogel‹. Hier ist Cuxhaven Elbe-Traffic. Was ist los?«, krächzte es aus dem Lautsprecher des Funkgerätes.

Bevor Olofsen antworten konnte, meldete sich eine weitere Stimme aus dem Lautsprecher: »›Donnervogel‹. Hier ist ›Bürgermeister Brauer‹. Haben mitgehört und verstanden. Wie ist eure Position, und in welche Richtung fährt das flüchtende Boot?«

Harm nahm Olofsen das Mikrofon ab und gab die gewünschten Informationen weiter.

Nun passierten auch sie die Ausfahrt des Fährhafens. Harm riss das Ruder nach Steuerbord, und sofort legte sich die »Donnervogel« auf die Seite, um in die geforderte Richtung zu schwenken. Erneut musste sich Olofsen am Sitz festkrallen, um nicht herauszufallen. Aber die Geschwindigkeit gefiel ihm.

In der Zwischenzeit war Greiner auf das Boot der Engels gestiegen. Er hatte Claas und Julia Engels in der Bugkabine gefunden. Sie lebten, das war das Wichtigste. Beide waren gefesselt. Claas Engels lag halb bewusstlos und geknebelt neben dem Bett, seine Frau lag darauf und weinte still vor sich hin. Greiner löste zuerst ihre Fesseln. Dann wandte er sich Claas Engels zu, befreite auch ihn von seinen Fesseln und half ihm auf. Seine Knie zitterten so stark, dass Greiner Mühe hatte, ihn auf den Beinen zu halten. Vorsichtig setzte er ihn auf das Bett.

»Wir konnten Sie nicht erreichen«, sagte er mit bebender Stimme.

»Komplizierte Sache«, sagte Greiner ausweichend. »Sie sind jetzt in Sicherheit.«

Er nickte und schloss die Augen, suchte mit seiner Hand die seiner Frau und umklammerte sie.

»Alles Weitere besprechen wir später. Warten Sie bitte hier, ich hole Hilfe«, sagte Greiner. Er vermutete, dass Claas und Julia Engels unter Schock standen.

Von draußen hörte Greiner eine Stimme rufen. »Hallo? Was ist passiert? Benötigen Sie Hilfe?« Es war einer der Seenotretter von der »Anneliese Kramer«.

Greiner lief an Deck und beugte sich über die Reling. »Ja. Zwei Verletzte«, rief er dem Seenotretter zu. »Wir brauchen sofort Notarzt und Rettungswagen.«

Der Seenotretter lief zur »Anneliese Kramer« zurück. Auf dem Steg entdeckte Greiner weitere Besatzungsmitglieder des Rettungskreuzers. Sie hatten die drei Männer aus dem Wasser gefischt und wickelten sie in warme Decken ein.

Hokki Werlops kam auf ihn zugelaufen. »Was wird denn

das für eine Nummer?«, fragte er und deutete auf das große Motorboot, das in schneller Fahrt einem kleinen Motorboot folgte, welches in noch schnellerer Fahrt aus dem Hafen schoss.

»Auf dem kleinen Boot haut gerade der Sandbankkiller ab. Dahinter ist Olofsen.«

Werlops zog die Stirn kraus. »Wenn das mal gut geht. Wir haben auflaufendes Wasser, jetzt kommen die dicken Pötte in die Elbe. Verfolgungsjagden mit kleinen Booten sind da verdammt gefährlich.«

Seine Kollegen sahen ihn erwartungsvoll an.

»Wir kümmern uns zunächst um die Verletzten«, er deutete mit der Hand zum Boot der Engels und zu den drei Männern auf dem Steg, »bis der Landrettungsdienst übernehmen kann.«

Petersen schlug mit der flachen Hand auf die Holzverkleidung des rechten Steuerstands der »Bürgermeister Brauer«.

»Verflucht. Wir sind zu weit weg«, wetterte er. »Geht das nicht schneller?«

Der Kollege am mittleren Fahrstand, der das Schiff fuhr, sah ihn mitleidig an. »Wir laufen gute zwanzig Knoten – mit der Strömung. Alle drei Maschinen geben, was sie können. Mehr ist nicht drin.«

Petersen murmelte Unverständliches. Vor zwei Minuten hatten sie Olofsens unorthodoxen Funkspruch bestätigt und mit einem Blick auf den Kartenplotter festgestellt, dass sie wohl dreißig Minuten benötigen würden, um zu der Verfolgungsjagd aufzuschließen. Er trommelte auf seiner Armlehne herum.

»Der Stuhl kann nix dafür.«

Er hörte auf zu trommeln.

Das Schiff hatte erst vor wenigen Minuten den Bereich der Neuwerk-Reede verlassen, wo die Deutsche Marine ein Überleben-auf-See-Training durchführte. Offiziersanwärter wurden hier in Überlebensanzüge gesteckt und über Bord geworfen. Sie sollten sich im Wasser sammeln und wurden darauf einer nach dem anderen von Helikoptern aus dem Wasser gefischt.

Die »Bürgermeister Brauer« hatte die Übung zum Elbfahrwasser hin abgesichert, bis eine Ablösung vom Wasser- und Schifffahrtsamt eingetroffen war. Nun befand sie sich auf Höhe der Tonne 19 des Elbfahrwassers, also gut acht Seemeilen vom Fährhafen entfernt, und dampfte mit Höchstgeschwindigkeit in Richtung Cuxhaven.

Kaum hatten sie den Fährhafen hinter sich gelassen, spürte Olofsen die Dünung der Elbe. Ein ums andere Mal bohrte sich die »Donnervogel« in die Wellen und ließ die Gischt fliegen.

Geiles Gefühl, freute sich Olofsen insgeheim, obwohl die aktuelle Situation dafür nicht angemessen war.

»Knapp sechzehn Knoten. Mehr geht nicht«, informierte ihn Harm, während der Bug in eine weitere Welle krachte.

Das kleine Motorboot war bestimmt schon fünfhundert Meter vor ihnen. Es sprang nahezu von Welle zu Welle, war immer wieder in einer Gischtwolke eingehüllt.

»Ganz unerfahren ist der Typ nicht«, stellte Harm anerkennend fest. »Mal sehen, wie lange er das durchhalten kann.«

Olofsen bat Harm, ihm sein Handy zu leihen, und versuchte, Greiner zu erreichen. Es gelang, aber über den Motorenlärm konnte er kein Wort verstehen und gab schließlich auf.

Sie befanden sich nun auf der Höhe des Steubenhöfts. Harm deutete auf ein riesiges Containerschiff, das ihnen entgegenkam. Es war vielleicht noch sechs oder sieben Kilometer entfernt. Auf diese Entfernung ließ sich die wahre Größe des Schiffes nur erahnen.

Das kleine Motorboot beschleunigte abermals, und der Abstand zur »Donnervogel« vergrößerte sich.

»Der darf uns nicht entkommen«, schrie Olofsen aufgebracht.

»Wird er nicht.« Harm zeigte nochmals auf den Containerriesen. »Da muss er mit der Geschwindigkeit runter, sonst überschlägt er sich in der Heckwelle.«

»Und wir?«, fragte Olofsen.

»Wir sind größer. Das schaukelt zwar ordentlich, geht aber.«

Olofsen war sich nicht sicher, ob er beruhigt war.

Die nächsten Minuten verbrachten die beiden Männer schweigend. Der Abstand zum fliehenden Motorboot blieb ungefähr gleich, das Containerschiff kam unentwegt näher.

Olofsen versuchte erneut, Greiner per Telefon zu erreichen. Diesmal konnte er ihn besser verstehen und erfuhr, dass die Engels lebten und in Sicherheit waren.

Das kleine Motorboot war fast auf gleicher Höhe mit dem Containerschiff. Sie hatten die Produktionshallen des Siemenswerkes und auch den kleinen Sportboothafen von Altenbruch an Steuerbord hinter sich gelassen. Harm nahm als Ansteuerungshilfe die Tonne 37 ins Visier.

»Das geht nicht gut. Der wird nicht langsamer.« In seiner Stimme schwang Besorgnis.

Auch Olofsen sah, was Harm meinte. Das kleine Boot schoss mit unverminderter Geschwindigkeit weiter. Es hatte das Heck des Riesen bereits passiert.

Dann geschah es.

Das Boot erklomm eine der riesigen Heckwellen des Megafrachters und schoss wie ein Skispringer bei der Vierschanzentournee in die Luft. Nach einem kurzen Flug zog das Gewicht des Außenbordmotors das Heck des in der Luft schwebenden Bootes brutal nach unten. Der Mann, der kurz zuvor noch am Steuer gesessen hatte, hing nun wie eine Fahne am Mast waagerecht in der Luft und klammerte sich an das Steuerrad.

Das Boot verschwand im Wellental. Nur Sekundenbruchteile später wirbelte die nachfolgende Welle es wieder hoch.

Mit Entsetzen konnten Olofsen und Harm beobachten, dass sich der Mann nicht mehr halten konnte, das Lenkrad losließ und wie ein Spielball über die Wellenkämme geschleudert wurde. Das Boot überschlug sich zweimal und verschwand erneut in einem Wellental.

Der Containerriese fuhr unbeirrt weiter. Wahrscheinlich hatte man an Bord nicht einmal etwas von dem Drama mitbekommen, das sich nur Augenblicke zuvor hinter dem Heck des Schiffes abgespielt hatte.

»Verfluchte Scheiße!«, rief Olofsen.

Harm stand bleich am Steuer des Bootes. Seine Hände krampften sich derart fest um das Lenkrad, dass die Knöchel weiß hervortraten.

Mit einem Mal kehrte wieder Leben in ihn zurück. Er griff nach dem Mikrofon des Funkgerätes.

»Mayday, Mayday, Mayday«, sprach Harm mit zittriger Stimme in das Gerät. »Hier ist die ›Donnervogel‹. Mayday. Mann über Bord eines weiteren Bootes auf der Höhe von Tonne 43. Benötigen dringend Hilfe.«

Hokki Werlops stand auf der Brücke der »Anneliese Kramer« und machte sich ein paar Notizen zu den Ereignissen auf dem Steg, als er den Notruf aus dem Lautsprecher des Funkgerätes hörte. Der Krankenwagen hatte die Engels weggebracht, Greiner war noch da und starrte aus dem Fenster in die Richtung, in die Olofsen und der Sandbankkiller verschwunden waren.

»Einsatz«, brüllte Werlops mit einer Stimme, die Glasscheiben eindrücken könnte. »Mensch über Bord östlich von Altenbruch. Wir laufen aus.« Er zeigte mit dem Zeigefinger auf Greiner. »Dein Kollege ist auf dem anderen Boot dabei, bleib an Bord und unterstütze uns bei der Kommunikation.«

Greiner spürte, wie die vorgewärmten Dieselaggregate ansprangen. Er sah, dass zuerst die vordere Leine gelöst wurde, danach die Leine am Heck des Schiffes. Der Rettungskreuzer bewegte sich vom Steg weg. Jeder Handgriff saß, auf der Brücke war die Konzentration mit Händen zu fassen.

»Etwas mehr als sechs Seemeilen, die waren mächtig schnell«, murmelte Werlops vor sich hin.

Die »Anneliese Kramer« nahm Fahrt auf. Mit einem langen Signalton forderte sie alle weiteren Boote im Umfeld auf, Platz zu machen.

Werlops sah Greiner an. »Hol deinen Kollegen ans Telefon

oder ans Funkgerät. Wir brauchen die aktuelle Lage.« Dann wandte er sich an einen seiner Kollegen. »Wie lange bis zur genannten Tonne?«

Die Antwort kam prompt: »Nicht mehr als fünfzehn Minuten.«

»Ich habe Olofsen dran«, rief Greiner vom hinteren Teil der Brücke. »Das flüchtende Boot mit dem Sandbankkiller hat sich in einer Welle überschlagen, der Mann ist im Wasser. Er trägt aller Wahrscheinlichkeit nach keine Rettungsweste.«

»Können Sie den Mann im Wasser sehen?«, fragte Werlops.

Greiner gab die Frage weiter und wartete auf die Antwort. »Nein«, sagte er dann. »Sie haben die Unglücksstelle noch nicht erreicht, der Wind frischt auf. Außerdem hat der Typ schwarze Klamotten an.«

»Er wird in den Wellen verdammt schwer zu sehen sein.«

»Wir sind nicht schnell genug da«, sagte einer der anderen Seenotretter auf der Brücke.

Werlops nickte zustimmend. »Wir brauchen einen Hubschrauber.«

»Der SAR-Hubschrauber von der Station Helgoland braucht zu lange«, kam der Einwand. »Selbst Nordholz scheidet aus, die brauchen auch mindestens fünfzehn Minuten, bis sie hier eintreffen könnten, das bringt uns überhaupt nichts.«

Die »Donnervogel« hatte die Stelle erreicht, an der sich das andere Motorboot überschlagen hatte. Es trieb kieloben und tief im Wasser liegend, eine Rumpfhälfte war eingedrückt. Die Wucht des Aufpralls auf den Wellen hatte den Außenbordmotor aus seiner Verankerung am Heck gerissen. Um das treibende Boot breitete sich ein kleiner Ölteppich aus.

Olofsen suchte die Wasseroberfläche ab, konnte Burnot aber nirgends entdecken. Harm hielt das Boot mit dem Bug in der Strömung und suchte ebenfalls. Das helle Sonnenlicht des späten Mittags reflektierte sich auf der unruhigen Wasseroberfläche, erzeugte hier gleißend helle weiße und dort dunkle Flecken.

»Ich kann ihn nicht finden«, sagte Harm aufgeregt. Er gab etwas Gas, beschrieb mit dem Boot einen großen Kreis und ließ es der Strömung folgen, die den Mann mit sich getragen hatte.

»Da!« Olofsen zeigte mit der Hand auf einen Punkt, vielleicht zweihundert Meter vor ihnen.

Harm konnte nichts Eindeutiges erkennen. »Ich weiß nicht. Bist du sicher?«

»Fahr hin«, forderte Olofsen ihn auf. Die Sekunden verstrichen, das Boot schob sich langsam vorwärts.

»Doch«, rief Olofsen erneut. Er deutete mit dem ausgestreckten Arm auf einen Mann im Wasser, der versuchte, mit ausladenden Schwimmzügen den Abstand zum Boot zu vergrößern. »Das ist er. Der Arsch will tatsächlich wegschwimmen. Wo soll's denn hingehen? Nach Helgoland?«

Harm beschleunigte das Boot, um es so vor den Mann im Wasser zu bringen, dass er von der Strömung an die Bordwand getrieben wurde. Olofsen ging nach hinten und stieg auf die Badeplattform. Dort konnte er den Mann packen und an Bord ziehen.

Harm hatte die »Donnervogel« in die richtige Position manövriert. Nur noch ein paar Sekunden, und sie hätten den Sandbankkiller. Sogar sein Gesicht konnte Olofsen schon sehen. Es war Burnot, er erkannte ihn sofort von den Fotos wieder. Der Mann zeigte keine Anzeichen von Panik, wie man es eigentlich bei jemandem vermuten würde, der sich gerade mit seinem Boot überschlagen hatte und ohne Rettungsweste in der starken Strömung der Elbe schwamm. Ganz im Gegenteil – er wirkte gelassen und zufrieden.

Mit einem vernehmlichen Laut stieß Burnot mittschiffs gegen den Rumpf der »Donnervogel«. Er war etwa drei Meter von Olofsen entfernt. Die Strömung schob ihn langsam am Rumpf entlang und auf Olofsen zu.

»Gleich hab ich dich, du kleiner Scheißer«, sagte Olofsen leise und streckte ihm die Hand entgegen.

Sobald er nahe genug herangekommen war, griff Burnot nach

seiner Hand. »Holen Sie mich hier raus«, rief er. Seine Stimme klang nun flehentlich.

Olofsen erwischte die ausgestreckte Hand. Er packte zu und zog. Burnot hing im Wasser wie ein nasser Sack. Olofsen zog weiter. Verdammt, war der Kerl schwer. Es schien, als hätte Burnot keine Kraft mehr, seine Rettung zu unterstützen.

»Harm«, rief Olofsen und wandte sich dabei dem Skipper zu. »Ich kriege ihn allein nicht hochgezogen. Ich brauche Hilfe.«

Der kurze Moment der Ablenkung genügte. Burnot zog unter Wasser die Beine an den Körper und stemmte sich mit den Füßen gegen den Rumpf. Dann stieß er sich mit aller Kraft, die er noch aufbringen konnte, vom Boot ab.

»Leck mich«, schrie er aus Leibeskräften und hielt Olofsens Hand umklammert wie ein Schraubstock.

Der Rettungskreuzer pflügte mit voller Kraft elbaufwärts. Er hatte gerade das Steubenhöft passiert. Touristen standen auf dem Aussichtsbalkon und winkten.

Das AIS-Signal der »Donnervogel« hatte Werlops auf dem Kartenplotter isoliert. Es war nicht mehr weit. Zehn Minuten vielleicht.

Auch wenn das Wasser der Elbe im Sommer nicht so kalt war, kühlte der Körper dennoch unweigerlich aus, verbrauchte Energie, wenn man sich strampelnd, vielleicht sogar panisch ohne Rettungsweste über Wasser halten musste. Die Kräfte schwanden, und die nasse Kleidung wurde schwer, zog in die Tiefe. Das alles war den Seenotrettern bewusst. Jede Minute zählte.

Werlops war am Funkgerät. »Geschätzte Ankunftszeit?«, fragte er.

Erst ertönte statisches Rauschen, dann ließ sich eine Antwort aus dem Lautsprecher auf der Brücke vernehmen. »Rettungskreuzer ›Anneliese Kramer‹ vom SAR-Hubschrauber neunundachtzig plus sechsundfünfzig. ETA minus zwei. Out.«

»Der Hubschrauber wird in zwei Minuten über dem Zielgebiet eintreffen«, übersetzte Werlops die Mitteilung für Greiner.

Die letzten Minuten hatte der Vormann damit verbracht, einen der Marinehubschrauber, die vor Neuwerk an dem Überleben-auf-See-Training teilnahmen, für diesen echten Rettungseinsatz anzufordern. Die dort fliegenden Hubschrauber würden nur wenige Minuten Flugzeit zum Ziel benötigen und hätten außerdem sehr erfahrenes Personal an der Winde. Notfalls könnten sie sogar jemanden ins Wasser abwinschen, um ohnmächtige Personen zu retten.

Greiner schaute aus dem Seitenfenster hinaus. Seine Hände verkrampften sich am Haltegriff. Schweiß stand auf seiner Stirn. Auf einmal konnte er den Helikopter schräg hinter der »Anneliese Kramer« erspähen. Niedrig und schnell zog er mit donnernden Rotoren über den Rettungskreuzer weg. Die Seitentür war bereits geöffnet.

Greiner holte tief Luft.

Werlops wandte sich an seine Crew: »Tochterboot ›Mathias‹ vorbereiten und besetzen.«

Bevor Olofsen verstand, was geschah, verspürte er einen kräftigen Ruck – und stürzte ins Wasser.

Er schrie.

»Ihr könnt mich mal!« Das war wieder Burnot. »Ihr kriegt mich nicht.« Dabei lachte er, als hätte er gerade das tollste Geburtstagsgeschenk der Welt bekommen, und schlug mit den Händen auf die Wasseroberfläche.

Nachdem Olofsen ins Wasser geklatscht war, zappelte er zunächst herum wie ein Fisch auf dem Trockenen. Mit Entsetzen registrierte er, dass die Rettungsweste, die er hatte anlegen sollen, noch immer neben Harm auf dem Beifahrersitz lag. Verfluchte Scheiße, schoss es ihm durch den Kopf. Blöder Idiot. Er bemerkte, dass das Wasser verdammt kühl war – obwohl sommerliche Lufttemperaturen herrschten. Auch spürte er, wie die Strömung ihn augenblicklich packte und an ihm zog. Dann entdeckte er Burnot einige Meter von sich entfernt, und seine Lebensgeister kehrten zurück. Da er zunächst auf dem

Rücken geschwommen war, drehte er sich nun um und bewegte sich mit gekonnten Schwimmzügen auf Burnot zu.

Mann, ist das kalt hier. Wer hätte das gedacht? Seine Gedanken rasten. Anstrengend. Er zwang sich, die aufkeimende Angst zu unterdrücken. Er spürte, wie die nasse Kleidung und die schweren Schuhe ihn nach unten zogen. Er versuchte, seine Schuhe abzustreifen, um zumindest dieses Gewicht loszuwerden. Die Schuhe, dachte er und musste fast lachen. Das gibt es doch nicht – ich muss mir schon wieder neue Schuhe kaufen. So verrückt und irrational dieser Gedanke auch war, er gab ihm Mut.

Du musst deine Kräfte schonen, meldete sich eine Stimme in ihm. Sie werden bestimmt gleich da sein, um dich aus dem Wasser zu ziehen. Burnot kann nicht entkommen. Lass es jetzt langsam angehen. Eine andere, dunkle, aggressive Stimme meldete sich: Nein, hol dir den Scheißkerl. Olofsen entschied, auf die zweite Stimme zu hören.

Burnot hatte sich vom Lachen aufs Krakeelen verlegt und ließ jeden, der es hören wollte, wissen, dass er frei sei wie ein Fisch im Wasser und nicht die Absicht habe, sich dem Zugriff der Polizei zu stellen. Woher nahm er nur die Kraft?, fragte sich Olofsen. Burnot hatte ja auch keine Rettungsweste, die ihn an der Wasseroberfläche hielt.

Olofsen erreichte ihn. Burnot strampelte wild im Wasser herum und traf ihn unerwartet und wahrscheinlich zufällig mit seinem beschuhten Fuß in den Schritt. Vom plötzlichen Schmerz übermannt, krümmte sich Olofsen und schluckte salziges Wasser. Obwohl die nasse Kleidung ihn in seiner Beweglichkeit stark einschränkte, packte er Burnot und schlug ihm die Faust zweimal ins Gesicht. Dessen Kopf flog nach hinten, Blut und Wasser spritzten, dann ging er unter.

Als Burnot einige Sekunden später prustend und mit blutüberströmtem Gesicht auftauchte, war er bereits zwanzig Meter von Olofsen fortgetrieben.

Olofsen schrie ihm hinterher: »Andreas Burnot, ich verhafte

dich wegen Mordes in mindestens fünf Fällen.« Bei diesen Worten schwappte ihm abermals Wasser in den Mund, er musste spucken und würgen.

Er paddelte in Burnots Richtung, spürte aber, wie seine Kraft nachließ. Immer wieder schlugen Wellen über seinen Kopf, ließen ihn Wasser schlucken.

Aus dem Augenwinkel konnte Olofsen sehen, dass Burnot nicht mehr zappelte und zeterte. Er hing im Wasser wie der sprichwörtliche nasse Sack und bewegte sich kaum noch. Die »Donnervogel« konnte Olofsen nicht entdecken.

Doch das Adrenalin hatte ihn voll im Griff. »Ich habe doch gesagt, ich kriege dich«, schrie er triumphierend. »Du schwimmst jetzt in den Bau. Da kannst du den Rest deines jämmerlichen Lebens verbringen.« Die letzten Worte verschluckte er mit einem weiteren Schwall Salzwasser. Auf einmal sah er die »Donnervogel«. Er konnte sogar Harm erkennen, der am Heck stand und schrie. Das Boot war bestimmt hundert Meter von ihm entfernt, Harm suchte in der falschen Richtung.

Olofsen paddelte weiter. Er wollte Burnot erreichen, ihn verhaften und festhalten, bis Hilfe eintraf. Aber Burnot wurde von der starken Strömung immer weiter von ihm weggetragen. Und seine eigenen Schwimmzüge wurden kürzer und kraftloser. Er musste erkennen, dass er Burnot aus eigener Kraft nicht erreichen würde. Das Schwimmen und der kurze Kampf im kühlen Wasser hatten ihn mehr angestrengt als gedacht. Er sollte dringend aufhören, sich im kalten Wasser Schlägereien zu liefern und Reden zu halten. Er drehte sich auf den Rücken und beschränkte sich auf kurze Schwimmbewegungen, um an der Oberfläche zu bleiben.

»Mayday. An alle«, rief Harm ins Funkgerät. Seine Stimme überschlug sich vor Panik. »Zweiter Mann über Bord. Er trägt auch keine Rettungsweste. Mayday. Ich bin allein auf dem Boot. Ich kann sie nicht mehr sehen. Hilfe!«

Das letzte Wort klang wie ein verzweifelter Schrei.

»›Donnervogel‹. Hier ist ›Anneliese Kramer‹.« Die Stimme aus dem Funkgerät klang professionell und ruhig. »Ein SAR-Hubschrauber ist in wenigen Augenblicken bei Ihnen. Sie müssten ihn bereits ausmachen können.«

Harm riss den Kopf nach oben und blickte wild um sich. Richtig, da war er. Kam schnell näher. Jetzt nahm er auch das Donnern der Rotoren wahr, als ob seine Augen die Ohren eingeschaltet hätten.

Die Stimme aus dem Funkgerät meldete sich wieder. »Der SAR-Hubschrauber hat beide Personen gesichtet und wird die von unserer Position entferntere Person bergen, wir kümmern uns um die andere Person.«

Harm atmete erleichtert auf. Er zog den Gashebel zurück, sodass die Maschine nur noch im Leerlauf lief. Er bekam weiche Knie und sackte auf dem Fahrersitz zusammen.

Olofsen trieb weiter im Wasser. Um Kraft zu sparen, bewegte er sich fast nicht mehr. Ihm war verdammt kalt, unzählige Male schwappten Wellen über ihn hinweg. Er hoffte inständig, nicht das Bewusstsein zu verlieren. Burnot konnte er nicht mehr sehen. Beim letzten kurzen Blick, den er hatte erhaschen können, war ihm aufgefallen, dass der Killer mit dem Kopf nach unten im Wasser trieb. Das war gar nicht gut – um atmen zu können, sollte das Gesicht nach oben zeigen. Olofsen fragte sich einen kurzen Moment, ob er zu hart zugeschlagen hatte.

Dann nahm er ein Dröhnen wahr. Ein Donnern. Scheiße, dachte er, jetzt noch ein Sommergewitter. *Warum auch nicht, bin ja sowieso schon nass.*

Aber der Donner hörte nicht auf. Komisches Gewitter, aber Olofsen hatte keine Lust, die Augen aufzumachen, um nachzuschauen. Er tat es doch. Kein Sommergewitter. Ein Hubschrauber. Aber nicht über ihm – sondern irgendwo dort, wo dieser Scheißkerl Burnot treiben musste. Olofsen mobilisierte neue Kräfte, neues Adrenalin schoss durch seinen Körper und verdrängte Angst und Kälte. Er konnte erkennen, wie der Sog der Rotoren das Wasser hoch aufpeitschte, Gischt stieg auf wie eine dicke Nebelwolke. Jemand seilte sich ab. Ging selbst ins Wasser, hantierte dort – was er genau tat, konnte Olofsen nicht erkennen. Dann gab dieser Jemand dem Windenführer im Helikopter ein Zeichen. Kurz darauf erhob er sich in die Lüfte – zusammen mit Burnot.

Warum retten die diesen verdammten Mörder? Das kann doch nicht wahr sein! Warum nicht mich? Haben die mich etwa nicht gesehen? Und wo sind Harm, Greiner und all die anderen, die kommen wollten? Paula? Olofsens Glieder wurden immer schwerer. Sein Energieschub schien verbraucht, die kurze Euphorie über die Ankunft des Hubschraubers war verflogen. Kälte und Angst kehrten mit doppelter Intensität zurück.

Greiner war auf das Vorschiff des Rettungskreuzers gelaufen, auf der Brücke hatte er es nicht mehr ausgehalten. Olofsen konnte ein Arsch sein und sich rücksichtslos seinen Weg bahnen, aber er war sein Kollege, sein Partner – und sein Freund. Sie mussten ihn finden. Das Wasser war kabbelig, hier und da machte Greiner kleine Schaumkrönchen auf den Wellen aus, aber um ihn herum waren Profis. Die mussten ihn einfach finden.

Er hatte nicht mehr mitbekommen, dass genau dies schon geschehen war. Jetzt sah er, wie sich aus dem Helikopter, der sie vor einigen Augenblicken überflogen hatte, jemand ins Wasser abseilte. Offensichtlich hatten die Piloten jemanden entdeckt. Er hoffte inständig, dass es Olofsen war. Ebenso sah er ein weißes Segelboot mit roten Streifen am Rumpf, das von Otterndorf kommend ebenfalls auf sie zusteuerte.

Hinter dem Segelboot tauchten noch weitere Motorboote auf, die in schneller Fahrt auf sie zuhielten. Wahrscheinlich hatten sie alle den Notruf von diesem Harm gehört und beteiligten sich an der Suche. Einer von ihnen musste Olofsen doch finden. Plötzlich durchfuhr ein Rumpeln und Rucken den Rettungskreuzer. Es fühlte sich an, als wären sie mit einer

Fahrwassertonne kollidiert. Erschrocken drehte sich Greiner um und blickte an den Aufbauten entlang nach hinten. Kein Unfall mit einer Tonne, stellte er erleichtert fest. Die »Mathias« war aus der Heckwanne gerutscht und drehte sich bereits in schneller Fahrt vom Kreuzer weg.

Und ich? Diese Frage tobte in Olofsens Kopf wie ein Wirbelsturm über einer Karibikinsel, als erneut eine Welle über ihn hinwegschwappte. Er zappelte mit den Armen, um zurück an die Oberfläche zu gelangen. Als er das Salzwasser ausgespuckt und die Augen wieder geöffnet hatte, kam unerwartet der weiße Rumpf eines Segelbootes mit roten Streifen in sein Blickfeld. Neue Hoffnung keimte in ihm auf. Doch dann drehte das Segelboot ab. Die Hand, die Olofsen gerade zum Winken heben wollte, sackte kraftlos zurück ins Wasser. »Ich bin doch hier«, murmelte er. Ihm war kalt, so kalt.

Plötzlich packte ihn von hinten eine Hand am Kragen seiner Jacke. Etwas zog an ihm. Ein starker Arm schlang sich um ihn. Olofsen versuchte, sich zu drehen, um sehen zu können, wer da hinter ihm war, aber es gelang nicht. Er sah nur den weißen Rumpf eines Bootes, der in ein grünes Deck überging. Vorne meinte er, drei Buchstaben zu erkennen. Schon wieder eine Botschaft, jetzt werde ich langsam verrückt, dachte er. Dann setzte sein Gehirn die drei Buchstaben zu einer Bedeutung zusammen. SAR – »search and rescue«. Sie hatten ihn gefunden.

Olofsen wollte helfen, schwimmen, raus aus dem Wasser. Es ging nicht, er war zu schwach, konnte seine Arme nicht mehr heben. Aber seine Retter wussten, was sie taten. Mit einem letzten Schwung zogen sie ihn durch die geöffnete Bergungspforte. Er lag in der Plicht der »Mathias«.

Olofsen spuckte Wasser, sein Blick war verschwommen, aber er erkannte zwei rote Overalls. Zwei lächelnde Gesichter. Einer der beiden Männer zeigte ihm den nach oben gereckten Daumen.

FÜNFZEHN

Donnerstag, 6. September, später Nachmittag

Olofsen spürte, dass er auf einem festen Untergrund lag. In seinem Kopf drehte sich alles, seine Ohren dröhnten, er hörte undeutliche Stimmen. Vor seinem inneren Auge sah er sich wieder in der Elbe treiben, sah die letzten Momente, bevor die Seenotretter ihn aus dem Wasser gezogen hatten, wie einen Film in Dauerschleife ablaufen. Er öffnete die Augen. Zunächst wirkte alles um ihn herum verschwommen, nach und nach klärte sich sein Blick.

Wo er sich befand, wusste er nicht, aber er registrierte, dass man ihn in Decken eingewickelt hatte. Dennoch war ihm kalt. Auf einem Hocker neben ihm saß jemand. Olofsen schaute diesen Jemand konzentriert an, dann wusste er es wieder: der Vormann des Rettungskreuzers. Wie war doch gleich sein Name gewesen? Olofsen dachte angestrengt nach. Richtig – Hokki Werlops. Greiner stand hinter ihm und beobachtete ihn.

Olofsen versuchte, sich aufzurichten. Es gelang ihm halbwegs, die Beine baumelten herab, ohne den Boden zu berühren. Erleichtert lehnte er sich mit dem Rücken gegen die Wand.

Werlops hielt ihm eine Tasse mit einer warmen Flüssigkeit hin. »Langsam trinken.«

Er zeigte mit einer Hand an die Wand neben sich. Zusammen mit diversen Ausrüstungsgegenständen waren dort die Rettungswesten der Besatzungsmitglieder aufgehängt.

»Immer!« Mehr sagte er nicht.

Olofsen kam sich vor wie ein kleiner Junge, der gerade von seinem Vater gemaßregelt worden war. Aber Werlops hatte recht, so viel war ihm klar. Er hatte sich wider besseres Wissen und gegen Harms Anweisung wie ein Idiot benommen und sollte sich eigentlich selbst an den Eiern an die Kugelbake nageln. Er beschloss, sich noch heute im Laufe des Tages eine Rettungsweste zu kaufen. Die beste, die er bekommen konnte. Völlig egal, dass er bislang weder einen Bootsführerschein, geschweige denn ein Boot besaß.

Olofsen nippte an seiner Tasse. Irgendein Tee, warm und gut. Er wandte sich an Greiner. »Was ist mit Burnot?«

Greiner sagte nichts, Werlops sah ihm direkt in die Augen. »Der Hubschrauber hat ihn direkt zum Krankenhaus in Cuxhaven geflogen. Aber er war schon tot, als sie ihn aus dem Wasser gezogen haben.«

»Er war ein mehrfacher Mörder«, bemerkte Olofsen und nahm einen weiteren Schluck aus der Tasse.

»Das ist mir scheißegal«, antwortete Werlops scharf. »Unser Job ist es, zu retten. Alles andere interessiert mich nicht.« Damit stand er auf und stieg den Niedergang zur Brücke hinauf.

Auch Olofsen versuchte, aufzustehen. Seine Knie fühlten sich jedoch wie Pudding an und wollten seinen Körper noch nicht tragen. Also setzte er sich wieder und nuckelte an seinem Tee. Er spürte die Wärme durch seinen Körper strömen und die Lebensgeister zurückkehren.

»Ich brauche frische Klamotten«, sagte Olofsen. »So kann ich nicht ins Büro. Und neue Schuhe.«

Greiner zeigte ihm den Vogel. »Am Anleger wartet der Notarzt auf dich. Du warst fast bewusstlos und leicht unterkühlt, als sie dich an Bord gebracht haben.«

Olofsen winkte ab. »Schnee von gestern. Ich bin okay, brauche nur frische Sachen.«

»Wozu die Hektik?«, fragte Greiner, obwohl er wusste, dass er genauso gut gegen eine Wand reden konnte. »Der Fall ist gelöst. Burnot wird keinen weiteren Schaden mehr anrichten. Wir kennen sein Motiv, seine Beweggründe. Die Engels sind in Sicherheit.«

»Aber wir werden ihn nicht mehr zur Rechenschaft ziehen können«, sagte Olofsen. Er klang enttäuscht. »Außerdem wissen wir nicht, wo er sich die ganze Zeit verkrochen hat. Er könnte weiteres Viruszeugs haben, das wir unbedingt sicherstellen müssen.«

Bevor Greiner antworten konnte, veränderte sich das Motorengeräusch, wurde leiser. Es folgten einige Stöße, dann verstummten die Maschinen. Sie hatten angelegt.

Nur Augenblicke später kamen ein Notarzt und ein Rettungssanitäter an Bord und traten vor Olofsen. Der schaute zu den beiden auf. »Habt ihr mir trockene Sachen mitgebracht? Ich muss zurück ins Büro.«

Die beiden warfen sich einen Blick zu, als hätte Olofsen nach der Wegbeschreibung zum Weihnachtsmann gefragt.

»Es ist besser, wenn Sie zunächst mit uns kommen. Wir werden uns um Sie kümmern«, redete der Notarzt freundlich, aber bestimmt auf ihn ein.

»Nein«, stellte Olofsen sofort lautstark klar. »Ich habe keine Zeit für diesen Quatsch. Mir geht's gut. Nur noch ein bisschen kalt, aber draußen scheint die Sonne. Ein Kaffee, dann wird das schon wieder.« Damit stand er auf – und blieb stehen. Olofsen war selbst überrascht.

Die beiden Mediziner waren baff. Werlops schaute von der Treppe den Niedergang herunter. »Kommissar Olofsen, die Speerspitze der Cuxhavener Polizei. Unverwüstlich.«

Olofsen streckte den Daumen in die Luft und watschelte in Decken gehüllt an den beiden vorbei. Über die Gangway erreichte er den Anleger. Greiner folgte ein paar Schritte hinter ihm.

»Lass uns da ein paar Minuten sitzen, trocknen und nachdenken«, sagte Olofsen und deutete auf eine Art Zelt mit einer Sitzgruppe, die die Seenotretter auf dem Anleger neben dem Schiff aufgebaut hatten. Sogar ein Grill stand dort.

»Weiche Knie?«, fragte Greiner.

»Red keinen Unsinn.«

Greiner betrachtete ihn skeptisch. »Und wie soll es jetzt weitergehen?«

»Wie gesagt: Wir müssen Burnots Unterschlupf finden und

alles biologische Material sicherstellen, das er dort noch haben könnte. Erst dann ist der Fall erledigt.« Hinsichtlich der Sitzgruppe änderte Olofsen spontan seine Meinung. »Ich muss nach Hause, trockene Sachen anziehen.«

Der Wagen der beiden stand noch immer am Anleger. »Du bist alt genug, um selbst zu entscheiden.« Greiner ging voraus. »Aber ich fahre«, stellte er klar.

Olofsen nickte kurz und kramte in seinen Taschen herum. »Allerdings finde ich den Schlüssel nicht mehr. Könnte gut sein, dass der am Grund der Elbe liegt.«

Greiner verzog das Gesicht. »Wir brauchen ein Taxi.«

Es dauerte eine halbe Stunde, bis das Taxi endlich kam. Olofsen begann erneut zu frieren, obwohl seine Kleidung langsam trocknete. Der Taxifahrer staunte, als er die abgerissene Erscheinung Olofsens sah, fuhr ihn aber widerspruchslos nach Hause.

Dort angekommen begann dessen für diese Woche typisches Ritual: Ein Teil seiner Kleidung wanderte direkt in die Mülltonne, anschließend stellte er sich unter die heiße Dusche und harrte aus, bis seine Haut feuerrot war und sein ganzer Körper brannte.

Anschließend kochte er sich eine Kanne schwarzen Tee und rief Paula an. Er berichtete ihr kurz, was geschehen war, und fragte sie ganz vorsichtig, ob sie ihm nicht vielleicht schnell ein Paar neue Schuhe kaufen könnte.

***

Ein Telefon begann plötzlich lärmend zu klingeln. Ein altmodischer und gleichzeitig synthetisch klingender Ton, durchdringend, fast wie ein Wecker. Olofsen schlug ein Auge auf. Es war dunkel im Zimmer. Aber der Lärm wollte nicht aufhören. Im Gegenteil, er wurde noch nervtötender.

»Nun geh schon dran«, hörte er eine verschlafene Stimme neben sich flüstern. Eine weibliche Stimme.

Olofsen schlug beide Augen auf. Was war hier los?

»Hallo! Geh ran, ich will noch schlafen.«

Bruchstückhafte Erinnerungen blitzten auf. Aber nicht an das kalte Wasser der Elbe. An Paula.

Sie war tags zuvor tatsächlich in weniger als einer halben Stunde bei ihm eingetroffen – mit einem Paar neuer Schuhe und einigen Leckereien zum Essen und Trinken. Olofsen hatte sie einfach nur in den Arm genommen. Schweigend hatten sie mehrere Minuten Arm in Arm im Flur seiner kleinen Wohnung gestanden. Dann hatte er sie ins Wohnzimmer gebracht. Sie hatten Stunden auf der Couch gesessen, über die Ereignisse auf der Elbe geredet. Einmal liefen Olofsen sogar ein paar Tränen über das Gesicht. Er hatte versucht, es abzutun, und irgendetwas von Schweiß und hoher Luftfeuchtigkeit geredet, aber Paula hatte nur gelächelt und ihn in den Arm genommen. Dass er eigentlich ins Büro zurückwollte, hatte er geflissentlich verdrängt. Der spätere Teil des Abends war sehr romantisch gewesen. Olofsens Unterkühlung war vollständig verflogen.

Er schob die Bettdecke ein Stückchen zur Seite und grinste dümmlich vor sich hin. Bis ihn ein Stoß in die Rippen traf.

»Jetzt geh an das verfluchte Telefon, Kommissar Arne.« Paula hatte sich aufgesetzt und blinzelte ihn aus verschlafenen Augen neckisch an. Ihre lange blonde Mähne war reichlich verwuschelt, aber gerade das machte sie besonders sexy. Olofsen spürte in seiner unteren Lendengegend eine eindeutig zustimmende Reaktion.

Sie lächelte, verdrehte die Augen und verschwand wieder unter der Decke.

Olofsen stand auf und ging ans Telefon. »Wisst ihr eigentlich, wie spät es ist?«, knurrte er bemüht unfreundlich in das Telefon. Es ging um sein Image, da konnte er nicht einfach gut gelaunt und freundlich sein.

»Nein«, vernahm er Greiners Stimme. »Aber ich kann nachschauen, wenn deine Uhr kaputt ist.«

»Was gibt es denn freitags um acht Uhr achtzehn morgens?«

»Arbeit. Es ist noch nicht zu Ende. Schwing deinen Hintern

ins Büro. Gestern hast du großspurig behauptet, du wärst fit«, sagte Greiner.

Verfluchter Mist, was bedeutete »nicht zu Ende«? Olofsens Gedanken begannen zu rasen. Burnot war doch tot. War er am Ende doch der Falsche gewesen? Katastrophe! »Ich komme.«

Er griff sich einige Kleidungsstücke, gab Paula einen flüchtigen Kuss und rannte ins Badezimmer. »Ich muss los«, rief er durch die geschlossene Tür. »Irgendetwas mit dem Sandbankkiller.«

Paula setzte sich überrascht im Bett auf. »Ich dachte, der wäre gestern in der Elbe ums Leben gekommen.«

Olofsen kam zurück ins Zimmer. Er war unrasiert, aber angezogen. Er langte nach den neuen Schuhen, die Paula für ihn mitgebracht hatte. »Irgendwie hat er einen Weg gefunden, uns auch aus dem Jenseits heimzusuchen. Bitte bleib. Oder komm wenigstens wieder.«

»Los mit dir, Sheriff. Geh die Welt retten.«

»Super Einsatz gestern«, rief ihm einer der Beamten zu, als Olofsen in die Dienststelle gestürmt kam, und reckte den Daumen nach oben. »So geht das hier in Cuxhaven.«

Olofsen ließ ihn stehen und marschierte auf direktem Weg in Greiners Büro. »Was ist jetzt passiert?«

Bevor Greiner antworten konnte, klopfte es an den Türrahmen.

»Immer herein. Wir sind unbewaffnet und guter Dinge«, rief Greiner.

Nunk steckte den Kopf zur Tür herein. »Ich habe es auch gerade erst gehört.«

»Was habt ihr gehört? Was ist los?«, verlangte Olofsen zu wissen.

Durch das geöffnete Fenster hörten sie draußen einen Lkw vorbeifahren, dann Hupen, Klirren, lautes Schimpfen. Nunk schloss das Fenster.

»Burnot hat uns noch einen letzten Gruß zukommen lassen«,

sagte Greiner und drehte den Bildschirm seines Computers so, dass alle darauf schauen konnten.

»Facebook?«, fragte Olofsen erstaunt und beugte sich vor.

Greiner nickte. »Ja. Burnot hatte einen Account. Frauke hat ihn mir heute früh gezeigt. Hatte über die ganze Welt verteilt fast zweitausend Freunde, und das, obwohl er selbst in den letzten sechs Monaten nichts mehr gepostet hat.«

»Wo ist das Problem?«, hakte Olofsen nach.

»Jetzt hat er etwas gepostet«, entgegnete Nunk.

»Er ist tot«, erwiderte Olofsen und warf ihm einen mitleidigen Blick zu. »Seit gestern. Ich war dabei.«

»Es ist um Punkt sieben online gegangen. Burnot muss das vorbereitet haben. Wie genau, können uns später die Zauberer aus der IT erklären«, sagte Greiner. Er schob die Maus ein wenig hin und her und klickte auf ein Symbol.

Ein Video startete. Olofsen, Greiner und Nunk sahen einen quicklebendigen Andreas Burnot an einem kleinen Schreibtisch sitzen und in die Kamera blicken. In seinem Rücken war ein geöffnetes Fenster zu sehen, hinter dem sich hohe Bäume im Wind wiegten. Sein Gesichtsausdruck war gleichzeitig traurig, trotzig, zufrieden, resigniert und voller Tatendrang.

Olofsen beugte sich vor, um jedes Detail sehen zu können.

»An alle meine Freunde«, ertönte eine knarzende Stimme aus dem kleinen Lautsprecher des Computers. »Das Leben ist voller Überraschungen, und auch der Tod kommt manchmal ohne Voranmeldung.«

»Was soll der Scheiß?«, ereiferte sich Olofsen schon nach den ersten Sekunden, wurde aber von Nunk und Greiner augenblicklich angezischt.

»Wenn ihr dieses Video seht, habe ich diese Welt verlassen – aber gerade nicht überraschend, sondern wohlgeplant und gewollt. Ich habe all diejenigen mitgenommen, die mich bis an diesen Punkt gebracht haben.« Der Burnot auf dem Bildschirm griff nach einem Glas Wasser und nahm einen Schluck. Olofsen drohte ihm wütend mit dem Zeigefinger.

»Schon vor Monaten habe ich mich entschlossen, mit einem großen Finale aus dem Leben zu treten – aber nicht mit Bomben, Kalaschnikows und Lkws wie diese Spinner mit Bart und langem weißen Kaftan. Und auch nicht wild um mich schießend, wie es an amerikanischen Highschools so üblich ist – nein, ich wollte nur die mitnehmen, die mich kaputtgemacht haben.«

Jetzt war Olofsen baff. »Ein posthumes Geständnis.«

»Ja, für die Weltöffentlichkeit«, knurrte Nunk. »Jeder, der will, kann das Video sehen, teilen und es noch mehr Menschen zugänglich machen. Der neue Weg zum Märtyrertum.«

Burnot sah jetzt wieder ernst in die Kamera. »Julia Engels, dieses Miststück, habe ich zum Teufel geschickt, weil sie behauptet hat, ich hätte sie während der Arbeit sexuell belästigt. Das geht ja heute ganz schnell. Einmal behauptet, und schon ist man erledigt.«

»Ein gefährliches Pflaster«, stellte Olofsen fest. Greiner und Nunk gaben ihm erneut Zeichen, den Mund zu halten.

»Nein«, rief Burnot dann aufgebracht in die Kamera. »Ich wollte mit dieser Heuchlerin nie etwas anfangen. Ich wollte mich mit ihr doch nur über unsere gemeinsame Leidenschaft unterhalten, das Bootfahren. Sie hat mich ständig provoziert. Aber natürlich nur, wenn es keine Zeugen gab. Ich habe nichts getan, außer ihr immer wieder zu sagen, dass sie aufhören soll. Hab ihr sogar gedroht, sie abmahnen zu lassen. Was macht die blöde Kuh? Rennt direkt zum Boss. Und was macht der? Schmeißt mich raus. Einfach so. Nicht einmal mit mir gesprochen hat er.«

Greiner klickte auf das Pausensymbol. »Aus dem Mund von Julia Engels klang die Geschichte aber anders.«

Die Tür öffnete sich, und Frauke Nilsson trat ein. »Oh, ihr habt schon ohne mich angefangen.«

Greiner deutete auf einen Hocker in der Ecke des Büros. Frauke holte ihn heran und setzte sich. Dann ließ Greiner das Video weiterlaufen.

Der virtuelle Burnot sprach weiter. »Aber Kai Polder, der große Boss mit dem steten Blick für den Vorteil seiner Firma, ist ihr vorausgegangen, konnte im Jenseits schon mal alles vorbereiten, um ihr den Hintern zu küssen.« Burnot spuckte aus, um seine Verachtung zu demonstrieren.

»Und ich?«, fragte er mit jammervoller Miene. »Geächtet. Vogelfrei. Niemand wollte mir mehr einen Job geben. Bewerbungen über Bewerbungen habe ich geschrieben. ›Nein, danke‹, haben sie geantwortet, wenn überhaupt. Kein Geld mehr, Hartz IV ist die letzte Erniedrigung – das konnte ich nicht machen. Aber ich will hier nicht weg. Ich liebe die Küste, das Watt. Ich liebe das Cuxland, ich kann nirgendwo anders glücklich werden. Das weiß ich. Ich musste meine ›Sonnenvogel‹ verkaufen, mein geliebtes Segelboot, bin aus der Gemeinschaft der Cuxhavener Segler ausgetreten. Kann sich einer vorstellen, wie schmerzhaft das war?« Burnot zog die Nase hoch.

Wirklich dramatisch, dachte Olofsen verächtlich.

»Und alles wegen eines Hinterns, den ich nicht einmal angefasst habe«, sprach Burnot weiter.

Frauke schüttelte den Kopf. »Meine Güte, die arme Frau –«, begann sie, wurde aber sofort von den drei Männern mit eindeutigen Gesten aufgefordert, ruhig zu sein. Olofsen machte eine Bewegung mit den Armen, als wollte er sagen: »Da seht ihr es. Hab ich's nicht gesagt?«

»Ich musste meine Wohnung verkaufen«, sagte Burnot. »Das war nicht schlimm, die Bude hat mir nichts bedeutet. Trotzdem wollte mich Fred Bechmann über den Tisch ziehen. Der baut nicht nur Häuser, nein, er handelt auch damit. Und bescheißt.«

Olofsen und Greiner warfen sich überraschte Blicke zu. Alexander Fock hatte auch etwas in dieser Richtung angedeutet.

Burnots Blick auf dem Computerbildschirm wurde jetzt eiskalt. »Ich hab's dem Scheißkerl heimgezahlt. Der hüpft jetzt auch von Wolke zu Wolke und wird niemanden mehr über den Tisch ziehen. Ebenso der verfluchte Joachim Einbaum. Lockt mich auf sein Boot und verspricht mir einen tollen Job bei der Cuxhavener Feuerwehr – ich bin ja Mediziner und hätte als Notarzt arbeiten können – und lässt mich dann wie eine heiße

Kartoffel fallen. Nein, man bräuchte einen Mann mit Erfahrung, hat er gesagt. Heuchler.«

»Schwarz-weiß ist doch immer die einfachste Sicht auf die Dinge«, warf Frauke angewidert ein. »Macht alles schön einfach, und Schuld haben immer die anderen. Das ist ja so typisch für unsere heutige Zeit. Da könnte Burnot bestimmt noch eine Menge Gefolgsleute rekrutieren.«

»Aber die sind jetzt alle Geschichte«, redete Burnot gut gelaunt weiter. »Die Welt ist jetzt ein kleines bisschen besser. Ich habe mich gerne für euch darum gekümmert.«

»So ein Arschloch«, rief Olofsen aufgebracht. »Sollen wir dem Kerl jetzt etwa dankbar sein? Ich kann gar nicht so viel essen, wie ich kotzen möchte. Und wir stehen da wie die Deppen, weil wir ihm zu spät auf die Spur gekommen sind.«

Frauke legte ihm beruhigend die Hand auf die Schulter. Olofsen atmete lautstark ein und aus.

Burnot sprach unbeirrt weiter. »Ach ja, liebe Ermittler von der Kripo. Sorry wegen der Infektionen. Ich hoffe, euch ist nicht das Klopapier ausgegangen.« Es klang, als würde er sich fürchterlich über seinen Witz freuen. »Euch zu schnell auf meine Spur kommen zu lassen war leider keine Option. Ein bisschen gezieltes und wirkungsvolles Unwohlsein war da sehr hilfreich für mich.«

»Jetzt reicht es aber.« Olofsen stand kurz vor der Explosion. »Der führt uns wie Clowns durch die Manege.« Er blickte zu Greiner hinüber. »Wie viele Leute haben das schon gesehen?«

Greiner schaute auf den Bildschirm. »Fast dreihundert Likes und bereits einundvierzigmal geteilt. Das Video wird viral.«

»Scheiße«, donnerte Olofsen. »Der Blödsinn muss sofort aus dem Netz verschwinden. Sofort!«

Greiner und Nunk sahen sich hilfesuchend um.

»Das wird dauern«, sagte Frauke niedergeschlagen. »Wenn wir es überhaupt löschen können.«

Olofsen schnappte sich eine Tasse von Greiners Schreibtisch und feuerte sie gegen die Wand. »Dann hat er doch gewonnen.«

Epilog

Eine Lachmöwe watschelte seelenruhig über den Steg. Neugierig drehte sie ihren Kopf mal hierhin, mal dahin. Plötzlich zischte das Ende eines Seils auf sie zu. Erbost kreischend breitete sie die Flügel aus und machte sich davon.

»Kack mir bloß nicht auf das Verdeck!« Zur Unterstützung seiner Worte lehnte sich Olofsen über die Bordwand und wedelte mit den Armen wie eine kurzschlussgestörte Vogelscheuche.

Greiner klatschte in die Hände und feuerte seinen Kollegen an. »Genau! Zeig ihnen, wer hier der Skipper ist.«

Lachend wandte sich Olofsen wieder dem Wasserkocher zu. Er goss kochendes Wasser in zwei Tassen mit Instant-Cappuccino. »Zucker?«

Greiner verneinte. Dann sah er sich erneut um. »Ein schönes Boot.«

Olofsen nickte stolz. »Klein, aber mein.«

Beide saßen in der Plicht eines vielleicht sieben Meter langen schneeweißen Gleiters. Über den Rumpf, in Höhe der Wasserlinie, zog sich eine geschwungene Linie in Rot und Blau, die ein bisschen an Wellen und Feuerzungen erinnerte. Den hinteren Teil des Verdecks hatte Olofsen abgenommen, sodass sie von der Sitzbank aus den Blick über die Marina von Otterndorf genießen konnten. Der kleine Hafen war bis zum letzten Liegeplatz besetzt. Große und kleine Boote – Segler, Motorboote, sogar ein Helgoländer Börteboot – drängten sich an den Stegen. Es wurde geredet und gelacht.

»Wie soll das Boot denn heißen?«, fragte Greiner.

Olofsen schmunzelte. »Das wird noch nicht verraten. Ein wenig musst du dich noch gedulden.«

Olofsen hatte eine Woche, nachdem er dem Sandbankkiller das Handwerk gelegt hatte, seine Prüfung für den Sportbootführerschein abgelegt. Theorie, Navigationsübungen und Praxis hatte er glänzend bestanden.

Der Fall hatte ihn einsehen lassen, dass das Leben ganz schnell eine ebenso unerwartete wie dramatische Wendung nehmen und die Welt auf den Kopf stellen konnte. Diese Erkenntnis, so banal sie auch war, war für ihn Anlass genug, von nun an das Leben in vollen Zügen genießen zu wollen und sich den einen oder anderen Traum zu erfüllen.

Nach bestandener Prüfung war er also direkt zum Bootshändler gefahren, um sich das Boot, mit dem er schon vor Wochen geliebäugelt hatte, zu kaufen. Einfach so, ohne lange das Für und Wider abzuwägen.

Und jetzt saßen sie hier. Er hatte Greiner eingeladen, heute bei der Taufe des Bootes dabei zu sein. Sie warteten nur noch auf drei weitere Gäste, anschließend wollten sie zusammen nach Cuxhaven zum Anleger des Rettungskreuzers und zum Cuxhavener Yachtclub fahren. Dort sollte die Bootstaufe stattfinden.

»Schon komisch, die letzten drei Wochen sind verdammt schnell vergangen«, sinnierte Olofsen. Tatsächlich war es drei Wochen her, dass es zu der abenteuerlichen Verfolgungsjagd auf der Elbe gekommen war, an deren Ende ein Boot Totalschaden erlitten hatte, Olofsen aus Seenot gerettet werden musste und der Sandbankkiller sein Leben verloren hatte. Der Gedanke daran jagte ihm noch immer einen Schauder durch die Glieder. Das Video, mit dem Andreas Burnot seine Taten erklären und sich selbst als Märtyrer stilisieren wollte, hatte ihn nicht losgelassen.

Die Cuxhavener Polizei, die hinzugezogene Polizeidirektion Oldenburg und diverse Anwaltskanzleien hatten mehrere Tage benötigt, um das Löschen des Videos zu erreichen. In der Zwischenzeit war es auf Facebook um die Welt gegangen. Es hatte Tausende von Likes und Hunderte von Kommentaren gegeben, die zwischen Hass und Zustimmung rangierten.

Anfangs war die Polizei wegen der verzögerten Ermittlungen aufgrund der sich ausbreitenden gastro-intestinalen Infektionen mit Häme überschüttet worden, ein unbekannter Scherzkeks hatte sogar eine Palette Toilettenpapier in die Werner-Kammann-Straße liefern lassen. Die Stimmung war jedoch umgeschlagen, nachdem die ganze Wahrheit über den Diebstahl der Noroviren und die anschließenden Infektionen an die Öffentlichkeit gelangt war. Entsetzen war das vorherrschende Gefühl, man erkannte einen bioterroristischen Angriff und verurteilte diesen auf das Schärfste. Die Cuxhavener Polizisten wurden zu Helden, die auch unter »beschissenen« Umständen die Jagd auf den Sandbankkiller fortgeführt und ihn am Ende gestellt hatten.

Die Norovirusinfektionen hatten den Beamten der Polizeiinspektion Cuxhaven arg zu schaffen gemacht. Eine Spezialfirma aus Hamburg war beauftragt worden, das Gebäude von oben bis unten zu desinfizieren.

Die Soko war schnell aufgelöst worden, aber Olofsen war noch nicht fertig mit dem Fall. Obwohl er sich um andere Dinge kümmern musste, hatte er sich in jeder freien Minute weiterhin mit dem Fall beschäftigt. Er wollte Burnots Unterschlupf ausfindig machen und eventuelle weitere biologische Proben sicherstellen. Schließlich war es ihm zusammen mit dem IT-Experten der Dienststelle, der aufgrund der Norovirusinfektion stark dehydriert mehrere Tage im Krankenhaus behandelt werden musste und seither einen tiefen Groll gegen Burnot in sich trug, gelungen, mittels der IP-Adresse, über die Burnot sein Video ins Netz geladen hatte, den Standort des Computers zu ermitteln: ein Sommerhaus am Flögelner See.

Allerdings war es das falsche Haus, zu dem Olofsen gestürmt war. Es gehörte einem älteren Herrn, der sein WLAN-Netz verstärkt hatte, um überall auf seinem Grundstück problemlos seinen Laptop verwenden zu können. Leider hatte er versäumt, es durch ein Passwort zu sichern. Erst im benachbarten Sommerhaus wurde Olofsen fündig. Wie sich herausstellte, gehörte das Haus einer betagten Tante Burnots, die in Süddeutschland in einem Seniorenheim lebte und schon seit vielen Jahren nicht mehr am Flögelner See war. Sie konnte sich nur noch vage daran erinnern, irgendwann einmal dem Andi, ihrem ach so netten Ururgroßgroßneffen einen Schlüssel gegeben zu haben, damit er die Blumen gießen und den Rasen mähen konnte.

Nachdem das ganze Haus von Spezialisten dekontaminiert und große Mengen biologischen Materials in Kühl- und Gefrierschränken, aber auch im Müll sichergestellt worden waren, hatte Olofsen den Laptop auf dem Schreibtisch beschlagnahmt. Auf der Festplatte fanden sich endlos lange Textdateien, in denen Burnot haarklein erklärte, was er wie und wann zur Vorbereitung seines Plans gemacht hatte, warum er seine Opfer ausgewählt hatte und warum eigentlich er das Opfer war und nicht die anderen.

Nächtelang hatte sich Olofsen durch das Material gequält und mehr als einmal dem Drang widerstanden, den Laptop einfach aus dem Fenster zu werfen.

»Warum hat er das alles getan?«, fragte Greiner. »Warum hat er nicht einfach seinen Koffer gepackt und hat anderswo einen Neustart gemacht?«

Olofsen zog ein Gesicht, als wäre er in einen Eimer Möwendreck getreten.

»Es scheint Menschen zu geben, die sich einfach nicht vorstellen wollen, auch an einem anderen Ort glücklich werden zu können. Burnot war einer davon. Für ihn gab es nur das Cuxland, der Rest war tote Wüste. Das war in seinem Kopf alternativlos festgeschrieben.«

Olofsen schnaubte verächtlich. »Julia Engels und Kai Polder gab er die Schuld an seinem Niedergang, Joachim Einbaum und Fred Bechmann daran, dass er anschließend nicht wieder auf die Beine gekommen war. Deshalb mussten sie bestraft werden und sterben. Er hatte ellenlange extremistische Pamphlete studiert und beschlossen, seine Mordpläne auch symbolisch aufzumotzen. Dazu bediente er sich des Geburtstagsbrauchs in der Marina, den er aus seiner eigenen Mitgliedszeit kannte. Der Feuerwehrmann musste verbrannt werden – wenn auch nur mit dem verkohlten Holzscheit angedeutet. Der Bauunternehmer bekam eine Betonkugel in den Schoß gelegt, der Mediziner eine Pipette. Er hat vorausgesehen, dass wir uns auf diese Gegenstände stürzen, an ihnen herumdeuten und Symbolik suchen würden – und deshalb hat er sie bis zum Gehtnichtmehr mit Noroviren eingeschmiert.«

Mit geballten Fäusten sprach Olofsen weiter: »Dass sie alle Boote hatten, war ein halber Zufall. Einbaum und Bechmann kannte Burnot aus seiner Zeit im Segelverein. Er war aber ausgetreten und stand nicht mehr auf der Liste, die uns Lücker gegeben hat. Engels und Polder waren Kollegen mit gleicher Leidenschaft. Sie alle auf ihren Schiffen umzubringen war Teil der Bestrafung dafür, dass er sein eigenes Boot hatte aufgeben müssen.«

Olofsen schnaubte ein weiteres Mal verächtlich. »Julia Engels wollte er auf Höhe der Wasserlinie an den Bug ihres eigenen Bootes binden und ertränken. Und warum?« Jetzt sprühte sein Blick Zornesfunken. »Damit sie lernt, wie es ist, wenn einem das Wasser bis zum Hals steht.«

»Dass er vielleicht selbst das Problem sein könnte – auf diese Idee ist er nie gekommen«, wunderte sich Greiner.

Olofsen winkte ab. »Heute sind es doch immer nur die anderen.« Er zog die Stirn in Falten. »Er hat sich intensiv mit Selbstmordattentaten und Amokläufen der letzten Jahre und Monate auseinandergesetzt. Dazu hat er Unmengen an Infos auf seinem Laptop gesammelt.«

Greiner schaute auf. »Jeder braucht seine Helden.«

»Nein«, widersprach Olofsen. »Er bewunderte diese Leute für den Mut, andere und sich selbst zu töten, und verachtete sie gleichzeitig für ihre Willkür. Mit einer Ausnahme. Dieser Siebzehnjährige, der in den USA an einer Highschool ganz gezielt Schüler und Lehrer getötet hat, mit denen er nicht klarkam. Er hatte jedes Wort auf seinem Laptop gesammelt, das jemals über diesen Fall geschrieben worden war. Diese Geschichte war gleichzeitig Vorbild und Auslöser.«

»Aber er hätte doch nicht ewig so weitermachen können«,

warf Greiner ein. »Ich meine, jedes Mal einen umbringen, wenn ihm etwas gegen den Strich gegangen ist.«

»Nach dem Tod von Julia Engels wollte er sich zum großen Finale selbst ausknipsen.«

Olofsen spuckte ins Wasser und schwieg eine Weile, bevor er fortfuhr. »Die Ballistiker konnten bestätigen, dass beide Frauen mit derselben Waffe erschossen wurden. Eine alte russische Neun-Millimeter-Militärpistole. Weiß der Geier, woher er sich die besorgt hat.«

»Immerhin können wir den Fall als gelöst zu den Akten legen. Das ist doch auch etwas.« Greiner versuchte, das Thema zum Abschluss zu bringen. »Gute Polizeiarbeit.«

Olofsen schüttelte den Kopf. »Nein, dazu hat es zu viele Tote gegeben. Ein unaufgeklärter Diebstahl von Strandkörben, okay. Aber fünf Morde sind zu viel.«

Plötzlich hellte sich seine Miene auf, und er kletterte gelenkig vom Boot auf den Steg. Greiner sah sich neugierig um.

»Onkel Arne! Wir sind da«, erklang die Stimme eines Mädchens.

Olofsen ging auf dem Steg in die Hocke. Ein Mädchen, vielleicht sieben Jahre, stürmte begeistert auf ihn zu und warf sich in seine Arme. Er hob sie hoch in die Luft und setzte sie auf seine Schultern. »Nele, schön, dass ihr da seid.«

Greiner musste schmunzeln. Eine höchst selten zu bewundernde Seite von Arne Olofsen. Aber die Rolle des lustigen Onkels stand ihm gut.

Auf dem Steg näherten sich zwei Frauen. Eine kannte Greiner nicht, die andere kam ihm entfernt bekannt vor.

»Onkel Arne«, fragte das Mädchen, »ist das dein Boot? Wie heißt es eigentlich? Fahren wir gleich los? Baust du mir noch ein Bücherregal?«

Olofsen lachte. »So viele Fragen. Klar, im Winter, wenn das Boot irgendwo in einer Scheune steht, baue ich dir noch ein Regal.«

Er setzte sie auf den Steg. Die beiden anderen Frauen waren

bei ihm angekommen. »Svea«, sagte Olofsen. »Toll, dass ihr es geschafft habt.« Er nahm seine Schwester in den Arm.

Dann trat er zu der anderen Frau und küsste sie lange auf den Mund. »Hallo.«

Greiner fielen fast die Augen aus dem Kopf. Die »Sahneschnitte« aus dem Krankenhaus im letzten Jahr – jetzt fiel es ihm wieder ein.

Als hätte Olofsen seine Gedanken gelesen, sagte er: »Nenn sie nur einmal ›Sahneschnitte‹, und du gehst achtkantig über Bord. Das ist Paula.«

Er musste lachen. Paula, Svea und Nele fielen ein, Greiner staunte Bauklötze.

»Hallo, Martin«, sagte Paula. »Du hast schöne Zähne. Du kannst den Mund jetzt wieder zumachen.«

Greiner gehorchte wortlos.

»So, wir sind vollzählig.« Olofsen klatschte in die Hände und machte sich am Boot zu schaffen. »Auf geht's nach Cuxhaven. Wir haben gleich Hochwasser, da kommen uns die dicken Pötte entgegen, und wir können schön schaukeln.«

Sie legten ab. Olofsen saß im Fahrersitz, eine Hand am Lenkrad, die andere cool auf dem Gashebel. Greiner unterhielt sich angeregt mit Paula und Svea, Nele saß neben Olofsen auf dem Co-Piloten-Sitz und suchte angestrengt nach Seehunden.

Eine knappe Stunde später legten sie in Cuxhaven im Fährhafen an, gut zehn Meter vor dem Rettungskreuzer. Harm half ihnen beim Festmachen.

Nachdem Harm erfahren hatte, dass Olofsen auf dem Weg war, selbst Freizeitskipper zu werden, hatte er ihm versprochen, ihm mit Rat und Tat zur Seite zu stehen. Nach bestandener Bootsprüfung und Kauf des kleinen Bootes hatte Harm Olofsen an ihren Vereinsanleger eingeladen, um zusammen das Boot zu taufen. Olofsen hatte das Angebot sofort und ohne zu zögern angenommen. Im kleinen Kreis, nur mit ein paar Freunden, nichts Großes.

Auf dem Steg hatte sich eine kleinere Menschengruppe zusammengefunden. Olofsen erkannte Hokki Werlops und die übrige Besatzung des Rettungskreuzers »Anneliese Kramer«. Neben Harm waren noch weitere Mitglieder des Cuxhavener Yachtclubs gekommen. Julia Engels und ihr Mann Claas waren nicht dabei. Olofsen wollte es nicht.

Zwei Tage nach ihrer Rettung aus den Fängen von Andreas Burnot waren die beiden in Olofsens Büro gekommen und hatten sich überschwänglich bedankt. Anschließend waren sie in den Urlaub gefahren.

Über den Steg kamen Nils-Niklas Nunk und Frauke Nilsson auf ihn zu, im Schlepptau ein Dutzend weitere Kollegen – und alle trugen weithin sichtbare orange Schwimmflügel.

Direkt am Zugang zum Steg parkten mehrere Polizeifahrzeuge. Einige Touristen blieben stehen, um zu sehen, was sich dort wohl abspielen mochte. Aus dem Augenwinkel sah Olofsen, wie die »Bürgermeister Brauer« langsam in den Fährhafen einlief. Er wollte doch nur mit ein paar Freunden sein Bötchen taufen und eine Grillwurst essen. Nichts Großes!

Paula trat einen Schritt vor, und die leisen Gespräche der Umstehenden verstummten. Sie sagte mit kräftiger Stimme, Olofsens Boot zugewandt: »Hiermit taufe ich dich auf den Namen ›Sheriff Schlammschuh‹. Ich wünsche dir und deiner Besatzung allzeit gute Fahrt, eine sichere Heimkehr und immer eine Handbreit Wasser unter dem Kiel.«

Olofsen hörte seine Nichte leise kichern, als Paula den Namen seines Bootes verkündete. Er sah sich um und strahlte sie an. Sie grinste frech zurück. Olofsen fand den Namen ziemlich prima. Und ziemlich einzigartig.

Er trat vor und zog mit einem Ruck die weiße Klebefolie vom Rumpf, die den Namen bis dahin verdeckt hatte.

Paula holte Luft, und mit noch kräftigerer und feierlicherer Stimme beschloss sie die Bootstaufe: »Ich grüße dich mit einem dreimaligen …«

Hier fielen alle anderen mit ebenso lauter Stimme ein: »Hipp, hipp, hurra!«

Vom Ufer war Applaus zu hören.

Olofsen war ergriffen. Aus einer großen Flasche goss Paula Champagner über den Bug. Olofsen hatte zunächst befürchtet, dass sie die Flasche gegen den Rumpf werfen würde, so wie man es bei großen Schiffen machte. Das hätte wahrscheinlich ein übles Loch in der Bordwand gegeben.

Noch bevor er sich weiter mit derartig dämlichen Gedanken beschäftigen konnte, ließen alle umliegenden Schiffe ihre Signalhörner zum Gruß erklingen. Ein langer Ton. Richtig lang und richtig laut. Olofsen konnte den breit grinsenden Hokki Werlops erkennen, der nun auf der Brücke der »Anneliese Kramer« stand, und auch Petersen winkte vom Bug der »Bürgermeister Brauer« zu ihnen herüber.

Er fühlte eine schlanke Hand nach der seinen greifen. Paula.

Er nahm die Hand und hielt sie fest. Dann entschied er sich anders und nahm Paula in den Arm. Und blinzelte sich etwas Feuchtes aus dem Augenwinkel. Regnete es denn?

Egal.

Er war glücklich.

Danksagung

Wasser ist ein faszinierendes Element, ich liebe die See. Deshalb möchte ich mich an allererster Stelle für das Privileg bedanken, an der Küste leben zu dürfen und jeden Tag die See genießen zu können.

Dann möchte ich dem gesamten Team des Emons Verlags Danke dafür sagen, mich auf dem Weg vom Entwurf des Manuskriptes bis zum fertigen Buch wunderbar begleitet zu haben. Auch bei Lothar Strüh möchte ich mich ganz herzlich bedanken, der den Text lektoriert und mir die Schwachstellen aufgezeigt und Wege vorgeschlagen hat, ebendiese zu beheben.

Ein ganz großes Dankeschön gilt Christian Stipeldey von der Deutschen Gesellschaft zur Rettung Schiffbrüchiger, der sich viel Zeit genommen hat, um mir die genauen Abläufe in einem Seenotfall zu erklären, und mir einen Besuchstermin an Bord des Seenotrettungskreuzers »Anneliese Kramer« in Cuxhaven ermöglichte. Ein mindestens ebenso großes Dankeschön geht an Holger Wolpers, den Vormann der »Anneliese Kramer«, und die gesamte Besatzung, die mir alle Details des Schiffes gezeigt und mit größter Akribie den Einsatzablauf an Bord erläutert haben.

Anke Rieken von der Polizeiinspektion Cuxhaven gilt mein Dank, denn sie hat sich immer wieder die Zeit genommen, meine Fragen rund um die Cuxhavener Polizei zu beantworten.

Bedanken möchte ich mich bei Hartmut Neumann von der Gemeinsamen Leitstelle der Wasserschutzpolizeien der Küstenländer im Maritimen Sicherheitszentrum Cuxhaven für die Einblicke in die Arbeit der Polizei auf dem Wasser. Auch Rolf Köhler und seinen Kollegen vom hamburgischen Wasserschutzpolizeirevier 4 in Cuxhaven bin ich zu Dank verpflichtet für den Gedankenaustausch über der Seekarte und den phantastischen Besuch auf der »Bürgermeister Brauer«.

Ein weiteres Dankeschön gilt Frank Lübben und seinem Team von der Verkehrszentrale Cuxhaven für den hochinteressanten Blick hinter die Kulissen und die ausführlichen Erläuterungen zur Steuerung des Schiffsverkehrs rund um Cuxhaven.

Das abschließende und größte Dankeschön gilt meiner Frau Nathalie und meiner Tochter Yannicka für ihren Rückhalt und die mir gewährte Zeit, um diese Geschichte zu schreiben. Insbesondere Yannickas Fragen, ob Kommissar Olofsen den Gangster denn schon gefangen habe, haben mich immer wieder aufs Neue angespornt.

Markus Rahaus
GEFAHR AUS DEM WATT
Broschur, 304 Seiten
ISBN 978-3-7408-0301-8

Im Otterndorfer Watt wird eine Leiche gefunden, kurz darauf eine weitere auf der »Alten Liebe« in Cuxhaven. Die Ermittlungen führen die Kommissare Olofsen und Greiner zu einer lokalen Biotechnologiefirma. Will sie ein verunreinigtes Medikament auf den Markt bringen? Als immer mehr Menschen an einer unbekannten Virusinfektion sterben, beginnt mitten in der Tourismushochburg Cuxhaven ein Wettlauf gegen die Zeit.

»Der Virologe Rahaus hat ein Szenario entworfen, das jedem kalte Schauer über den Rücken jagt. Dabei schreibt er locker und spannend, ohne Fachchinesisch.« Cuxhavener Nachrichten

»Rahaus' Krimidebüt kombiniert wissenschaftlich fundierte Unterhaltung mit Spannung.« Nordsee Zeitung

www.emons-verlag.de